JUST BUSINESS

SOLO NEGOCIOS

MAYRA DE GRACIA

Just Business: Solo Negocios
Copyright © 2023 Mayra De Gracia
SEGUNDA EDICIÓN — 2023
ISBN: 9798397162524
Primera Edición 2020

Imprint: Independently Published
Portada: ALPA ART
Edición y formatting: Medea Books Publishing

Para todos aquellos que siempre han creído en mí y todas las personas que han tenido un sueño. Que han luchado por un sueño y se les ha cumplido un sueño.
Nunca paren de soñar.
Tarde o temprano los sueños siempre se cumplen.

Sin importar cuántas veces cambien, sin importar el tiempo que tarden en llegar y sin importar lo locos y grandes que sean.
Que tus sueños sean más grandes que tus miedos.

RESEÑAS DE JUST BUSINESS

"La capacidad de Mayra para describir no solo lugares, sino también sentimientos e interacción humana, hacen que su trabajo sea único de una manera que cambiará la forma en que experimentas los libros. Se sienten increíblemente reales. Tiene un gran futuro por delante. ¡Lo sé con certeza!

—Laisy Montenegro, autora de *La Migrante*

"Romance contemporáneo con algo de comedia. Una historia que literalmente te hace viajar. Me reí, canté, conocí y lloré durante toda la historia. Definitivamente te atrapa de principio a fin y como todo buen libro deja un mensaje muy lindo e importante."

—Nicole Samaniego, autora de *Cuando Te Miro*

"Divertido, romántico y emocional. Si quieres leer un libro de verano para curar tu depresión lectora, entonces esta novela es perfecta para ti."

—Frédérique Gervais, blogger de libros
@betweenthebooks_

"Me encantan los romances donde los personajes principales viajan por todo el mundo. Este libro es hermoso y todo lo que siempre quise en un romance contemporáneo."

—Avery White, book blogger
@avery.reads

1. SUEÑOS

NUEVA YORK

SAM

E l mundo no se va a detener por ti.

Sigue su curso y no te queda de otra que seguir con él. Mi mente está en un constante estado de soñar despierta deambulando por lagunas de deseos.

Tropieza con un montón de hojas llenas de esperanza y me hace recordar cada pieza del rompecabezas que he estado formando todos estos años.

Controla lo que puedes controlar, siempre ha sido mi frase de vida.

Pero siempre he luchado contra la marea cuando no logro controlar lo que está a mi alcance. La vida da mil vueltas y es como una montaña rusa; podemos estar en la cima del mundo y una sola acción puede darle un giro de 180° volcándola de cabeza por completo.

Y esa es mi historia, la filosofía de la causa y efecto.

¿Que si creo en el destino? Claro que sí.

Pero les resumo brevemente: la, terrible, acción de una persona causó que mi vida cambiara de la noche a la mañana, dándome un efecto totalmente diferente al que alguna vez imaginé posible para mí.

Oportunidades, amistades, hasta el verdadero amor.

Mi día empezó hoy como cualquier otro, sentada en el sillón de mi moderna oficina en uno de los rascacielos más modernos de la asombrosa ciudad de Nueva York.

Mi hogar, el lugar que me ha dado los mejores momentos de mi vida. Es mi rutina diaria: beber café de mi cafetera personal, porque la de la oficina es muy, muy mala, para iniciar la mañana, leer las noticias, responder correos de clientes, darles el visto bueno a los nuevos manuscritos y asegurarme de que la editorial siga su curso regular. Siempre he sido extremadamente organizada.

De verdad, no estoy exagerando. Una vez olvidé mi agenda por veinticuatros horas en la casa de mi mejor amiga y sentí que el mundo se me venía encima. Me gusta tener todo fríamente calculado, siempre teniendo un plan B en caso de que algo salga mal para resolverlo en un instante.

Se puede decir que soy adicta a mi trabajo, reviso todo hasta tres veces, siempre soy la primera en llegar y la última en irse. ¿Saben esa persona en la oficina o en la universidad que siempre tiene la respuesta a todo? ¿Esa a la que todos recurren para cualquier problema? Bueno en este caso, esa soy yo.

—Sam, aquí te dejo los documentos que tienes que firmar para solicitar la compra de las nuevas impresoras.

Dijo Jacky, mi asistente, entrando por la puerta de cristal y dejando unos documentos en mi escritorio. Le agradecí y continué apretando el teclado rápidamente.

Ese es mi nuevo proyecto: ampliar la capacidad de impresión de las revistas y libros para aumentar la producción. Estoy realmente orgullosa de esto, solo necesitaba la aprobación de la junta directiva y empezaríamos inmediatamente.

Conseguir mi trabajo soñado en tan corto tiempo (y edad) es algo que no le pasa a muchos. Por lo menos no tan rápido. La editorial Nuevos Mundos me abrió sus puertas desde el día uno, en el que empecé como practicante, justo después de terminar la universidad. Debo aceptar que obtuve la ayuda de alguien para entrar, pero solo la acepté con la condición de que no dijera que nos conocíamos. No quería que me asociaran con nadie. Quería que mi trabajo hablara por sí solo, así que no me culpen.

Es una historia algo complicada, pero se las contaré más adelante.

Empecé desde abajo: haciendo café, triturando papeles, siendo secretaría y sacando copias, lo cual no estaba mal porque recién empezaba mi vida profesional. Luego de terminar la escuela secundaria a los diecisiete años, con excelentes calificaciones debo agregar, apliqué para todas las universidades a las que pude y hasta algunas de las ligas mayores: Brown, Princeton, Harvard, Fordham, Dartmouth, UPenn, Stanford, Yale y muchas otras más.

Créanlo o no, en todas me aceptaron.

Al final terminé escogiendo a Princeton ya que no me quería alejar mucho de casa y podría regresar a la ciudad fácilmente cuando fuese necesario, y qué gran decisión.

Pasé los mejores años de mi vida ahí y aunque ahora tengo la deuda más grande de mi existencia con el préstamo universitario, valió por completo la pena. Me gradué a los veintiuno de Periodismo con una maestría en Escritura Creativa y apliqué con ayuda de mi novio a Nuevos Mundos, porque según él tenía "conexiones" dentro y me aceptarían inmediatamente.

Trabajaba tanto que con el paso del tiempo fui ascendiendo de puesto poco a poco, hasta llegar al más alto como se lee en el letrero de metal en la puerta de mi oficina: Editora en Jefe. Trabajar aquí me hace feliz; es mi lugar soñado donde puedo escribir mis propios artículos e historias, aunque nunca me he atrevido a publicar una, corrigiendo manuscritos, editando novelas y revisando hasta los más mínimos detalles que se les pudieron escapar a los autores. Este trabajo siempre ha sido mi sueño y todos los días me siento agradecida de vivirlo, ya que todo el esfuerzo y el empeño se me ha recompensado. Y sí, durante cuatro años esta ha sido mi realidad y mi única pasión, con cero distracciones y enfocada en mis sueños. Nada más.

—Jacky, ya puedes venir a buscar los documentos para que se los envíes a Hugh, por favor. —La llamé por la línea interna e inmediatamente apareció en mi oficina.

—Listo. Ya llamo al mensajero para que se los lleve. ¿Necesitas que haga algo más? —Preguntó y yo negué con la cabeza.

—Nop, puedes irte a almorzar.

—¿Tú no vas a comer?

—Hoy no, aún sigo llena del desayuno. —Hice clic en el botón de enviar el correo y la miré.

—Una barra de granola y dos tazas de café no son desayuno, déjame traerte algo. Suspiré y ella se cruzó de brazos.

—Está bien, tráeme una ensalada mediterránea, las de ese restaurante que te gusta. Son buenas.

—Lo sé, siempre te las traigo para que comas algo y te las devoras en unos cinco minutos.

—No lo comentes. —Reí y ella salió en busca de comida.

Todos aquí en la editorial somos como una familia, pasamos tanto tiempo juntos que nos cuidamos mutuamente. Es un muy buen lugar para trabajar y siempre ha sido así, desde que fue creada. Ahora todo lo que pasa aquí es mi responsabilidad; yo tomo todas las decisiones de todo lo que sale por las puertas de la editorial.

Me hace sentir increíble al darme cuenta de todo lo que he logrado en tan poco tiempo. Me estiré un poco en mi silla y miré a mi alrededor, y los tres porta retratos colocados en mi escritorio capturaron mi vista. Son tres fotos hermosas, probablemente mis fotografías favoritas de toda la vida. Una con mi grupo completo de amigos en la universidad, una con mi mejor amiga Rosie y la otra con mis padres.

Los extraño mucho a todos y me gustaría verlos más seguido. Sin embargo, vivimos en ciudades diferentes y coincidir es muy complicado, hasta con mis padres. La única a la que veo regularmente es a Rosie porque vivimos en el mismo edificio, yo en el quinto piso y ella en el noveno. Nos conocimos en la escuela cuando yo tenía doce años y ella catorce. Es gracioso, porque nos unimos gracias a un concurso de baile y desde entonces hemos sido inseparables. Ella intentó enseñarme las coreografías, pero fui un caso fallido. Tengo dos pies izquierdos.

Me levanté de la silla y caminé hacia el gran ventanal con vista a la gran manzana; amo este lugar con toda mi alma. Es una ciudad llena de posibilidades para todos y mi trabajo lo refleja.

Tener reuniones con escritores que llegan esperanzados con sus trabajos por conseguir una aceptación de nuestra parte y para que se los publiquemos es maravilloso y me causa un sentimiento muy bonito.

Muchos creen que es un trabajo fácil, pero no, las palabras pueden llegar a ser muy poderosas. Me volteé y me asomé por la puerta de mi oficina, aún hay un par de personas en sus escritorios y sonreí viendo su concentración.

Nuevos Mundos me ofreció la oportunidad de mi vida y prometí jamás desaprovecharla, es lo menos que puedo hacer. Luego de un rato de responder más emails, Jacky regresó y me entregó una ensalada. Su cara estaba diferente, nerviosa y se mordía una de sus caras uñas acrílicas.

—Aquí está, mediterránea y con aderezo de mostaza y miel.

—¿Estás bien? Parece como si hubieras visto un fantasma. —Tomé el paquete de sus manos y ella negó con la cabeza.

—¿Recuerdas cómo te dije que le enviaría al Sr. Hugh los documentos? —Asentí y me crucé de brazos.

—Bueno, me lo encontré en el lobby junto a su hijo, vienen de subida. —Mi corazón empezó a palpitar rápidamente. *Su hijo...* ya no recuerdo ni cuánto ha pasado desde la última vez que lo vi, ¿tres meses tal vez?

—¿Qué? No tenemos una reunión programada para hoy... ¿o sí? — Ella negó rápidamente y miré mi reloj. Tiene que estar en lo correcto, Jacky es tan organizada como yo y jamás se equivoca.

Claramente está nerviosa de que la fuera a culpar por no avisarme con tiempo. —Bueno, sea lo que sea ya están aquí y capaz solo están de paso, a ellos les gusta venir a ver que todo esté en orden. Quédate tranquila, todo está bien.

Le di una sonrisa y ella suspiró aliviada. Salió de mi oficina y miles de preguntas se cruzaron por mi mente rápidamente causando que mi cerebro vaya a mil por segundo. ¿Habré hecho algo mal? No creo. Necesito calmarme, tengo la tendencia de pensar demasiado todo.

El teléfono sonó y Jacky me avisó que ya están aquí.

Control, necesito control.

—Diles que pasen.

Me puse de pie y al paso de unos segundos la puerta de mi oficina se abrió dejando entrar a dos figuras.

—¡Samantha! —exclamó Hugh, abriendo sus brazos y yo lo recibí con todo el cariño del mundo. —Que bonito verte.

—Digo lo mismo Sr. Hecox.

Me volteé para sentarme y alguien se aclaró la garganta. Ladeé mi cabeza hacia la puerta y sonreí un poco. Ahí está él, parado en toda su gloria. Señoras y señores, con ustedes... Brandon Hecox, mi ex novio de la universidad.

—¿Y yo qué? ¿Estoy pintado y no recibo un abrazo también? –giré mis ojos y él caminó hacia mí, engreído. Su colonia invadiendo mi nariz como el olor a otoño en el bosque.

—Hola Brandon. —dije a su oído y un nudo se formó en mi garganta. Está más guapo que nunca.

—Hola Sam. —Su voz rasposa causó una sensación de hormigueo por todo mi cuerpo y me separé arreglándome mi blazer rápidamente.

—¡Bien! ¿A qué debo tan grata visita?

Sonreí amablemente sentándome. Ellos haciendo lo mismo frente a mí. —Tenemos algo importante que discutir —Dijo el Sr. Hugh y yo asentí.

—Sí, les quiero hablar sobre la compra de las nuevas impresoras láser, tengo el plan de expandir para poder masificar la producción de ejemplares de todo nuestro catálogo.

—Sam... no podremos hacer eso.

Replicó Brandon mirando hacia el suelo. Y yo lo miré asustada. ¿Qué? ¿Por qué no lo podríamos hacer? No sé si quiero saber más. Espero que no sea lo que me estoy imaginando.

—¿Por qué no?

—Sam. Esto que te voy a decir no es nada fácil...

2. "NECESITO DE TU AYUDA"

Los últimos minutos de mi vida han sido los más terribles y decepcionantes que he experimentado en mucho tiempo.

Incertidumbre, tristeza, enojo, negación, tristeza nuevamente; todas las emociones negativas posibles que se imaginen pasaron por mí. Siento que mis pulmones se quedan sin aire y no sé cómo sentirme. ¿Estoy dormida?

Tiene que ser, esa es la única explicación para todo esto.

Traté de pellizcarme disimuladamente, pero no sirvió de nada, esto era real. Mi intuición de que venían a decirme algo malo era cierta, pero jamás me imaginé que fuera algo tan horrible.

Había perdido el control del barco y todo cambiará de la noche a la mañana. Pero esta vez, para mal.

—Nuevos Mundos fue la primera empresa de Hecox Companies que fundé junto a mi esposa y es muy difícil decir esto, pero lastimosamente esta decisión tenía que ser tomada tarde o temprano. —Dijo Hugh, serio.

—Pero ¿qué está pasando? Me están asustando… —respondí.

—La editorial va a ser cerrada Sam. —Respondió Brandon, mirando hacia el suelo.

—¿Qué...? —musité con un hilo de voz.

Mi garganta se empezó a cerrar y mi vista se nubló. Esto no puede estar pasando, no, despiértenme ya. Esto no es un sueño, es una pesadilla.

—La editorial sigue siendo tradicional y lastimosamente ya no está produciendo las mismas ganancias que hace un par años. En vez de ganar se está perdiendo mucho dinero y si seguimos así vamos a quebrar. No podemos arriesgarnos a cargar con esa reputación al compararla con las demás empresas.

—Pero ¿cómo no me enteré de esto? No he visto un cambio en el presupuesto.

—Le pedí a los contadores que me pasaran directamente la información a mí. No sé si notaste que no te han llegado los informes de ingresos de los últimos cuatro meses.

Suspiré y apreté el puente de mi nariz. No, no lo había notado, he tenido la cabeza en mil cosas.

—Se escapó de mi cerebro ese detalle.

—Hicimos una junta directiva ayer y se tomó la decisión de cerrarla. Los accionistas ya no quieren que su dinero esté comprometido de esa manera y no quieren seguir dando el capital necesario. Lamentablemente sin ellos no podemos continuar operando. Necesito que les informes a los empleados de nuestra decisión.

Extendió su brazo para entregarme un cartapacio con una gráfica de pastel que incluía los porcentajes y la vi por encima. Esto no tiene sentido en mi cabeza, no logro conectar los cables.

—Pero podemos salvarla, podemos hacer algo. Vamos a disminuir el personal y a crear más contenido digital, tenemos el sitio web y podemos innovar. Todavía se puede hacer algo.

Suspiré desesperada y me puse de pie. Tragué fuertemente y traté de controlar mis lágrimas. No puedo llorar aquí frente a ellos, sería demasiado vergonzoso. —Yo dije todo eso en la junta y me vieron como un loco. Me dijeron que estaba *retrasando lo inevitable*.

Habló Brandon de brazos cruzados. Sé lo mucho que este lugar significa para él también. —Este fue el proyecto de vida de tu madre y también me duele, pero ya se sale de mis manos. —Replicó Hugh.

—Yo... Necesito un momento para estar sola y comprender todo esto. —Contesté con la poca fuerza que me quedaba.

Ambos se levantaron de las sillas, dirigiéndose a la puerta que separa mi oficina del resto de los cubículos.

—Lo lamento Samantha, sé lo mucho que has trabajado para llegar hasta aquí. No me arrepiento de haberte escogido para ocupar el puesto de Lily. —Dijo Hugh antes de cerrar la puerta. Por el rabillo de mi ojo logré ver a Brandon mirarme preocupado a través del vidrio.

Tiré la estúpida carpeta con la gráfica al piso y me senté en la silla mirando hacia la ventana para llorar, no quiero que nadie me vea en este estado. No puedo creerlo, cuatro años de esfuerzo tirados a la basura. Tengo un nudo tan grande en el estómago como del tamaño de una pelota de baloncesto y siento que mi cabeza va a explotar.

Uno piensa que lo tiene todo y en un segundo ¡BAM! te lo arrebatan así sin más nada que decir.

¿Cómo no me lo dijeron antes? ¿Cómo no me avisaron con tiempo que las ventas no estaban bien? ¿Cómo esto se me fue de las manos?

No lo puedo entender.

De pronto pude haber hecho algo, sé que pude haber hecho algo para evitarlo. Pero no, ahora no tengo nada, me quedaré sin trabajo. Sin libros que revisar, sin historias que publicar, sin dinero para terminar de pagar mi préstamo de la universidad, sin ver a mi familia de trabajo…

Todo el equipo de la editorial perderá su empleo y yo no podré seguir viviendo mi sueño. Es claro que puedo conseguir trabajo en otro lado. Es decir, sigo siendo joven, pero de solo pensar en tener que empezar desde cero y en un lugar que no conozco me aterra.

Todo lo que he construido a lo largo de estos años se está derrumbando y siento cómo se me parte el alma en mil pedazos. Mi mente se transportó a cuando tenía ocho años y descubrí la lectura por primera vez. Estaba sentada en el suelo de la sala y las palabras de *Sueño de Una Noche de Verano* de *William Shakespeare* me enamoraron.

Descubrí lo asombroso que es adentrarse en una historia y perder la noción del tiempo, es un sentimiento hermoso. Al crecer no teníamos mucho dinero; mi madre trabajaba de mesera en un restaurante y mi padre manejaba un camión de carga alrededor de la costa norte del país. Pasé casi toda mi niñez sola, viendo televisión todos los días y leyendo los libros y revistas que llegaban a mis manos.

Era feliz en nuestro pequeño departamento de dos habitaciones y un baño en Brooklyn. ¡Miraba de todo! Desde películas clásicas, telenovelas, caricaturas, series de todos los géneros, documentales, y más.

En resumen, se puede decir que veía cualquier cosa que pudiera distraer mi mente. Apenas llegaba de la escuela, hacía mis tareas y me iba directo a leer o a ver tv mientras almorzaba hasta la hora de dormir. Mis momentos favoritos del día eran dos: tomar el control remoto para sentarme a ver el mundo a través de esa pantalla y las noches cuando mamá regresaba del trabajo temprano.

Siempre venía con las historias más fascinantes de las personas a las que atendió durante del día y que hablaban con ella.

Trabajadores que construían grandes rascacielos, secretarias de importantes abogados, diseñadoras de moda que pasaban a tomar café, periodistas que se sentaban a ver las noticias y doctores que llegaban luego de largos turnos nocturnos por un buen desayuno.

Para mí, mi mamá tenía un trabajo increíble al poder conocer a tantas personas diariamente. Además de que me traía las revistas y periódicos que la gente abandonaba en las mesas para que yo pudiera leerlos. Nunca olvidaré un sábado en la mañana cuando Dina, la vecina del departamento de enfrente que en ocasiones venía a hacerme compañía y a cuidarme, se quedó dormida frente al televisor encendido y sentada sobre el control remoto.

Así que decidí buscar un par de mis nuevas adquisiciones y escogí de primero una revista llamada *Elecciones,* donde presentaban artículos de personas que contaban las historias de las elecciones que los llevaron a vivir aventuras increíbles; historias de amor, trabajos fuera de lo común y mucho más. Fascinantes elecciones que cambiaron sus vidas por completo. Como la de una de un ciclista que se dio cuenta que no le apasionaba su deporte y eligió empezar a practicar golf y ganó varios campeonatos. Una cantante de música country que eligió dejar su pueblo natal para luchar por su sueño y grabar un disco en Nashville. Un chico al que su padre lo estaba obligando a que estudiara medicina, pero no le gustaba, así que eligió estudiar arquitectura en secreto y ahora es de los arquitectos más famosos de toda la ciudad de Nueva York, hasta cientos de historias de amor verdadero en las que los protagonistas se afrontaron todo tipo de obstáculos.

En fin, había muchísimos relatos inspiradores que me hicieron darme cuenta de cuánto amaba las historias de no ficción.

Jamás olvidé que su slogan decía: "Una simple decisión puede cambiar el rumbo de tu vida". Nunca había visto esa revista, su diseño era colorido y no podía soltarla. La leí de principio a fin.

Cuando llegué aquí a la editorial me enteré que aquí nació, Nuevos Mundos era la editorial que la creó y la publicaba.

Fue un momento de círculo completo.

Es por todo esto que la noticia del cierre de la empresa me hizo sentir derrotada, como un fracaso y me había fallado a mí misma. De seguro esto pasó por mi culpa, no tomé las mejores decisiones en cuanto a lo que se debía publicar y la gente no estaba comprando nada de nuestro trabajo.

—¿Puedo pasar?

Brandon tocó la puerta y la abrió un poco sacándome de mis pensamientos.

—Sí, ya qué —respondí limpiando mis lágrimas rápidamente. —no es como si tuviera mucho trabajo que hacer.

—¿Estás bien? No reaccionaste para nada bien.

Preguntó cerrando la puerta y yo bufé tomando un pañuelo desechable de una gaveta.

—Bueno, el trabajo de mi vida se acaba de ir por el drenaje y no tengo nada más. Bran, ¿qué necesitas? No estoy de humor para tus sermones.

—Sam, necesito de tu ayuda. —Dijo mirándome serio y me sacudí la nariz en el pañuelo desechable.

—Si vienes a pedirme ahora que te acompañe a ir de compras, no es el momento adecuado. Sé que tengo un gran sentido de la moda, pero tienes que aprender a hacerlo tú solo.

Ambos nos reímos un poco y él negó con la cabeza.

—No, eso no es a lo que vengo, además, tengo mucho tiempo comprando solo.

Se sentó y tomó el cubo Rubik que tengo en mi escritorio y que uso para liberar estrés. —Entonces cuéntame, soy toda oídos. Ya no tengo no tengo nada pendiente, solo tirar mi lista de tareas a la basura. — Bufé.

—Precisamente de eso vengo a hablarte, necesito que me ayudes a salvar la empresa. Mi padre está cerrado de mente y se rehúsa a la idea de buscar otra solución.

Puso el cubo de vuelta en la mesa y sus ojos café se conectaron con los míos; siempre me han hipnotizado de una manera sobrenatural.

—Necesito que ideemos un plan, lo que sea que se te ocurra.

—Pensé que la decisión ya estaba tomada. Tú eres parte de la junta directiva y parte dueño de la compañía, creería que tampoco te gusta perder dinero.

Me levanté de mi silla y caminé hacia el ventanal, admirando la vista de todo Manhattan. No son las montañas, pero ver las siluetas de edificios relaja.

—Claro que me molesta perder dinero ¿a quién no? Pero tú sabes bien que esto va más allá de eso y no quiero perder el legado de mi madre. —Replicó frustrado colocándose frente a mí.

—Tú más que nadie sabe lo mucho que amo Nuevos Mundos, es mi vida entera. A cualquiera le puede sonar ridículo, pero lo es… estoy destruida Brandon.

Respondí tratando de contener las lágrimas, pero fue en vano, salían como una fuente y no las podía controlar.

Han pasado cuatro años en los que no me he mostrado así de vulnerable frente a él.

Frente a nadie ahora que lo pienso, no me gusta exponerme de esa manera. —¡Con más razón! Tú que también sabes que esto es importante para mí, escúchame.

Tomó mis brazos entre sus manos y me miró a los ojos. Causando que me quedara sin aliento a la sensación de su tacto.

Mi debilidad.

—No vamos a perder nada, ambos vamos a solucionar esto, ¿está bien?

—Okay, pero ¿cómo?

—No sé, ya se nos ocurrirá algo… tú y yo siempre resolvemos.

Asentí con el corazón en la garganta, eso es cierto.

Tocó mi mejilla limpiando mis lágrimas con su pulgar y me abrazó fuertemente colocando su cabeza sobre la mía que descansaba en su hombro.

Ambos sintiendo la calidez de nuestros cuerpos y el latido de nuestros complicados corazones.

B RAN Y YO PASAMOS TODA LA TARDE EN mi oficina pensando cómo salvar la empresa. Hicimos una lluvia de ideas, llamamos a cada uno de los accionistas de Hecox Companies y todos nos dijeron que no reconsiderarían, que ya no podíamos hacer nada.

Pensamos en todo: en maneras de minimizar gastos para no perder tanto dinero, utilizar más las redes sociales para crear contenido y subir lo ya existente a versión digital, pero ninguna idea funcionaba.

Estábamos en cero y nada se nos ocurría. Tal vez se preguntarán por qué a estas alturas seguíamos siendo una editorial tradicional, en tinta e impresa.

La verdad es que la única respuesta que puedo darles es que lo *vintage* sigue teniendo consumidores. La gente hoy en día está tan enviciada con las pantallas que recurren a las alternativas originales.

Claro que las redes sociales y el Internet representan una accesibilidad e inmediatez increíble, y nuestra empresa sí tiene presencia en Internet, solo que no la adecuada. Y ese fue mi principal error, debí tenerlo en consideración desde el primer día en el que tomé las riendas de la editorial.

A las siete de la noche ambos estábamos exhaustos y decidimos retomar en la mañana, y no pararemos hasta el último día.

Me fui a casa más temprano que todos los días y le envié un mensaje de texto a Rosie para decirle que no iba a poder subir a su apartamento hoy para nuestra *cita-semanal-obligatoria-para-ponerse-al-día,* como ella la había denominado.

La hacemos todos los jueves desde que ambas terminamos la universidad como nuestra manera de no distanciarnos. Ella está ocupada y yo también, pero nuestra amistad es importante. Sé que está mal mentirle a tu mejor amiga, pero hay momentos en los que una necesita estar sola.

Además, estoy segura de que si le cuento todo lo que sucedió hoy me pondré a llorar toda la noche y ya de por sí mi cabeza martilla demasiado.

Le dije que estaba súper atrasada en las revisiones de unos proyectos y no podría ir a su departamento. Obviamente no me creyó y supo de inmediato que algo estaba mal. Todo el mundo sabe que yo no dejo que se me acumule el trabajo.

Me respondió que mañana cuando estuviera más relajada le contara todo con calma y que no me preocupara, que ella aprovecharía para practicar uno de sus números musicales. Abrí la puerta de mi apartamento y me lancé al sofá derrotada tirando todas mis cosas al suelo. Sigo sin poder creer que este día terminara así. Encendí la televisión y puse *Friends*, mi programa favorito. Algo tenía que animarme y este show nunca falla en hacerlo. Lo he visto mil veces y siempre que lo acabo, lo vuelvo a empezar.

Es como mi automedicación para el estrés. Me puse un pijama, tiré la ensalada que me compró Jacky a la basura y apagué todas mis alarmas para el día siguiente. No acostumbro a botar comida, pero no tuve cabeza para comer y ya la lechuga se había echado a perder.

Otra cosa que tampoco acostumbro es a apagar alarmas, nunca lo he hecho. Pero si van a cerrar la empresa, ya no tengo por qué despertar tan temprano como las gallinas. Además, en el metro hay menos personas a media mañana.

Me siento desganada y sin fuerzas, solo me he sentido así pocas veces en mi vida y lo odio.

Estaba en medio del episodio de Friends en donde todo el grupo menos Phoebe van a viajar a Londres para la boda de Ross, cuando mi teléfono sonó.

—Hola mamá, necesitaba escucharte.

Contesté mientras bajaba el volumen del televisor.

—¡Hola, hijita! Tenía días sin escucharte. ¿Cómo estás?

—Regular… Bueno no, no estoy bien.

—Qué sucede? ¿Te pasó algo?

—Van a cerrar Nuevos Mundos.

Suspiré cayendo en cuenta de la realidad de la situación nuevamente. —¿Qué? ¿Cómo? Ay hija, no puede ser…

—La junta directiva lo decidió ayer. Al parecer hay muchas pérdidas económicas y está insalvable. El señor Hugh me dio la noticia hoy.

—Sam, siempre te he dicho que cuando una ventana se cierra una puerta se abre. Esperemos a ver qué pasa, pero estoy segura de que todo va a estar bien.

—¿Recuerdas a Brandon?

—Sí, creo... El hijo del dueño y tu amigo de la universidad ¿no?

—Ese mismo. Bueno, me pidió ayuda para salvar la editorial. Estamos intentando encontrar una solución. Tiene que haber algo que podamos hacer.

—Viste, no todo está perdido, si él quiere salvarla es por algo. Mantenme informada de lo que vayan a hacer.

La escuché bostezar y sonreí un poco.

—Lo haré. Ya ve a dormir madre, te escuchas cansada.

—Sí lo haré, tengo reunión con mi club de jardinería temprano. Quédate tranquila porque estoy segura de que todo se va componer, ¿ok? No sigas triste y trata de descansar un poco por favor.

—Lo intentaré mamá, dale un beso a papá por mí.

—Te quiero Sammy, buenas noches.

—Yo más.

Corté la llamada y puse mi celular en silencio, no quiero hablar con nadie más. Las mamás siempre tienen la razón, así que, si ella dice que todo va a estar bien, es porque todo va a estar bien.

Subí el volumen del televisor para seguir viendo el episodio y coloqué el celular en la mesita de café. Me recosté en el sofá y poco a poco fui entrecerrando mis ojos, estoy exhausta.

Lo último que recuerdo de la noche fue escuchar a Joey gritando en el fondo: *London Baby!* y ver las tomas de la gran ciudad británica que siempre he querido conocer.

3. FROSTY THE SNOWMAN

Terminar el mes de noviembre significa dos cosas: que la ciudad esté tan fría como La Antártica y que Times Square esté más lleno que en cualquier otra época del año.

La verdad no soy muy fan del frío, pero con el paso de los años me he acostumbrado. Aunque si me llegan a ofrecer pasar esta época en un destino tropical no me enojo.

Llegué tan deprimida anoche que se me olvidó encender la calefacción y el pijama que traigo puesto no me cubre nada que sirva, mala decisión. Un fuerte golpe en la puerta me despertó y gruñí estirándome en el sofá, quiero seguir durmiendo y no quiero ver a nadie. ¿Acaso ya la gente no respeta el sueño de los demás? Ugh. Me levanté como pude y apagué el televisor que se había pausado en media madrugada. El desastre de mi apartamento invadía mi campo de visión. No puedo creer cómo hay gente que vive así, el desorden en mí departamento es mínimo y ya me estoy volviendo loca.

—¿Quién es?

Traté de ignorar el frío que recorría por mi cuerpo. Sip, me dará hipotermia. Cuando encuentren mi cuerpo congelado quedaré peor que el tío abuelo del Sr. Deeds. Adam Sandler, espero que actúes también en mi película.

—Sam, soy yo abre la puerta.

Miré el reloj en el microondas y suspiré, 10:00 A.M.

Con razón. Poco faltó para que me vinieran a buscar con todo un squad del FBI. —¿Qué pasa Bran? ¿Y por qué tocaste con tanta fuerza?

Dije abriéndole la puerta para que pasara. Me entregó un vaso de cartón caliente de café y tuve que contenerme para no lanzármele encima, era justo lo que necesitaba.

—¡Te llamé como diez veces y no contestaste! Hasta fui a la oficina y no estabas, Jacky me dijo que no tenías ninguna reunión así que supuse que estarías aquí. Tengo que contarte algo súper importante… oye, ¿por qué hace tanto frío aquí? No me digas que quieres convertirte en Frosty The Snowman.

Replicó riendo casi sin respirar y yo bufé.

Quiero seguir durmiendo Bran, no es momento para recordar las anécdotas de hace mil años, ¿o sí?

—Ja-ja, no es momento para bromas ahora. Olvidé encender la calefacción anoche. Literalmente llegué y dormí hasta ahora. —Me senté en el sofá y él me siguió cerrando la puerta. —¿Qué tienes que contarme?

—Bueno, —se aclaró la garganta y miró el desastre a mi alrededor. —¿Recuerdas a Elizabeth Harrington, mi amiga de la universidad?

Asentí. Elizabeth fue parte de nuestro grupo por un par de meses y luego se regresó a su natal Inglaterra para terminar la universidad en Oxford. Fue novia de Kevin, el mejor amigo de Brandon, por un tiempo y solíamos ir a los juegos de Fútbol Americano de los Princeton Tigers.

—Sí, la chica de Essex.

—Ajá, la que fue novia de Kevin.

Me reí sarcásticamente y bebí un sorbo de café. *Ah, oro líquido.*

—Todas las chicas que alguna vez frecuentaron nuestro grupo social estuvieron con Kevin en algún punto. Fuimos pocas las sobrevivientes.

—En eso sí tienes razón.

Sé que la tengo, si buscas *Kevin Williams* en Google te sale la definición de mujeriego en los primeros resultados. —Bueno, ella misma. La llamé hoy temprano en la mañana porque recordé que es hija de un inversionista británico. ¿Alguna vez has escuchado de Harrington Enterprises? —negué y él continuó. —Bueno, es un conglomerado de compañías como nosotros. Estuve investigando un poco por Internet y encontré que anteriormente han comprado empresas, así como la nuestra. A punto de la quiebra para invertir en ellas y sacarlas a flote nuevamente.

—Continúa...

Contesté ahora poniéndole toda mi atención, esto podía ser una opción viable. —La llamé y estuvimos hablando por casi 2 horas, poniéndonos al día en nuestras vidas y trabajos. Hasta me preguntó por ti y los demás.

—¿Y cómo está ella?

—Me dijo que está muy bien. Está ayudando a su padre a dirigir la compañía y les está yendo increíble. Harrington Enterprises es enorme, al parecer administran varias multinacionales alrededor de todo Europa y están buscando expandirse a América.

—Entiendo, pero ¿por qué querrían empezar con nosotros?

—Le expliqué toda nuestra situación, con cifras y todo. Me dijo que le intrigaba y que le contaría a su padre sobre quiénes somos para ver si pueden ayudarnos.

Apoyó su codo en el respaldar del sofá y asentí. Suena demasiado bueno para ser verdad...pero no tenemos más opciones. No queda de otra.

Es esto o nada.

—Entonces, ¿cuándo recibiremos respuesta? El tiempo está corriendo y me imagino que tu padre querrá que hagamos el cierre durante los primeros meses del próximo año.

—Me dijo que quiere hablar con nosotros el lunes a primera hora.

¿A primera hora? ¿Acaso ellos no están en Londres?

Tendríamos que viajar de inmediato, ni siquiera sé si mi pasaporte está vigente, la próxima semana me viene el periodo, no quiero viajar con mi *amigo-ex-novio-hijo-de-mi-jefe* ¿o sí quiero?

Aunque técnicamente ya no sería mi jefe pronto, pero si la salvamos, todo seguiría igual. Pero sería increíble viajar con Brandon, en algún punto llegamos a discutirlo. Pero sería un viaje solo de trabajo, no recreativo.

Londres... té, buses double-decker, el palacio de Buckingham... me encanta. ¡Dios salve a la Reina!

—Sam, ¿te perdiste en tu mundo de nuevo?

Me aplaudió frente a la cara y se burlo, causándome que despertara de mi trance. Ya estaba estresándome innecesariamente, ni siquiera conocía todos los detalles. —Explícame bien, ¿nos vamos a Londres? No estoy entendiendo nada.

—Sé que te mueres de ganas por viajar conmigo. –tocó mi brazo y guiñó el ojo. Las cosas que me causa este hombre... —Pero no, por vídeo conferencia.

Ahora eso sí tiene más sentido. Obviamente existe la tecnología Sam, toma más café que sigues dormida. Bebí otro sorbo y me reí, ya estoy perdiendo la cabeza.

—Es demasiado temprano. —Reí.

—Son las diez de la mañana. Tú nunca duermes tanto. —Me empujó un poco en broma y yo giré mis ojos. —¿No tienes hambre?

—Ahora que descubrí el placer de dormir hasta tarde no creo que vuelva a la normalidad. Tú sabes que yo ni duermo. —Me puse de pie terminando mi café y dejé el vaso en la mesita de centro. —Y sí, sí tengo hambre, no como nada desde el desayuno de ayer.

Si les soy sincera, no recuerdo la última vez que dormí hasta tarde un día de semana. Ni siquiera los fines de semana, a las ocho de la mañana ya estoy despierta. Desde hace unos años he tenido problemas para dormir y a veces el insomnio es tan severo que me recetan pastillas durante un par de meses para controlarlo.

—Te haré desayuno. Dime por favor que por lo menos tienes algo en la nevera. —Brandon caminó hacia mi diminuta cocina y abrió el refrigerador inspeccionándolo. No había mucho para elegir, pero podía cocinar algo. —¿Qué se te antoja?

—Algo que me haga sentir bien.

—Ah! Tengo el remedio preciso para eso.

Caminó hacia la despensa y tomó una cajeta. Supe inmediatamente lo que iba a preparar. —Yay! Cinco para mí por favor.

—Sé que los pancakes con miel y jugo de naranja siempre te hacen sentir mejor.

—Pues en eso no te equivocas.

Sacó una sartén y empezó a moverse con facilidad por mi cocina. Brandon y yo tenemos una relación muy complicada. Terminamos hace cuatro años, justo antes de que empezara a trabajar en su editorial, y nuestra amistad siempre ha estado intermitente. Podemos pasar semanas juntos y luego pasar temporadas sin vernos.

Es extraño, pero así nos ha funcionado. Al ser del mismo grupo de amigos pensamos que al dejar nuestra relación todo se tornaría incómodo. Pero pasó todo lo contrario. Forjamos una linda amistad y siempre es al primero al que quiero llamar cuando algo bueno me pasa. Ambos nos conocimos en la universidad de manera inusual.

De hecho, ¿recuerdan cuando les hablé de la causa y el efecto?

Bueno, él fue el efecto.

Yo nunca iba a fiestas, siempre estaba enfocada en mis clases y ahogada en tareas, siempre teniendo mil cosas para una misma semana. Y esas pocas veces en las que tenía horas libre, las utilizaba para ver series, películas o para escribir. Pero esa noche fue la excepción. Ava, mi amiga y compañera de habitación fue invitada a una fiesta en la casa de un grupo de estudiantes a las afueras del campus. Según ella sería la fiesta de fin año más épica de toda la historia y no me lo podía perder, todo el que era alguien asistiría.

Ava siempre encontraba tiempo para irse de fiesta, ella y otra de nuestras amigas, Kate, eran compinches. Siempre las encontrarías juntas yendo de arriba a abajo. En cambio, yo me la pasaba con Lucy, la prima de Rosie con la que crecimos también. Entre clases nos encontrábamos para almorzar y estudiar juntas en la biblioteca, aunque ella siempre estaba dibujando. Lucy estaba estudiando animación y siempre tenía un personaje nuevo al que ponerle nombre. Rosie estaba estudiando teatro musical, pero en NYU, y la veíamos de vez en cuando. A veces nos visitaba.

—¡No puedo creer que no tengas nada decente para ponerte! —Exclamó Ava. —Este clóset necesita una renovación urgente.

—Pues cuando empaqué para la universidad no pensé que iría a fiestas, estoy pagando demasiado dinero como para perder el tiempo.

—Tienes que relajarte un poco Sam, necesitas tener una experiencia social real. No solo socializar con tus compañeros de clase. ¡Tienes diecinueve! ¡Sal!

—Yo socializo contigo. —Bufé.

—Pero eso es diferente, soy tu compañera de cuarto. Necesitas tener más amigos aparte de Kate, Lucy, Marco y yo.

—¡Los tengo!

—Nómbrame tres.

Silencio sepulcral. Ava tenía razón. La dejé que me maquillara y me prestó uno de sus vestidos negros de tubo. La verdad es que sí me veía sensacional. Nos encontramos con el resto del grupo en el estacionamiento y Marco, el hermano de Kate, nos llevó en su auto. La música sonaba tan fuerte que se escuchaba hasta la entrada de la calle y hacía la casa vibrar con cada beat. La gente bailaba descontroladamente tratando de desestresarse.

La casa estaba repleta de gente, no cabía un alma más y aun así seguían llegando personas. Pronto nos iríamos de receso de invierno y todo el mundo estaba impaciente por las vacaciones. Celebrar el fin de año era una tradición antes de los exámenes y al parecer se tomaban en serio celebrar.

Yo también estaba emocionada, celebraría yéndome a casa a estar con mis padres para navidad, comería mucho pavo y haría maratón de todas las películas navideñas posibles en mi habitación. El plan perfecto.

—Voy a ir por algo de tomar, —gritó Ava y yo asentí. De un momento a otro quedé sola y perdí al grupo. Excelente Sam, esa es la regla número uno de las fiestas: *no separarte del grupo de amigos con el que asististe.*

Decidí subir a la planta superior de la casa esquivando a los cuerpos borrachos de la escalera y me asomé por el barandal, pero fue en vano, no reconocía a nadie. Era ver cabezas flotantes en un mar de cuerpos.

Tal vez están en la cocina, pensé. Cuando me dispuse a bajar para continuar con mi búsqueda, un chico me interceptó y me tomó del brazo atrayéndome hacia él. Se notaba que estaba muy borracho, su aliento olía terrible y su camisa estaba toda mojada de algo que no quiero saber qué era. Al principio no reconocí quién era él, pero al paso de unos segundos me di cuenta de que sí lo había visto antes en algunas de mis clases.

Recordé que en más de una ocasión trató de pasarse de listo conmigo llamándome por nombres grotescos y vulgares. Nunca lo dejé salirse con la suya y siempre le respondía de vuelta. Aunque en varias ocasiones lo dejé con las palabras en la boca y me iba rápido.

—Hola preciosa, no pensé verte por aquí esta noche.

Susurró en mi oído y traté de zafarme de su agarre. Tenía demasiada fuerza, he aquí una de las razones por las que no iba a fiestas. Los imbéciles como este que pierden el razonamiento por el licor siempre terminan mal. —¿Me puedes soltar por favor? —Insistí.

Mierda, esto no va a terminar bien.

—Hey Samantha, ¿recuerdas lo que te dije el otro día en clase de noticias internacionales? —Negué con la cabeza y mi estómago dio un vuelco nauseabundo.

—Que te tengo *unas* ganas… eres muy hermosa. —Acarició mi cara con su mano y traté de soltarme nuevamente, pero me empujó contra el barandal. —No sabes las cosas que te quiero hacer… —presionó su cabeza contra mi cabello inhalando y mi corazón empezó a acelerarse.

Mierda. Mierda.

—Suéltame o voy a gritar tan fuerte que llamaré la atención de todos. —Traté de soltarme nuevamente, pero no lo conseguía, era imposible. Enterraba sus uñas en mi piel.

—¡Ja! Puedes gritar todo lo que quieras, pero yo te haré gritar de otra manera. —Presionó su entrepierna contra mí y sentí como el aire me empezó a faltar de los pulmones. He escuchado y leído sobre este tipo de abusos, esto no me podía estar pasando a mí. ¿Qué hice mal?

—Aquí mismo hay un cuarto, ven conmigo.

Tenía que salir de ahí de alguna forma. Con todas las fuerzas que tenía lo empujé contra la pared impulsándome con mi pierna y empecé a correr lo más rápido que pude. Bajé las escaleras con dificultad y pude sentir cómo venía detrás de mí gritándome que me detuviera.

Alcancé la puerta de entrada y me choqué con algunos cuerpos, intentando decirles que lo detuvieran, pero la voz no me salía. Al llegar a la parte de afuera de la casa todo estaba lleno de nieve, traté de calmarme y pensar qué hacer, pero fue imposible.

Llegó y me jaló del brazo con fuerza enterrando sus uñas nuevamente en mi piel, desgarrándola.

—Sam, ¿en serio piensas que te me vas a poder escapar? He esperado esto por mucho tiempo, preciosa.

Puso sus labios encima de los míos mientras yo luchaba por separarme empujando su pecho y el sabor a alcohol me repugnó la boca.

—Déjame por favor, ¡ayuda! —Intenté gritar, pero la voz me salía como un susurro atrapada en mi garganta. El miedo estaba consumiéndome.

—¡No!

Gritó tirándome contra el suelo. Una mezcla de dolor y frío se apoderó de mí. La nieve amortiguó un poco el golpe, pero mi cabeza recibió el peor impacto. Esto era lo más bajo que había caído y lloraba con fuerzas. ¿Cómo alguien puede ser tan cruel y hacerle algo así a alguien? Estaba encima de mí, tratando de quitarme el vestido, pero no podía, mi chaqueta le impedía continuar. La cabeza me daba vueltas y me sentía débil, pero logré mover un poco mi cabeza y vi la nieve tintada de rojo.

Mi vista se nubló y él me golpeó en el estómago dejándome sin aire, ya no lograba avanzar y estaba molesto. Soltó un poco mi cuerpo e intenté arrastrarme en el suelo, pero él me detuvo dándome una fuerte cachetada para que dejara de resistirme.

—¡Déjala en paz imbécil!

Alguien gritó mientras tacleaba al chico y al fin pude respirar al sentir cómo me quitaron el peso de encima. Ladeé mi cabeza con dificultad y logré ver a través de mis lágrimas. Una figura masculina estaba dejándolo inconsciente a puñetazos. Intenté moverme, pero el dolor era insoportable y no dejaba de temblar del frío.

—Hola… ¿me escuchas?

Dijo preocupado pero con suavidad, tomándome en sus brazos.

—No-No-sé, me duele… mucho. —Musité temblando y me intenté sentar.

—*Shhh*, ya todo está bien… no te muevas por favor. Ya mis amigos están pidiendo ayuda. ¿Cómo te llamas?

—Sam.

Respondí logrando verlo a los ojos por primera vez, su mirada me transmitía tranquilidad, confianza y otras cosas en las que no podía pensar en ese momento.

—Hola Sam, soy Brandon. No dejaré que nada te pase, te lo prometo. —Asentí y me resguardé entre sus brazos. —Ya le di su merecido a ese idiota. Se va a quedar ahí en la nieve congelándose, capaz y se convierte en un Frosty The Snowman versión villano.

Me regaló una sonrisa y sentí una ola de calma. Como una fuerza dándome a entender que estaba segura a su lado y que todo estaría bien. Todo sucedió muy rápido, llegó la policía del campus y una ambulancia. Pararon la fiesta y todo el mundo salió para ver que estaba pasando. Mis amigos aparecieron exaltados y me pidieron disculpas por perderme dentro de la casa.

Aunque no tenían por qué excusarse, la única persona culpable de todo esto es el imbécil que ahora sabía que se llamaba Tim, a quien probablemente van a expulsar. Mis heridas no fueron más que un susto y no me ocurrió nada más grave gracias a que Brandon intervino.

Así fue como nos conocimos. No fue la manera más ortodoxa, pero desde ese momento fuimos inseparables. Todos los días mientras estuve en el hospital pasó a verme y a hacerme compañía, veíamos películas y me cantaba suavemente tocando la guitarra; su voz era preciosa. Cuando salí, nos volvimos muy cercanos y más que un amigo, se convirtió en mi confidente.

Íbamos a todos lados juntos, me ayudaba con mis tareas y se quedaba conmigo hasta tarde para ayudarme a estudiar para que no descuidara mis notas. Luego de unos meses nos hicimos novios y cuando se graduó al final de la primavera, pasamos todo el verano juntos en la casa del lago de su mejor amigo con el resto de nuestro grupo, que ahora se había fusionado.

A mí todavía me faltaban dos años de universidad, pero él se ajustó a nuestra relación y me visitaba todos los fines de semana. Se quedaba a escondidas en mi dormitorio o rentábamos algún Airbnb para estar solos. Brandon fue mi primer amor y aunque ya no estuviéramos juntos me alegraba que siguiéramos en la vida del otro.

Creo que, si algún día llegara a perderlo, sería demasiado difícil de superar. No puedo imaginármelo. Se me parte el corazón.

—Estuvo delicioso. —Dije aún con la boca llena y él sonrió. —Te necesito de chef privado.

—Me alegro que te gustara, ¡es la receta perfecta para hacer sentir mejor a Sam Richards! —Exclamó y reí.

—Bueno no te falló. Gracias por el tratamiento doctor. Excelente diagnóstico.

—No te veía tan triste como ayer desde hace mucho tiempo y… me dolió. —Bajó la cabeza y tragué fuertemente.

—A mí tampoco me gusta estar triste, casi nunca lo estoy y siento que me desenfoca, pero hey, —tomé su mano y lo miré a los ojos. —Estoy bien. No te preocupes por mí. Quédate tranquilo.

—Ay Sam, no me mientas. Te conozco mejor que tú misma y sé que no lo estás. Has trabajado arduamente por Nuevos Mundos y es obvio que te duele. A mí también.

Se levantó frustrado de la mesa de mi cocina y puso su plato en el fregadero. —Sí, pero ya me siento mejor, vamos a resolver esto. —Me acerqué poniéndome frente a él y coloqué mi mano en su hombro. —Los dos podemos lograrlo.

Me abrazó fuerte y besó la parte de arriba de mi cabeza. Me siento tranquila y segura cuando estoy con él, lo quiero demasiado. Tal vez si las cosas fueran diferentes estaríamos juntos, pero él ya siguió adelante y yo tengo hacer lo mismo. Solo con ser su amiga tiene que ser suficiente. Por más duro que sea tengo que ignorar estos sentimientos, no nos harán bien a ninguno de los dos.

—Bueno, me tengo que ir.

Se separó del abrazo quitando mi mano de su hombro y luego de unos segundos la dejó ir causándome que lo extrañara inmediatamente. —Quedé en ir a ver a Cherry. Tiene una sesión de fotos para una marca. —Caminó hacia la puerta y tomó su chaqueta del perchero.

—¿Cómo la soportas todavía?

—Lo estoy intentando. Ha sido extraño. Pero es prima de Kevin y prácticamente me está obligando a salir con ella. Es buena chica en realidad. —Giré mis ojos en desagrado y le abrí la puerta.

—Suerte con eso, —Se limitó a reír y besó mi mejilla.

—No la necesito.

—Ya vete, ¡te veo el lunes! —Dije, alzando la voz y dirigiendola hacia el pasillo.

—¡Adiós Sam, y no olvides encender la calefacción! —Gritó desde el elevador.

4. MI SUÉTER DE GRYFFINDOR

Por primera vez en toda mi vida decidí no ir a la oficina. Debo estar en mi lecho de muerte, porque al irse Brandon no tenía ganas ni siquiera de bañarme.

Llamé a Jacky para que me enviara el trabajo por correo ya que trabajaría a distancia. Estaba preocupada, esta actitud era nueva tanto para ella como para mí. Sinceramente no tengo ganas de ir a la oficina, algo que jamás de los jamases me imaginé decir.

No puedo ir y pretender como si no estuviera pasando nada, plantarme frente a todo el equipo con una sonrisa me haría sentir hipócrita y no. Necesito más tiempo para encontrar las palabras correctas para explicarles todo y tal vez a Brandon para apoyo moral.

Hay personas que han trabajado aquí por treinta años, prácticamente desde que los padres de Bran la fundaron. Será devastador para todos enterarse que así, de repente, se quedarán sin trabajo.

Tal vez el señor Hugh logre reubicarlos en otras de las empresas, pero esa logística ya tendrá que idearla él. Me puse al día con mis correos electrónicos, hice algunas llamadas y a las tres de la tarde me levanté del escritorio que tengo en mi habitación en busca de algo de comer. Abrí la nevera y nada se veía atractivo; no tengo ni la menor idea de cuánto tiempo lleva ese molde de pan ahí. Suspiré derrotada y cerré la puerta de la nevera, tal vez Rosie querría almorzar. Tomé mi celular y recordé que todos los días de semana tiene ensayo hasta las cinco de la tarde. Tenemos una conversación pendiente, así que es obvio que hoy pasaríamos el rato.

Rosie es actriz y cantante, creo que ya les comenté que estudió teatro musical en la NYU. Es extremadamente talentosa, y actualmente será la protagonista de un nuevo musical en Broadway.

No puedo esperar para verla brillar. Se lo merece.

Caminé de vuelta a mi habitación y desbloquée mi celular para escribirle. Espero no interrumpirla.

> S.O.S, necesito urgentemente una noche de palomitas, comida rápida y de esos chips gluten-free que te gustan. ¿O puedo comprar Doritos?

> Estás tratando de envenenarme, ¿verdad? Wow, que bajo has caído. En verdad, era de esperarse.

> En serio, tengo tanto que contarte. ¿Tienes planes para ahora en la noche? Pasemos nuestra noche semanal para hoy, de verdad que es urgente.

> Obviamente amiga mía, voy a pasar al supermercado a comprar provisiones para ver películas como los dioses mandan.

> ¡Por favor! Veamos True Crime y películas de Disney.

> Es una cita, trae tu mejor pijama.

Sonreí y puse el teléfono en el escritorio para seguir trabajando. Rosie nunca falla en hacerme reír.

Rosie, seriamente preocupada me dejo entrar a su departamento y dijo. —Bueno, empieza. ¿Qué tanto tienes que contarme? Espera, no trajiste Doritos, ¿cierto?

—Claro que no, a mí me encantan, pero sería un homicidio y todavía soy muy joven para ir a la cárcel.

—Eso espero, además para que veas lo buena amiga que soy, al salir del ensayo pasé a una pastelería para comprarte un pastel de chocolate, creo que lo necesitas y es solo para ti.

—*Siiiiiiii* lo necesito y mucho, —respondí lloriqueando y tirándome en su sillón rosado. Rosie es la mejor, no puede comer gluten, pero está acostumbrada a tener esos detalles con todo el mundo. —Puedes comer un pedazo si quieres. —Dije sarcásticamente.

—No gracias, no tengo ganas de ir al hospital hoy.

Hablamos por una hora mientras comíamos y le conté todo lo que ha sucedido entre ayer y hoy.

Desde la reunión con los Hecox, hasta el plan de Bran y mi crisis existencial. Se siente bien desahogar todo ahora más tranquila. Aún me duele que todo esto esté pasando, pero lo vamos a remediar.

—Entonces a ver si te entendí. Puede que te quedes sin trabajo, no viniste anoche porque querías estar sola y estabas triste, pero Brandon, tu ex novio/amigo complicado del que aún estás enamorada, vino hoy en la mañana y te explicó un plan para salvar la empresa ustedes dos juntos. Luego te cocinó desayuno y después se fue a una cita con su actual chica que resulta ser una super modelo. ¿Es todo?

Cabeceó y tomó un sorbo de soda de piña. Resumió todo perfectamente. —Sí, básicamente eso. Lo único en lo que no acertaste es en que yo no sigo enamorada de Brandon.

—Sí ajá, —bufó. —Mira, primero que todo, está bien que te sintieras así, es normal ver que si el trabajo de tu vida se ha arruinado te descompongas. Nadie es perfecto. Imagínate que de la nada me cancelaran el musical… lloraría por siempre. Segundo, no te preocupes anoche, entiendo que necesitabas tiempo para estar sola. A todo el mundo le pasa. Y tercero, todavía lo amas y no me digas que no porque sé que sí y cuando te des cuenta te voy a gritar *te lo dije*.

—No lo harás, porque *no* es cierto. Él siguió con su vida, yo con la mía.

—Jamás entenderé por qué terminaron. —Se llevó un puñado de palomitas a la boca mientras buscaba *Hércules* en *MovieTVworlds*, la aplicación de películas más famosa de entretenimiento en streaming.

—Tú sabes perfectamente por qué.

—Sí, pero no tiene sentido.

—Ay, ya basta de mí. ¿Cómo te fue a ti hoy en el ensayo? —tomé de mi vaso tratando de desviar el tema. —¿Ya tienes tu camerino?

Asintió, colocando su vaso en el suelo.

—¡Increíble! hoy practicamos mi número principal y ensayamos todo el primer acto ¡te va a encantar! —Le dio play a la película y me miró. —Sé que estás desviando el tema y ya lo dejaré hasta aquí, pero escúchame bien… —suspiró. —No quiero que te cierres a la idea de amar a alguien solo porque no quieres comprometer tu profesión. ¡Algo que ni siquiera pueda que pase porque no estamos en el siglo pasado! Además, estoy empezando a creer que lo que tienes es miedo.

Pensé en responderle, pero me limité a ver la película, todo era demasiado complicado. Ella se acomodó mejor en el sillón para mirar directo al televisor. No puede tener razón, solo somos amigos y ya. Ambos tardamos alrededor de un año en salir con otras personas.

Kevin siempre se ha encargado de presentarle chicas; yo por mi parte, salí en varias citas con compañeros de los elencos de Rosie.

Durante todo el tiempo que hemos estado separados, la relación más larga que Bran tuvo antes de Cherry fue con Kim, la hermana de Kevin. Duraron seis meses y luego terminaron. Era un ciclo sin fin, una chica tras otra y no duraba más de eso con nadie. Ambos son de los solteros más codiciados de la ciudad y cuando llegan a mí los chismes que se rumoran dentro de la empresa los ignoro, no me hacen nada bien. Pero ¿qué puedo decirles?

Todas las que los ven caen rendidas a sus pies, son excelentes partidos. Bueno, más Brandon que Kevin, claro está.

El día en el que terminamos está grabado en mi cerebro como un jingle comercial, asusta que jamás se logrará borrar de mi cerebro. Cuando terminé la universidad pasé algunos meses en busca de trabajo o algún lugar para practicar. Tenía que encontrar trabajo rápido, el tiempo corría y me empezarían a descontar el préstamo pronto. Luego de mi graduación regresé a vivir con mis padres, pero eso fue complicado y tenía que salir pronto de ahí porque se estaban preparando para su gran mudanza a Florida. Se irían a vivir sus *años dorados* allá como siempre lo planearon toda su vida.

Brandon y yo seguíamos juntos, y nuestra relación era bastante discreta pero aún informal, tanto que no había conocido a sus padres ni yo a los suyos. Una noche fuimos a cenar a un restaurante mexicano y luego caminamos de vuelta a su departamento en el Upper East Side de Manhattan.

La ciudad de noche es lo máximo, excepto cuando te cae un aguacero encima. Corrimos tomados de la mano por siete cuadras hasta llegar a su edificio y más empapados no podíamos estar.

—Te ves hermosa con mi suéter de Gryffindor. —Dijo mientras me veía salir de su habitación y tiraba mi ropa a lavadora.

—Ni creas que me vas a hacer dudar de mi sangre Ravenclaw.

Le saqué la lengua y me tiré en su cómodo sofá arropándome con una manta. —Jamás, mi amor. Pero no te preocupes, cuando te gane en Quidditch estaremos a mano. —Se tiró a mi lado y hundió su cara en mi hombro. —Te extrañaba.

—Y yo a ti.

Me quedé embobada viendo sus hermosos ojos color miel y sonreí. Me abrazó con fuerza y suspiré, me hacía muy feliz. Besó mis labios con delicadeza y me dejé llevar en su tacto. —Tengo que contarte algo, —Rompió el beso y ambos nos sentamos. —Soy toda oídos.

—Mis conexiones funcionaron. —Sonrió.

—Me perdí. ¿Qué conexiones?

—¿Recuerdas cuando me comentaste que aplicarías para Nuevos Mundos? —Asentí.

—Bueno... ¡te aceptaron!

—¿Qué? Brandon, ¿me estás jodiendo verdad? ¡No lo puedo creer! He aplicado para tantas editoriales... Hasta apliqué para una que solo se enfoca en libros de matemáticas ¡y no entiendo ni rayos!

—Ya viste, tu talento es increíble.

—Es que... wow, es el lugar perfecto para mí. Tiene todo lo que me gusta, no lo asimilo. —Me miró sonriente y besó mi mejilla.

—Pues asimílalo y compréndelo porque empiezas a primera hora el lunes. —Grité y me le tiré encima plantando besos por toda su cara. Me senté calmándome y cubrí mi boca aún sorprendida.

—Pero explícame, ¿cómo fueron esas conexiones? —Miró al suelo y mordió su labio nervioso, siento que me está ocultando algo.

—Brandon… —Advertí.

—¡Te lo iba a decir! Pero no quería que te enojaras conmigo.

—Anda, dime.

—Cuando te ayudé a enviar las aplicaciones a todas las empresas omití un pequeño detalle…

—¿Qué detalle?

—¿Te acuerdas cuando te conté sobre mis padres y su corporación de empresas?

—Sí, me acuerdo, pero no entiendo qué tiene que ver con esto.

—Ya voy a eso. Bueno… la editorial es una de las empresas de mis padres.

—¿Qué? —Lo miré atónita y dejé salir un jadeo. Así que solo entré a la empresa porque es hijo de los dueños, no por mi talento.

—Sí, mis padres son dueños de Nuevos Mundos. De hecho, mi madre es la Editora en Jefe. Mi hermana y yo también vendríamos siendo parte dueños.

—¿Por qué no me lo habías dicho? ¿Por qué me lo ocultaste?

—No lo sé, el tema nunca había salido a colación y cuando me enteré de lo que estabas haciendo pensé que podría ayudarte.

—Pero entré por nepotismo. No por mi esfuerzo.

—Ah no, en eso sí te equivocas, solo le dije a mi madre que mirara tú trabajo específicamente. Después de leerlo me dijo que le había encantado y me preguntó que cómo te conocía. Le dije que somos amigos de la universidad y eso fue todo.

—No sé qué decir…

—Yo sé que siempre te esfuerzas por todo, pero pensé que podía darte una ayuda extra en esta ocasión.

—Te lo agradezco, —besé su mejilla y me levanté del sofá para mirar por la ventana. La intensidad de la lluvia disminuía.

—¿Estás bien? —Preguntó, acercándose. —Estás molesta, ¿cierto?

—No, no estoy molesta.

—Sí lo estás.

—No.

—Podemos quedarnos aquí toda la noche decidiendo si sí o si no, pero no quiero que estés enojada conmigo. —Suspiré y lo miré a los ojos.

—Creo que debemos terminar. —Solté abruptamente.

—¿Qué? ¡No! Pero, ¡¿por qué?! —Vi pánico en sus ojos y mi vista se nubló al sentirlo tomar mi mano. No quería hacer esto, no sé por qué lo estaba haciendo, pero era necesario.

—No quiero comprometer mi puesto de trabajo, o que piensen que solo estoy ahí por mi relación contigo. Que no tengo el talento necesario para ser parte de la editorial. Si voy a lograr algo va a ser por mí,

—Entonces, ¿qué estamos haciendo? ¿Hemos estado juntos todo este tiempo para nada? —Brandon dijo y solté su mano.

—Claro que no Brandon, yo te amo, pero este es mi trabajo soñado y no quiero que me regalen nada. No quiero pasar por encima de los demás, no está bien.

—No vas a pasar por encima de los demás…

—¿Y si se llegan a enterar que estamos juntos? Todo el mundo va a empezar a decir que solo estoy ahí porque estoy durmiendo con el hijo del jefe. No quiero que me encasillen con esa reputación, la ética profesional es algo que respeto mucho. —Suspiré y pude ver como las lágrimas se asomaban en sus ojos.

—De un momento a otro pasamos de una relación real a solo estar *durmiendo con el hijo del jefe…* —musitó.

—No quiero arriesgarme apenas estoy iniciando mi carrera… —Me estaba muriendo por dentro al tener que decirle todo esto, estaba siendo muy dura con él, solo quería ayudarme. —Creo que no debería aceptar este trabajo, algo encontraré en otro lado.

—No. Tienes que aceptarlo, ya lo dijiste, es tu trabajo soñado. No me perdonaría si pierdes esta gran oportunidad por mi culpa. Podemos seguir en secreto…

—Tú te mereces a alguien que te dé toda su atención, con la que puedas salir cada vez que quieras. Quiero que seas feliz y si acepto este trabajo no podré darte eso ahora.

—Claro que sí, podemos pensar en algo. Tienes que aceptar el trabajo, lo necesitas, pero no podemos dejarnos, por favor, no lo soportaría… Eres lo mejor que me ha pasado en toda mi vida, Samantha.

Lloró en mi hombro y mi cuerpo temblaba, esta vez no de frío.

Hasta aquí llegaban Sam y Brandon. Pero era así, tenía que tomar ese trabajo.

—No… esto va a ser lo mejor para nosotros, vas a ver.

Limpié las lágrimas de su rostro al levantarlo en mis manos.

—Entonces si esto es lo mejor, ¿por qué siento que se me arrancó una parte del corazón? Si nos amamos de verdad, ¿por qué tiene que estar pasando esto? ¿Qué importa lo que digan los demás? —suplicó y seguía llorando. Me partía el alma verlo así, pero esto es lo correcto, es lo que tengo que hacer, ¿no?

—Lo siento, —traté de alejarme, pero mis pies no cedían, no podía moverme. Estaba petrificada al suelo y él besaba mi brazo. —No hagas esto más difícil por favor…

—Yo puedo hablar con mis padres, no dejarán que nadie te trate mal, ni nada, vas a estar bien. —Divagó frustrado y negué con la cabeza. Tenía que salir de ahí rápido, si no, cedería ante sus deseos.

—No, Brandon. No hagas nada. Vas a ver que esto es lo correcto.

Limpié las lágrimas de mi rostro y caminé hacia el pasillo para ponerme mis zapatillas e irme. Él siguiéndome por detrás.

—Bien. Si esto es lo que decides, está bien. —Dijo sin mirarme con la vista clavada a la puerta. —Te amo demasiado como para ser el causante de que no cumplas tus sueños… y porque te amo tengo que pensar en ti primero, así que lo mejor es que lo dejemos hasta aquí.

Tomé mi bolso y abrí la puerta. —Te amo. —Susurré.

—Yo también, Sam. Yo también.

Escuché mientras salía y cerré la puerta dejando todo atrás.

Cuatro años después, su suéter de Gryffindor seguía colgado en mi armario como recordatorio de esa noche. Nunca se lo regresé y él tampoco me regresó mi ropa. En muchas ocasiones la decisión de terminar me sigue atormentando; todo había sido mi culpa, pero ya no podía echar el tiempo atrás. Todo resultó como lo planeé y me gané el puesto de editora en jefe por mis propios méritos.

Pero costándome a la única persona que realmente he amado.

—No estás viendo la película, —Replicó Rosie. —Estás distraída.

—Sí la estoy viendo.

—Entonces estás viendo la misma ironía que yo, *No Hablaré de Mi Amor.* —Dijo Rosie riéndose. —Imagínate que yo soy una de las musas y tú eres Megara, eres exactamente ella en este momento.

Rosie empezó a cantar junto a la película y yo negué con la cabeza. Claro que no soy Megara.

Girl you can't deny it
who you are is how you're feeling
Baby we're not buying
Hon we saw you hit the ceiling
Face it like a grown-up
When you gonna own up that you got got got it bad

—Claro que no. —Me metí un puñado de chips gluten-free en la boca mientras ahora sí le prestaba atención a la película.

5. VIDEOLLAMADA CON LA REINA

Los siguientes días se pasaron volando.
       Durante todo el fin de semana decidí intentar distraer mi mente del trabajo y de la reunión que tendríamos el lunes con Elizabeth y su padre.

El sábado, Rosie sugirió que nos fuéramos de compras a un par de ventas de patio que encontró anunciadas en Internet.

No había nada más gratificante que comprar ropa linda rebajada y luego almorzar comida griega en un restaurante en la décima avenida en Manhattan con tu mejor amiga. Era un plan perfecto, de esos que todos necesitamos en algún momento para descomprimirnos.

—Entonces explícame, ¿tienes algún plan de contingencia por si el plan no resulta? O sea, no me malinterpretes y obviamente espero que funcione, pero asumo que ya tienes un plan B, siempre lo tienes.

Preguntó Rosie mientras tomaba una cucharada de su sorbete de mango. —La verdad es que aún no he tenido tiempo para pensarlo, pero hace poco más de un año y medio Kate me llamó para ofrecerme un puesto de corresponsal de noticias de CNN en Atlanta.

Claramente decliné porque recién el Sr. Hecox me había ascendido. Tomé un sorbo de agua y continué. —Me dijo que está ahí trabajando como asistente ejecutiva.

—Pero no has trabajado de periodista en serio, sería un cambio bastante radical y te tendrías que mudar de la ciudad.

—Lo sé, pero sin Nuevos Mundos honestamente ya no hay nada que me ate a estar aquí en Nueva York. Es decir, yo nací y crecí aquí, mis padres se mudaron a Orlando cuando me gradúe, Nueva York es mi hogar, pero no tengo más familia aquí. Solo estás tú y podría venir a visitarte y a ver tus shows.

Repliqué terminando mi helado y haciéndole señas al mesero para que trajera la cuenta. —¿Y qué hay de Brandon?

Mi estómago se revolvió. Tan solo pensar en alejarme de él me causaba un terrible malestar.

—¿Qué hay de qué? Solo somos amigos, podemos seguir siendo amigos a distancia, es lo normal…

—Ustedes dos no son normales.

—Es la verdad.

—Pero no te entiendo, ya no tendrían ningún impedimento para estar juntos por la empresa, —replicó frustrada. —¡No entiendo!

—Sí hay un obstáculo… —miré hacia el suelo y ella cuestionó.

—Él ya no me ama Ro y yo tampoco lo amo.

Terminé mi vaso de agua y empecé a mordisquear un hielo.

—¿Y tú estás segura de eso?

Dijo poniendo su parte de la cuenta en la mesa y se levantaba tomando su chaqueta. Las palabras de Rosie se quedaron repitiéndose en mi mente como un disco rayado hasta que regresamos al edificio. Me tiré en la cama tratando de poner mi mente en blanco, pero he llegado a la conclusión de que eso es irrealizable. No puede ser posible que casi cuatro años después ambos siguiéramos enamorados el uno del otro. Ha pasado mucho tiempo y los dos hemos seguido adelante.

No es una posibilidad, ¿o sí?

—Ah, ¿por qué esto tiene que ser tan difícil? —Me cuestioné, frustrada y tapándome la cara con una almohada. Será una larga noche.

E L DOMINGO NO PUDE DORMIR DE LOS NERVIOS. Salí de mi casa a las 6:30 A.M del lunes y llegué a la oficina media hora después.

Jacky ya estaba en su escritorio y me tenía listo un cappuccino como cada mañana. Es la más increíble del mundo. En cualquier minuto Brandon llegará para la reunión por vídeo llamada a las ocho en punto ya que en Londres sería la 1:00 P.M.

Estoy hecha un mar de nervios a punto de ahogarme en cualquier momento. En esta reunión se determinaría tanto el futuro de la empresa, como el mío. Y si al padre de Elizabeth no le caemos bien, hasta aquí llegó todo.

—Hey, buenos días, ¿estás lista?

Preguntó Brandon entrando a mi oficina y cerrando la puerta detrás de él. Nadie nos podía escuchar, esta sería una reunión secreta, como si fuésemos espías encubierto.

—Mas o menos, no logré dormir nada anoche y tengo un nudo en el estómago del tamaño de una pelota de básquet. Me tuve que tomar unos antiácidos antes de salir de la casa.

Me quité un mechón de cabello de la cara que me estaba estorbando y bebí un sorbo de café.

—Yo tampoco dormí mucho, estuve pensando que debemos ser sutiles y explicarle la situación al señor Jack con calma. Asumo que ya Elizabeth debe haberle hecho un resumen de todo.

Se sentó frente a mí y tomó el cubo Rubik de mi escritorio, era infaltable, cada vez que venía intentaba resolverlo, pero ni yo podía hacerlo.

—Sí, prefiero que tú hables y expliques todo desde el principio, yo solo haré breves comentarios, —suspiré. —Es más, creo que deberías hablar solo tú con ellos, yo lo arruinaré.

—No, no, no, ¿qué? Estamos en esto juntos, o lo hacemos los dos o no hacemos nada. Vamos Sam, no estés nerviosa, todo va a salir bien. —Puso el cubo de vuelta en la mesa rindiéndose y extendió su mano.

—Está bien, —musité y él sonrió al recibir la mía.

Sacó su laptop de un maletín y la colocó en mi escritorio. Acercó una de las sillas para ponerla a mi lado y nos sentamos a esperar a que fueran las ocho en punto, solo faltaban un par de minutos.

La llamada entró inmediatamente y en la pantalla apareció la pelirroja que teníamos años sin ver frente al logo de Harrington Enterprises. Conexión directa a las tierras británicas.

—¡Brandon! ¡Sam! Qué encantador verlos nuevamente después de todos estos años, se ven muy bien. —Dijo Elizabeth, con un fuerte acento británico.

—Elizabeth yo digo lo mismo, qué gusto saludarte. Gracias por la oportunidad de hablar con ustedes.

Respondió Brandon con una sonrisa cálida.

—Gracias Elizabeth, qué lindo saludarte igual. —Respondí.

—Igualmente. Bueno, voy a ir al grano. Mi padre se estará uniendo a la reunión dentro de unos momentos para saludarles, pero me pidió que les explicara todo rápidamente.

—Sí claro, cuéntanos. —Sonreí y crucé mis dedos.

—Hemos estado revisando las cifras y les voy a ser sincera, los números no están bien. Pero, les tenemos una propuesta.

Tragué fuertemente y traté de concentrarme.

—¿Cuál? —Preguntó Brandon, pegando su pierna junto a la mía y moviéndola inquietamente

—Mi padre llamó a uno de sus socios en New York que solía ser accionista en Hecox Companies y éste le dijo que dejaron de poner su dinero en la editorial porque las ventas en vez de subir bajaban cada vez más. La gente ya no compra publicaciones impresas, básicamente se han vuelto obsoletas y se pierde buen contenido porque nadie lo lee. —Explicó Elizabeth detenidamente. Eso lo sé, todos los sabemos. Y sí, generamos ventas, pero no en masa.

—Entonces, ¿lo que nos están diciendo es que no quieren publicaciones en papel? —Pregunté confundida.

—Exactamente, estamos en una moderna era digital y hay que darle uso. Además, Harrington Enterprises tiene una política verde, mientras menos papel usemos, mejor.

—¿Qué sugieren entonces? —Preguntó Bran.

—Queremos hacer un show web, algo novedoso. Están muy de moda y estoy segura de que les iría bien a ambos. Si el programa tiene el alcance deseado, entonces pondremos el dinero para Nuevos Mundos, invertiríamos en la empresa y la rediseñaríamos para que sea completamente digital.

No más tinta y papel.

Elizabeth terminó de hablar y yo me había quedado sin palabras.

Sería un cambio radical dejar de publicar de manera tradicional y pasar todo a Internet. Ya se había discutido este tema antes pero nunca de manera tan seria. Siempre pensamos en hacerlo lentamente.

—Pero, ¿cómo lo haríamos exactamente? —Preguntó Brandon con voz ronca, se notaba que no le gustaba esto, pero no teníamos más opción.

—Queremos cambiar todo. Utilizar más las redes sociales, hacer producciones audiovisuales y artículos digitales. Todo online, hasta los libros y las revistas serían digitales. Hay que darle un giro nuevo a *Nuevos Mundos*. —Dijo emocionada. —Entonces qué dicen... ¿aceptan?

—¿Cómo sería el show web? —Pregunté, aclarándome la garganta.

—Ahorita que venga mi padre les explicaremos mejor, pero ¿sí aceptan?

—Wow, esto es... diferente. —Dijo él, exhalando fuertemente y lo miré sorprendida. —Pero es la única opción viable que tenemos.

—Sí, nos hemos demorado mucho tiempo en modernizarnos y ahora estamos pagando las consecuencias, pero no es una decisión fácil, —añadí.

—Realmente no lo es, pero tenemos que aceptar. No tenemos otra opción. —Brandon puso su mano en mi hombro y asentí.

—¡Espléndido! No se van a arrepentir, voy a avisarle a mi padre para que entre y les expliquemos cómo vamos a empezar, —dijo al otro lado de la pantalla y se levantó de su silla.

—Espero que hayamos tomado la mejor decisión... —Susurré.

—Sí, yo también.

Tal vez empezar todo desde cero no es tan mala idea, Nuevos Mundos siempre ha sido una editorial tradicional y de las pocas que quedan.

El señor Hugh nunca quiso que se cambiara mucho, porque quería dejarlo tal y como su esposa lo dejó. Pero los tiempos evolucionan y esto se nos sale de las manos, la decisión debía tomarse.

Los cambios son buenos. La mayoría de las veces...

—¿Estás bien? —Preguntó Brandon al verme ida.

—¿Hm...? sí, estoy bien. —Respondí, aclarándome la garganta. —Solo pensativa. Esto es algo muy grande.

—Te entiendo. Estoy igual.

Elizabeth regresó a nuestro campo de visión acompañada por un hombre mayor, me atrevo a decir que puede tener casi la misma edad que Hugh.

—Sam, Brandon, les presento a mi padre Jack Harrington. Padre, Samantha Richards y Brandon Hecox. —Dijo Elizabeth volviéndose a sentar.

—Mucho gusto señor Harrington, le agradezco mucho la decisión que tomaron usted y Elizabeth para salvar nuestra empresa, significa mucho para nosotros. —Dijo Brandon. Se notaba muy ansioso pero serio y su pierna no dejaba de moverse causándome más nervios a mí.

—No es nada, muchacho. Por favor llámenme Jack, señor Harrington era mi padre. —Replicó riendo. —Por favor, no estén serios, ¡ni que estuvieran hablando con la reina!

Todos reímos y nos relajamos un poco. —Bien. ¿Ya mi hija les explicó lo que queremos hacer con Nuevos Mundos?

—Así es Jack, pero aún no tenemos claro lo del web show.

Respondí rápidamente.

—Antes de llegar a eso, Brandon, cuéntame algo. ¿Por qué dejaron de publicar *Elecciones*?

Quedé fría. Abrí mis ojos sorprendida y la pierna de Brandon se detuvo de inmediato. La pregunta nos cayó a ambos como un balde de agua fría, más que todo a Brandon. Sinceramente no sé cómo va a responder.

¿Se acuerdan de cuando les conté sobre Elecciones? Elecciones... la revista que me dio esta pasión por la escritura y las historias, lo era todo para mí.

Cuando empecé a trabajar en Nuevos Mundos leía las ediciones antes de que fueran llevadas a los puntos de venta y me seguía fascinando cada vez más. Sin embargo, inesperadamente al fallecer Lily, la madre de Brandon, su publicación se detuvo ya que ese siempre fue su proyecto personal. Recién empecé en mi puesto en la editorial, ella me contó que la creación de la editorial fue su idea.

Todo empezó por ella y su pasión por la lectura, nos parecíamos mucho y me sentía muy identificada con ella. Luego de que murió, la revista paró sus operaciones y el resto del equipo de ese proyecto fue asignado a otros.

Y a pesar de que era el proyecto que más dinero producía, nadie más intentó volver a trabajar en la revista.

Una vena de su cuello sobresalía y pude ver el dolor acumularse en la mirada de Brandon y su cuerpo tensarse, recordar a su madre siempre lo ponía mal, su muerte fue demasiado trágica. Puse delicadamente mi mano encima de su rodilla por debajo de la mesa, sin que se viera, y él entrelazó sus dedos con los míos automáticamente.

—Bueno Jack, la verdad es un tema complejo. Elecciones siempre fue un proyecto personal de mi madre, —paró de hablar un momento para mirar al suelo y yo apreté fuertemente su mano en señal de apoyo. Él podía hacerlo.

—Al ella fallecer repentinamente, la producción se detuvo y nunca se retomó.

—Entiendo, una vez cuando viajé a Nueva Jersey me topé con la revista y me encantó. Por eso mi idea es revivirla. —La mirada de Brandon se tensó y miró fijamente al señor Jack a través del monitor.

—Perdón, ¿cómo? ¿Cómo así *revivirla*?

Respondí antes que él mientras le hacía círculos en la mano para que se relajara.

—El show web que queremos producir es Elecciones. Ahí ustedes dos serán los presentadores y plasmarán exactamente el contenido que se hacía en la revista. —Respondió Elizabeth, incluyéndose nuevamente en la conversación.

—Ya saben, mientras muestran lugares turísticos alrededor de todo el mundo, deben encontrar personas reales y contar sus historias.

—Sin embargo, al inicio solo serán tres países, para ver cómo nos va y qué tanta recepción tiene. Colocaremos algunas publicidades en los vídeos y así también podremos generar ingresos. —Dijo Jack.

—Sí, el proyecto quedará en manos de ustedes dos. Tendrán que realizar todo ustedes dos. Ir, grabar, escribir los guiones y pueden contratar un editor. Nosotros costearemos todos los gastos: vuelos, estadía, transporte, lo que sea que necesiten.

Elizabeth continuó leyendo de sus apuntes y el señor Jack miró su reloj. —Si los primeros episodios funcionan y esta primera fase es un éxito, invertiremos en salvar la editorial y en una producción mayor del programa.

Habló el señor Jack escribiendo algo en su celular y volviéndonos a mirar. —¿Qué países? —Preguntó Brandon, soltándome la mano y acomodándose en la silla.

—Vendrían primero acá a Reino Unido, luego irán a Italia y por último a Francia, solo para empezar, luego regresarán a Nueva York, —respondió Elizabeth emocionada. —Con todas las ideas que tenemos estoy segura de que el show va a ser un éxito.

—Esperen, ¿ahora seremos guías turísticos? —Pregunté.

—Algo así, tómenlo como una experiencia de aprendizaje internacional. Podrán llevarle la información histórica a los espectadores y conocer más sobre estos países también —Dijo Elizabeth, sonriente.

Ella estaba extremadamente feliz, yo asentí. ¿Qué me quedaba? Miré a Brandon por el rabillo de mi ojo y podía notar lo incómodo que estaba.

—Bueno muchachos quedamos así, mi hija les estará escribiendo en la semana para organizar toda la logística de su viaje. —Se aclaró la garganta.

—Llamaré a tu padre Brandon para decirle todo lo que hablamos, nos vemos pronto chicos.

El señor Jack se levantó y salió de nuestro campo de visión tan rápido que no pudimos despedirnos. —Sam, mañana te estaré enviando algunas de las ideas para el programa y por favor, tómenlo bien amigos. Los cambios sí son buenos. Hablamos pronto.

Elizabeth cortó la llamada y dejé salir el aire que mis pulmones estaban aguantando. Todo sucedió demasiado rápido. Mi oficina quedó en absoluto silencio y lo único que sentí fueron los brazos de Brandon abrazándome con fuerza. Estuvimos así por un largo rato.

No sé cuánto exactamente.

Pero solo se escuchaban nuestras respiraciones y el sonido proveniente de los ductos de ventilación.

6. MI MALETA ES MUY PEQUEÑA

La reunión con el personal de la editorial no fue nada fácil. Fue un par de días después de la reunión con los Harrington. Hugh nos pidió de favor a Brandon y a mí que fuésemos completamente transparentes con ellos, para darles tiempo de tomar sus propias decisiones.

Nos tocó explicarles la situación real, el nuevo proyecto digital y el posible re-diseño que queremos conseguir. Todo con calma para que no se formara un revolú. Hubo personas genuinamente asustadas por la posibilidad de perder su empleo, pero se les aseguró que nadie se iría sin importar que se terminaran sus contratos con la editorial. Brandon les prometió que él, su hermana y su padre harán todo lo posible por reasignarlos según el área de su especialidad en cualquier otra de las empresas Hecox.

Se les aseguró que nadie se iría así por así. Luego de hablar con ellos recibí un correo electrónico por parte del señor Hecox en donde nos daba su visto bueno a mí y a Bran para llevar adelante el programa de Internet y se alegró mucho de que Elecciones vuelva a resurgir.

Estoy seguro de que Lily estaría muy feliz al ver todo esto, leí. Al que no le estaba resultando nada fácil era a Brandon, se estaba tomando todo esto más duro que yo y me causaba un dolor terrible verlo así.

Al terminar la jornada del día me lo encontré al salir del edificio. Estaba sentado en un sillón con la mirada fija en la calle, solo, viendo el tráfico pasar. —Hola, —dije sentándome a su lado. —¿Qué haces aquí todavía? Pensé que te habías ido hace horas.

—No tuve el coraje para irme.

—Yo estoy un poco más tranquila, ¿me quieres contar por qué de optimista ahora pasaste a ser un payaso triste?

—A ti no te gustan los payasos y que te refieras a mí así me ofende. —Brandon intentó sonreír y suspiró fuertemente.

—No entiendo por qué existen los payasos, de todos modos, ese no es el punto. ¿Me vas a contar o no? Tengo una cita con mi televisor, me está esperando para darle play. —Bufó y ladeó su cabeza.

—¿Te das cuenta de que todo está a punto de cambiar?

—Pues sí, no me gusta, pero ya habíamos quedado en que esta era nuestra única opción. ¿Estás teniendo dudas sobre esto?

—Un poco.

—Qué… ¿ya no quieres hacer esto? Brandon, es la única opción que tenemos para… —levantó su mano para que dejara de hablar y tomó la mía.

—Natasha y yo crecimos en este edificio cuando papá lo compró. En estas oficinas, corriendo por todos los pisos y compitiendo para ver quién llegaba más rápido al último piso por las escaleras, —se aclaró la garganta y continuó. —Vi a mi madre enamorada de su trabajo, siendo feliz en lo que hacía. Mientras papá dirigía las otras empresas con ayuda de sus socios, conseguía más negocios y creaba su imperio, ella estaba aquí haciendo lo que le gustaba. La vi sufrir durante los tiempos de crisis más difíciles y la vi lograr lo más alto. Siento que hemos fallado, le hemos fallado a tantos años de sacrificio. Realmente perdió su vida por conseguir una historia para la revista, lo daba todo. —Apreté su mano con fuerza y bajé la cabeza para ver mi muestra de apoyo. —Así como para ti este es el trabajo de tu vida, para ella también lo fue.

—Tu padre hoy me envió un correo, diciendo que estaba muy feliz de que Elecciones vuelva a resurgir de esta forma. Me aseguró que Lily estaría muy feliz.

—Sé que ella lo está, donde quiera que esté. Porque así era ella, tenía un alma bondadosa y siempre veía el lado bueno de las cosas.

—Tu madre fue una mujer única. Dejó una huella imborrable en todos nosotros, creó todo esto y les dio propósito a muchas personas. Me dio propósito a mí...

—Estoy seguro de que sí está orgullosa de lo que haremos. —Suspiró y se lanzó para atrás cubriéndose los ojos con el ante brazo.

—Siento que hay algo más que te está afectando y no me lo quieres decir. —Gruñó frustrado y asintió sin mirarme.

—Yo también tengo sueños que nunca le he confesado a nadie.

—¿Qué? ¿Ni a mí?

—No. A nadie. Siempre me dio vergüenza aceptarlo, porque pensé que mi camino ya estaba predispuesto. Todo el mundo asume cosas sobre mí y simplemente seguí la corriente.

—No te estoy siguiendo.

—Ahora que iniciaremos una nueva etapa de la empresa, he puesto en perspectiva todo. Todo el trabajo de mi madre, sus sueños, los de mi padre, los míos, hasta los tuyos. Y... yo también quiero hacer algo que me gusta, quiero estar enamorado de mi trabajo, quiero nunca aburrirme de lo que hago.

—¿Y qué quieres hacer? —solté su mano y se sentó de golpe.

—Yo nunca quise estudiar administración de empresas, nunca he querido seguir los pasos de mi padre, amo escribir, cantar, componer. Quiero hacer tantas cosas y ahora que se nos está dando la oportunidad de presentar un programa, ¡estoy tan emocionado! Jamás me he sentido así.

Lo miré enternecida y me incliné para abrazarlo con fuerzas. No puedo creer que haya sido miserable durante tanto tiempo y nunca me di cuenta. Pero no lo culpo, tuve una clase de administración de empresas en la universidad y no sé cómo la aprobé, nunca entendí nada, es bastante complicado.

—Necesito que me expliques por qué te guardaste todo esto durante tanto tiempo.

—¿Por miedo? No lo sé, no estoy seguro. Solo sé que durante estos días he tenido tiempo para pensar en todo lo que quiero y estoy muy seguro de mi decisión. Le pedí a mi asistente que limpiara todas las fechas en mi calendario de los próximos dos meses, quiero estar concentrado de lleno en Elecciones, quiero hacer algo diferente, algo con propósito.

—Siempre me ha gustado tu voz, cuando cantas tienes un semblante feliz, te transformas completamente.

—Es un sueño loco.

—Son el mejor tipo de sueños, —sonreí y besó mi mejilla. —¿Por qué no seguiste ese camino?

—Mi padre nunca me obligó a seguir sus pasos, pero lo intuí. Siempre hablaba de lo feliz que le haría entregarme la compañía cuando se jubilara para que tomara las riendas de su trabajo. Siempre ha querido que el apellido Hecox siga creciendo mundialmente y yo simplemente no pude destrozarle sus deseos.

—Pero esos son los de él, no los tuyos.

—De eso me estoy dando cuenta.

Debe ser muy difícil pasar por la universidad y estudiar algo que no te apasiona. Mis padres nunca me obligaron a nada, siempre me dieron la motivación necesaria para escoger lo que quisiera. Uno no puede imponer sus ideales en sus hijos, tiene que dejarlos ser libres y crear su propio camino. Lastimosamente no todos tienen padres así.

—Lo único bueno que salió de todo esto, es que si no hubiese ido a Princeton no te hubiera conocido. —Me miró fijamente y colocó su mano en mi hombro. Ahogué mi respiración y mi corazón empezó a latir tan rápido como si estuviera corriendo un maratón de cinco kiló-metros. —Cuando te conocí me llenaste de tanta felicidad, tanta inspi-ración y verte hacer lo que amabas era suficiente satisfacción para mí.

—Deberías decirle la verdad a tu padre, Hugh es muy bueno y estoy segura de que entenderá.

—Probablemente sí o probablemente no. No lo sé. No creo que lo haga todavía, toda su vida ha pensado que soy feliz trabajando a su lado, somos compañeros, socios. Como Hall & Oates.

—Mira, opino que tomes esta oportunidad como una manera de demostrarle de todo lo que eres capaz. Demuéstrale tus talentos, la cámara te va a amar y todo el mundo verá una nueva faceta tuya que capaz y podrás explotar después.

—Tal vez tienes razón.

—Nada de tal vez, va a pasar y punto.

—¿Porque tú lo dices?

—Sí, porque yo lo digo. Y si durante el viaje decides que esto es lo que realmente quieres, cuando regresemos le explicas todo.

Asintió y se puso de pie prácticamente saltando. Fue como si una carga de voltaje le recorriera todo el cuerpo.

—Empaca tus maletas, que nos vamos a vivir el viaje de nuestras vidas.

A L LLEGAR A MI DEPARTAMENTO llamé a Rosie para que me ayudara a empacar. No sabía ni por dónde empezar, ni qué llevar. Pasaría el último mes del año en el frío continente europeo, aunque acá también nos estamos congelando, es obvio que mis outfits europeos tenían que ser mejores.

Gracias al cielo Rosie vivió una temporada en Londres hace un par de años y sabe exactamente lo que tengo que llevar. Estoy demasiado emocionada, nunca he salido del país y esta sin duda sería una aventura memorable.

—Entonces sí te vas siempre de viaje con tu ex novio. —Dijo Rosie burlándose. La conversación se tornó hacia mí mientras doblábamos y empacábamos ropa al mejor estilo de *Marie Kondo*. No sé cómo va a caber todo, mi maleta es demasiado pequeña.

—Es un viaje estrictamente de trabajo, no va a pasar nada.

—Sí obviamente, pero de negocios personales e íntimos en varias habitaciones de hotel.

Abrí mi boca sorprendida.

En serio dijo eso.

Le lancé una almohada y ella alzó los brazos en señal de tregua.

—Ro, no sé cuántas veces te lo tendré que decir. Entre Bran y yo no hay nada más que una relación de amigos y estrictamente profesional, —giré mis ojos y me puse una mano en la cadera. —No va a volver a pasar nada y menos de esa forma.

—Nunca digas nunca amiguita, —me sacó su lengua y siguió doblando. —Pronto me dirás otra cosa cuando estén en París, y no puedan evitar dejarse llevar por la ciudad del amor.

La verdad es que no había analizado detalladamente la magnitud de la situación, o sea, estaba a punto de irme junto a mi primer amor a un viaje de negocios, y que viajaríamos por un mes visitando tres increíbles ciudades que siempre he querido conocer.

He soñado con conocer Europa toda mi vida, tomar té en Londres, comer pasta en Roma y croissants en París.

Brandon tendrá que rodarme por el aeropuerto cuando regresemos a Estados Unidos. Sí, estoy completamente emocionada, más porque también documentaremos el proceso y nos quedarán esos recuerdos por siempre. La post-producción estará a cargo de Martin, un chico recomendado por Jacky que fue compañero suyo de escuela. Es editor de vídeos y actualmente está estudiando cine.

Teníamos todo calculado y los días se pasaron volando. Aún tengo mil cosas que hacer y el tiempo no me alcanza, nos iremos en un vuelo directo hacía Londres temprano en la madrugada del sábado.

Será extraño no seguir la rutina que he tenido desde hace unos años. No ir a la oficina va a ser un cambio drástico. Pero estaré comiéndome todo Europa, así que quiero pensar que vale la pena.

—Sam, tengo una llamada de tu amiga Kate en espera, ¿te la transfiero? —Preguntó Jacky a través del teléfono.

—Sí, pásamela por favor.

—¿Qué hay amiga mía? ¿Cómo estás?

—¡Kate! teníamos tiempo sin hablar. Yo estoy muy bien, aunque bastante atareada y salgo de viaje pronto, —suspiré. —Pero ¿qué tal tú?

—Todo bien, nos está yendo muy bien, acaban de ascender a Lucas en el trabajo y estamos en proceso de comprar una casa. Además, Bella va a tener cachorritos pronto, ¡estoy muy emocionada!

—¡Qué bueno! tienes que enviarme muchas fotos, por favor.

—Obviamente que sí. Bueno, te llamo porque hablé con Rosie anoche y me comentó lo de la editorial. ¿De verdad te sientes bien?

—Sí, tranquila, los cambios son buenos. O al menos eso es lo que me estoy repitiendo todos los días. —Reí. —Pero todo va a salir bien, Brandon y yo lo estamos manejando.

—Ya sabes que cualquier cosa puedo hablar con mi jefe para ver si la oferta sigue en pie. Amo vivir aquí en Atlanta y la paga es muy, muy buena.

—Lo sé y te lo agradezco mucho Kate. Ahorita tengo muchos compromisos acá y no me puedo ir así por así, pero lo voy a seguir pensando.

—Entiendo, solo quería que supieras eso para que no te preocupes y disfrutes tu viaje. Ya sabes, cualquier cosa estoy a una llamada de distancia, te extraño mucho, ¡y envíame fotos del viaje!

—Yo más. Obvio que te enviaré fotos. Además, estamos produciendo un programa y grabaremos todo. Podrás vernos casi y que en tiempo real.

—¡Ah! Para sentirme como si estuviera navegando por Venecia.

—No creo que vayamos a Venecia. —Reí.

—Qué importa, yo me lo imaginaré igual.

—Te quiero, cuídense mucho y envíame fotografías de los bebés de Bella cuando nazcan.

—Dalo por hecho. Te hablaré pronto, me voy a tomar un jugo de naranja en la terraza imaginando que estoy en una terraza de Venecia.

—Estás loca, hablamos pronto. —Reí y Kate cortó la llamada.

Continué trabajando sonriente y más relajada.

Mis amigos tienen como un superpoder, siempre me hacen sentir mejor no importa qué.

Me alegran con sus locuras y tenemos muchos chistes internos, de esos que te dan dolor de estómago de tanto reír. La propuesta que me hacía Kate es muy generosa, la verdad es que nunca ejercí mi carrera como tal; me enfoqué solamente en escribir. Y el periodismo me encanta, siempre fui de las mejores estudiantes y varios profesores me dijeron que tengo un talento innato para contar historias.

Investigar es divertido, la sensación de llegar al fondo de algo es alucinante. Pero no puedo pensar en eso ahora, en menos de cuarenta y ocho horas estaré tomando té y cenando en alguna parte de Londres.

Haré una nota mental para dejar el tema de Atlanta para después, tengo que enfocarme en mi presente. Y mi presente es que aún tengo que seguir empacando y mi maleta sigue siendo muy pequeña.

Nos cobrarán sobrepeso y estoy tan atareada que no puedo salir a comprar otra. ¿Qué les puedo decir? Solo viajo de New York a Florida o por negocios dentro del país y nunca me quedo tanto tiempo así, una maleta siempre ha sido suficiente.

¡Idea! el único que tiene maletas de sobra es mi compañero de viaje, él y su familia prácticamente han recorrido todo el mundo.

> ¿Tienes una maleta grande que no necesites? Ya no me cabe más nada y aún me faltan mis zapatos. Al ritmo que voy nos van a cobrar sobrepeso y tú lo vas a tener que pagar.

> ¿Yo? Sueñas demasiado querida Sam. Sí, tengo la que compré en Shanghái el año pasado cuando fui con papá. No la voy a usar, ahora que salgo de una reunión paso al departamento y te la llevo a la oficina.

> ¡Eres un santo! Nos has salvado, estamos agradecidos.

Luego de enviarle esos mensajes a Brandon, le pedí a Jacky que ordenara comida griega para ambas. Ya que últimamente andaba en esa onda, para almorzar. Me comí un Gyro junto a una ensalada griega mientras veía Friends tranquila en mi escritorio y respondía correos. Un par de horas después Brandon llegó con la maleta en mano y un bulto de ropa.

La reconocí inmediatamente: la que había dejado en su apartamento hace varios años luego de la tormenta. Entre ellas estaba una de mis chaquetas favoritas, la había dejado olvidada allá. El recuerdo de esa noche, las palabras de Rosie, nuestra conversación del otro día en el lobby, todo eso inundó mi mente y respiré profundamente para tratar de relajarme.

—Pensé que necesitarías esto también.

Puso las cosas a un lado de mi escritorio y se sentó en su puesto de siempre tomando el cubo de colores.

—Gracias, no pensé que aún tuvieras todo eso, —respondí sin tratar de prestarle tanta atención y concentrada en la computadora. —No lo recordaba.

Mentira.

—¿Qué más te falta por empacar?

—Zapatos y algunos conjuntos de ropa, ah también mi maquillaje y otros artículos de uso personal.

—¿Te pasa algo? —Preguntó preocupado. Extendió su brazo e intentó tomar mi mano a lo largo del escritorio, pero continué apretando las teclas y la retiró inmediatamente.

—Necesito hablar contigo. —Volteé la silla rápidamente y lo miré de frente.

—Yo también te quiero decir algo.

Negué con la cabeza. —No, yo primero por favor.

—Bueno, dime.

Cruzó sus brazos y colocó toda su atención en mí. Era ahora o nunca, tengo que dejarle las cosas bien en claro. Uno no mezcla negocios con placer y eso era exactamente lo que pasaría si yo misma no nos pongo un *stop*.

—Necesito que me prometas algo, —tragué fuertemente y solté aire por la nariz.

—Okay... ¿qué cosa?

—Necesito que me prometas que no mezclaremos las cosas. Que nada pasará entre nosotros en este viaje. —Sus ojos se abrieron sorprendido y se tardó un par de segundos en responder.

—¿A qué te refieres? —Musitó.

—Me refiero a que nosotros tenemos historia Bran. No podemos dejar que nuestras emociones se apoderen de nosotros de ningún modo —Suspiré. —Tienes que prometérmelo.

—¿Qué es exactamente lo que quieres que te prometa, Sam?

Miró hacia los edificios por las ventanas y luego de vuelta a mí.

—Tienes que prometerme que este viaje va que ser exclusivamente *solo de negocios*, no podemos dar la imagen equivocada. Tienes que prometerme que no va a pasar, ni pasará nada entre nosotros. Además, tú estás con Cherry, ¿no?

—Sí, estoy con ella...

Respondió ronco volviendo a mirar hacia las ventanas.

—Entonces prométemelo, —dije firmemente sintiendo como una parte de mi corazón se destruía. —Solo negocios.

—*Solo negocios.*

Respondió sin más levantándose y colocó de vuelta en su lugar el cubo Rubik resuelto.

Todas las caras del cubo completas con sus colores.

—Te lo prometo.

—Espera, antes de que te vayas, ¿qué querías decirme? —Recordé y le pregunté inmediatamente.

—No, nada. Era una tontería. —Dijo, mirándome callado por última vez, alargando su estadía.

—Está bien. ¿Te veo el sábado? —Pregunté.

—Sí, te veo el sábado.

Cerró la puerta de cristal y salió de mi oficina.

E L VIAJE AL AEROPUERTO FUE callado e incómodo. Brandon le pidió a Rosie que nos llevara ya que teníamos que estar en el aeropuerto John F. Kennedy de madrugada. Era más fácil que ella nos llevara en su auto que contratar un servicio de carros para ambos. Ro no paraba de hablar diciéndonos todos los lugares turísticos imperdibles que debemos visitar.

Cuando fue parte del ensamble de *Lés Miserables* hace un par de años, logró conocer casi todo Europa. En el auto la tensión en el aire se podía cortar con un cuchillo. Desde la conversación que tuvimos Brandon y yo en mi oficina no hemos intercambiado ninguna palabra. Solo un par de mensajes para la logística del viaje. Tal vez fui demasiado drástica en la manera en la que le dije las cosas, no debí hacerlo así.

—Bueno, llegamos, —Dijo Rosie, estacionándose en la entrada de la terminal siete de British Airways. —Brandon, dejaré tu auto más tarde en casa de Kevin como me indicaste.

—Gracias y adiós Rosie, me escribes si tienes algún problema.

Respondió él, abriendo la puerta para ir a sacar las maletas y esperé que se fuera.

—Chau Brandon, cuídame a mi amiga. —Brandon sonrió y cerró la puerta.

—En serio, gracias por traernos, te voy a extrañar, —suspiré. —No sé qué voy a hacer sin ti durante las próximas semanas.

—Te vas a divertir tanto que ni te vas a acordar de mí. Además, estoy a un chat de distancia. También puedes traerme regalos de todos los lugares que visiten, no me molestaré si lo haces. Pero hey, disfruta el viaje y trata de relajarte un poco, tómalo como vacaciones.

—Nunca he tenido unas vacaciones así, pero lo intentaré. Te escribo cuando vayamos a abordar. —Abrí la puerta y bajé de la camioneta.

—Dale amiga, cuídense mucho, ¿sí?

—Sip, adiós, te quiero. —Cerré la puerta del carro y tomé mis maletas.

—Si quieres yo las llevo, déjame conseguir un carrito.

—No te preocupes, yo puedo. —Le respondí y continuamos caminando.

Entramos al aeropuerto en silencio para dejar las maletas y pasamos migración sin ningún problema. Caminamos por todas las tiendas libres de impuestos y nos sentamos afuera de la puerta de embarque para esperar que se hiciera la hora de abordar. Era demasiado temprano y ninguno de los dos ha desayunado así que comeríamos en el avión. Sin embargo, Brandon se levantó a comprar café para ambos porque lo necesitábamos.

Al verlo caminar de regreso noté lo guapo que se veía; traía un pantalón jeans azul y su sudadera de Princeton que usaba de cuando en cuando. Tenía el cabello castaño peinado hacia atrás y no se había afeitado en varios días. Se veía realmente atractivo, me encantaba cuando su barba se pronunciaba así, me daban ganas de atacarlo a besos. No Sam, detente. No puedes pensar esas cosas.

—Toma.

Me entregó un vaso de cappuccino con canela y se sentó nuevamente junto a mí. —Gracias, lo necesitaba.

Bebí un sorbo e inhalé el riquísimo y adictivo aroma del café. ¿Les he comentado que creo que es la representación de oro líquido?

—Escucha, sé que hablamos el otro día seriamente, pero, ¿crees que podamos disfrutar este viaje solo como amigos? —Dijo abruptamente, volteándose hacia mí. —Esta ley del hielo no me gusta.

Hizo un puchero de bebé y tomé otro poco de mi vaso. —¿Ley del hielo? Yo no soy Elsa.

—Anda Sam, en serio. Si lo que te preocupa es que nuestra historia nos influya no te preocupes. Yo nunca rompo mis promesas.

—Está bien, disfrutemos el viaje como amigos.

Nos dimos un apretón de manos para cerrar el trato y ambos reímos.

Al abordar el avión escogí el puesto de la ventana, me encantaba ver las nubes y los paisajes desde las alturas. No he montado muchas veces avión, pero para mí siempre es toda una experiencia, aunque he descubierto que me da demasiada sed. Brandon por su parte es el campeón de los viajes, desde pequeño ha viajado alrededor del mundo. Ya ha ido a Inglaterra e Italia, pero no a Francia. Así que París sí será una aventura nueva para ambos.

Los boletos que nos envió Elizabeth están en la clase ejecutiva del avión, jamás había viajado así de elegante y es muy divertido. Si aquí me dan champaña no quiero volver a la clase económica, lo siento. Además de que te tratan como reyes, la elección de entretenimiento es buenísima. Tienen gran variedad de películas y series. Al final me decidí por una de mis películas favoritas de la década de los años ochenta, *Dirty Dancing*.

Rato después uno de los sobrecargos me despertó para desayunar, ni siquiera me había dado cuenta cuando me dormí. Miré a mi lado y me di cuenta de que Brandon también se había quedado dormido y yo estaba recostada a él. Me acomodé rápidamente y lo empujé un poco para que despertara mientras colocaban la bandeja de comida frente a mí.

Mientras desayunaba seguí viendo la película que ya estaba en la escena en donde Johnny y Baby están bailando en el estudio *Love is Strange*. Amo demasiado esta escena, siempre tarareo la canción mientras ellos bailan seductoramente. Estaba tan inmersa en la película que ni me di cuenta de que la estaba cantando muy alto y toda la clase ejecutiva estaba en silencio.

Los demás pasajeros escuchando mi concierto hasta que escuché un *Shhh…* proveniente del asiento de adelante. Me asusté y mi cara perdió color, yo no sé cantar ni los pollitos. Me volteé horrorizada a ver a Brandon avergonzada y él solo se limitó a verme divertido tratando de contener la risa.

Les tengo dos moralejas en esta historia: uno, el amor es extraño; y dos, si vas a cantar en un avión, trata de tener buena voz para que por lo menos deleites a los demás pasajeros.

7. KARAOKE
LONDRES

Arribamos al aeropuerto internacional de London Gatwick luego de siete horas y media de vuelo. Luego de la vergüenza que pasé en el avión me volví a dormir y solo desperté nuevamente para la segunda comida y me volví a dormir hasta antes del aterrizaje.

No me juzguen, fue una semana bastante pesada.

Aunque no debí dormir, se me haría demasiado difícil acostumbrarme al cambio de horario. Fue un viaje bastante tranquilo, no hubo mucha turbulencia y pude descansar bastante. Tomé mi maleta de mano del compartimiento superior y salimos del avión. Seguía bastante adormilada así que caminaba casi que en piloto automático siguiendo el rastro de Brandon por todo el aeropuerto en busca de nuestro equipaje. —Mr. Hecox y Miss Richards... —leyó Bran del cartel de nuestro conductor y yo sonreí. Si así es como tratan a las personas importantes, denme el contrato para firmar inmediatamente.

El señor muy amablemente subió nuestro equipaje al maletero y nos llevó en un recorrido de casi una hora hasta nuestro hotel en el centro de Londres. ¡Lo único que quiero hacer es explorar! Las luces, las vallas publicitarias, los edificios, todo se me hace fascinante, ¡hasta los postes de luz!

Está anocheciendo y me siento como dentro de las novelas de Sherlock Holmes. El hotel que nos reservaron es muy bonito y moderno, tiene una vista increíble del río Támesis y el área financiera de *Canary Wharf*.

No sé si es porque estamos en una zona horaria diferente, pero tengo demasiada energía acumulada. Luego de hacer el check-in cada uno se fue a su habitación para refrescarnos y me cambié la ropa que ya tenía olor a avión.

Estoy demasiado inquieta y necesito hacer algo.

¡No puedo estar quieta sabiendo que estoy en Londres!

De todos los lugares del mundo este siempre fue el primero en mi lista para visitar, o por lo menos, el más deseado. ¿Sabes cuando te preguntan qué país quieres visitar? Bueno, mi respuesta sin falla siempre ha sido Inglaterra.

Tomé mi bolso y salí de la habitación sin hacer mucho ruido, tenemos habitaciones conjuntas y sé que si Brandon me escucha salir va a querer venir conmigo. Quiero explorar un ratito solita, además, sé que está muy cansado. Le envié un mensaje para que sepa que salí, solo por si me raptan, así ya sabe la hora desde la que deben revisar las cámaras de seguridad.

Le envié otro mensaje a mis padres y a Rosie para que supieran que llegamos bien y bajé por el lujoso elevador del hotel. Caminé una cuadra y me encontré con un pequeño parque, en un lugar llamado *Seething Lane*. Me senté en una de las bancas colocándome mis audífonos y disfruté del aire frío londinense. Si a los quince años pudiera haberme visto aquí a través de una bola mágica de cristal, me hubiera caído para atrás.

No sé qué tanto tiene este lugar, pero siempre he soñado con él.

Me encanta la cultura, la comida, la música, su historia, hasta el acento me encanta. Levanté mi cabeza hacia el oscuro cielo repleto de estrellas, bueno, las que se podían ver por las luces, y respiré profundamente tratando de tomarlo todo mientras disfrutaba el momento.

Veía a las personas caminar rápidamente hacia la estación del subterráneo y a otras salir de él de la misma manera. No había tanta gente en las calles como en Nueva York, pero me gusta, todo es tal cual y me lo imaginé.

Sin embargo, siento una enorme presión en mi estómago. Sí, estoy super contenta de estar aquí, pero si les soy sincera sigo sintiendo que algo no está bien, no me siento completa. Mi celular empezó a reproducir *Happier* de *Ed Sheeran* y la canción me hizo sentir peor.

He intentado mil y una cosas para no volver a dejarlo entrar. Él ya es feliz, ¿por qué demonios no puedo entender eso? Feliz y sin mí. Esa es la manera en la que debe ser. Pero no puedo evitarlo, todo me recuerda a él.

Verlo feliz me sigue causando dolor porque no soy yo el motivo de sus sonrisas; alguien más lo hace feliz. Si no, no seguiría con ella. Aunque yo lo necesite más, no puedo hacerle esto. No nos podemos confundir, principalmente yo. Ya es lo suficientemente difícil.

Además, ya se lo dejé claro, no podemos dejar que nuestras emociones nos influyan de ninguna manera. Tenemos una misión y tenemos que cumplirla, ¿cierto? Ese es el único punto de que estemos aquí. La canción terminó y miré la pantalla del celular: un mensaje de texto. Tan simple como si lo hubiese llamado con el pensamiento, dándole vueltas a todo lo referente a él en mi cabeza, haciéndome el harakiri.

¿Dónde estás? Yo también quería salir pero me quedé dormido.

Lo supuse, no quise despertarte.

Tomo una chaqueta y voy, ¿dónde estás?

No te diré, buenas noches.

Samantha Richards Fernández, ¡dime dónde estás! Te puedes perder y después quién aguanta a tus padres, al mío y a Rosie.

¿Es en serio? ¿La carta del nombre completo?

¿Y si te pierdes? ¿Y si alguien te hace algo? Londres es peligroso de noche. ¡Te pueden asaltar!

No me voy a perder Bran y si alguna persona se mete conmigo voy a aplicar mis conocimientos de karate y defensa personal.

Sam... tú no sabes ningún tipo de arte marcial. Ya, dime dónde estás.

Ok, tú ganas. Aquí te va mi ubicación.

Le envié mi ubicación y sabía que vendría lo más rápido posible.

A veces se vuelve demasiado sobreprotector conmigo. Creo que siempre se ha visto con la obligación de cuidarme y me sigue viendo indefensa como el día en que nos conocimos.

Cuando estábamos juntos me enojé varias veces porque exageraba, pero luego se daba cuenta de que estaba mal y me pedía disculpas. Siempre se ha visto en la obligación de protegerme.

Y está bien en ocasiones, pero yo también sé hacerlo sola. Además, ya no debería sentir esa obligación para conmigo. Solo somos amigos. Al paso de unos diez minutos llegó y se sentó a mi lado con los brazos cruzados y la mirada seria. Me quiero reír, pero ignorarlo y seguir escuchando mi música es más divertido.

—Por favor, no hagas eso más. —Tocó mi brazo suavemente para que lo escuchara y me quité un auricular.

—Solamente salí a pasear un rato. —Pausé la canción y al fin lo miré. —Tampoco es para tanto.

—¿Tampoco es para tanto? Me desperté despistado de la nada, toqué la puerta de tu habitación, no me respondiste y me asusté. Después de un minuto fue que se me ocurrió ver el celular.

—Tener habitaciones conjuntas ya no me parece divertido.

—Me asustaste.

—¡Lo siento entonces! No te dije nada porque eres un dormilón y en el auto te quejaste de sueño. Recuérdame pedirle a Elizabeth que para la próxima no nos reserven habitaciones conjuntas, así no tengo que escuchar tus ronquidos. —Repliqué y él me empujo juguetonamente.

—Oye, ¿no tienes hambre? —Preguntó tocándose el estómago.

—Mucha, —bostecé. —Pero estoy cansada.

—Vamos a comer y luego regresamos al hotel, aquí cerca hay un restaurante bar/karaoke al que vine una vez con mi papá. —Se paró extendiéndome su mano.

—Vamos entonces.

E NTRAMOS AL RESTAURANTE Y NOS ATENDIERON rápidamente. Yo decidí ordenar el típico pescado con papas fritas y una soda Ginger-Ale. Siempre que me imaginaba en Londres esto es lo que comía y al fin se había vuelto realidad.

En cambio, Bran pidió una hamburguesa con aros de cebolla acompañada de una cerveza de barril. Comimos en silencio mientras escuchábamos a la gente cantar y luego pedimos helado de pistacho.

—Te reto a que te subas a ese escenario a cantar.

Dije molestándolo metiendo una cucharada del frío helado en mi boca. —Y si lo hago, ¿qué gano yo? —Levantó una ceja y se terminó la cerveza.

—¿En serio lo quieres hacer? —Sonreí. —No tienes que hacerlo.

—¿Cuándo hemos dejado de cumplir un reto? Ya me retaste, tengo que hacerlo, es ley. —Sonrió. —A ver, dime.

—Okay, si cumples el reto podrás elegir tú solito una de las actividades sin que yo me niegue.

Tomó una cucharada de mi helado terminándoselo y soltó una carcajada malévola, al mejor estilo de un villano de Disney. Ahora que lo pienso, le queda el papel. Podría interpretar a Hades perfectamente.

—Trato hecho. —Se levantó y caminó hacia el DJ que controla la consola del Karaoke. Le susurró algo al oído y el chico asintió con los pulgares arriba. Brandon se paró en el centro del escenario, tomó el micrófono e inmediatamente las luces lo enfocaron. Todo el mundo quedó en silencio y lo miré fijamente. Vaya que estar en un escenario le sienta natural.

La música empezó a sonar y no reconocí la canción, pero se escucha antigua. Con todo y orquesta de fondo. Me acomodé en la silla para verlo mejor y luego él empezó a cantar *What'll I Do* de *Frank Sinatra*, como salió presentado en la pantalla.

What'll I do?
When you are far away
And I am blue
What'll I do?
What'll I do?
When I am wond'ring who
Is kissing you
What'll I do?

Tengo mucho tiempo sin escucharlo cantar. Su voz es suave, rasposa y tiene un rango vocal muy amplio. Podría escucharlo sin parar por horas, solo él y su guitarra. Su voz es hipnotizante, me encanta escucharlo. Pero lo que no me esperaba era esa letra. Dios.

Esta letra me está matando por dentro, porque me mira fijamente al cantar como si quisiera decirme algo. No, no puede ser, me estoy imaginando cosas como siempre. Solo la está cantando porque le gusta y ya, no hay otra explicación. Deja de sobre-pensar Samantha.

What'll I do with just a photograph
To tell my troubles to?
When I'm alone
With only dreams of you
That won't come true
What'll I do?

No es posible que él me esté dedicando esta letra a mí, él está saliendo con alguien más. Nosotros somos historia y la historia está en el pasado. Pero, ¿y si sí sigue sintiendo cosas por mí? ¿Por qué no me lo dice?

Está cantando que no sabe qué hará porque no se harán realidad los sueños que tiene sobre mí. ¿Qué rayos significa? Mordisqueé el hielo que quedaba en mi vaso casi vacío y miré hacia un lado. De seguro estoy exagerando, es solo una canción, sí eso es.

What'll I do with just a photograph
To tell my troubles to?

When I'm alone
With only dreams of you
That won't come true
What'll I do?

Esto es demasiado complicado. ¿O solo yo lo veo complicado y es más fácil de lo que creo? No, no podemos.

Hicimos una promesa y no puedo romperla.

Las luces del escenario se apagaron y todo el mundo aplaudió, sentí como una lágrima se asomaba y la limpié rápidamente antes de que saliera. No puedo dejar que me vea así de frustrada, se preocuparía de inmediato. Brandon bajó del escenario sonriendo y se sentó en el mismo puesto de antes.

—¿Y? ¿Qué tal lo hice? —Se acomodó y se tomó lo que quedaba en mi vaso de soda. —¡No me subía a un escenario desde la escuela! Se sintió increíble.

—Lo hiciste muy bien, tenía mucho tiempo sin escucharte cantar.

—Me sentí tan vivo allá arriba.

—Eres un natural, ya quiero que seas una gran estrella.

—Me alegro de que te gustara tanto así.

Hay otras cosas que también me gustan, una es no tener un nudo en la garganta tan enredado que ni los niños exploradores puedan desatar. —¿Dónde conociste esa canción?

—Mi abuela solía escucharla cuando yo estaba pequeño mientras me quedaba en su casa, era demasiado fan de Sinatra. Un día la escuché en la radio manejando y fue como viajar al pasado

—Me lo puedo imaginar, —Fingí un bostezo. —¿Podemos irnos?

—¿Te pasa algo?

—No, solo estoy cansada, nada más. Creo que me está pegando el jetlag y ha sido un día muy largo.

Era imposible que me estuviese afectando el jetlag, acabamos de llegar. —Sí claro, vamos, de todas formas tendremos un día muy largo mañana.

Al regresar al hotel me desplomé en la cama mirando hacia el techo. Fingí que tenía sueño para salir de ahí, pero no es cierto, estoy más despierta que nunca. No puedo dejar de pensar en esa canción.

Se repite una y otra vez en mi mente. Tomé mi celular y busqué la canción original para escucharla y quedé petrificada al suelo. En la canción, Sinatra se pregunta cómo se las arreglará para vivir ahora que su romance ha terminado.

Abrí las cortinas de la recámara y me senté en el borde de la cama frente a las enormes ventanas. La ciudad es majestuosa, y admirándola sin darme cuenta empecé a llorar en silencio. Todo esto es tu culpa Sam, estás así por tu culpa. ¿Por qué tenías que preferir tu trabajo antes que el amor?

Sí, tu carrera es importante, pero de seguro hubiéramos podido encontrar la manera. Sin embargo, a los veintidós años no pensaba en otra cosa que no fuera el trabajo y ahora estoy sola, vacía, y con un hoyo negro formándose en mi pecho.

En algún punto todos llegamos a compararnos con los demás: con nuestros amigos, con nuestras familias, y simplemente queremos ajustarnos a la realidad que tenemos a nuestro alrededor. Es bastante injusto de mi parte querer equipararse así, pero, a veces nuestro subconsciente lo hace como por inercia. Rosie tiene muchos amigos en Broadway y según entendí ha salido un par de veces con un chico de su elenco. Katy está en Atlanta casada con Lucas y sé que pronto empezarán una familia. Ava está junto a Marco en Japón trabajando en el set de su nueva película y Lucy se mudó a Los Ángeles luego de la graduación para trabajar en un estudio de animación muy reconocido. Todos mis amigos están haciendo cosas increíbles, en cambio yo, estoy al borde de tener que empezar desde cero.

Y sí, sé que no hay un tiempo obligatorio para vivir, todo el mundo tiene ritmos diferentes, pero, yo siempre pensé que para este punto de mi vida mi rumbo estaría seteado. Esta no es la manera en la que pensé que terminaría este día, me siento tan tonta.

Debería estar disfrutando esta experiencia, pero no puedo, no ahora después de escuchar a Brandon cantar que su amor se terminó. Soy tan estúpida. Lo extraño tanto y él a mí no... Por lo menos, no de esa manera. Una parte de mí quiere abrir la puerta que separa nuestras habitaciones y decirle lo mucho que me hace falta, lo mucho que lo necesito; que extraño dormir abrazada a su pecho mientras escucho los latidos de su corazón.

Que extraño sus besos, sus caricias, que extraño despertar cada mañana y que sus ojos sean lo primero que vea.

Pero no puedo hacerlo, él jamás sería capaz de engañar a nadie y tampoco espero que lo haga. Yo tampoco podría vivir con esa carga, ni tampoco lo haría. Tal vez Cherry sí lo quiere de verdad. Así que, aunque yo quede con el corazón roto para siempre, tengo que espantarme esas musarañas del cerebro.

Me acomodé dentro de las sábanas aún admirando las luces nocturnas y un rato después cerré los ojos. Ojalá fuese tan fácil olvidar todo, ojalá pudiera sacarme del cerebro el chip que contiene mis sentimientos y ojalá pudiera seguir actuando como si nada. Porque no lo amo, no puedo amarlo, por lo que debo dejar de sentir todo esto.

Aunque es difícil lograr cerrar mi corazón, porque sigo recordando su mirada fija hacia mí desde el escenario y su profunda voz serenándome. Esto es como una bomba de tiempo y creo que en cualquier momento voy a explotar, tal y como una olla de presión.

8. ELECCIONES

Me despertó la luz del sol. Me arrepentí inmediatamente de haber dejado las cortinas abiertas luego de mi descompostura de anoche. No me gusta ponerme así, debo confiar en las decisiones que tomo, no dudar de ellas.

No puedo volverme a poner así, tengo que ser fuerte. Me levanté de la cama sin pensarlo más y me dirigí al baño. Ahora que lo recuerdo, no tomo una ducha desde Nueva York y vaya que lo necesito. Abrí la ducha de agua caliente y dejé que corriera por todo mi cuerpo aplicándome el champú y acondicionador que te dan los hoteles. No son muy buenos, pero es algo. Salí de la ducha y me puse un conjunto muy lindo, un suéter tejido color crema, un jean negro, botines negros y una chaqueta color café. —Excelente decisión.

Dije sonriente mirándome en el espejo. La verdad es que me considero bastante linda, tengo el cabello castaño oscuro, ojos oscuros y tez color oliva; no soy delgada, pero tengo curvas bastante pronunciadas.

Es el gen latino que corre por tus venas, como siempre dice mi madre. Obviamente no soy una supermodelo de pasarela, pero ni ellas son perfectas, nadie lo es. Me peiné y coloqué un poco de maquillaje para verme natural y ya estaba lista. Miré el reloj y eran las 10:00 A.M.

Excelente. Buen tiempo

Estoy acostumbrada a arreglarme a las cinco de la mañana, así que hice buen tiempo. La reunión con Jack y Elizabeth es en una hora y media en sus oficinas. No paran nunca, ni en domingo. Toqué la puerta de la habitación de Brandon y esperé unos segundos y no recibí respuesta, ¿seguiría dormido? Agh, ahora sí llegaríamos tarde.

—¡Brandon abre la puerta! Si te quedaste dormido juro por el desayuno que te vas a arrepentir. —Suspiré al no recibir respuesta y golpeé más duro la puerta. —¡Vamos a llegar tarde Brandon! Abre la puerta.

Iba a golpear de nuevo y la puerta se abrió de golpe sorprendiéndome. —¿En serio juraste por el *desayuno*? Ya estás inventando locuras. Tranquila linda, estoy despierto, no te escuchaba porque estaba en la ducha. —Dijo con una sonrisa y apoyándose en el marco de la puerta. Su pecho estaba descubierto y repleto de pequeñas gotitas de agua, su pelo estaba despeinado y una toalla rodeaba su cintura. ¿Estoy respirando?

Sí, estoy respirando.

—Ah sí… te espero abajo para comer.

Lo miré de arriba abajo y tragué fuerte. Ya no tengo apetito.

—¿Estás bien? —Preguntó y fue como si me hubiese comido la lengua un ratón.

—¿Eh? Sí. Bien. No te demores. —Aclaré mi garganta y me di la vuelta para salir. Cerré la puerta, pero logré escuchar una risa escaparse de su boca. Bueno, mis piernas son gelatina ahora.

Después de ingerir un típico desayuno completo inglés, un auto nos pasó a buscar para llevarnos a la reunión. Al llegar al edificio de Harrington Enterprises en el área de *Westminster*, me sorprendí con lo moderno y ecológico que es, hay plantas por doquier y noté que todo funciona con paneles solares. Me fascina la arquitectura verde. Subimos hasta el piso treinta por el elevador y llegamos a la oficina de presidencia.

Una de las secretarias estaba esperando nuestro arribo e inmediatamente nos llevó hacia la sala de conferencias.

—Estoy nervioso. —Musitó Brandon.

—Tranquilo, —reí. Yo también estoy nerviosa, pero no puedo demostrárselo. —Todo va a salir bien.

—¡Brandon! ¡Sam! Ha pasado mucho tiempo. —Dijo Elizabeth entrando a la sala. Acercándose a cada uno de nosotros para abrazarnos.

—Lo mismo digo. ¿Cómo has estado? —Pregunté soltándola.

—¡Fantástica!

—Me alegro que estés bien Elizabeth, es muy bonito verte.

—Yo igual Brandon. Siempre le cuento a la gente las increíbles fiestas a las que fui en América organizadas por ustedes. ¿Cómo está Kevin? ¿Sigue siendo un gigoló?

Los tres estallamos en carcajadas y Brandon negó con la cabeza.

—Nah, no lo necesita. Pero él está bien, tratando de decidir con cuál de los negocios de su padre quiere quedarse, pero bien.

—Me alegro por él. Bueno, vamos a empezar, mi padre se estará uniendo a nosotros más tarde porque está en una reunión que se ha extendido.

Se sentó frente a nosotros y cruzó sus brazos.

—Sí claro, no hay problema. —Respondí.

Al empezar la reunión, Elizabeth nos explicó paso a paso cómo quieren que realicemos el proyecto. Básicamente crearon un canal digital bajo el sello de Harrington Enterprises donde se publicarán los video blogs de Elecciones. En cada episodio nos centraremos específicamente en lugares turísticos conocidos y poco conocidos.

Tendremos la libertad de visitar todos los lugares que queramos y realizar cualquier tipo de actividad que creamos divertida. Además, para que no se pierda la esencia de la revista original, tendríamos que realizar una entrevista por país. Las personas podrán comentar en los vídeos y nosotros nos pondremos en contacto con ellos.

Nos explicó también que la mejor manera para lograr obtener una audiencia fija es que el programa sea sencillo, relajado y casual. Así lograremos conectar con nuestro público y lograr suscriptores leales. Cada episodio tiene que tener una duración no mayor a veinte minutos y debemos tratar de dividirnos los lugares por día para que no se nos termine el contenido tan rápido. El señor Jack se incorporó a la reunión un rato después y nos volvió a recalcar que todos los gastos de ambos correrían por su cuenta.

Nos entregó dos tarjetas de crédito para utilizar como queramos y algunas libras en efectivo por cualquier eventualidad.

—Sus gastos no tienen límites. Solo queremos que generen buen contenido bajo el nombre de nuestra compañía. Que la gente vea que somos orgánicos y nos importa realmente la gente.

Dijo el señor Jack. Me pareció un comentario extraño, pero decidí no prestarle tanta atención. Ellos saben lo que están haciendo. Nos proporcionaron el equipo completo de producción: dos cámaras, micrófonos, focos, muchas memorias SD, una cámara deportiva y una mochila para guardar todo. Hoy mismo empezaremos y no puedo esperar para ver Londres en todo su esplendor.

Nos despedimos de los Harrington y salimos del edificio dirigiéndonos hacia una cafetería que está cruzando la calle. Pedí un cappuccino con canela y un pedazo de pastel de manzana. El lugar es precioso y muy acogedor, me puedo visualizar aquí perfectamente leyendo un libro todas las tardes después del trabajo. Si viviera acá claro. Corté un pedazo de mi pastel con el tenedor y miré a Brandon devorándose un club sándwich con papitas.

—Cálmate Joey. ¿Tienes tanta hambre así? Me atrevo a decir que comimos un desayuno mejor que el que comió hoy la Reina.

—No me juzgues. Nos perdimos el almuerzo y necesito energías para el resto del día.

Reí y le pasé una servilleta. Su nuevo accesorio, mostaza en la barbilla, directo desde las pasarelas de Milán.

—A ver, ¿quieres empezar ya?

—¿Ya? ¡estamos comiendo! –Exclamó con la boca llena.

—Pues sí. ¿Qué más casual que esto? Podemos iniciar *Elecciones* aquí mismo en esta cafetería, solo es un clip para introducirnos y explicar de qué trata todo. —Tomé un trago de café y volví a mirarlo, expectante. —Vamos, anímate Bran.

—Bueno está bien, saca la cámara

Se limpió las manos y se arregló el cabello. En dos segundos estaba perfecto para la cámara. *Hombres...*

Introduje una de las memorias en la ranura de la cámara y la encendí. Ha pasado mucho tiempo desde la última vez que hice esto. Creo que no me pongo frente a una cámara desde la universidad.

Mis compañeros y yo hicimos tantos trabajos, noticieros y reportajes que hablar en grabaciones nunca representó problema. Brandon se acomodó junto a mí para entrar en el encuadre y apreté el botón para empezar a grabar.

—¿Estás listo?

—Más que nunca, —Sonrió y respiré profundo.

"*¡Hola a todos que nos ven alrededor del mundo! Bienvenidos a Elecciones. Mi nombre es Samantha Richards, pero pueden llamarme Sam,*"

Saludé a la cámara sonriente y emocionada. Me encanta esto.

"*Y yo soy Brandon Hecox. Aquí en nuestro nuevo programa los vamos a llevar en un recorrido alrededor de Europa. Les mostraremos lugares increíbles e historias fascinantes.*"

Wow, no me esperaba verlo tan cómodo, pareciera como si hubiese hecho esto durante toda su vida. Me alegro tanto de ser la primera en descubrir y vivir esta nueva faceta suya. Sonreí y volví a hablar.

"*Así es. Aquí en nuestro programa viajarán junto a nosotros por las próximas semanas mientras exploramos 3 maravillosas ciudades. Les enseñaremos destinos que podrán ser elegidos por ustedes para su próxima aventura.*"

Moví mi mano un poco para que Brandon pudiera seguir hablando y él colocó uno de sus brazos en mis hombros.

"*Acompáñennos en este viaje que de seguro será uno para recordar. Esto es Elecciones, llevado a ustedes gracias a Harrington Enterprises y Editorial Nuevos Mundos.*" Me miró sonriendo y luego le guiñó a la cámara.

Pausé la grabación y respiré aliviada. Estoy atónita, nos salió muy bien y al primer intento sin equivocarnos. Lo miré boquiabierta.

—¿Qué tengo?

Dijo mirando para todos lados como si tuviera un bicho encima.

—No nada, sino que estoy sorprendida. No sabía que hablabas tan bien frente a la cámara. —La apagué y la guardé de vuelta en el maletín. —Me sorprendiste.

—¿Alguna vez te dije que mi madre nos inscribió a mí y a Natasha en un curso de teatro? Allí nos enseñaron improvisación.

—Eres una caja de sorpresas.

—¿Qué te puedo decir? Tengo talentos sin descubrir, soy un diamante en bruto.

Me sacó la lengua y yo rodeé mis ojos.

—Modesto el niño. —Reí. —Bueno señor talentoso, ¿a dónde llevaremos a nuestro público ahora?

—Bueno señora talentosa, no lo sé. ¿Qué le parece la Abadía de Westminster que está aquí cerca? —Tomó el maletín y se colocó al hombro.

—¡Me parece encantador! Como dicen los ingleses.

Cuando llegamos a la abadía Brandon sacó la cámara de la bolsa y empezó a grabar tomas de la iglesia de estilo gótico. Era un lugar muy bonito y había mucha gente pasando a nuestro alrededor. Es lo lógico, estamos en el centro de la ciudad. Luego de tomarnos fotos frente a ella para el recuerdo, Brandon enfocó la cámara hacia mí y empecé a hablar nuevamente.

"Bienvenidos al primer destino en nuestro primer país: ¡Inglaterra!"

Brandon volteó la cámara hacia él y caminó hacía mí hablando.

"Estamos en Londres, específicamente en la Abadía de Westminster, uno de los lugares más turísticos y emblemáticos de la localidad. Un destino que no puede faltar en su próxima visita a Londres." sonrió y me pasó la cámara.

"Sí amigos. Este lugar además de tener mil años de historia, es patrimonio de la humanidad. También es reconocido por ser donde se realizan las coronaciones y entierros de los monarcas."

Caminé enseñando más del lugar y a la gente haciendo fila para entrar a la iglesia.

"Un dato curioso es que aquí en esta iglesia está enterrado el escritor de mi cuento de navidad favorito, Cuento de Navidad, ua sabes el de los Fantasmas de Scrooge."

Brandon me miró intrigado. "¿Charles Dickens? No quiero saber cómo sabes eso Sam"

"Jajaja, él mismo. Es de mis favoritos. Leí una y otra vez Oliver Twist mientras crecía y no me perdía el cortometraje animado de Disney de Scrooge con Mickey. ¿Cuál es su película favorita de Navidad? Estamos en la época, déjenlo en los comentarios." Brandon se colocó a mi lado y habló.

"Los llevaremos ahora a nuestro próximo destino. ¿Quieren saber cuál es? No pauses el vídeo y continúa viendo Elecciones."

Sonreí mirándolo y paré de grabar.

—Creo que lo estamos haciendo bastante bien.

—Sí, yo igual lo creo

—Tienes talento, en serio. —Nos sentamos en una banca y miré hacia las nubes.

—Tal vez sí, esto es más divertido que dirigir y administrar las tiendas de ropa, los centros comerciales, las farmacias y todo lo demás. Hecox Companies es complicado. —Colocó su cabeza entre sus manos inclinándose hacia el suelo. —No tengo ni la menor idea de cómo le diré a papá que ya no quiero continuar.

Puse mi mano en su espalda y sentí sus músculos relajarse, la tensión disminuyendo. —Ya, no pensemos en eso ahora.

—Sí, cambiemos de tema. Hablemos de que contaste esa linda anécdota de tu niñez.

Se sentó y sonreí. —Sí, no lo pude evitar. Es que tú sabes cuánto amo navidad.

—¿Que si lo sé? Cuando estábamos juntos me hacías ver películas navideñas las veinticuatro horas del día, comer galletas y tomar ponche de huevo desde el primero de diciembre.

Ambos reímos y los hermosos recuerdos inundaron mi mente. Es verdad, navidad me obsesiona un poquito. Es la mejor época del año, cosas buenas siempre pasan.

—¡Obvio! No hay mejor manera para pasar la mejor fiesta del año que haciendo maratón navideño. —Reí. —Igual este año celebraremos navidad en algún lado de este continente, así que ya veremos cómo nos las arreglamos para que lo celebremos como se debe.

Brandon bufó y me miró divertido.

—¿A dónde vamos ahora? ¿No quieres entrar a la Abadía?

Preguntó mirando hacia la multitud de gente que salía y entraba de la abadía. Negué con la cabeza, demasiada gente. Aún no me siento cómoda en aglomeraciones de personas y menos en lugares tan cerrados.

—¿Entonces qué se te ocurre? —Preguntó y sacó su celular.

—Por lo que he ido leyendo estamos cerca de Abbey Road, ¿no?

—¡Oh mi Dios! Es verdad.

—Bueno, ¿quieres ir y cantar *All You Need is Love* a todo pulmón? Pregunté sonriente.

Sé lo mucho que le encantan *Los Beatles*, son su banda favorita de todos los tiempos. —¡Sí! Qué buena idea. No puedo creer cómo no se me ocurrió. y eso que son mis favoritos. —Se levantó inmediatamente y tomó nuestras cosas.

—¿Qué estás esperando? ¡Vamos rápido! —Me puse de pie riendo y corrí detrás de él que ya había detenido un taxi.

"Estamos en Abbey Road, el icónico cruce de cebra en donde Los Beatles posaron para la portada de su onceavo álbum. Aquí en la calle de Abbey Road Studios."

"Los Beatles son la banda favorita de Bran. Se sabe todo de ellos ¿A ustedes les gustan también? Mi canción favorita es Ob-La-Di, Ob-La-Da"

Me adueñé de la cámara y él me la quitó riendo cuando terminé de hablar.

"Si vienen a Londres y aman la buena música deben elegir este lugar para una sesión de fotos improvisada. Así pueden posar como Ringo, George, Paul y John." paró de grabar y nos tomamos un par de selfies con su celular.

Luego me indicó para pararme en medio de la calle.

—A ver párate ahí, no viene ningún auto, camina como si estuvieras en la portada del álbum. —Dijo, grabándome.

—¡Hazlo rápido, Ringo Starr! —grité. —Va a pasar un carro y voy a quedar vuelta guacamole.

—En mi guardia jamás —Me guiñó el ojo y continuó grabándome. —Ya quedaste, ahora mi turno.

Caminé hacia él en la acera y me entregó la cámara.

—Va, pero trata de no demorarte porque no prometo estar pendiente de ti y al mismo tiempo del tráfico. —Reí y él paró en shock.

—Trataré de ignorar eso… —replicó, colocándose la mano en el pecho afectado.

—Ahora, voy a poner tu canción favorita de los Beatles y vas a caminar a su ritmo, ¿ok?

—¿Y por qué *mi* canción favorita?

—Porque, la vida continúa, justo como dice la letra… *Life goes on.*

—Entendido, señor.

Brandon sacó su teléfono y le dio play a *Ob-la-Di, Ob-la-Da*.

Comenzó a bailar en medio de Abbey Road y a caminar de arriba abajo mientras movía los brazos y hacía caras locas.

Él estaba haciendo su propio vídeo musical y yo solo lo grababa divertida tratando de no moverme tanto por la grabación. Las personas que caminaban por el área y querían tomarse fotos en el cruce se detuvieron a verlo.

Verlo así de feliz me llena el corazón.

Yendo por la vida contagiándole su felicidad a cualquiera.

Ob la di, ob-la-da, life goes on, bra
La-la, how the life goes on
Ob-la di, ob-la-da, life goes on, bra
La-la, how the life goes on
In a couple of years they have built
A home sweet home
With a couple of kids running in the yard
Of Desmond and Molly Jones

Cantó con fuerzas y al terminar las personas le silbaron. Se acercó entusiasmado y paré la grabación. La gente continuaba aplaudiéndole y él solo les daba las gracias haciendo reverencias.

—¡Eso fue divertido! Me siento como liberado

Dijo mientras se acomodaba la chaqueta que se le corrió para un lado. —No puedo creer en serio que hiciste eso.

—Ni yo. —Tomó el maletín de mis brazos y se lo puso en el hombro. —Siempre había querido venir, pero con mi padre estábamos muy ocupados.

—Ya lo hiciste y tendrás el recuerdo por siempre en Internet. Cientos de personas te verán bailar ahora.

—No importa. Cumplí un sueño gracias a ti, no creo que me hubiese atrevido a hacerlo con nadie más. —Suspiró y se acercó más a mí mirándome fijamente a los ojos. —Todo lo bueno es siempre por ti.

Tragué fuertemente y miré mi reloj tratando de ignorar sus palabras. —Aún tenemos tiempo de ir a otro lugar y luego a cenar para terminar el primer episodio. Va a oscurecer pronto.

Cambié rápidamente de tema y me alejé caminando hacia el otro de la acera. —Vamos a *Trafalgar Square*. Hay una fuente preciosa donde nos podemos sentar y grabar, además cruzando la calle hay varios restaurantes para que cenemos.

Respondió concentrado en la pantalla de su celular.

—Si nos vamos ahora podemos llegar antes de que anochezca y ver el atardecer desde allí.

—Me parece un buen plan.

Al paso de media hora por el tráfico habitual de la hora pico, llegamos y nos encontramos un *Trafalgar Square* abarrotado de gente. Está haciendo mucho frío y el cielo está encapotado como si fuera a llover.

No traemos paraguas así que si nos resfriamos ya saben por qué fue. Esta plaza es muy linda arquitectónicamente y muy histórica. En el trayecto hacia aquí investigué que fue construida en 1805 para la conmemoración de la batalla de Trafalgar. Lo único bueno que sale del tráfico es que puedes utilizar el tiempo para algo de provecho.

—Grábame aquí frente a uno de los leones. —Le dije a Bran colocándome en frente del gran animal hecho de bronce. —Está increíble.

—Pero haz algo.

Respondió ajustando el lente de la cámara para enfocar el vídeo.

—¿Algo como qué? —Alcé la voz por el ruido que había a nuestro alrededor.

—No sé, baila la macarena o solo posa sonriendo.

Me guiñó un ojo y se burló.

—No voy a bailar, sabes perfectamente que no sé bailar. Y menos la macarena.

—¡Pero es tan fácil!

—Solo grábame aquí sonriente con mi amigo Simba. —Sonreí apoyándome a la escultura.

"Aquí podemos ver a una Sam a punto de ser comida por el rey de la selva en Trafalgar Square, ¿sobrevivirá?" dijo Brandon para la cámara y mi sonrisa se borró inmediatamente.

"Claro que sí, todavía tenemos muchos lugares para visitar aquí en Elecciones y estoy segura de que el público no quiere verte a ti solo." repliqué y me acerqué para quitarle la cámara de las manos.

"Tal vez," me guiñó un ojo y yo solo reí.

"Nos encontramos exactamente en el centro de Londres amigos, ¡aquí en esta plaza sucede de todo! Celebraciones de año nuevo, navidad, manifestaciones y eventos deportivos." Dijo Brandon frente a mí, muy contento.

Voltee la cámara hacia mí y él se acercó.

"También tienen dos fuentes enormes, pero con el frío que hace me imagino que deben estar heladas" Dije estremeciéndome por el frío de la fuerte corriente de aire que alborotaba todo mi cabello.

"Ahora para terminar el día ya que está atardeciendo, iremos a cenar en uno de los restaurantes cerca de esta hermosa plaza, hay en cantidad así que fue una excelente elección Bran."

Le sonreí mientras se quitaba su bufanda para ponerla en mi cuello. *"Así es. Vamos a ver en dónde terminamos nuestro día"* dijo y le pasé la cámara para que grabara unos paneos de la plaza y del atardecer londinense.

—No tenías por qué hacer esto. —Lo miré con ternura y señalé su bufanda. —Te vas a enfermar si no te abrigas.

—Claro que sí tenía que hacerlo, parecías un pollito ahí temblando. Además no tengo tanto frío, el clima está agradable.

—Bueno no importa, ya se me pasó. —Le devolví la bufanda y se la puso. —Tengo tanta hambre que podría comerme toda la ciudad.

—Ah, pero yo fui el loco por comerme todo un club sándwich y tú un pastelito de manzana.

—No tenía hambre.

—Siempre hay que comer Samantha

—No me digas Samantha, siento que estás enojado conmigo.

—Está bien, Sam, lo siento. Pero, ¿quieres que te diga algo? — Asentí mirándolo confundida.

—¡Yo también voy a ordenar todo el menú! —Gritó levantando sus brazos en señal de victoria. Qué día más hermoso.

No he parado de reír y no quiero que se acabe nunca.

DESPUÉS DE CAMINAR VARIAS CUADRAS terminamos entrando a un restaurante de una popular cadena de restaurantes sudafricana. Nos ubicaron en una mesa cerca de la ventana y Brandon sacó la cámara.

"¡Y llegamos al final! Vinimos a cenar porque nos estamos muriendo de hambre. Conocer Londres te abre el apetito y eso que aún nos falta mucho por ver" dijo él, haciendo un plano general del local y luego enfocándome a mí.

"En serio, tengo tanta hambre que si pudiera ordenaría todo el menú" dije, mientras le guiñaba un ojo y él sonreía.

Giró la cámara para que los dos entráramos en la toma y habló primero. *"Esto ha sido todo por el primer episodio de Elecciones, esperamos les haya gustado."*

"Pero antes de terminar, les tenemos una tarea. Si tienen alguna historia que les gustaría que conozcamos no duden en contactarnos, nuestros comentarios están abiertos para todo tipo de conversaciones." Un mesero se acercó a nosotros para traernos el menú y mientras Brandon se lo recibía yo continué hablando. *"¿Qué otros lugares de Londres les gustaría ver en los próximos episodios? ¡Cuéntennos! Somos Sam y Brandon y nos vemos en la próxima."* ambos nos despedimos de la cámara y la apagué para guardarla.

—Bueno esto fue divertido.

—Demasiado. Londres es bello y no puedo esperar para ver más. Pasamos un buen día. —Sonreí.

—Sí, fue un buen día. —Suspiró, levantando la mirada. —¿Qué vas a ordenar?

—No sé aún. Tal vez pollo con papas fritas, ya sabes, lo tradicional.

—Yo tengo tanta hambre que no sé por dónde empezar, —estiró sus brazos emocionado y se acomodó en el asiento.

—¿Crees que les guste el contenido? A las personas me refiero. Ahora más tarde cuando lleguemos al hotel recuerda enviarle los vídeos a Martin.

Cerré el menú y lo miré preocupada. Si esto no funciona, adiós Nuevos Mundos. —Sí, allá en casa debe ser medio día así que podrá empezar a trabajar inmediatamente, —respondió sin mucho cuidado. —Pero ya no hablemos de trabajo, suficiente por hoy.

—Disfrutemos de la cena y regresemos al hotel, estoy molida. — Apoyé mis codos en la mesa y puse mi cabeza entre mis manos.

La cena estuvo deliciosa, comí hasta no poder más. Hasta tardamos en recomponernos para poder pedir un taxi que nos trajera de vuelta al hotel.

Estoy agotada, no pensé que nos fuéramos a cansar tanto. Al llegar a la habitación tomé un baño largo para relajarme y luego me coloqué el pijama, estaba haciendo mucho frío así que me abrigué bastante.

No pudimos tener un primer día de viaje más perfecto, lo voy a recordar por siempre. Lo único que espero es que el resto de este viaje se mantenga así. Saqué mi celular del bolso, le envié algunas fotografías a mis padres y decidí marcarle a Rosie. Espero no interrumpirla si está en ensayo.

—Hasta que al fin recuerdas que tienes mejor amiga. —Dijo Rosie, al otro lado de la línea.

—Hola Ro. No te interrumpo, ¿cierto?

—No, estoy en casa, está nevando y cancelaron el ensayo de hoy.

—Ah bueno. Disculpa que no te he enviado nada, no hemos parado de hacer cosas. —Dije tirándome en la cama.

—Créeme que lo sé, acabo de ver la foto que posteó Brandon a su Instagram de ustedes dos en *Abbey Road*.

—¿Subió una foto? No sabía, ni siquiera he revisado mis redes sociales desde que llegamos. Acabo de tomar un baño.

—Eso no lo puedo creer, pero te voy a dar el beneficio de la duda. Se ve que la están pasando muy bien y me alegra que estén así de felices.

—Sí la estamos pasando bien, pero es que… —murmuré.

—Pero ¿qué?

—No me malinterpretes. El día de hoy fue demasiado perfecto para ser verdad, pero ayer no la pasé tan bien. Anoche estaba tan emocionada por salir a explorar que salí sin avisarle. Luego el me alcanzó y terminamos cenando en un karaoke bar. Todo bien hasta que yo de tonta lo reté a que se subiera al escenario.

—¿Y qué pasó? ¿Se cayó del escenario? Si fue así que horror porque eso casi me pasa una vez y no es bonito, literalmente casi me rompo una pierna.

—No nada de eso, sino que… se paró a cantar una canción de Frank Sinatra que me dejó muy mal.

—¿Sinatra? No pensé que fuera tan anticuado, ¿pero y qué tiene?

—Que me pareció que me la estuviese dedicando a mí. Cuando regresamos al hotel busqué la letra y me empecé a sentir tan triste. — Volví a recostarme en la cama y me puse una almohada sobre la cabeza. Qué vergüenza.

—Ay amiga. ¿Ya vas a aceptar que lo amas? ¿O tengo que empezar a cantar como las musas de Hercules de nuevo?

—No. No empieces a cantar, solo necesitaba contártelo.

—Entonces, ¿sí lo aceptas?

—¡No! No lo amo y ya para de insistir con eso. Simplemente se me hace difícil tratar de apartar mis sentimientos del pasado con el presente. Eso es todo.

—Como digas… ya no tenemos que hablar más de eso si no quieres, pero trata de no pensar tanto las cosas y déjate llevar por el momento Sam. Disfruta el presente.

—¿A qué te refieres?

—Me refiero a que necesitas disfrutar de tu viaje, que pase lo que tenga que pasar. Deja de pensar tanto en el futuro y enfócate en el ahora. No pienses en el trabajo, no pienses en la gente, piensa en ti.

—Pero tú sabes que mi trabajo es todo para mí.

—¿Estás segura que solo eso lo es todo para ti?

Ambas nos quedamos en silencio unos segundos y traté de analizar lo que me estaba diciendo.

—Él ya siguió con su vida Ro, no puedo forzar algo que no existe.

—Solo te digo… todo puede pasar. Y si pasa, déjalo pasar.

—Ya me perdí.

—Más claro que el agua no puede ser. Pero bueno, te dejo porque tengo hacer unas llamadas.

—Está bien, yo iré a dormir. Mañana tenemos otro día ajetreado.

—Te quiero, descansa y hazme caso.

—Yo más. —Corté la llamada y abrí mi Instagram.

De verdad tenía días sin entrar a ninguna red social y fue raro. Inmediatamente me apareció la foto de la que hablaba Rosie, una selfie mía y de Brandon sonriendo frente al cruce de *Abbey Road*. Le di *me gusta* y leí la descripción que le puso, una parte de *All You Need Is Love*.

"There is nowhere you can be that isn't where you're meant to be."

Sonreí y bajé para ver los comentarios que ya tenía la foto.

@RosieCbway: ¡Que bien se ve que la están pasando! No se olviden de mis souvenirs.
@tuKevinfavorito: siempre habías querido ir ahí bro, qué genial.
@Jacky19: Pásenla increíble ¡Todo bien por acá!
@ElizabethHarringtonUK: Disfruten mi ciudad amigos míos ¡Ya quiero ver todo lo que están haciendo! *@Brandon_Hecox* *@SamLRichards*

Realmente nos vemos felices y Rosie tenía razón, debo empezar a permitirme más felicidad en mi vida y dejar que las cosas pasen.

Enfocarme en el presente.

Tal vez la canción tiene razón. El sitio en donde estamos es nuestro destino y nuestro destino es el amor. Algo que resulta ser exactamente lo único que necesitamos realmente.

9. TENDENCIA

Escuché a los lejos con un fuerte golpe.

—¡Sam, abre la puerta!

¿Qué hora es? Se me hace extraño dormir tan profundo, no estoy acostumbrada. Traté de abrir los ojos, pero la fuerte luz del sol casi que me dejó ciega.

Otra vez dejé las cortinas abiertas y me odio por eso.

Nota mental: Cerrar las cortinas antes de salir. Escuché el tono de llamada de mi celular a lo lejos y lo tomé como pude de la mesita de noche aún sin abrir los ojos. Ser turista cansa.

—¿Mhhhh? —contesté adormilada.

—Samantha, ábreme la puerta, llevo diez minutos intentando que despiertes. —Dijo Brandon al otro lado de la línea.

Ah, ahora los papeles se invirtieron.

—Mhm… —colgué el teléfono y como pude me levanté para abrir la puerta. —Para mañana pon una alarma, por favor. Te levantaste arrastrando la sábana. —Habló entrando disparado a la habitación.

—*Buenos días mi querida, Sam. Te traje el desayuno. ¿Pancakes para mí? Wao no debiste.* —Repliqué sarcásticamente, mientras me desplomaba a su lado en la cama.

—Ja-ja, que graciosa. Te estaba esperando para comer, pero ya que decidiste reencarnar en la Princesa Aurora mejor me voy a comer pancakes yo solo.

Se paró para irse y yo lo tomé del brazo. —¡Espera no! No puedes hacerme eso, eres malvado. —Lloriqueé falsamente y él se rio.

—Ya en serio, vamos, empecemos el día. Tengo muchas ideas que creo que te van a gustar. —Se sentó de vuelta e hice lo mismo. —No sé ni por dónde empezar.

—A ver, ilumíname.

—Bueno para empezar podemos ir a… —paró de hablar, interrumpido por el tono de su celular.

—¿Quién es? —Pregunté levantándome, para buscar en mi maleta lo que me pondré hoy.

—Martin, —dijo mirándome.

—¡Contesta! Y ponlo en altavoz para poder escuchar.

Brandon contestó y lo miré nerviosa. El vídeo del primer episodio fue publicado en la madrugada de acá, noche de allá.

—Hola, Martin. ¿Cómo estás? Estoy aquí con Sam y estás en altavoz.

—Hola. Sí, jefe. Estoy bien, gracias. —Saludó susurrando.

—Es muy tarde allá, ¿pasó algo? —Preguntó Brandon, preocupado y me acerqué a él para escuchar mejor.

—No para nada, sino que edité el vídeo ayer en la tarde y lo publiqué en el canal y wao jefe no se imagina… —respondió Martin con la voz más calmada y se me hizo un nudo en el estómago.

¿Pelota de básquetbol? ¿Eres tú?

—Me desperté por los cientos de notificaciones que están llegando a mi computadora y no lo puedo creer.

—Habla Martin, ¡por favor! Se me va a salir el corazón Exclamé desesperada. Espero que esto haya funcionado.

—El primer episodio de *Elecciones* es el primer lugar en tendencia y la gente está dejando nuevos comentarios cada segundo que pasa. Es realmente increíble. —Dijo Martin y pegué un grito. Corrí a mi maleta para sacar mi laptop y la encendí, sentándome en la cama.

—Espera. ¿Qué? —Preguntó Brandon, en shock. —¿Somos *tendencia*?

—Sí, jefes. Es lo que acabo de decir. Puede comprobarlo usted mismo, ya el vídeo tiene ciento cincuenta mil visualizaciones y contando.

—Wow...

—Ya estoy entrando al canal y sí es cierto... ¡No lo puedo creer! Mira Bran. —Se acercó rápido y prácticamente se estrelló a mi lado.

—¡Hay demasiados comentarios! Gracias por avisarnos Martin, puedes regresar a dormir.

—A la orden, jefes. Lo que sea que necesiten aquí estoy, buen día.
—Bostezó y cortó la llamada. Qué gran chico.

—No lo puedo creer... —Se aplastó la cara y negó con la cabeza.

—Dímelo a mí. ¡Ya tenemos cincuenta mil suscriptores!

—Esto es bueno, ¿no Sam?

—¡Buenísimo! Les encanta. Además de que nos están sugiriendo muchos lugares para visitar, también están dejando comentarios largos con anécdotas de sus vidas que involucran a la ciudad. Hay gente que hasta reconoció el nombre y la revista.

—Mira ese, —dijo riendo y tocando la pantalla con su dedo índice.
—*Brandon bailando es mi espíritu animal.*

Ambos reímos y seguimos leyendo. Hay de todo tipo de comentarios, desde personas preguntando qué tipo de relación tenemos hasta otros tratando de adivinar las próximas ciudades que visitaremos.

—Por lo que estoy leyendo nos están pidiendo que visitemos ahora El Palacio de Buckingham, el museo de *Madame Tussauds* y *Piccadilly Circus.*

—Sí... pero creo que tendremos que empezar mañana.

Respondió mirando su celular.

—¿Qué? ¿Por qué? —Lo miré extrañada.

—Porque usted señorita decidió dormir toda la mañana y ya son casi las dos. Y también porque Elizabeth me envió un mensaje que ella y su padre quieren vernos en su oficina a las cuatro de la tarde. —Dijo cruzándose de brazos. —Además, nos perdimos el desayuno y ya nos toca comer normal.

¿DORMÍ HASTA LAS DOS DE LA TARDE? ¿UN LUNES?

Pero qué rayos.

Esto no es normal, de verdad que no.

—¿Te dijo para qué? Recién los vimos ayer.

—No, pero asumo que vieron el vídeo. —Suspiró. —Solo espero que todo lo que hicimos les haya parecido bien.

—Yo también lo espero...

Al final terminamos pidiendo servicio a la habitación. Dos emparedados con papas fritas y jugo de fresa era justo lo que nuestros estómagos necesitaban para enmendar la falta del desayuno. Nos sentamos en nuestras computadoras a trabajar mientras esperábamos que se hiciera la hora para salir y viendo todos los mensajes que continuaban llegándonos. Hasta nuestras redes sociales privadas empezaron a crecer. Nos está viendo gente de todas partes del mundo y eso que aún no ha amanecido allá en América. —Ya compré los boletos para el museo de cera y el zoológico, pero lastimosamente como estamos en diciembre no hay tours del Palacio de Buckingham. —Dijo Bran sin levantar la mirada de su laptop.

—No importa, igual podemos ver el palacio desde afuera y grabar.

—Sí. Nos vamos en un taxi hasta Buckingham y luego podemos tomar el *underground* hasta el museo. También en el camino podemos pasar al zoológico que está cerca y para terminar el día nos vamos hacia *Piccadilly Circus*. Ahí cerramos el episodio de noche viendo las luces. Brandon Me miró sonriente y cerró la pantalla.

Mañana nos espera un gran día. —Me parece un increíble plan. —Cerré mi pantalla también y me puse de pie robándole una de sus papas fritas.

Brandon apretó el botón del elevador y subimos nuevamente al piso treinta de Harrington Enterprises.

¿Será que no les gustó el vídeo? Hacernos venir nuevamente en un plazo tan corto me llena de nervios. De este programa dependen tanto el futuro de la empresa como yo. Si no les gustó lo primero que hicimos entonces estamos fritos, por más que fuese tendencia y estemos recibiendo excelentes comentarios, ellos siempre tendrán la última palabra. Después de todo, sus clientes son los que están pautando el show.

—¡Brandon! ¡Sam! Qué bueno verlos, me alegra que estén disfrutando mi humilde ciudad.

Dijo Elizabeth acercándose para saludarnos a los dos.

—Estoy enamorada de Londres. ¡No me quiero ir nunca! —Respondí.

—Me alegra mucho escuchar eso, —respondió sentándose. —Mi padre no nos podrá acompañar hoy. Salió hace una hora de urgencia para Berlín.

—¿Está todo bien? —Cuestionó Bran.

—Sí, solo unos negocios, nada más. Nada de qué preocuparse. De todos modos, los mandamos a llamar para hablar sobre el programa.

—¿Vieron el episodio? —Pregunté.

—Sí lo vimos, —cruzó sus manos frente a ella, sobre la mesa.

—¿Y...?

—Quiten esas caras de miedo. ¡Es para felicitarlos! *Elecciones* está siendo todo un éxito, —dejé salir el aire que tenía atrapado y me relajé en el asiento.

—Se me quitó un peso de encima. —Brandon me miró aliviado. —Pensé que no les había gustado.

—Al contrario. El episodio está subiendo en interacciones minuto a minuto y nos sentimos contentos también. Las personas están viendo la publicidad colocada por su editor y estamos generando ingresos cuando hacen click en ellas. –Dijo Elizabeth sacando su Tablet y mostrándonos la pantalla. —Miren, ya casi llegamos a trecientas mil visualizaciones.

—Sinceramente nos sorprendió a ambos el excelente resultado, no nos esperábamos tan buen recibimiento por parte de la gente. —Respondí.

—Es que están siendo ustedes mismos y eso a la gente le gusta. Queremos que sigan así, hagan lo que quieran. Como ya les dijimos tienen total libertad de acción.

Se levantó tomando su celular y tablet de la mesa.

—Gracias por confiar en nosotros Elizabeth, —dijo Brandon poniéndose de pie de igual forma. —Significa mucho para ambos.

—Sí, te lo agradecemos. Nada de esto sería posible sin ustedes, —me levanté tras ellos y enganché mi brazo con el de Brandon. —En serio, gracias.

—Ay chicos, no tienen nada que agradecerme. Salgamos a cenar un día de estos los tres antes de que se vayan para Italia. —Abrió la puerta y salimos detrás de ella. —Ah... solo una cosita que se me olvidaba comentarles.

—¿Sí?

—Que no se les olvide continuar diciendo en todos los episodios que el programa es gracias a Harrington Enterprises. Es realmente importante.

—Claro, no hay problema, —aseguró Brandon y yo asentí.

Es extraño que recalque eso, sin que nos lo hubieran pedido ya lo estábamos haciendo. ¿Estará todo bien? Nah, de seguro no hay ningún problema y tal vez son ideas mías.

—Bien, los veo pronto. —Nos abrazó a cada uno para despedirse y caminó por el pasillo en camino a su oficina. —¡Ya quiero ver más de sus aventuras! —Gritó sin darse la vuelta y Brandon yo nos miramos cruzados de hombros.

Al regresar al hotel, Brandon se fue a su habitación y yo decidí encender la televisión. Justo para mi suerte en uno de los canales locales están dando un maratón de películas de navidad.

¡Punto para Sam! Con *El Extraño Mundo de Jack* de fondo decidí entrar a responder comentarios en el vídeo. Me sentía como toda una estrella profesional de internet. Escuché mi celular sonar con el tono de notificación de mensajes y lo tomé de la mesita de noche.

Sonreí contenta al ver que es el grupo de chat que tengo junto a mis amigos. Usualmente no está activo, pero cuando alguien dice algo pasamos de cero mensajes a cuatrocientos en diez minutos.

> Rosie: ¿Y la famosa? ¿Por qué no habla? Ya nos olvidó, es oficial amigos nos convertimos en plebeyos.

> Marco: ¡No me parece correcto!

> Kate: jajajaja miren la imagen que les envié, me recuerda a Ava cuando se puso a bailar con una escoba limpiando el confeti en una de las sesiones de foto de Ro.

> Ava: ¿Saben que son las tres de la mañana aquí en Tokio no?

Lucy: Me están distrayendo de mi trabajo. Espero sea importante.

¡Hola!

Ava: ¡Llegó la estrella estrellada weeee!

jajajaja Ava por favor, no me hagas reír.

Kate: ¡Ayer nacieron los cachorritos de Bella! miren la imagen adjunta.

Rosie: Awww están hermosos Kate, quiero uno.

Marco: Keith y yo hablamos de adoptar un perro cuando regrese a casa en unas semanas.

Que lindos, Marco. ¡Me alegro mucho por ustedes!

Marco: Ya quiero regresar a casa, lo extraño mucho.

Ava: Yo también ya quiero regresar, Japón ha sido increíble pero extraño la comida de casa. Ya quiero que terminemos esta producción.

Rosie: ¿Ya les falta poco cierto?

Marco: Sip, ya estamos grabando las últimas escenas de la película.

Katy: Cuando regresen los iremos a visitar a Los Ángeles, Lucy prepárate.

Lucy: Oh no...

Rosie: Tienen que venir a ver el musical en la noche de apertura, ya les reservé sus asientos.

Marco: No me lo perdería por nada del mundo.

Allí estaré, Brandon y yo regresamos a principios de enero así que es obvio que asistiré.

Ava: ¿Cómo está Brandon?

Marco: Si Samantha... ¿Cómo está Brandon? ;)

Está bien.

Kate: ¿Eso es todo? ¿Solo bien?

Pues sí, está bien.

Marco: Que aburrida... necesito más contenido. Más sabor, más sazón.

Ava: DECEPCIÓN.

Rosie: Oye no la molesten, asumo que están haciendo algo genial para terminar el día ¡Ya quiero ver el episodio dos!

La verdad es que hoy no grabamos nada, fuimos a una reunión y trabajamos desde aquí desde el hotel.

Kate: ¿Y dónde está él ahora?

Pues él en su habitación y yo en la mía viendo películas de navidad.

Marco: ¿Es en serio?

Lucy: Mejor sigo trabajando, me hacen perder el tiempo. Adiós.

Kate: No sé cómo sentirme luego de leer esto.

Ava: Buenas noches amigos, Sam espero que mañana enmienden esta situación. Adiós.

Rosie: Yo tengo que volver al ensayo. Sam, haz algo divertido por favor.

Oye, pero ¿qué dije?

Kate: Que estás perdiendo el tiempo con esas películas que has visto ya mil veces. Yo también tengo que seguir trabajando. Los quiero amigos.

Marco: Yo también iré a dormir, por favor Sam, haz algo con Brandon ;)

Ustedes son imposibles. Adiós, amigos. Yo también los quiero.

Enchufé el celular y apagué el televisor ¿Debería hacerle caso a mis amigos? Ellos nunca han superado que Bran y yo termináramos. Están locos y siempre me incitan a acercarme a él, en sus cabezas nosotros seguimos juntos, nunca han podido entender nuestra relación de amigos. Y tampoco entienden mis razones, las cuales me he cansado de explicarles. Así que cuando lo hacen lo tomo como broma o los ignoro, no me queda de otra.

Pero la verdad tienen razón, sí tengo ganas de hablar con Brandon o de ver alguna película de acción de esas que le gustan. Me levanté de la cama y toqué la puerta conjunta de nuestras habitaciones y cuando no recibí respuesta, giré la perilla. Me di cuenta que estaba sin seguro y la abrí con cuidado. La habitación está en completo silencio y lo único que se escucha es su respiración tranquila, está profundamente dormido. Se veía tan pacífico. Lo miré durante unos segundos más y me devolví a mi cama sin cerrar la puerta para no hacer más ruido. Me metí entre las sábanas y decidí dormir también.

Mañana nos espera una ciudad entera a nuestros pies.

Salí de la ducha y me vestí, el día estaba muy oscuro y nublado. La lluvia caía fuerte impactando contra las ventanas. Algo no andaba bien, sentía una corriente fría recorrer todo mi cuerpo y mi piel tornarse color papel.

Me ajusté la toalla en el pecho y mi habitación se empezó a llenar de humo al salir del baño. Abrí la puerta y empecé a correr junto a una gran cantidad de personas por un largo pasillo. ¿Dónde estoy? Este no es nuestro hotel. ¿Cómo llegué aquí?

Aparecí en un lobby extraño y alguien me empujó hacia un armario de suministros. No podía ver nada y empecé a gritar por ayuda. Nadie me escuchaba. Comencé a llamar a Brandon, él siempre venía. ¿Dónde estaba? ¿Habrá logrado salir con toda la conmoción y el humo? Lloraba y lloraba y gritaba y podía sentir como alguien me tapaba la boca. No puedo moverme y me faltaba el aire, alguien me tocaba el cuerpo y no me salía la voz.

"Déjate tocar preciosa, déjate llevar", dijo la voz que no podía ver. Necesitaba salir de aquí. ¿Dónde mierda estaba Brandon? ¿Dónde mierda estaba la gente? El armario se empezó a llenar de humo y a girar en trescientos sesenta grados y un muro impactó contra mi cabeza. Gritaba y lloraba del dolor, necesitaba que alguien me sacara de aquí. Mi estómago recibió otro impacto del muro y grité como pude. ¿Por qué me hicieron esto? ¿Por qué a mí? ¿Por qué nadie me escucha? ¿Por qué no puedo ser feliz? Mi cabeza palpitaba con fuerza y no podía soportar el dolor. Esto era todo, hasta aquí llegaba. Una fuerza sacudió mis hombros levantando el muro y gritando para ver si respondía y despertaba. Pero yo no lo hacía, era muy tarde.

—¡Sam! ¡Sam! ¡Despierta Sam soy yo!

Escuché una voz a lo lejos y traté de buscar con la mirada.

—¡Sam por favor despierta! —Abrí los ojos de golpe y continué llorando respirando agitadamente. Nada fue real, estaba soñando. No había pasado realmente. Respira y cálmate, Samantha.

—Brandon… —dije en un hilo de voz, mientras me abrazaba con fuerza. —Shh… ya pasó. Fue una pesadilla, —dijo sin soltarme, con su cabeza pegada a la mía.

—Fue tan real… yo… —musité poniendo mi cara en su cuello. Su esencia relajándome por completo.

—¿Quieres contarme? —negué con la cabeza. —Está bien, no tienes que contarme, sólo respira. —Nos quedamos un rato así pegados y yo seguía llorando. Ha pasado mucho tiempo que no tenía una pesadilla así.

Fue horrible, me causaban migrañas que duraban horas.

—¿Vas a estar bien? —Preguntó, soltándome un poco para verme a la cara y me limpió las lágrimas suavemente con su mano. —Aún es de noche, trata de dormir.

Me aferré a él con fuerza y negué con la cabeza.

—Si no me sostienes ahora mismo, creo que podría desmoronarme.

—Está bien.

—Quédate conmigo... por favor.

Susurré.

—Siempre.

Respondió, plantando un beso en la parte superior de mi cabeza y acomodándose a mi lado.

10. LUCES NOCTURNAS

BRANDON

E scuché una voz gritar mi nombre y sollozar, causando que me despertara de golpe. Rápidamente me levanté y miré a todos lados desconcertado.

Es Sam.

¿Qué le están haciendo a mi Sam? Encendí la luz de mi habitación y vi la puerta conjunta que une nuestros cuartos abierta. Me asomé con cautela y ahí estaba ella, llorando mientras dormía.

Sentí cómo mi corazón se partió en mil pedazos y corrí a su lado para despertarla. Siempre ha tenido pesadillas, vienen y van, y le cuesta dormir. Ya sabía qué hacer, solo tenía que hacerla despertar de cualquier forma, sino el sueño iría empeorando.

—¡Sam! ¡Sam! ¡Despierta Sam soy yo! —Me incliné hacia ella y le hablé tratando de sacarla de ese horrible sueño. —¡Sam, por favor despierta!

Exclamé nervioso porque no me hacía caso. Finalmente, segundos después abrió los ojos asustada y agitada.—Brandon… yo… —susurró aún llorando y la abracé con toda la fuerza posible. Necesita saber que estoy aquí, que la voy a cuidar, que no está sola.

Jamás estará sola.

—Shh... ya pasó. Fue una pesadilla. —Pegué mi cabeza contra la suya tratando de darle seguridad y susurré.

—Fue tan real... —dijo en un hilo de voz, colocando su cabeza en mi cuello. Su perfume de peonías invadiendo por completo mis sentidos.

—¿Quieres contarme? —Pregunté, tratando de buscar cómo ayudarla, pero ella negó con la cabeza y no la presionaré más.

Debe estar muy asustada. —Está bien, no tienes que contarme, sólo respira.

Respondí y nos quedamos un rato así abrazados.

Ella seguía llorando y yo solo me limitaba a abrazarla, sin saber qué más hacer. —¿Vas a estar bien? —La solté unos centímetros para verla y le limpié las lágrimas delicadamente con las yemas de mis dedos. — Aún es de noche, trata de dormir.

Se aferró a mí con más fuerza y negó con la cabeza.

—Si no me sostienes ahora mismo, creo que podría desmoronarme.

—Está bien.

—Quédate conmigo... por favor... —susurró.

—Siempre. —Besé el tope de su cabeza y la moví suavemente para acomodarla mejor en la cama. La envolví entre mis brazos y sentí sus músculos relajarse.

Dios, la amo tanto.

Recorrí su rostro con mis ojos y analicé cada centímetro de ella.

No que necesitara hacerlo, lo conozco perfectamente; cada lunar, cada peca, la forma de sus labios, su sonrisa, todo de ella es perfecto. Extrañaba todo de ella, pero más sentirla así, tan cerca de mí. Extraño sus besos, sus caricias, sus *te amo* después de hacerla reír, verla hablar sobre películas tan apasionadamente. Todo.

Me duele tener que mentirle, pero, ella ya no me ama y yo no puedo hacer nada al respecto para hacerla cambiar sus decisiones por más de que lo intente. Tenemos que conformarnos con ser amigos, más nada, porque así lo quiere ella. Nunca he podido olvidarla.

Y sí, he estado con muchas chicas después de ella, pero ninguna se le iguala. Kevin siempre me ha animado para que la supere, pero no puedo.

Es como si ella se hubiese estacionado permanentemente dentro de mi corazón y dejado las llaves dentro. Ninguna otra cerrajera ha podido abrirlo. Verla así de esta manera, tan indefensa y frágil me recuerda el día en que nos conocimos. Lo recuerdo perfectamente porque mis amigos fueron los que me convencieron en asistir a la fiesta.

Yo no quería ir, tenía que estudiar para mis exámenes, terminarlos y listo. Solo faltaba un semestre para graduarme y terminar la carrera que tanta aversión me causaba. Terminé yendo porque ellos tenían razón y necesitaba distraerme, una fiesta no haría daño. Sin embargo, esa decisión terminó alterando mi vida por completo.

Me quedé un par de horas y cuando ya estaba a punto de irme la vi, tirada en la nieve intentando pedir ayuda. Siendo atacada por un hijo de puta en la parte de afuera de la casa. Me transformé por completo y una fuente corriente de adrenalina se apoderó de mí, le grité a mis amigos que se callaran (porque estaban tratando de convencerme de que me quedara en la fiesta) y que llamaran al 911.

Corrí hacia ellos y le grité al imbécil que la soltara tacleándolo con todas mis fuerzas. Y le pegué un puñetazo en la cara, ¿qué clase de persona hace eso? ¿Qué tan dañado debes estar para hacerle algo así a una chica? Mejor dicho, a una persona. Escuché la voz de Kevin sobre la mía gritando que lo soltara, que ya estaba inconsciente y no podría hacerle nada más.

Y tenía razón, tenía que soltarlo, no quería buscarme un problema peor. Volteé en dirección a ella y ahí estaba, herida, la nieve a su alrededor teñida de rojo y sus ojos cerrados. Me arrastré a su lado y estaba empapada, temblando y no paraba de llorar, gracias al cielo estaba consciente. Le aseguré que ya mis amigos estaban pidiendo ayuda y pude ver sus ojos por primera vez, se veía tan frágil y buena. No se merecía esto, nadie se merece pasar por una situación así.

"¿Cómo te llamas?" le pregunté, sin separar mi vista de la suya. "Sam", me respondió y en ese momento todo cambió, aunque no lo supe inmediatamente.

Porque a pesar de haber sido un fatídico día, todo lo que hemos vivido juntos ha sido un viaje extraordinario.

Y conocerla es lo mejor que me ha pasado en la vida.

Sentí como Sam se acomodó en la cama y colocó todo su cuerpo hacia el mío. Solo quiero protegerla, amarla y mantenerla segura por el resto de mis días. Y no creo que pueda contenerlo más. Cuando lleguemos a París se lo diré todo, no creo que pueda soportar más este acuerdo, siempre cumplo mis promesas, pero esta no creo que pueda cumplirla. Está decidido. Le diré todo.

Que nunca he dejado de amarla, que no hay ninguna mujer en mi vida más que ella, que en mi vida solo la he amado a ella realmente. De seguro se deben estar preguntando por Cherry. La verdad es que ella y yo terminamos.

Desde hace tiempo busqué el momento indicado para hablar con ella, pero, alerta de spoiler: buscar un momento perfecto es imposible porque no existen. Uno mismo los crea en cualquier momento. ¿Recuerdan hace una semana cuando visité a Sam para contarle sobre mi conversación con Elizabeth?

Cuando le preparé sus tan amados pancakes con miel. Bueno, ese día me fui porque quedé en pasar el tiempo con Cherry mientras tenía una sesión de fotos en el estudio de una revista en la Quinta Avenida. Además, dijo que después de sus fotos quería hablar conmigo. Al llegar, su asistente me indicó que estaba esperando por mí en maquillaje. No notó mi presencia al entrar y un minuto después tuve que toser falsamente para que se diera cuenta que estaba ahí.

—¡Brandy, que grata sorpresa!

Se puso de pie y se acercó a mí para darme un pico en los labios.

—¿Sorpresa? Pero si habíamos quedado en que vendría

—Si… sobre eso. Mira, quiero ser sincera contigo porque sé que eres un gran chico.

—¿Ajá?

—No quiero que te lo tomes personal, eres una gran persona, muy bueno en la cama y también das muy buenos regalos.

—Cherry, ¿estás terminando conmigo? Porque yo también quería hablarte de eso.

—Es que esto que está pasando entre nosotros tiene que acabar. No te lo tomes personal.

—Yo también te lo iba a mencionar, yo la verdad…

Traté de hablar y me interrumpió bajando la voz.

—Solo salí contigo porque Kevin me lo pidió. Además, se nota a leguas que estás enamorado de alguien más y la verdad no quiero perder mi tiempo así.

—¿Se nota mucho? —Pregunté, rascándome la nuca.

Y yo que trato de no ser tan obvio.

—Ufff, no tienes idea, —respondió empujando su melena rubia hacia atrás. —Bueno eso es todo, puedes irte, quedamos bien y cero rencores.

—¿Y tú estarás bien con todo esto?

—Obvio. ¿Sabes cuántos actores tengo de pretendientes? Sin ofender, el sexo contigo es buenísimo, pero quiero el paquete completo. ¿Sí entiendes?

—Como el cristal.

—Brandon, ambos merecemos ser felices. Todo el mundo lo merece. Ahora, si me disculpas, me están esperando en el set.

Se quitó la bata de seda que traía exponiendo su esculpido cuerpo en un corto vestido de gamuza. —Claro que sí. Cuídate Cherry.

—Tú igual. ¡Que te vaya bien Brandy! ¡Y buena suerte con la misteriosa enamorada!

—Si... ah, antes que se me olvide, dile a tu primo cuando lo veas que lo voy a matar. —Respondí y me fui lo más rápido posible de ese estudio. Sentí cómo se me quitaba un peso de encima. Era libre para volver a luchar por Sam, a la cual no le había contado nada aún porque con todo el caos simplemente no hubo tiempo.

Todo estaba pasando muy rápido, yo estaba afectado por todo y las cosas se estaban acumulando. Sin embargo, cuando al fin me decidí en decírselo, me salió el tiro por la culata. Estaba enfocado en contárselo en su oficina, el día en que me pidió una de mis maletas. En cambio, terminamos prometiéndonos que no pasaría nada entre nosotros y eso me está matando.

Alguien no te dice eso si te ama. Además, me tocó mentirle, le dije que aún seguía con Cherry y no sé si debí hacerlo. Pero el daño ya estaba hecho. y ahora estamos aquí. Acostados uno al lado del otro en medio de la Ciudad de Londres. Cerré mis ojos y la abracé con suavidad para no despertarla. Decidí intentar dormir y el sonido de su relajada respiración me acunó llevándome al descanso.

La luz del sol me despertó de golpe. ¿Acaso Sam nunca cierra sus cortinas? Me moví un poco en la cama y sentí sus brazos aferrarse a mi pecho. Miré hacia abajo y la vi aun profundamente dormida, tan hermosa. No quiero desperdiciar el tiempo ni que esto acabe, han pasado cuatro años sin despertar a su lado. Me pesa el corazón de tan solo imaginarme que esto puede no ocurrir más, no lo imaginaré, pienso cambiar eso.

Es demasiado temprano, pero me toca despertarla con todo el dolor de mi alma. Tenemos que comenzar a grabar el segundo episodio del show y si no se levanta ahora se nos hará tarde. Moví mis dedos suavemente de arriba abajo por su brazo tratando de llamar su atención. Antes solía despertarla con un beso, pero esta vez no puedo hacerlo, aunque lo quiera con todas mis ganas. Abrió sus ojos tranquila, desaferrándose de mí y se estiró en la cama sonriendo.

—Buenos días.

—Buenos días, ¿cómo dormiste? —me senté a su lado y pasé mi mano por mi quijada. —Anoche me diste un gran susto.

—Muy bien, la verdad. Tenía mucho tiempo sin dormir así de tranquila. —Sam sonrió y se quitó las sábanas de encima.

Tal vez durmió tranquila porque estaba conmigo. O eso quiero creer.

—Me alegro… ¿Hace cuánto no te daban pesadillas? —Pregunté, levantándome de su cama. —¿Te ha pasado mucho recientemente?

—¿Unos seis meses tal vez? No lo sé… pero bueno, ya pasó, —se levantó y tomó una toalla. —Ya no quiero pensar en eso. Me voy a bañar. Tenemos que salir en un rato.

—Sí. Haré lo mismo.

Empecé a caminar hacia la puerta de mi habitación, cuando sentí que me detuvo tomando mi mano y se acercó a mí.

—Gracias… por estar ahí cuando lo necesitaba.

Acaricié sus dedos con mi pulgar y sonreí.

—Siempre estaré cuando me necesites.

La miré tratando de juntar todas mis fuerzas para no romper los centímetros que me separaban de ella. Ambos ahí, sin decir nada y solo mirándonos fijamente. Estamos tan cerca que puedo sentir su respiración.

Lo voy a hacer. En serio lo voy a hacer. Rocé mis labios con los suyos. *Esto va a pasar después de tanto tiempo y...*

—Parece que tu celular está sonando, —habló aclarándose la garganta. —Contesta. Puede ser importante.

—Sí... —aclaré mi garganta. —Voy a contestar.

Se alejó de mí y recogió la toalla que ahora estaba en el suelo entrando rápidamente al baño. Salí de su habitación y cerré la puerta reclinándome en ella. Mataré a quien sea que nos haya interrumpido.

Estuvimos a nada. *¡Qué cliché!*

Tomé mi celular de la mesita de noche y vi en la pantalla la notificación *llamada perdida de Kevin (1).* Lo mataré, en serio lo haré.

¿Qué demonios hace llamándome? Son las dos de la madrugada en Nueva York. Apreté el botón verde para devolverle la llamada y Kevin contestó al primer intento. —¿Qué hay mi hermano? Vengo saliendo de la inauguración de un club en Chelsea.

—Kevin, acabas de interrumpir algo muy importante. ¡Estoy en Londres trabajando por si no sabías!

—¿Así es como saludas a tu mejor amigo? Disculpas no aceptadas. Me encontré con Cherry en el club y me dijo que me quieres matar.

—Pues sí, en este momento es lo que *más* quiero.

—Me haces reír. La vi bailando pegada a un actor que creo es famoso.

—Ella y yo terminamos.

—Ahhhh, entonces, ¿cómo está Sam? —Preguntó riendo.

Suspiré exasperado. —Muy bien gracias. ¿Ya me puedes decir para qué rayos me llamas? Sé que me vas a pedir algo.

—No seas tan grosero, es de mala educación.

—Kevin... —advertí.

—Hey, tranquilo. Llamé para decirte que tomaré tu auto prestado para ir mi casa de Los Hamptons hoy con Kelly.

Me sorprendió mucho escuchar esto. Kevin no suele invitar chicas a su casa de vacaciones. Tal vez esta nueva relación es algo serio.

—¿Y qué le pasó al tuyo?

—Digamos que le ocurrió algo que no fue completamente mi culpa y ahora tengo que esperar un mes para que lo dejen como nuevo. Mi padre no quiere prestarme ninguno de los suyos. Así que pensé en ti y en que me debes una.

—La verdad no quiero saber qué fue, —masajeé mi sien y suspiré.

Kevin puede ser mi mejor amigo y lo quiero como a un hermano, pero en ocasiones es extremadamente irresponsable.

—No, no quieres. —se burló. —¿Entonces sí *nos* lo prestas?

—¿Entonces las cosas en esta relación te están saliendo bien?

—Extremadamente bien, ella está aquí conmigo ahora. Saluda Kelly.

—Hola Brandon, —saludó ella, amablemente.

—Bueno Kevin, está bien. Sí te lo presto, pero más te vale que lo cuides. Sabes que mi auto es como el hijo que aún no tengo.

—Gracias *bro*, si se lo prestaste a Rosie yo también lo puedo manejar.

—¡Solo para que nos llevara al aeropuerto! Además, ella es mucho mejor conductora que tú.

—No te puedo creer eso. ¿*Rosie*? ¡Ja! No sabes lo que dices.

—¿Necesitas algo más Kevin?

—No. Cuídate, hermano.

—Ustedes también cuídense y cuida *mi* auto por favor.

—No prometo nada.

Kevin cortó la llamada y coloqué el celular de vuelta en la mesita.

Un día de estos mi amigo me sacará canas verdes.

"¡Hola a todos que nos ven alrededor del mundo! Bienvenidos al segundo episodio de Elecciones. Mi nombre es Sam Richards,"

"Y yo soy Brandon Hecox. Hoy nos encontramos aquí en las afueras del Palacio de Buckingham, específicamente en El Victoria Memorial," dije moviendo la cámara para enfocar a Sam.

"Este Palacio fue uno de los lugares más comentados por ustedes en el episodio anterior para que visitáramos. Les queremos agradecer de todo corazón por el apoyo que nos están dando, significa mucho para ambos."

"Así es Sam, la respuesta que hemos tenido por parte de ustedes nos sorprendió mucho y les damos las gracias." sonreí y enfoqué la cámara hacia el palacio.

"Acabamos de llegar a la residencia real de los monarcas británicos. ¿Sabían que tiene 775 habitaciones? ¡Es enorme!" Habló Sam emocionada. Sé cuánto le fascina la realeza, ha visto todas las temporadas de *The Crown* religiosamente.

"Los tours para poder recorrerlo son desde julio hasta septiembre todos los años. Lastimosamente nos lo perdimos, pero para la próxima vez que visitemos Inglaterra podemos venir." Le guiñé un ojo a la cámara y la volteé para que nos viéramos los dos en la toma.

"Como pueden ver hay mucha gente, todo el que viene a Londres por fuerza tiene que pasar a ver este majestuoso palacio. Además, puedes tomarte muchas fotos igual que nosotros en el Victoria Memorial, el monumento en honor a la Reina Victoria."

"Más tarde iremos a otra de las locaciones que ustedes sugirieron en los comentarios. ¡No se vayan a ningún lado! Esto es Elecciones, que llega a ustedes gracias a Harrington Enterprises y Editorial Nuevos Mundos."

Terminé y detuve la grabación. —¿Ya te dije que amo Londres?

Levantó sus brazos y miró hacia el cielo.

—Como mil veces solamente, —reí y guardé la cámara en mi mochila. —Pareces disco rayado.

—Entonces lo seguiré diciendo mil veces más. —Dio un giro de trescientos sesenta grados donde estaba parada y se sentó en unos de los escalones del monumento.

—¿Quieres galletas? —Pregunté, sentándome a su lado mientras rebuscaba en mi mochila. —Las compré en la tiendita del hotel.

—¡Obviamente! Pero solo si son de chocolate.

—¿Por quién me tomas? Claro que son de chocolate.

Le extendí el paquete y sacó una. —¿A qué hora tenemos que estar en el museo? —Preguntó con la boca llena.

—En una hora. La estación del tren está aquí cerca. —Mordí una galleta a la boca también y guardé el paquete de vuelta.

—Vamos andando. No quiero llegar tarde para tomarme foto con Johnny Depp. —Se puso de pie y bajó rápido los escalones.

—Pero espérame, —grité mientras corría tras de ella para no perderla de vista entre la gran cantidad de gente.

Caminamos alrededor de diez minutos y Sam encendió la cámara para grabar todo nuestro recorrido.

Llegamos a la estación del *underground* de *Green Park* y nos montamos en el tren. Los colores del tren son muy brillantes, nada comparados a los asquerosos de Nueva York.

Estos trenes son color rojo con azul y a mi parecer están bastante bien cuidados. Estamos sentados frente a un señor bastante mayor leyendo el periódico y al lado de una chica que está haciendo beat box con mucho ritmo. Luego de unos minutos llegamos a la estación de *Baker Street* y caminamos hacia el museo.

Al llegar presentamos nuestros boletos y entramos a ver las figuras de cera. Hay de todo un poco: artistas de Hollywood, deportistas, personajes de cine, cantantes y muchos más. *"¡Y llegamos a Madame Tussauds! El siguiente lugar que ustedes nos sugirieron,"* dijo Sam posando frente a la figura de Britney Spears.

"Ahora disfruten este montaje de Brandon y yo junto a nuestros amigos famosos." Nos paramos frente a todas las figuras y posamos de la misma manera en la que estaban colocadas. Bailamos alrededor de ellas, besé a la estatua de Emma Watson, Sam casi se cuelga de Tom Cruise, me senté al lado de Los Beatles como si fuera una foto familiar y me puse igual de serio que Marlon Brando.

Sam posó como toda una estrella de Rock n Roll junto a Elvis Presley y levantó el brazo junto a Beyoncé. La pasamos de maravilla hasta que una empleada del museo vino a decirnos que ya se nos había acabado el tiempo.

Fue demasiado divertido y sin duda alguna volvería a venir.

—¿Qué canción crees que caería perfecta para este montaje?

—¿Qué te parece *Ballroom Blitz* de *Sweet*?

—¡Sí! Me encanta. Lo apuntaré para decirle a Martin que la coloque.

—Ya me dio hambre, —dije, saliendo del museo. —Quiero comer.

—Tú siempre tienes hambre. —Sam respondió, riendo —Vamos a caminar, debe haber algún restaurante cerca.

Entramos a una pizzería frente a la estación del *Underground* en *Green Portland* Street. Decidimos ordenar una pizza florentina familiar para compartirla y dos jugos de piña. Estábamos pasando un agradable rato, produciendo buen contenido y teniendo un excelente día. Mi teléfono sonó y Sam paró la grabación.

Estaba inspirada grabando nuestra comida y el interior del restaurante. —Es mi padre, —dije poniendo un trozo de pizza que tenía en el plato. Hoy todo el mundo quiere hablar conmigo. —Tengo días sin hablar con él.

—Contesta, debe ser importante. —Respondió también dejando de comer y prestándome toda su atención.

—Espero que no haya pasado nada.

—Tranquilo, quizás está llamando solo para saludar.

La miré y asentí contestando la llamada.

—Hola papá, qué sorpresa escucharte.

—Hola Brandon. No hablamos desde que partieron a Europa. ¿Cómo están tú y Sam?

—Bueno ambos estamos bastante bien, en este momento paramos a almorzar y vamos a ir al zoológico. Estamos grabando el episodio dos de Elecciones. ¿Ya viste el primero?

—Oh sí, lo vi desayunando ayer junto a tu hermana y nos gustó mucho. Ambos están haciendo un excelente trabajo.

—Gracias papá, nos alegra mucho que les gustara. —Levanté la mirada para ver a Sam que había retomado su comida y le hice una seña con el pulgar hacia arriba.

—Sí, creo que en serio existe la posibilidad de salvar la editorial. Claro, si es verdad que Hugh quiere invertir en ella.

—¿Por qué lo dices? ¿Estás teniendo dudas sobre sus intenciones?

—Siempre hay que tener malicia cuando se va a iniciar un nuevo negocio. No han firmado nada, ¿verdad?

—No.

—Entonces aún todo es relativo.

—Lo sé.

—Solo te pido que sean cautelosos. Cautela ante todo siempre, hijo.

—Sí, papá.

—En otras noticias, tu hermana está ayudándome a manejar la empresa ahora que no estás y le está yendo muy bien. Creo que le gusta igual que a ti. ¿Quién lo diría? —dijo riendo.

No papá, eso es lo que siempre has creído. —Me alegro que Natasha le esté tomando gusto a la compañía, quizás ella podría reemplazarme.

—Ay hijo no digas locuras… pero sí, ambos podrían trabajar juntos.

—Sí papá, sobre eso...

—No te quito más tiempo, salúdame a Sam y dile que estoy muy contento con los resultados que estamos obteniendo hasta ahora. Sigan así.

—Sí papá, hablamos luego.

—Adiós, hijo.

Corté la llamada y tapé mi cara con mis manos. Se me fue el apetito por completo y ya la pizza debe estar fría. Sam tomó una de mis manos y me miró sobreentendiendo todo lo que acababa de ocurrir.

Sin decir una palabra logré relajarme solo con saber que ella está aquí conmigo. ¿Cómo le diré a mi padre que no quiero seguir trabajando junto a él?

Que me quiero dedicar a escribir y a hacer música. Y quién sabe, continuar con Elecciones si es posible, conducir un programa me está gustando.

Sin embargo, no lo va a entender. Le romperé su corazón y la visión de padre e hijo manejando su imperio de empresas que siempre ha tenido. Me pone feliz saber que mi hermana quiere tomar más parte en la empresa, está en todo su derecho como dueña también y saber que lo está haciendo muy bien me alegra. Ella lo merece, nunca le han dado una oportunidad realmente de explotar todas sus capacidades dentro de la compañía.

Cuando mi mamá murió ella fue la que más duro lo tomó y se cerró a la idea de tener algo que ver con todo lo que la relacionara a ella. Pero no la culpo, cada quien lidia con el duelo a su manera. Eventualmente regresó y mi padre le cedió un puesto de trabajo, aunque no tan alto como los nuestros.

Asumo que no tener un cargo más importante siempre la molestó y a mí también. Ella tiene los mismos derechos que yo. Y ahora encima mi padre también está dudando de los Harrington. Confío en Elizabeth, pero es verdad, aún no hemos firmado nada. Y un negocio no está sellado hasta que la tinta no esté fresca en el papel.

—Lo que sea que decidas, yo voy a apoyarte en todo momento. Lo sabes, ¿verdad? —Dijo Sam sacándome de mis pensamientos y apretando mi mano.

—Creo que ha quedado bastante claro que somos un equipo, ¿no?

—reí y ella soltó mi mano para continuar comiendo.

—Por siempre.

Sonrió y mordió otro pedazo de pizza.

E N OCASIONES, SAM LE HABLA a la cámara gritando. *"Amigos, acabamos de llegar al London Zoo ¡Estoy muy emocionada! Amo los animales."*

"¿Por dónde empezamos? Hay tanto por ver" pregunté caminando junto a ella. Yo también estoy emocionado, ¿a quién no le gustan los animales?

"Vamos a Into Africa, quiero ver a las jirafas" respondió ella saltando, parece una niña chiquita de lo emocionada que esta.

Nos acercamos a la cerca de las jirafas y ambos escuchamos atentamente al cuidador que nos contaba acerca de ellas. La grabé a Sam prestando total atención, alimentando a las jirafas y riendo al verlas comer las hojas de su mano. Su cara estaba repleta de felicidad y una sonrisa tan genuina que contagia a cualquiera. Al rato pasamos a ver a los jabalíes y a las cebras y luego nos fuimos hacia el acuario. En esta exhibición la emoción sí me invadió, me encanta el mar y sus especies. Me parece tan misterioso y majestuoso al mismo tiempo, aunque hay que tenerle miedo y ser precavido. La vida es como el océano, puede estar calmada e inmóvil o enojada y salvaje, pero al final siempre es hermosa.

"Brandon, ¿sabías que este acuario existe desde 1853?" preguntó Sam, enfocándome. *"Wow no, eso sí que no lo sabía."* Respondí, admirando uno de los tanques con peces de todos los colores.

"¡Mira a los caballitos de mar!" señaló Sam. *"He leído sobre ellos, prefieren nadar en pareja con sus colas entrelazadas y tienen una sola pareja por el resto de sus vidas."* Sonreí mirando al tanque y ella continuó grabándome. Eso sí lo sé, pero no se lo diré. Conozco muchos datos de los animales marinos.

También me gustaría comentar que se dice que los caballitos de mar mueren de amor, pero no quiero ser tan obvio. Durante el resto de la tarde tratamos de recorrer todo el zoológico, pero es demasiado grande y se nos hizo imposible.

Aunque nos faltaron exhibiciones, logramos visitar *Reptile House* y vimos a los cocodrilos; luego fuimos a *Gorilla Kingdom* y al final terminamos viendo a mis animales favoritos en *Penguin Beach*. Amo a los pingüinos. Al salir pasamos a la tienda de regalos y Sam se compró un peluche de oso perezoso y unos lentes de flamencos, al probárselos dijo que se veía tan ridícula que tenía que comprarlos.

Yo por mi parte me compré una taza con diseño de una pareja de pingüinos patinando sobre hielo y un t-shirt de jirafa. Cuando salimos, Sam se puso sus nuevos lentes y empezó a grabar.

"Ya terminamos aquí en el London Zoo y salimos de la tienda de regalos por si no se han dado cuenta." Le saqué los lentes y me los puse yo.

"Me divertí mucho, ¿y tú?" pregunté y me los quitó de la cara.

"¡Yo también! Lo que más me gustó es que te explican la importancia de la conservación de los animales y te educan para aprender más sobre ellos." Respondió ella mientras caminamos hacia un taxi negro.

Llegamos a Piccadilly Circus y el cielo se oscureció. Una de las desventajas de venir en invierno. Todos los anuncios publicitarios brillan con potencia y las personas se detienen a leerlos, es muy bonito.

"Nuestra última parada del día es Piccadilly Circus aquí en todo el centro de la ciudad de Westminster, una intersección muy famosa en West End. ¡Miren todas estas luces nocturnas!" Habló al ponerle la cámara en frente.

"Es un lugar muy concurrido. Hay restaurantes, clubes y muchos vendedores ambulantes. Vamos a caminar a lo largo para que vean un poco de la Avenida de Shaftesbury." Dije, metiéndome en la toma y girando la cámara para que ambos nos veamos. Caminamos en silencio grabando y viendo el movimiento de las personas, hay muchos turistas igual que nosotros y podemos escuchar diferentes idiomas al mismo tiempo, igual que Central Park.

Son cosas que pasan en ciudades grandes. *"¡Y llegamos hasta Chinatown!"* Sam volteó la cámara hacia ella.

"Gracias por ver nuestro segundo episodio de Elecciones, nos divertimos un montón. No olviden seguir compartiendo sus historias, sugerencias de lugares para que visitemos en nuestro recorrido y compartirlo con todos sus amigos. ¿Cuál fue su parte favorita? La mía sin duda alguna el zoológico." Dije yo, sonriendo. Vi pingüinos, ese fue el punto culminante de mi día.

Claro, además de *casi* besar a Sam esta mañana.

"¡Adiós!" nos colocamos los dos frente a la cámara y terminamos despidiéndonos de la cámara con las manos. Me encanta esto, ambos estamos disfrutando mucho estar frente a la cámara. Si me ponen a elegir, quiero este trabajo por siempre. Y más si es junto a ella.

—Otro episodio terminado para la historia.

Dijo Sam, guardando la cámara.

—Vamos volando. Cuando menos pensemos ya estaremos de vuelta en Nueva York. —Respondí tomando la mochila de sus manos y ella negó con la cabeza. —No lo digas ni en broma. No quiero que este viaje acabe nunca.

Reí y entramos a un restaurante en medio de la avenida. Ni siquiera vimos el nombre, pero está decorado muy bonito con lámparas de papel de colores. Ojeamos el menú de comida japonesa, y sí, estaba delicioso.

Ordenamos los clásicos rollos de sushi California y Maki, con Sake para tomar y de postre unos helados gigantescos de fresa y de mango. Todo estaba riquísimo y ambos quedamos satisfechos.

Los mejores planes son los que no se planean. De verdad que sí.

Me encantó ver las luces nocturnas, me recordaron a Times Square, —bostezó. —Las ciudades grandes son geniales.

—Sí, a mí también me gustan las ciudades grandes. Ya quiero que vayamos a París.

—¡Yo también! Allá podremos ver las luces de la Torre Eiffel cuando encienden de noche e iluminan toda la ciudad. —Salimos del restaurante y caminamos con dirección a la estación del subterráneo de Leicester Square.

—Sí, me emociona mucho París, —respondí ajustando mi chaqueta. La temperatura bajaba cada vez más.

—¿Te emociona porque no has ido a Francia antes?

—Sí claro, por eso… —sonreí nerviosamente.

No, Samantha. Me emociona porque esperaré hasta nuestro último destino para decirte lo mucho que te quiero. No quiero decir que será el momento indicado, pero no puedo hacerlo antes, solo en caso de que las cosas no salgan como espero. Si ella no corresponde mi amor, entonces quedaré como un idiota por poco tiempo.

—Ah bueno, igual tenemos que ir a Roma primero. ¡No puedo esperar para comer!

—Acabamos de comer y ya estás pensando en *más* comida. ¿Ahora quién la hambrienta? —paré en seco y me puse las manos en la cintura.

—Sigues siendo tú. Obviamente.

TERMINAMOS DEMORANDO UN POCO MÁS EN llegar al hotel por la tardanza de los trenes, pero al llegar a nuestro piso al fin nos relajamos. Fue un gran día. Son días como este en los que más disfruto, y más cuando tienes buena compañía.

—Si me necesitas esta noche me gritas, ¿está bien?

Dije, apoyándome al marco de la puerta de mi habitación.

—Está bien, aunque no debes preocuparte, esta noche voy a estar bien. Estoy lista para soñar con las hermosas jirafas que conocimos hoy.

—Me voy a preocupar por ti siempre. —Tomé su mano y acaricié la parte superior con la yema de mis dedos. —Que eso te quede bien claro.

—No tienes por qué hacerlo.

—Oh créeme, sí tengo un por qué.

Planté un beso en su mano y salí de su campo de visión dirigiéndome hacia dentro de mi cuarto. Cerré la puerta y pude escuchar como encendió el televisor. Me desplomé en la cama y cerré mis ojos recordando nuestra breve interacción de esta mañana donde casi nos volvemos a unir como antes.

Un día más terminado. Otro día lleno de aventuras. Otro día amando a Samantha Richards con cada onza de mi cuerpo y otro día más cerca de confesarle todo lo que sigo sintiendo. Porque nada ha cambiado.Sigo amándola como aquel día en el hospital cuando le toqué una de mis canciones favoritas en la guitarra. Sigo amándola como la noche en la que terminamos y sigo amándola como esta madrugada cuando me despertó su llanto. Y seguiré amándola, porque jamás he sentido algo así de fuerte por nadie.

La amaré por el resto de mis días. Los días que viviré junto a ella si la suerte está de mi lado y si mis sueños se hacen realidad.

11. UN AMOR EN TIEMPOS DE GUERRA

SAM

Me duele el cuerpo por todos lados.

Estoy realmente estropeada luego del día tan ajetreado que tuvimos ayer. Creo que lo que más me cansó fue caminar tanto por el zoológico, pero vaya que nos divertimos viendo a los animalitos. Hasta alimenté a una jirafa.

¡Fue un momento tan único! Jamás lo voy a olvidar. Me revolví en la cama buscando mi celular y respondí algunos mensajes, hoy no saldremos ya que tenemos que estar pendiente de la publicación del nuevo episodio. Abrí la bandeja de entrada de mi correo electrónico y me topé con uno que captó mi curiosidad. Un reenvío proveniente de Martin de uno de los emails que llegaron a la bandeja de entrada del canal. Es de parte de una chica de aquí de Inglaterra.

Me senté en la cama y empecé a leer.

Hola Sam y Brandon, mi nombre es Alice Kent-Williams, tengo dieciocho años y soy muy fan de Elecciones. Mi amiga Casey de Estados Unidos me envió el enlace del vídeo y no he parado de ver el primer episodio una y otra vez.

Estuve investigando un poco sobre ustedes y decidí escribirles por privado. La historia que estoy a punto de contarles es bastante personal, pero tengo la aprobación de mi querida bisabuela para hacerlo. Mi bisabuelo nació aquí en Londres en 1922 y mi bisabuela en Nueva York en 1924, ambos se conocieron cuando mi bisabuelo estaba estudiando en Estados Unidos por la universidad y se enamoraron perdidamente. Tan solo semanas después de conocerse tomó la decisión de regresarse a Inglaterra para formar parte de Las Fuerzas Armadas Británicas y defender a su país durante la Segunda Guerra Mundial. Mantuvieron su amor vivo comunicándose mediante correspondencia durante seis años. Cuando la guerra acabó regresó a buscarla a Nueva York y pidió su mano. Se vinieron a vivir acá a Londres, donde se casaron y han permanecido toda su vida.

Su historia de amor me inspira cada día y creo que podría inspirar a muchos más a creer y luchar por el amor verdadero. Si llegan a leer este correo me gustaría invitarlos a mi hogar para que conozcan a mis bisabuelos.
Ya están muy mayores, pero les comenté acerca de su show web y ellos mismos me propusieron la idea de contarle al mundo la hermosa historia que eligieron construir por más de setenta años.
Espero su respuesta.
Con cariño, Alice.

M e quedé sin palabras. ¡Qué hermoso! Tenemos que conocerlos y entrevistarlos. Historias así son la verdadera esencia de *Elecciones*, la idea original que creó Lily. Corrí a la puerta de la habitación de Bran y la toqué con fuerzas. Segundos después él la abrió y me miró asustado.

—Sam, ¿estás bien? ¿Te pasó algo? —Preguntó despeinado, creo que lo desperté. *Ups.* —Sí, sí. Estoy perfecta. Tienes que leer esto. — halé su brazo y lo arrastré hasta mi cama para enseñarle mi celular.

—¿Qué cosa? —preguntó, mientras se acomodaba para leer y yo le señalaba la pantalla con mi dedo índice.

Brandon leyó con calma el email y pude ver como sus labios se curvaban en una delicada sonrisa.

Estaba tan encantado con esta historia como yo. Tenemos que contar su historia de amor, es necesario y más ahora en estos tiempos tan complicados que vive el mundo.

—Wow… no sé ni qué decir, —me entregó el celular.

—Quedé igual, ¡tenemos que ir a conocerlos! —me senté a su lado y el me miró delicadamente con los ojos brillosos.

—Esto es… estas son exactamente el tipo de historias de las que mi madre escribía. —Sonrió y por un segundo intentó poner su mano en mi mejilla, pero se arrepintió. Tragué fuertemente y traté de ignorar ese detalle, después del accidente de ayer en la mañana no creo que pueda contenerme si se acerca así nuevamente.

—¡Lo sé! Por eso tenemos que aceptar la invitación de Alice.

Dije intentando no sonar decepcionada. No sabe las ganas que tengo de sentir sus manos de nuevo contra mi piel.

—Escríbele de vuelta y dile que aceptamos, también dile que podemos hacerlo esta misma tarde que estamos libres. —Se puso de pie. —Tiene que ser hoy.

—Vale, enseguida lo hago.

—Iré a tomar una ducha. ¿Quieres bajar a desayunar?

—Enseguida te alcanzo. —Respondí sin levantar la mirada mientras escribía rápidamente una respuesta para el correo.

—Bien.

Respondió cortante y se fue. Todas estas señales confusas que nos estamos enviando me confunden demasiado. Esto es exactamente lo que quería evitar. ¡Él está saliendo con alguien por Dios! Ya se los dije, sé que él no sería capaz de engañar a nadie. Pero si quiere estar conmigo, ¿por qué no me lo dice? ¿Por qué no termina con Cherry? Si aún siente algo de amor por mí, ¿por qué no me lo demuestra? Ayer en la madrugada cuando me desperté asustada solo lo quería a él, lo necesitaba.

Necesitaba dormir junto a él, simplemente eso, no tenía que pasar nada más. Él es mi seguridad y dormir aferrada junto a él me transportó a cuando recién nos hicimos novios y sentía que solo existíamos él y yo. Y me ayudó, es como si fuera mi medicina para la presión.

No soy hipertensa, pero él me acelera el corazón y lo relaja al mismo tiempo.

Pero no me puedo permitir eso, no puedo amarlo, así que mi corazón tendrá que entender a las malas, porque a las buenas no lo está captando.

Me arreglé y bajé al restaurante del hotel en donde Brandon me estaba esperando para desayunar. Nos servimos del buffet y nos sentamos a desayunar contemplando la hermosa vista de la ciudad. El día está soleado pero muy frío y según el pronóstico del clima más tarde lloverá.

—¡Me respondió Alice! —Miré mi celular y exclamé soltando mi tenedor en el plato.

—Dios, me espantaste. —Dijo Bran poniendo su mano contra el pecho todavía masticando.

—Lo siento, —reí y le pasé mi teléfono para que leyera.

—¡Excelente! Dice que podemos pasar por su casa en la tarde y que su familia está muy emocionada.

Dijo sonriente y tomó un sorbo de su jugo de naranja.

—¡Sí! —Levanté mis manos al aire celebrando y él me copió. —Le voy a confirmar, justo me está enviando la dirección.

Mordí una tostada y seguí celebrando.

—La gente nos está viendo, —susurrando, inclinó su cabeza para que lo escuchara mejor. —Pues que nos vean.

Seguí bailando y comiendo. Sin importarme nada.

E L SEGUNDO EPISODIO DE Elecciones fue todo un éxito. Martin me envió un mensaje para avisarnos que ya estaba publicado. Entré a ver y nuevamente nos encontrábamos en la lista de tendencias y las visitas y comentarios suben cada minuto. La visita al London Zoo fue la estrella del programa. Todos hablaban sobre los animales y los lentes de flamenco rosados que compré. Todos quieren un par igual.

Las especulaciones sobre si éramos o no pareja continuaban y algunos hasta decían que podríamos estar casados en secreto, la gente en Internet ya no sabe qué inventar. Están locos. Bloqueé mi celular al sentir que el auto que nos transportaba se detuvo frente a una casa en los suburbios luego de cuarenta y cinco minutos de viaje.

Habíamos llegado a una pequeña casa estilo victoriano en el Barrio de *Ealing*, un antiguo vecindario a las afueras de la ciudad. Las paredes de la casa son de ladrillo y el techo de color marrón. Parece salida de un cuentito. En la puerta nos esperaba una chica pelirroja tomada del brazo de una señora mayor.

—¡Bienvenidos Brandon y Sam! ¡No puedo creer que están aquí! —dijo la chica emocionada acercándose a nosotros mientras bajaba tres escalones que están frente a la puerta.

—¡Hola! Tú debes ser Alice. —Dije.

—La misma, —sonrió y se acomodó la chaqueta. —Esta es mi abuelita, Clarissa Williams.

—Hola mucho gusto. Brandon Hecox. —Extendió su mano para saludarlas a ambas y se colocó la mochila con el equipo al hombro.

—Mis padres están dentro de la sala esperándolos, debo advertirles que están muy emocionados. Sin embargo, les diré que papá no habla mucho, a sus noventa y siete años sigue claro de las cosas, pero es bastante reservado.

—No hay problema, que nos cuenten lo que ellos crean necesario. Es su historia y respetamos completamente si no desea hablar.

Añadí siguiéndolas hacia dentro de la casa.

—En cambio, mi madre si habla hasta por los codos, así que con ella no tendrán problema —dijo riendo y entramos a la casa.

Un cálido aroma a jengibre y naranja invadió mi nariz.

—Gracias por recibirnos en tan corto tiempo, significa mucho para nosotros también que nos confíen algo así. —Brandon estaba tranquilo pero nervioso, es la primera vez que va a entrevistar a alguien y puedo notarlo.

—No hay problema, es ahora o nunca porque pronto terminarán aquí y se irán a otro país. Acabo de ver el nuevo episodio. ¡Me fascinó!

Alice dijo mientras se sentaba en un sofá y sacaba su celular.

—Ellos son mis padres, —indicó Clarissa a la pareja que estaba sentada en un sofá. —Harold y Dorothy Williams.

—¡Hola, mucho gusto! —Brandon y yo nos acercamos para saludarlos respetuosamente y les extendimos nuestras manos.

—El gusto es nuestro, pero siéntense. ¿Quieren un poco de té? —enfatizó Dorothy. —Clarissa ¿Ya les ofreciste té a nuestros invitados?

—No madre, a eso iba. ¿Les gustaría un poco de té?

—Sí, estaría bien si no es mucha molestia.

Respondí amablemente mientras sacaba una de las cámaras de la maleta y Brandon colocaba el trípode.

—Para nada. ¡Una taza de té hace que todo sea mejor!

Mientras que tomábamos el té, Brandon le explicaba a George y Dorothy la metodología del programa. Primero ellos narrarían su historia y luego nosotros les haríamos algunas preguntas. Además como el vídeo no puede durar mucho tendrán que ser lo más breves posibles. Ellos accedieron y Brandon les colocó los micrófonos para empezar la entrevista.

"¡Bienvenidos al episodio 3 de Elecciones! El día de hoy les traemos nuestra primera entrevista inspirada en la versión original de nuestra popular revista."

Dije la introducción del vídeo y Bran apareció a mi lado.

"Para los que no saben de qué estamos hablando, Elecciones fue una revista publicada desde los años ochenta hasta hace un par de años, muy reconocida por contar historias reales de personas reales alrededor del mundo. Personas que tomaron una decisión y eligieron cambiar su vida por completo." Añadió él.

"Hoy nos contactó Alice para contarnos la historia de amor de sus bisabuelos durante la Segunda Guerra Mundial y supimos que debíamos compartirla con ustedes." Dije yo, saliéndome de la toma para que Brandon terminara.

"Ahora, sin más nada que añadir, gracias a Harrington Enterprises y Editorial Nuevos Mundos, les presentamos la historia de Harold y Dorothy Williams." Corrí detrás de la cámara para moverla hacia ellos y ambos sonrieron. Dorothy se aclaró la garganta y empezó a hablar.

"Harold y yo nos conocimos un día que iba saliendo de clases. Estaba terminando la escuela y un grupo de amigas quisieron ir a reunirse con un grupo de universitarios de la Universidad de Columbia. Se puede decir que nuestra conexión fue inmediata. Mi guapo Harold estaba ahí sonriendo descontroladamente mientras me miraba. Pasamos todo el día juntos y me invitó a comer malteadas con papas fritas."

Dorothy se notaba muy feliz, recordando todos esos momentos que significan tanto para ella.

"Ella se veía tan hermosa, jamás lo olvidaré, traía un vestido de margaritas verdes." Dijo Harold hablando por primera vez desde que llegamos.

Dorothy le sonrió y continuó.

"Semanas después de conocernos él decidió regresar a Inglaterra y enlistarse en las Fuerzas Armadas Británicas para defender a su país durante la guerra, las cosas se estaban poniendo muy mal."

Añadió Dorothy tomando la mano de su esposo.

"Fue una decisión muy difícil. Abandonar la universidad y abandonarla a ella, pero ella me apoyó." le sonrió a su esposa con dificultad y volteó a verla.

"Nos escribíamos a diario, todas las semanas recibía una carta de él y cada cierto tiempo intercambiábamos nuestros diarios. Todo se lo contaba allí, hasta cuando iba al mercado con mi madre. Y aunque tardaban mucho en llegar, valía absolutamente la pena. Ojalá hubiésemos tenido WhatsApp como ustedes los jóvenes."

Todos reímos y ella continuó.

"Sin embargo, hubo meses en los que no sabía nada de él y temía lo peor. Saber que él estaba bien y a salvo era lo que me mantenía siguiendo cada día."

Logré ver como Harold le apretaba la mano con la poca fuerza que tenía a su amada y ella se limpiaba una lágrima.

"En más de una ocasión le dije que se olvidara de mí, que tenía que seguir su vida sin mí. Pero ella no me hizo caso y me juró esperarme todo el tiempo que fuera necesario."

La miró y ahora una lágrima se asomaba por el rostro de él.

"Saber que ella me estaba esperando era lo que me daba la fuerza para seguir luchando, para algún día volver a reencontrarnos y así fue…" Levantó la mano de su esposa y plantó un beso en ella.

—Alice, linda, ¿puedes pasarme el sobre que está en la mesa del comedor, por favor? —pidió Dorothy.

—Sí claro, —Alice se levantó de donde estaba sentada y le alcanzó el papel. —Toma abuelita.

—Esta es una de las tantas cartas que me envió Harold, si gustan se las puedo leer, aunque es algo larga.

—Por favor, adelante.

Indicó Brandon.

26 de febrero de 1944
Durham, Inglaterra
Para mi querida Dorothy:

Sé que siempre estás ocupada con tantas cosas de la vida diaria, pero espero me
disculpes por quitarte unos momentos de tu rutina. Extraño tanto la vida
americana y las salidas casuales a comer en el restaurante de Tony, pero aquí
me necesitan ahora más que nunca. Dicen que la guerra acabará pronto y
podré volver a estar a tu lado, mi dulce, dulce Dorothy. Podremos edificar un
futuro juntos. No sabes cuántas veces nos he imaginado envejeciendo juntos
con una enorme familia y una casa de campo para relajarnos en tiempos de
verano. ¿Te gustaría eso? Desde el principio, cuando te vi por primera vez, has
encendido suavemente una pequeña chispa en cada rincón oscuro de mi
corazón y lo llenaste de una mezcla de emociones inimaginables.
Cambiaste mi vida y ahora estoy luchando por cambiar todo, para que
podamos vivir en paz por muchos años más.
Mi corazón siempre ha estado latiendo por ese sentimiento llamado amor, todo
por nadie más que tú mi dulce Dorothy, porque siempre has sido el tema de
todos mis pensamientos y la creadora de todos mis sueños. Quiero que
construyamos una casita con una cerca blanca de piquetes y una chimenea
para colgar calcetines en las navidades. No sé cómo más expresar mis
sentimientos de una forma más justa. Quiero una palabra más brillante que la
otra, una palabra más justa que la anterior.
Y ahora, ¿te puedo decir que esta es una verdadera confesión?
Mi confesión de amarte eternamente. Antes de terminar este mensaje, deseo
disculparme nuevamente por robarte segundos de tu día, pero escribirte me da
la fortaleza que necesito para permanecer estable. Nunca pienses lo peor que
me pueda ocurrir, he visto cosas inconcebibles y he estado en situaciones que
no podría explicarte, pero no te preocupes por mí, aunque sé que lo harás. Yo
buscaré la forma de llegar a nuestro reencuentro y sé que podré volver a ver
tus ojos llenos de luz. Pediré tu mano, creceremos juntos y nos iremos juntos.
Espero y anhelo que ese hermoso corazón que tanto adoro te hable y te diga qué
escribir, esperaré pacientemente por tu respuesta.
Recuerda que te amo como el sol ama a la luna y que siempre estaré contigo.

Tu siempre y eterno, Harold.

Limpié las lágrimas que estaba derramando silenciosamente con la manga de mi suéter y volteé a ver a Brandon que me está mirando fijamente. Rápidamente apartó su vista y yo la mía. Alice también estaba limpiándose algunas lágrimas mientras miraba con cariño a Harold recostado en el hombro de Dorothy y su abuela Clarissa sonreía.

El amor que ellos se tienen se puede notar de aquí a la luna y de regreso. Es hermoso ver que después de tantos años su amor sigue intacto. El amor es real.

"Y tus ojos llenos de luz han iluminado mi vida cada día que hemos estado juntos, mi Dot." Dijo Harold cariñosamente plantándole un beso en la mejilla a su esposa y ella sonrió.

"Cuéntennos, ¿cómo fue ese reencuentro?" Preguntó Brandon.

"Fue todo lo que soñé durante esos largos años y más. La última carta que recibí de él tenía fecha del 17 de junio de 1945. Tuve mucho miedo al no tener la menor idea de dónde estaba. No teníamos la tecnología que ustedes jóvenes tienen. Ahora es tan rápido que en unos segundos puedes saber dónde está alguien. Era muy complicado..." Dijo Dorothy y se detuvo un momento para tomar aire.

"Una semana después de que terminara la guerra yo salí a comprar al mercado y cuando llegué él estaba sentado junto a mi madre en la mesa de la cocina. No lo podía creer y lloré, lloré tanto. Estaba con vida, frente a mí tomando café. Fue a buscarme." miró a su esposo. *"Ambos lloramos, querida."* Añadió él.

"En ese instante me pidió matrimonio y le dijo a mi madre que me quería traer a vivir a Inglaterra junto a él porque había conseguido trabajo en un museo en el centro de Londres. Conseguimos nuestra licencia de matrimonio y nos casamos en el Palacio Municipal. Tuvimos mucha suerte, yo tuve mucha suerte de que él regresara sano y salvo ¿Saben?" Harold la miró sin decir nada y sonrió.

"Un par de años después quedé embarazada de Clarissa y luego de su hermano John. Nuestro apartamento en Londres se volvió muy pequeño y nos mudamos aquí a Ealing donde hemos vivido desde entonces."

—Mis padres nunca tuvieron una boda como tal, así que durante la mía a finales de los años sesenta tuvieron su primer baile como pareja.

Dijo Clarissa, alcanzándome un portarretrato con una foto de Harold y Dorothy más jóvenes.

La grabé con una de las cámaras y se la devolví. —Sí, cómo olvidarlo, bailamos esa canción que estaba tan de moda... ¿Cómo era su nombre hija?

—*Can't Take My Eyes off You* de *Frankie Valli*

—¿Puedes buscar el disco de acetato? —Preguntó Harold.

—Abuelito Harold, si quieres te la busco en mi celular y la conecto por Bluetooth a las bocinas para que la escuches. —Dijo Alice riendo, sacando una bocina de un cajón.

—Sí, hija, sí. —Respondió él.

La música empezó a sonar y Harold se levantó con dificultad del sillón apoyándose de un bastón y su esposa lo siguió. Él le extendió su mano y empezaron a bailar tiernamente. Era una escena muy linda, todos los veíamos con ternura. Bailaban despacio, pero al ritmo de la canción. Clarissa se acercó a su nieta y la levantó para que bailaran junto a ellos. Alice nos hizo señas para que los acompañáramos y miré a Brandon pelando los ojos y negando con la cabeza.

Él sabe que no sé bailar y aun así me miró con una sonrisa malvada de oreja a oreja. Dejó la cámara grabando sola, se acercó rápidamente a mí y tomó mi mano levantándome de donde estaba sentada.

—Solo sígueme, no tengas pena. —Susurró en mi oído y yo cerré mis ojos al principio mientras bailábamos.

Tomó mis dos manos y nos movimos de un lado a otro siguiendo el compás de la canción. No dejábamos de reír y por encima de su hombro pude ver lo feliz que están Harold y Dorothy. Aunque les cuesta moverse, son un reflejo de la fotografía del portarretrato. Volví a ver a Brandon y me quedé congelada viendo sus ojos. Ganas no me faltan para decirle que quiero una vida así junto a él y que quiero envejecer a su lado como el hermoso matrimonio que está a nuestro lado. Juntos, hasta viejitos bailando música pop.

Bran me dio la vuelta haciendo que mi cabello se despeinara y tomó uno de los mechones que quedó sobre mi cara y lo colocó detrás de mi oreja suavemente. «*No puedes ceder Sam*», dije en mi mente.

Al llegar al coro de la canción soltó mis manos y tomó mis hombros para que me relaja agitándome un poco. Yo solo intenté seguirlo moviendo mi cabeza de izquierda a derecha tratando de seguirle el paso.

Jamás entenderé cómo es tan bueno en todo lo que hace, baila tan perfecto como si fuera campeón de baile de salón. Al terminar la canción todos aplaudimos y Brandon me besó en la mejilla. Este sería un buen momento para terminar el episodio así que le hice señas para que tomara la cámara y hablé.

"Gracias por ver este episodio especial de Elecciones. Sin duda alguna la historia de Dorothy y Harold es una que recordaremos por mucho tiempo. Ellos eligieron luchar por su amor en tiempos de guerra y crearon una hermosa historia y una hermosa familia. Nos vemos en el próximo episodio."

—¡Corte! Terminamos, —exclamó Brandon, parando la grabación.

—En serio Alice, muchísimas gracias por escribirnos. —Le dije acercándome a ella.

—No hay problema, en sí nosotras somos las que debemos agradecerles a ustedes. —Miró a sus abuelos y se acercó. —Teníamos mucho tiempo que no veíamos a mi abuelito Harold así de feliz.

—Significa mucho para mí verlos como antes. —Dijo Clarissa, con la voz entrecortada. No sé por cuánto tiempo más tendré a mis padres junto a mí y solo quiero que sigan así de felices.

—Bailen todos los días si es necesario. —Dijo Brandon, colocando su brazo en mi hombro. —Se ve que aún tienen fuerzas para hacerlo y los hace felices.

—Eso haremos, —respondió Alice.

Tomamos nuestras cosas y nos tomamos una foto grupal los seis para publicarla en nuestras redes sociales. Clarissa nos invitó a que nos quedáramos a cenar, pero declinamos.

Tenemos a un conductor esperándonos para regresar a Londres. Mañana temprano tenemos que continuar con las actividades y aún no hemos planeado nada.

—Linda, ¿Samantha cierto? —Dijo Dorothy llamándome mientras Brandon iba al baño.

—Sí señora Dorothy, dígame.

—Veo cómo miras a ese guapo muchacho, así mismo veía a Harold cuando me enamoré de él, no tengo duda de eso. —Musitó y tomó mi mano. —Disculpa que me entrometa pero, ¿están juntos?

—Lo estuvimos en el pasado. Ya no, solo trabajamos juntos y somos amigos. —Suspiré y bajé la mirada al suelo. —No es profesional salir con alguien que trabajas.

—Puedo ver lo mucho que se quieren ustedes dos… no desperdicien su juventud con excusas tontas linda. Sí, el trabajo es importante, pero uno se jubila algún día. —Apretó mi mano y me miró fijamente. —Al final el amor es lo único que queda y al terminar todo, ¿con qué te quedas? El tiempo se pasa volando.

Me quedé en silencio unos segundos y volteé a ver a Brandon que ahora estaba hablando con Alice y Clarissa, nuestras miradas se conectaron y yo volví a ver a Dorothy. —Es muy complicado…

—Nada es complicado en esta vida linda, las complicaciones las creamos nosotros mismos y no existen. Cuídense, ¿sí? Espero que se den cuenta de que vale la pena luchar por el verdadero amor sin importar qué. —Tocó mi mejilla y regresó a sentarse junto a su esposo que se estaba quedando dormido.

Nos despedimos de la familia y Alice nos acompañó hasta el auto, intercambiamos números y nos seguimos en redes sociales para no perder el contacto. El viaje de regreso a Londres demoró un poco más por el tráfico de la tarde y me estaba entreteniendo escuchando la emisora que el conductor tenía puesta. Las palabras de Dorothy me estaban retumbando en el cerebro.

¿Será cierto que yo misma me estoy complicando la existencia y obstaculizando el amor? Miré a Brandon que estaba concentrado enviando mensajes en su celular y tarareando la canción que sonaba en la radio.

No puedo pensar en esto ahora. También decidí sacar mi celular y vi que hay varios mensajes en el grupo de mis amigos, algo está pasando.

Rosie: Kate, ¿qué es eso tan urgente que me dijiste que tenías que decirnos?

Kate: Esperaré a que estén todos para decirlo.

Lucy: Aquí estoy.

Marco: Ya le dije a Ava que vea su celular, estábamos revisando escenas.

Lucy: ¿Y Sam?

Ava: Ya llegué amiguitos. ¿Quién falta?

Rosie: Sam.

Holaaa aquí estoy, lo siento, venimos saliendo de una grabación.

Kate: Bueno, ahora que estan todos tengo una noticia que darles.

Marco: Cuenta hermanita bella.

Ava: ¡Ya dinos! Marco se está mordiendo las uñas.

Marco: ¡No lo estoy! No le crean.

Kate: Esta no es la manera como me hubiese gustado decirles porque todos estamos en diferentes partes del mundo en este momento. Pero tengo que contarles que...

Rosie: Dios mío, Kate. ¡Cuenta de una vez!

Kate: ¡Estoy embarazada! Lucas y yo vamos a tener un bebé y estamos muy emocionados.

Marco: ¿QUÉ? ESTOY GRITANDO, VOY A DESPERTAR A TODO SHINJUKU.

Ava: Lo sabía. ¿Te lo dije o no Marco? ¡Lo sabía! Felicidades a ambos ¡Ahhh!

¡No lo puedo creer! Wao Kate, felicidades para ambos. Estoy muy contenta quiero llorar. ¡Voy a ser tía!

Lucy: Qué emocionante amiga. ¡Felicidades!

Rosie: Yo tampoco lo puedo creer. ¡Un humano! Felicidades a ti y a Lucas amiga, ya quiero ver al bebé. ¿Ya saben qué es?

Kate: Gracias amigos, la verdad es que me costó mucho mantener este secreto, pero al fin decidimos decírselo al mundo. Tengo 21 semanas. Y no, aún no sabemos el género. Vamos a revelarlo el día de mi Baby Shower, ¡tienen que venir! Pronto les avisaré para qué fecha será.

Ahí estaremos, no me perderé eso por nada del mundo.

Bloqueé mi celular y grité emocionada, el conductor frenó asustado y Brandon me miró horrorizado con la mano en el pecho. Sip, algún día le causaré un ataque al corazón a alguien.

Lo siento.

—¿Qué te pasó? —Preguntó Brandon, soltando su celular.

—¡Kate está embarazada! —Exclamé y pude ver al conductor reírse por el retrovisor mientras continuaba conduciendo.

—Gracias por casi provocarme un infarto y causar un accidente, pero wow, ¿en serio?

—Sí en serio, ya tiene seis meses. —Sonreí y puse mis manos sobre mi cara. En serio no lo puedo creer, lo ocultaron extremadamente bien. —El primer bebé del grupo.

—Qué felicidad. Ella y Lucas deben estar muy felices. Siempre me alegro mucho que terminaran juntos. Cuando estábamos en la universidad él era igual que Kevin y nunca tuvo una relación seria hasta que la conoció.

—Sí, lo recuerdo, ustedes y su grupo extraño. —Dije riendo y volviendo a ver mi celular.

—Oye, ¿cómo que extraño? Somos buenas personas y yo siempre fui el más sano.

—Y yo no he dicho lo contrario, Bran.

Le saqué la lengua y miré por la ventana.

—Además, Kevin está saliendo con alguien al fin. Creo que es serio.

—Eso no te lo puedo creer.

—En serio. Se llama Kelly. Casualmente él fue el que me llamó ayer en la mañana para pedirme mi auto para llevársela a Los Hamptons.

—Wow, a Los Hamptons, entonces sí es serio, —lo miré y el asintió. —Al parecer tu grupo extraño ya se está componiendo.

Ambos reímos y continuamos el trayecto en silencio.

Al llegar al hotel fui a dejar mis cosas a la habitación y me quité las chaquetas, tomé mi computadora y fui al cuarto de Brandon para tener una reunión sobre el episodio que grabaríamos mañana y enviarle todo el contenido de hoy a Martin. —La pasamos muy bien hoy, ¿no? Me divertí, son una familia hermosa. —Preguntó él, sirviéndome un poco de agua en un vaso de vidrio.

—¿Verdad que sí? Me alegra que hayamos decidido aceptar su invitación y estoy segura de que cuando Martin edite el episodio va a quedar hermoso.

—Claro, espero que no se note mucho que te estaba guiando para que no te cayeras mientras bailábamos.

—¡En ningún momento iba a caerme! Yo tenía el control absoluto de la situación como siempre. —Exclamé, cruzando mis brazos.

—Ajá sí, sigue diciéndote eso. Y de aquí te vas para la pista de *Dancing With The Stars*. —Giré mis ojos y lo ignoré leyendo la pantalla de la computadora.

—Mira, estoy viendo los comentarios y en la encuesta que Martin puso para que la gente votara por lugares, los más votados son el London Eye, el Big Ben y Tower Bridge ¿Qué te parece? —Pregunté. — Ya son los únicos que faltan la verdad.

—Me parece bien, creo que podríamos terminar aquí en Londres con esos lugares. Le voy a consultar a Elizabeth.

—Es increíble que ya estemos por terminar el primer destino.

—Estoy igual, el tiempo se pasó volando.

Dijo escribiendo en su celular.

—Disculpa, ¿qué dijiste? No te escuché.

—Que el tiempo se pasó volando.

Al escucharlo decir eso sentí un nudo en mi estómago. Las palabras de Dorothy volvieron a resonar en mi mente y me levanté de donde estaba sentada rápidamente con nauseas.

Ella tenía toda la razón, la cabeza me empezó a dar mil vueltas y necesitaba aire fresco ahora.

—¿Te sientes mal? No te ves bien. —Preguntó preocupado.

—No es nada, sino que tengo hambre. Voy a bajar a comer. —Dije y regresé a la mesa para cerrar mi computadora y tomar mi celular.

—Te alcanzo más tarde, voy a enviarle los vídeos a Martin.

Salí rápidamente de su habitación sin responderle y caminé por el pasillo hacia el elevador. Toqué el botón de la terraza en el último piso y subí.

Ya es de noche y hace mucho frío, no traje ninguna chaqueta para cubrirme y ya me estaba arrepintiendo de haber salido corriendo, pero necesitaba este desahogo. Miré las luces de los edificios y a lo lejos pude visualizar el London Bridge que visitaremos mañana y la Torre de Londres.

Me senté en una silla y admiré el castillo, tan majestuoso e histórico.

Estoy tan agradecida por estar aquí, la oportunidad que tenemos es única y no puedo dejar que eso se me olvide. No obstante, las palabras de Dorothy siguen repitiéndose en mi cabeza como una grabación.

"Al final el amor es lo único que queda y al terminar todo, ¿con qué te quedas? El tiempo se pasa volando."

Y ella está en todo lo correcto. Inhalé el aire frío y me relajé respirando lentamente tomándome mi tiempo, miré hacia el cielo y pude ver unas cuantas estrellas.

Dorothy tenía razón.

Rosie tenía razón.

El tiempo sí se está pasando rápido y yo solo quiero detenerlo, para ver si así puedo dejar todo el miedo atrás y dejarme llevar por el amor.

Por su amor.

Porque lo amo.

Realmente lo sigo amando y ya no puedo engañarme más.

12. AVENTURA EXTREMA

Hola a todos que nos ven alrededor del mundo! Bienvenidos al cuarto episodio de Elecciones. ¡Cuarto! ¿Lo pueden creer?" Habló Brandon sonriente grabándonos a ambos.

"Nosotros somos Sam y Brandon saludándoles en nuestro último día de actividades en esta hermosa ciuda de Londrés." añadí yo.

Lastimosamente nuestra aventura en Inglaterra estaba llegando a su fin. Brandon habló con Elizabeth y decidieron que ya es hora de que continuemos.

"¿Se dieron cuenta de que ya están decorando las calles para navidad? Este mes es el favorito de Sam, no tienen ni la más remota idea de lo mucho que le gusta." Ambos reímos y le quité la cámara de las manos.

"Es verdad. Amo diciembre y amo navidad. ¿Cuál es su tradición navideña favorita? Déjennos saber en un comentario. La mía es comer galletas y chocolates temáticos. También hacer maratón de películas navideñas, eso no puede faltar." Brandon bufó rodeando sus ojos.

"Eso lo haces durante todo el año, puede ser día de San Valentín y estás viendo Santa Cláusula." Me reí asintiendo y nos detuvimos en el lobby del hotel.

"Bueno sí, me encanta ver películas de navidad durante todo el año, pero en diciembre por lo menos tengo una excusa."

"Continuando con el episodio de hoy, vamos a recorrer los lugares por los que votaron en la encuesta del episodio dos."

Bajamos la calle de nuestro hotel hacia la primera locación, Tower Bridge, que para nuestra ventaja se ve desde nuestras habitaciones.

Antes de dormir leí sobre los lugares que visitaremos hoy hasta quedarme dormida y aprendí muchísimo, la historia se remonta a siglos. Anoche luego de bajar de la azotea cené con Brandon en el restaurante del hotel y al terminar me fui directo a mi habitación.

Casi ni hablamos y nos enfocamos en escuchar el conjunto musical que se estaba presentando en vivo. Le dije que me sentía cansada, que no me pasaba nada. Pero como ya saben anoche me di cuenta de algo muy importante.

"Luego de caminar durante 10 minutos hemos llegado a Tower Bridge Road, donde pueden ver la majestuosa estructura del puente levadizo." Grabó un paneo del puente y de los botes que pasaban por debajo.

"Este puente fue construido con un estilo neogótico y victoriano desde 1884 hasta 1886." Dije, parándome frente a la cámara. Las personas caminando alrededor ni siquiera determinaban nuestra grabación. Cada quien perdido en su mundo.

Suertudos.

"El Puente de la Torre, además de ser un símbolo de Inglaterra, es una de las locaciones en Londres más utilizadas para las producciones cinematográficas. Ha salido en numerosas escenas de películas y series. Además, otra curiosidad es que se levanta alrededor de mil veces al año para que las embarcaciones que cruzan por el río Támesis puedan pasar sin problema." Narró Brandon mientras filmaba detalles del puente y algunas tomas mías caminando hacia la cámara.

"Me siento como en una película ¿Tú no?" pregunté.

"Sí, yo igual, Londres es maravilloso." Sonrió y detuvo la grabación mientras caminábamos hacia el otro lado del puente.

—¿Por qué paraste de grabar?

—Porque te tengo una sorpresita. —Sonrió maliciosamente y guardó la cámara. Oh, no. Conozco sus intenciones cuando me habla así.

—Sabes que no me gustan las sorpresas.

—¿Y cuándo me ha importado eso? Amas mis sorpresas.

—No. No me gusta ningún tipo de sorpresa. Sabes que me gusta estar preparada para todo.

—Bueno, su majestad... no me interesa lo que opine en este momento, pero esta sorpresa le va a encantar.

—Solo con la condición de que tienes que grabar mi reacción. Necesito evidencias por si algo me llega a suceder. Así el juez puede tomar una decisión pertinente para tu sentencia. —Reí y él volvió a encender la cámara.

Temo por mi vida.

"Bien amigos, como ya saben el episodio de hoy es bastante especial porque es nuestro último día de actividades aquí en la capital británica y quiero que lo despidamos a lo grande." Dijo Brandon, enfocándome.

"Quiero aclarar que yo no tengo la menor idea de lo que este loco ha planeado." Repliqué tratando contener una risa nerviosa.

Con Brandon todo es posible. *"Aún nos faltan dos locaciones para visitar hoy, pero eso será más tarde."*

"¿Cómo así?"

"De seguro se deben estar preguntando... pero, ¿cómo vamos a despedir Londres a lo grande? Pues de la única forma en que se me ocurrió, con una aventura extrema." Respondió sonriente y yo lo miré paniqueada.

No. No. No. Eso sí que no.

"¿De qué estás hablando?" pregunté, intentando quitarle la cámara de las manos. No me gusta esto. *"Debo aceptar que esta sorpresa es especialmente para Sam, porque ella jamás se atrevería a planear algo así por voluntad propia."* Brandon siguió riéndose y levantando la cámara en el aire para que yo no la pudiera alcanzar. *"¿De qué estás hablando? Dime ya antes de que sufra un colapso nervioso"*

"Vamos a recorrer el Río Támesis en un bote jet." Espera ¿Qué?

¿Lo escuché bien? Brandon estaba loco de remate si en serio espera que yo me monte en una de esas cosas. Y menos en el río.

"No. No. No. No. Ni se te ocurra." Me opuse rotundamente y empecé a caminar de regreso. *"Oye, va a ser divertido y ya se me ocurrió. ¿Qué es lo peor que puede pasar?"* Acercó la cámara a mi cara y yo la aparté con la mano. *"Eh, ¿me puedo caer al río? ¿Me puedo congelar?"* Dije, señalando lo obvio. Nunca he hecho nada así extremo y sinceramente me da mucho miedo.

No puedo creer que en serio planeó esto y no me di cuenta.

"No te vas a caer y si llegara a pasar yo me lanzo a rescatarte." Recalcó y yo lo miré enojada. Voy a tener que aceptar. No creo que tenga salida. Y si ya lo pagó menos. *"¿Vamos a tener chalecos salvavidas?"* pregunté y él chocó una mano en su frente. "Obviamente Sam, todo es seguro. Ya. No tengas miedo," me jaló del brazo y caminamos hacia el muelle.

R.I.P.

L A ENCARGADA DEL GRUPO NOS UBICÓ en nuestros asientos en el bote y se dedicó a explicarnos todos los procedimientos de seguridad. *¿Por qué estoy haciendo esto?* Ah sí, porque estás intentando salvar tu trabajo Samantha.

—Okay grupo, les voy a explicar cómo va a funcionar esto. Haremos un recorrido por el Río Támesis durante cincuenta minutos. Tendrán sus chalecos salvavidas y en caso de emergencias o que alguno se sienta mal nos lo hacen saber inmediatamente. El bote jet es seguro, tienen que seguir todas nuestras indicaciones durante el paseo y si tienen alguna pregunta antes de empezar levanten la mano. Todos sus objetos de valor pueden dejarlos aquí en estos casilleros para que no se mojen ni se caigan al agua. ¿Alguna pregunta? ¿No? ¡Encantador! Vamos subiendo al bote por favor.

Dios, si me caigo al agua, no dejes que Rosie se quede con mi cuadro autografiado por el elenco de Hamilton. Respiré profundo, tratando de relajarme. Brandon se sentó en el borde y yo a su derecha junto a otra pareja.

Me voy a desmayar, sí. Voy a ser la única persona en toda la isla británica que se desmayó en un bote, me sacarán en las noticias y seré un meme. Mi peor pesadilla.

Encendieron el motor cuando todos nos colocamos los chalecos y estábamos sentados en nuestros asientos asignados.

"¿Algunas palabras antes de empezar?" preguntó él, grabándome con la GoPro. *"¿Mis últimas palabras? No confíen en Brandon Hecox."* Tragué fuerte y Brandon se burló. *"Eres la reina de la exageración."*

No es cierto, pero estoy segura de que voy a devolver el estómago en cualquier momento.

Todo lo que desayunamos saldrá disparado como una bala de cañón. *"Estamos a punto de empezar y Sam está muy muy nerviosa porque es la primera vez que va a hacer algo así."*

Dijo riendo. *"¿Perdón? No todos somos como tú, señor 'me tiré de para- caídas de regalo de graduación de secundaria'. A algunas personas nos dan miedo las cosas así."* Repliqué.

"Linda, el miedo no existe. El miedo lo creamos nosotros mismos, hay que ser capaces de afrontarlo con la cabeza en alto y seguir adelante. Hay que ser capaces de tirarnos de paracaídas a lo que sea que la vida nos lance." Lo miré delicadamente y asentí. Está en absolutamente todo lo correcto.

Justo cuando terminó de hablar el bote arrancó suavemente. Después del sermón de Bran, me siento más tranquila. Es cierto, siempre me limito a hacer cosas por 'miedo' y me pierdo de oportuni- dades increíbles por tonta.

Además, esto no está tan mal, pensé que el bote iría más rápido. Increíblemente estoy haciendo esto. Volteé a ver a Bran y pude ver que está concentrado grabando mi reacción. Le saqué la lengua y sonreí. Tengo que calmarme. Debo recordar que nada malo va a pasarme siempre y cuando esté con él. Siempre ha sido así.

Inhalé el frío aire de Londres y dejé que invadiera mis pulmones unos segundos mientras nos acercábamos a la parte de abajo del Puente de La Torre.

"Pensé que esto sería más veloz." lo miré y sonrió negando la cabeza.

"Oh querida, existe un límite de velocidad hasta el puente y luego es que empieza de verdad." Esperen. ¿Qué acaba de decir este hombre? Pero ya estamos a punto de cruzarlo, oh no. Lo miré asustada y pelé los ojos.

Él siguió sonriendo ahora levantando la cámara hacia ambos y pude sentir como el motor del bote tomó fuerza incrementando su velocidad.

La fuerza me tiró hacia atrás y nos empezamos a mover de un lado al otro. Traté de estabilizarme y cerré mis ojos con fuerza.

"¡Abre los ojos! Te estás perdiendo todo," gritó y yo grité con cada movimiento brusco del bote. Mi cabello estaba alborotado y las gotas de agua golpeaban mi cara.

Escuché la risa de Brandon por encima de todo y yo negué con la cabeza, no puedo creer que accedí a esto.

Siempre he sido una persona muy tranquila y poco atrevida, ni cuando Bran y yo éramos novios logró convencerme de acompañarlo a campamentos donde realizaba actividades extremas con sus amigos. Jet-ski, motos todo terreno, bungee. Nada logró que hiciera.

El bote tomó una curva y el agua nos salpicó fuertemente a todos. Abrí los ojos y miré a Brandon que estaba quitándose el cabello mojado de la frente y le sonreí. Eso no estuvo tan mal. "¿Ves? ¡Es divertido!" exclamó y yo asentí.

Aunque estamos mojados, lo estoy gozando ciertamente.

Decidí relajarme y disfrutar de la vista. Aunque vamos a gran velocidad, Londres se ve precioso de esta manera. Incluso si estamos pasando los edificios como a mil kilómetros por hora.

"*¡Uno siente mucha adrenalina cuando hace estas cosas!*" grité para que me escuchara y él volteó a verme sorprendido.

"*No puedo creer que te escucho decir eso. Ya ves por qué me encantan estas cosas.*" Me extendió su mano y la tomé sin pensarlo dos veces.

Al terminar el recorrido regresamos al punto de partida y nos quitamos los chalecos salvavidas. Nuestra ropa estaba completamente empapada y aún tenemos lugares que visitar. Decidimos regresar al hotel para bañarnos y cambiarnos de ropa ya que no estábamos lejos, y obviamente, para evitar una neumonía. La temperatura está a diez grados centígrados. No sé qué rayos estaba pensando él. Sin embargo, me gustó mucho la sorpresa. ¿Quién lo diría? Todo el que me conoce sabe que no soy fanática de que me sorprendan, pero a él se lo pasaré, solo por esta ocasión.

—¿Ya estás lista para salir de nuevo? —Preguntó asomándose por la puerta de su habitación y pasó a verme.

—Ya casi, solo déjame secarme el cabello. Si salgo así con este clima me voy a enfermar y no queremos eso. —Tomé la secadora del baño y la conecté.

—No, claro que no te puedes enfermar, pero cuéntame. ¿Te gustó la sorpresa?

—Hm… déjame pensarlo un poco más.

—Vamos Sam, dime, —insistió.

—Sorprendentemente sí, me gustó. Hasta me gustaría volverlo a hacer. —Reí. —Espero que no se te suba a la cabeza.

—¿En serio?

—Sí. Me sentí como en una película de *James Bond*. Ya sabes que mi papá y yo las amamos.

—Oh vaya, —puso sus manos sobre su cara sorprendido. —Eso sí que no me lo esperaba, te tengo que llevar a hacer canopy.

—¿Tirolesa? No gracias. Una actividad extrema a la vez por favor. —encendí el secador y empecé a pasarlo por mi cabello. —No puedo con tanto.

—Bueno, por lo menos logré que hicieras esto, —se sentó a mi lado y sacó su celular. —Ya es un paso bastante grande. —Reí y lo miré. —Tienes el cabello mojado aún.

—Me pasé una toalla, pero parece que no fue suficiente.

Levantó sus hombros y continuó mirando su teléfono.

—Entonces yo no me puedo enfermar, ¿pero tú sí?

Apunté la secadora hacia él sorprendiéndolo. Pasé el aire caliente por toda su cabeza y él se quedó quieto mientras yo lo atendía como toda una estilista. Cerró sus ojos al sentir mi mano recorrer su cuero cabelludo para peinarlo y suspiró. —Ya quedaste. —Sonrió con la boca cerrada y apagué la secadora.

—Gracias, —se acercó a mí y colocó un mechón de mi cabello detrás de mí oreja. —Tú también ya quedaste.

Nos quedamos así por varios segundos, mirándonos, no quiero levantarme ni apartar la vista. Sus ojos siempre han sido mi debilidad, son tan cálidos y tranquilos que me llenan de serenidad.

¿Qué estará pensando? ¿Él estará debatiendo con su cabeza igual que yo? ¿Tratando de decirme que siente lo mismo que yo? Mi corazón late demasiado rápido. Ay Sam, déjate de ridiculeces, de seguro no está pensando en ti.

¿Pero y si sí?

Este puede ser un buen momento para decirle lo mucho que lo extraño y confesarle todo lo que siento, pero no me atrevo. ¿Debería hacerlo? Pasaré vergüenza durante el resto del viaje si se arruina por mi culpa, como puede que no.

Ugh. ¿Qué rayos estoy pensando? No podemos. Estamos trabajando.

Síguetelo repitiendo. —Uhm… —musité.

—Creo que deberíamos ir saliendo, se va a hacer tarde, —dijo rompiendo el silencio que había entre nosotros y levantándose de donde estábamos sentados. —Aún nos faltan lugares por visitar.

—Sí. —Tragué fuerte tratando de componerme, miré al suelo. Tenemos un vídeo que terminar y no puedo distraerme con estas tonterías en este momento.

SALIMOS DEL HOTEL, TOMAMOS LA ESTACIÓN del metro de *Tower Hill* y llegamos a la estación de *Westminster* al paso de quince minutos. El *Westminster Bridge* estaba lleno de gente y caminamos algunos metros para encontrar una posición donde se viera el majestuoso reloj completo.

—¿Por qué no cruzamos aquí el otro día que fuimos a La Abadía de Westminster? Estamos literalmente en frente. —Pregunté.

—No sé, a ninguno de los dos se nos ocurrió, pero estamos aquí ahora y eso es lo que importa, ¿no? —me miró sacando la cámara de su mochila y yo asentí. Sí, estamos aquí ahora. Juntos.

"Luego de la aventura extrema que acaban de presenciar amigos, tuvimos que hacer una parada técnica para cambiarnos de ropa y secarnos. Pero ya retomamos nuevamente las actividades de este episodio." dijo Brandon, enfocándose a él mismo.

"Así que sin darles más vueltas al asunto les presentamos: ¡El Big Ben!" exclamé apareciendo en la toma y tomando a Brandon del brazo para que volteara la cámara.

"Esta increíble edificación es una extensión del Palacio de Westminster, en donde se encuentra la sede del Parlamento del Reino Unido." Añadió él.

"De por si es uno de los lugares turísticos más transitados a diario en Londres y uno de los monumentos más famosos del mundo" Dije, mientras sacaba mi celular para tomar una fotografía para mis historias de Instagram.

"Ya estamos llegando al final de nuestro recorrido londinense. ¿Están listos para ver nuestra última locación?"

"Pero antes, debemos hacer otra parada técnica, ahora para comer." Respondí, levantando los brazos emocionada porque al fin comeremos.

Él continuó grabando nuestro recorrido y cruzamos la calle.

Nos topamos con un pub/restaurante estilo victoriano y decidimos entrar. Ambos ordenamos hamburguesas de carne con queso, tocino, papas fritas y dos pintas de cerveza de barril. Tomé la cámara de la mochila y lo grabé mordiendo un gran pedazo de la hamburguesa sin que se diera cuenta y grabé un paneo del restaurante para que nuestros suscriptores puedan ver bien el lugar.

Terminamos de comer en silencio y nos llegó una notificación por parte de Martin de que ya había subido el vídeo de la historia de Harold y Dorothy.

Lo tituló como *"Elecciones - Episodio 3: Amor en Tiempos de Guerra."*

La sección de comentarios estaba que explotaba de tantos mensajes lindos para la pareja y de personas compartiendo historias parecidas.

—Hay un comentario que dice que necesito clases de baile.

Hice un puchero y lo miré triste. Ya lo sé, bailo peor que un payaso.

—Es cierto, las necesitas. —Lo miré atónita y lo empujé con mi hombro. —¡Oye! Solo digo la verdad, no hay necesidad de maltratarme.

Giré mis ojos a su respuesta y seguí leyendo comentarios.

—¡Mira! Alice comentó y su mensaje está destacado, la gente le está diciendo que tiene una familia hermosa y le están dando las gracias por compartir su historia con ellos.

—¡Qué bueno! Me encantó conocerlos. Son una inspiración, de verdad que sí.

Me guiñó un ojo y terminé lo que quedaba de la cerveza en mi vaso.

—¿Terminaste? Es temprano, pero va a anochecer pronto y quiero que grabemos buenas tomas desde la rueda. —Pregunté.

—Sí, vámonos.

Caminamos durante quince minutos al salir del restaurante por toda la vía del *Puente de Westminster* hasta llegar a *The Queen's Walk*. Nos acercamos a la oficina de venta de boletos y Brandon los pagó. Sorprendentemente no había mucha gente y nos tocó una cabina para los dos solos, así que podríamos grabar tranquilos. Saqué la cámara y empecé a grabar la vista apenas la noria empezó a girar.

Es precioso.

El paisaje que tenemos frente a nosotros es simplemente perfecto.

Desde las alturas y la vista de trescientos sesenta grados de todo Londres podemos lograr ver El Palacio de Buckingham, todo el Río Támesis, La Abadía de Westminster, la Catedral de San Pablo y obviamente El Big Ben. Es extraño para la época, pero el cielo nos dio un espectáculo. Se tornó de un hermoso color naranja atardecer y las nubes se tintaron de una combinación entre rosado y morado. Despegué mi vista de la ciudad y miré a Brandon que está mirándome como si quisiese decir algo. Sonriendo puse mi mano cerca de la suya en el barandal.

—La vista es hermosa, ¿no te parece?

—Sí. Hermosa... —apartó la vista de mí y se aclaró la garganta. —Demasiado hermosa.

—¿Quieres grabar tú? –pregunté, pasándole la cámara. —Ya me duele el brazo.

—Uhm, sí, eso.

"Nuestra última parada en Londres, El London Eye" dije caminando a lo largo de la cabina. *"La vista es increíble y es una atracción imperdible en su próxima visita a esta hermosa isla."* Añadí.

"El recorrido dura treinta minutos y puedes ver toda la ciudad como si fueras un ave." Dijo volteando la cámara hacia él y sentándose en la banca que está en medio de la cápsula.

"El London Eye fue inaugurado en el año 2000 y al año es visitado por alrededor de tres millones de personas. Su construcción tuvo un costo de setenta millones de libras y cuenta con treinta y dos cápsulas como en la que estamos en este momento."

Me senté a su lado y dije, *"Londres siempre fue un sueño. Visitar este lugar siempre fue una meta y al fin la conocí. Aunque nuestro viaje aquí está llegando a su fin, esto aún no termina."* Terminé de hablar y continué viendo a través de la cápsula transparente. Brandon grabó más tomas de apoyo de ambos y del paisaje y bajamos al paso de media hora.

Caminamos en silencio y terminamos en un parque que está al lado del camino al London Eye llamado Jubilee Gardens. *"Este parque público fue creado para la conmemoración del Jubileo de Plata de la reina Elizabeth II en 1977."* Dijo Brandon hablándole a la cámara

"Alguien hizo su tarea amigos."

Respondí riendo y él me siguió.

"Tú no eres la única que puede investigar señorita periodista," pasó sus brazos por mi hombro y tomé la cámara de sus manos. *"Aquí termina nuestra travesía en Inglaterra. Pronto esperen más de nosotros. ¿Podrán adivinar nuestro próximo destino turístico en los comentarios? Una pista: Tiene comida deliciosa."*

Brandon bufó y movió mi brazo para salir mejor en la imagen.

"Sam, que buena pista. Acabas de describir alrededor de todos los países del planeta, además ya estoy por pensar que solo piensas en comida." Giré mis ojos y le pasé la cámara. Tengo que reponer todo lo que no he comido en los últimos años por falta de tiempo gracias al trabajo, no me culpen.

"Gracias por todo el apoyo que le han dado a Elecciones, este es solo el principio. Esto fue Elecciones, gracias a Harrington Enterprises y Editorial Nuevos Mundos. Nos vemos en el próximo episodio." Terminó de hablar y enfocó la cámara hacia mí. *"Los queremos,"* añadí y Brandon apagó la cámara.

—Terminamos… ¡primer país tachado de la lista!

—Parece mentira.

—Pues créelo y empaca tus maletas porque aún nos queda mucho por recorrer. Salió corriendo y saltó encima de una banca.

—¿Qué estás haciendo? —pregunté entre risas. —Bájate de ahí.

—Qué clase de pregunta es esa… ¡Estoy feliz! —gritó. —¡Muy feliz!

—Shhhh. No grites.

—¡Estoy feliz! —volvió a gritar con más fuerza y solo me reí.

Ya estaba oscureciendo y las lámparas del parque se encendieron de golpe. Todo quedó iluminado y había familias con sus hijos jugando, personas haciendo ejercicio en grupo, otras turisteando como nosotros y otras solo paseando.

Tomé a Brandon de la mano y lo obligué a bajar de la banca, no sé si eso está permitido, pero nos pueden regañar y ese no es un riesgo que me quiero tomar. —Qué aguafiestas.

—Cuando te regañen por desorden público no me digas que no te lo advertí, —Lo señalé con el dedo índice y me alejé. —No quiero una multa.

—Qué exagerada, igual no me quitas la felicidad.

Seguimos caminando y nos topamos con unos cantantes callejeros.

Un par de muchachos bastante jóvenes con un altoparlante, dos micrófonos, un teclado y una guitarra.

Tienen el estuche del guitarra abierto para que la gente les done dinero y ya una pequeña multitud de personas estaba agrupada alrededor de ellos. —La siguiente canción es una de mis favoritas, la bailábamos con nuestra madre cada vez que sonaba en la radio. ¡Esto es *Everybody Talks* de los *Neon Trees!*

Dijo uno de los muchachos empezando a tocar la guitarra eléctrica causando que la gente a nuestro alrededor empezara a bailar.

—Deberíamos terminar mejor el vídeo con esto, es alegre y divertido. Martin lo puede colocar después de la toma en que nos despedimos. Creo que representa muy bien a los londinenses.

—Me parece buena idea, esto es una fiesta.

Respondí volviendo a ver a la gente divertida saltando al ritmo de la canción. Mientras el grababa a los muchachos y al grupo de personas que está nuestra derecha saltando al son de la música, decidí saltar junto a ellos. Entré al círculo que habían formado y le saqué la lengua a Brandon. No soy ninguna aguafiestas, les demostraré a todos que también puedo divertirme.

El grupo me recibió con los brazos abiertos y no puedo parar de reír, qué gente más cool. Si la Sam de hace un par de semanas me viera ahora se caería para atrás y me diría que soy una loca.

¡Vivir es increíble! Y vivir experiencias nuevas lo es aún más.

Al terminar la canción todo el mundo aplaudió y corrí hacia Brandon abrazándolo con fuerza. Él me levantó riendo y yo me escurrí para que me bajara. Tomé de mi bolso un billete de cinco libras y lo deposité en el estuche de los chicos, me alegraron mucho y me han dado una experiencia que jamás olvidaré.

Ya puedo tachar *Bailar con un grupo de extraños* de mi lista de cosas que hacer antes de morir.

B RAN TOCÓ LA PUERTA DE MI habitación y asomó su cabeza. Estaba concentrada ojeando las cosas que he acumulado al paso de los días, aún nos queda un día y medio aquí en Londres así que no me preocupare por eso todavía.

—Pasa.

—Te tengo otra sorpresa que creo que te va a gustar.

Dijo sentándose en el borde de mi cama. ¿Y ahora qué?

—Ay no. No más por favor. No me digas que ahora nos vamos a tirar de parapente.

—Nooo… pero sería divertido, lo voy a apuntar, —respondió y lo miré horrorizada. Recuérdenme no darle más ideas así, gracias.

—Ya, ¿qué sorpresa?

—Bueno en realidad no es una sorpresa. Elizabeth nos está invitando mañana en la noche a un evento benéfico formal de la compañía. Le gustaría tener una representación de Nuevos Mundos, bueno, más que nada de Elecciones. Y sé que es trabajo, pero me parece una buena idea.

—No tengo nada que ponerme.

—Tranquila, sé exactamente a dónde te voy a llevar para encontrar un conjunto y zapatos. Yo también necesitaré una camisa y un traje, ahora que lo pienso no empaqué nada formal.

—Bueno, está bien, en la mañana vemos eso, —bostecé, tirándome en la cama. —¿A qué hora es nuestro vuelo pasado mañana?

—A las dos de la tarde. Llegaremos a Roma a las cuatro y veinte.

Se levantó y caminó hacia su puerta.

—Excelente, igual si regresamos de madrugada nos sobra el tiempo para tener todo listo y para llegar al aeropuerto.

—Bien, descansa que mañana nos vamos de fiesta. *Woop Woop*, —levantó sus manos celebrando y yo le lancé una almohada. —Oye, ¿y eso por qué?

—No sé, me poseyó una fuerza sobrenatural.

Pestañeé inocentemente y puse mis manos sobre mi barbilla doblándolas.

—Estás loca. Ya duérmete.

Cerró la puerta tras él riendo y yo me tiré hacia atrás en la cama mirando hacia el techo. Fue un gran día, a pesar de que casi cometo una locura y le digo la verdad. Aún se la diré, solo que todavía no.

Tal vez en el vuelo de regreso a Estados Unidos o tal vez cuando ya estemos en casa. Esa es una buena opción porque si paso mi vergüenza histórica podré encerrarme en mi apartamento sin verlo. No lo sé aún.

No he decidido nada. Ciertamente Dorothy tiene razón, yo misma me he creado una vida llena de complicaciones estúpidas. Me puse boca abajo y me cubrí con la sobrecama.

Sí se lo diré, lo prometo.

Solo espero que cuando lo haga no sea demasiado tarde.

13. A VECES DECIMOS COSAS

BRANDON

Empezamos el día caminando por las calles adoquinadas de Leadenhall Market. Sam admirando con fascinación el techo, las vigas de color verde y rojo, las tiendas, las lámparas… Era como un pedazo del pasado.

Estamos en un mercado histórico y uno de los más antiguos de Londres inaugurado en el siglo XIV. ¿Se imaginan la cantidad de gente que ha pasado por esta misma vía? Increíble.

En una de mis visitas a Londres cuando hice el tour de Harry Potter decidí venir. Lo sé, soy todo un nerd. Este mercado fue usado para la filmación de la primera película, *La Piedra Filosofal*, específicamente para la entrada al *Diagon Alley*. Es un lugar mágico y tenía que traerla para que lo experimentara ella misma, es como estar realmente dentro del mundo mágico. —Me encanta todo esto, es como entrar por una puerta al pasado. —Dijo acercándose a la vidriera de una florería.

—Sabía que te gustaría, además, aquí hay diferentes tiendas de ropa para escoger.

—Excelente elección. —Regresó a mi lado y sacó su teléfono para tomar algunas fotografías del lugar.

A diferencia de ayer, el cielo hoy está cubierto de nubes grises y las gotas de lluvia empezaron a caer golpeando fuertemente el techo del mercado.

No queríamos empaparnos igual que ayer así que entramos en una tienda de ropa rápidamente. Una de las dependientas se le acercó a Sam que estaba ojeando uno de los racks de ropa y al explicarle lo que estábamos buscando, nos llevó a las secciones específicas inmediatamente.

Me probé varias camisas y encontré una negra manga larga que me quedó perfectamente y un traje y corbata gris.

Soy cero experto en moda, pero reconozco la buena ropa cuando la veo. Además, si me preguntan, considero que tengo buen estilo. Por su parte Sam siempre está bien arreglada, se lo toma realmente serio y eso me gusta, aunque para mí está más hermosa cuando solo está en pijamas y con el pelo recogido.

Y más si son mis pijamas. Me senté a esperarla revisando mensajes en mi celular y miré hacia la calle, la tormenta estaba tomando fuerza y ella demoraba muchísimo. Es claro que nos quedaríamos aquí varados por buen rato hasta que escampe. Pero tenemos tiempo. Me reí al ver que la chica que nos estaba atendiendo regresaba cargando alrededor de seis (por lo que pude contar) piezas de ropa más y se llevaba las que Sam le pasaba por arriba del vestidor.

Justo entraba a Instagram cuando un fuerte trueno se escuchó y sacudió toda la plaza. Me estremecí y cerré mis ojos inmediatamente. Odio las tormentas. Las detesto. Me causan demasiado estrés.

—¿Estás bien? —preguntó Sam, asomando su cabeza del probador buscándome con la mirada.

—Sí. Tranquila, no te preocupes, estoy bien, —le aseguré y enarcó una ceja. —Continúa probándote los vestidos.

—Bueno. Pero cualquier cosa me dices.

Metió su cabeza de vuelta y cerró la puerta que nos separaba.

Otro trueno volvió a caer y traté de distraerme bajando el feed de Instagram, pero es en vano, no puedo ignorarla. Odio las tormentas y siempre lo diré. Me traen muy malos recuerdos y me transportan como una máquina del tiempo al día de la horrible tragedia que marcó mi vida y la de mi familia.

Todo ese día se la pasó lloviendo y parecía que no fuese a detenerse aún. Las calles de la ciudad de New York estaban casi que inundadas y las personas corrían con sus paraguas y capotes para todos lados. El clima estaba horrible, tanto que me trajo recuerdos del Huracán Sandy del 2012 cuando estaba en la universidad. Mi madre había salido temprano en la mañana para New Jersey a una reunión con un reconocido autor que quería que su próximo libro fuese publicado bajo el sello de la editorial.

Y aunque no estaba lloviendo aún, de igual manera mi padre no quería que fuera sola. Pero, ella insistió que no estaba lejos y que podía conducir. No quería interrumpir su agenda de trabajo y era una asignación que tenía pendiente desde hace tiempo. —*Voy y vengo*, —le dijo en la mañana antes de salir de casa dándole un beso y saliendo rápidamente con un paquete de galletas en la mano. Para mi suerte ese día decidí quedarme en casa con ellos y mientras bajaba las escaleras me despedí como cualquier día.

Me lanzó un beso y salió por la puerta de entrada. Esa fue la última vez que la vi. El día transcurrió y yo estaba en una reunión en otro piso del edificio junto a mi padre cuando el cielo se oscureció. Al medio día bajamos a la editorial para ver si había regresado, pero no había señal de ella por ningún lado.

Vi a Sam que estaba en su puesto concentrada escribiendo algo y la saludé de lejos. Nuestra relación estaba más fría que nunca, recién habíamos terminado y el ambiente entre ambos era bastante incómodo.

—Estoy viendo el estado del tiempo, al parecer es una tormenta tropical la que se dirige a nosotros. Voy a enviar a todo el personal tanto de la editorial como de las demás oficinas a sus casas. Antes de que todo se ponga peor.

Dijo mi padre sacándome de mis pensamientos mientras miraba a Sam que me saludaba de regreso.

Enviamos a todos los trabajadores a sus hogares y mi padre y yo subimos a su oficina nuevamente para tratar de localizar a mi madre, quien tenía el celular apagado y eso era raro. Localizamos a Natasha que estaba en su departamento y nos contó que también estaba tratando de llamar a mamá, pero no contestaba. Empecé a preocuparme, ella nunca apagaba su teléfono.

Fue como si hubiese llamado lo peor con el pensamiento, porque el teléfono de mi papá comenzó a sonar y ambos lo miramos tratando de no pensar lo peor. Pero, no fue así.

Contestó el celular y el color de su cara se drenó completamente.

—Tu... tu madre... tuvo un accidente en la autopista de la ruta noventa y cinco. —Dijo él, con un hilo de voz.

—¿Qué? ¿Pero está bien? —pregunté, levantándome inmediatamente. De seguro venía de regreso, Dios. —¿Ella está bien?

—No lo sé... Solo me dijeron eso. Me llamaron como su contacto de emergencia. Está en el hospital.

—Llamaré a Natasha.

—Vámonos ya, llámala por el camino.

Al llegar, el hospital estaba abarrotado de gente en el área de urgencias y nadie nos daba razón de mi madre. Nos estábamos volviendo locos. Mi hermana llegó y se puso a pelear con una de las enfermeras de la recepción porque no nos decían nada. Momentos después un grupo de auxiliares se acercó a nosotros tratando de calmarnos y Natasha les explicó la situación y ellos nos dijeron que esperáramos unos minutos mientras buscaban respuesta.

Fue una colisión múltiple. Nos enteramos que un conductor bajo los efectos del alcohol se cruzó de carril en plena tormenta sin poner las direccionales y un camión perdió el control impactando contra varios vehículos.

Ella por la fuerte lluvia no pudo reaccionar a tiempo e impactó contra los demás autos perdiendo el control del auto. Su Buick plateado se volcó causando que otros autos chocaran contra ella. Quedó atrapada.

—Cuando diga el nombre de su familiar se ponen de pie por favor.

Dijo un doctor tratando de mantener el orden en la sala y Natasha empezó a llorar. Tomé su mano y escuchamos varios nombres pasar, fuertes llantos y palabras incomprensibles.

—Hecox, Lily. —Finalmente. Los tres nos levantamos rápidamente y nos acercamos al doctor.

—¿Dónde está? ¿Podemos verla? —Preguntó Natasha, muy exaltada.

—Lamento decirles esto...

—¿Decirnos qué? –dije, casi gritando. —No… por favor.

—La señora Hecox falleció al instante en la zona del accidente de una contusión severa y una hemorragia interna por pulmones colapsados al rompimiento de costillas. Lo siento mucho, ahora tienen…

Respondió el doctor y después de eso no recuerdo más de lo que dijo. Mi vista se nubló y mi garganta se cerró. No podía respirar, eso no podía ser cierto. Escuché a Natasha gritar y a mi padre tomarla de los brazos para que no cayera al suelo. *No mi madre.* Mi dulce madre que era buena con todos, que quería lo mejor para todo el mundo y ayudaba a todo aquel que lo necesitara.

Pude ver como papá se sentó en el suelo y puso sus manos sobre su cara, el amor de su vida se había ido, así de un momento a otro. Mi hermana se hincó a su lado y ambos lloraban fuertemente.

Yo no podía hablar, necesitaba salir de ahí.

—Yo… Necesito un momento. —musité y Natasha asintió con la cabeza limpiándose las lágrimas negras causadas por su maquillaje. Su cara estaba hinchada y jamás había visto sus ojos tan rojos.

Jamás había visto a mi padre llorar y mi corazón se rompió. Tenía que huir. La lluvia seguía cayendo y corrí hasta donde dejé mi auto. Ahí exploté y el dolor que cargaba por dentro salió. Lloré y lloré, golpeé el timón y maldecí al mundo porque no fui yo el que estuvo en ese auto. Debí ser yo, no ella.

Grité con todas mis fuerzas intentando entender por qué cosas así les pasan a buenas personas. Ella nunca se había metido con nadie, nunca le deseó el mal a nadie, no se merecía terminar así y morir sola. No así. Aún tenía mucho por vivir. Encendí el motor de mi auto y manejé hasta el apartamento de Sam de manera automática. En ese momento me valió que hubiésemos terminado seis meses antes, me valió que nuestra situación fuera complicada. Ya nada importaba. La necesitaba más que nunca.

Ella era la única persona con la que quería estar en ese momento y a la que necesitaba ver. Me estacioné y caminé debajo de la lluvia hasta la entrada de su edificio. El portero que me conocía me dejó entrar y subí por el elevador hasta su piso. Toqué la puerta de su apartamento y miré el charco de agua que había dejado en el suelo, mi ropa chorreaba y yo no paraba de temblar por el frío.

Sam abrió la puerta y me miró extrañada, rompí en llanto y la abracé con las pocas fuerzas que tenía. Solo necesitaba estar con ella. Solo la necesitaba a ella.

—Brandon... ¿pasó algo? Me estás asustando.

No encontraba las palabras y la solté inmediatamente. La miré fijamente y sus ojos demostraban preocupación, no podía más. Me tiré al suelo y lloré con tanta fuerza que sentía martillos en mi cabeza, pero no podía evitarlo, el dolor que sentía necesitaba salir y nada de esto estaba bien.

Sam se alejó de mí y cerró la puerta, regresó un minuto después con una toalla grande y me la puso encima. Se sentó a mi lado en el suelo y entrelazó su mano con la mía mientras esperaba que me calmara un poco para hablar. Solo estar con ella era suficiente confort.

—¿Quieres hablar? —preguntó y yo asentí con la cabeza. —Sabes que puedes decirme lo que sea.

—Mi... Mi madre Sam... mi mamá... —dije titubeando. —mi...

—Lily... ¿Qué pasó con Lily?

Puso sus dedos en mi barbilla y levantó mi cabeza para que la mirara. Sollocé y negué con la cabeza. Nada de esto era real.

—Tuvo un accidente y...está... está muerta. Mi madre está muerta.

Volví a mirar al suelo y las lágrimas brotaron de mis ojos con más fuerza al pegarme la realidad de repente. No volvería a ver a mi madre más nunca, no volvería a escuchar su voz, no conocería a sus nietos, no seguiría siendo feliz junto a mi padre, no vería su sonrisa nunca más.

—Oh Dios, —susurró, soltando un quejido y apretó mi mano con más fuerza.

—No la volveré a ver.

—Lo siento tanto, Bran... —Ella también empezó a llorar y en silencio nuestras lágrimas caían sincronizadas con la lluvia.

—No sabía a dónde más ir. Lo siento por venir.

—No. Está bien, no te disculpes. Estás seguro aquí.

—Solo... necesito estar aquí contigo, por favor.

La miré entre lágrimas y ella asintió abrazándome colocando su cabeza en el hueco de mi cuello. No sé por cuánto tiempo estuvimos así, pero es el último recuerdo que tengo de ese día. Todo lo demás está borroso.

Desde entonces siempre que hay una tormenta tan horrible recuerdo ese día. Ese día que quisiera que jamás hubiera pasado. La extraño tanto. Limpié una lágrima que amenazaba con salir y una notificación del celular me sacó de mis pensamientos. Es un mensaje de texto de mi padre preguntando cómo estamos. Le respondí rápidamente y me crucé de brazos viendo las puertas de los probadores esperando que Sam salga.

—A ver, ¿qué opinas de este? Es el único que me ha convencido de los quince que me probé. —Preguntó ella, saliendo del probador y modelando hacia mí con un vestido color mostaza por debajo de las rodillas. Parece que se lo hubieran diseñado especialmente para ella. Tragué fuertemente y la miré de arriba abajo admirándola detalladamente.

—Te ves hermosa, —respondí, aclarando mi garganta viendo cómo se sonrojaba. —Lleva ese.

—Hmm...Okay, te haré caso. Además, ya me cansé de probarme ropa.

—Bueno, esa es la primera vez que te escucho decir eso.

Le sonreí y se dio la vuelta, retornando al vestidor.

AL CESAR LA LLUVIA, CAMINAMOS de vuelta al hotel. Aún tenemos un par de horas para empezar a arreglarnos así que decidí descansar un rato en mi cuarto.

—Creo que encenderé la televisión por mientras.

Dijo Sam entrando a su habitación y yo reí caminando hacia la mía. Me imagino que buscará alguna película festiva para entretenerse, jamás entenderé por qué le gustan tanto.

Entré y tomé mi computadora para revisar que los vídeos de ayer se hayan exportado correctamente para adjuntarlos y enviárselos a Martin. Mi parte favorita del día fue ver el atardecer desde el *London Eye*. El cielo en todo en su esplendor me inspiró. Estuve a punto de confesarle toda la verdad a Sam, pero me retracté, no arruinaría el día.

Luego de enviar los vídeos a través de la nube y responder un par de correos electrónicos, me quité la ropa que traía puesta y la cambié por un conjunto deportivo.

Tengo tiempo sin entrenar y de tanta comida que estamos inji- riendo, mi cuerpo prácticamente me lo está exigiendo. Toqué la puerta de Sam y escuché un lejano —*Adelante,* —y entré a su habitación, estaba relajada en su cama arropada hasta el cuello viendo *Mi Pobre Angelito 2: Perdido en New York.*

La iba a invitar a venir conmigo, pero se ve tan cómoda y tranquila que no. Dejaré que descanse, aunque las ganas no me faltan de acos- tarme a su lado a disfrutar de la película y de su compañía.

—¿Estás nostálgica? —pregunté, acercándome a su cama. —¿Ya te quieres regresar a casa?

—Estaba haciendo zapping y encontré la película en un canal, no me pude contener. Créeme que no. No tengo ganas de regresar aún.

—Voy a bajar al gimnasio un rato, disfruta tu película, salúdame a los McCallister.

—¡Lo haré! Y también ordenaré algo de comer.

El gimnasio estaba vacío y me relajé. Excelente, me gusta ejerci- tarme solo y sin nadie a mi alrededor. Por eso siempre en mi edificio madrugo, para no encontrarme con ninguno de los vecinos. Me gusta meditar, escuchar música en paz y sin nadie que me moleste. Los vecinos son expertos en eso. Me coloqué mis audífonos y coloqué el playlist de rock que sigo en todas mis rutinas de ejercicio, es como mi himno infaltable. La repito hasta tres veces.

Paradise City – Guns N' and Roses (para cardio)
Rock You Like a Hurricane – Scorpions (flexiones)
Kashmir – Led Zeppelin (ocho minutos de levantamiento de pesas seguidos)
Jump – Van Halen (abdominales)
Baba O' Riley – The Who (Para estirar y descansar)

Después de ejercitarme me sentí mucho mejor y en control nueva- mente de mi cuerpo. Tendré que encontrar el tiempo para hacerlo en los siguientes dos destinos y más ahora que nos vamos mañana a Italia. Sam va a querer comerse todo lo que pase por su camino.

A veces la molesto diciendo que no entiendo a dónde se va toda lo que come; tiene un cuerpo deslumbrante y no necesita hacer nada.

Es perfecta así, pero jamás va al gimnasio. Aunque hace yoga a veces, según me ha comentado. Subí de regreso a la habitación, tomé una ducha fría y me vestí con el traje que compré esta mañana. Me rocié mi colonia favorita y me coloqué un reloj que me regaló mi madre para mi cumpleaños veintitrés.

Me vi al espejo peinando un poco mi cabello con la mano y ya, estoy listo para el evento. Tomé la llave de mi habitación, billetera y mi celular y toqué la puerta de Sam. Ella estaba apenas iniciando a prepararse. Tiene unas cosas en el cabello que le he visto antes que le rizan su cabello, está a mitad del maquillaje y tiene todo el conjunto que se pondrá extendido en la cama. La televisión seguía encendida y están pasando infomerciales.

Una señora está tratando de venderle a los televidentes trapeadores apasionadamente. Me reí viendo como la señora limpia un líquido extraño en todo tipo de superficies, se ve tan falso que no concibo cómo hay gente que cae. Crucé mis brazos observando a Sam manejar el maquillaje y las brochas colocándose sombras de manera casi perfecta.

—En mi opinión no deberías ponerte nada de maquillaje, estás bien así al natural.

—¿Al natural? Perdón, pero no todos somos un anuncio andante de Armani.

—¿Eso es conmigo?

—Pues obvio, estoy segura que ni siquiera te pasaste un cepillo por esa cabeza y tu cabello está perfecto.

—Pues en eso no te equivocas.

—Me gusta maquillarme, igual tú sabes que no me lo recargo tanto. En cambio, deberías decirle eso a tu amiga Cherry, ella sí se maquilla exageradamente.

Levanté las comisuras de mis labios en una sonrisa ganadora y pude sentir un pequeño resentimiento en sus palabras ¿Estaría celosa? Me reí para mis adentros y decidí no responderle. Tomé el control remoto y quité el canal, la señora ahora había pasado de vender trapeadores a vender máquinas para cortar el césped. Recorrí los canales de arriba abajo y la apagué.

Nunca hay nada bueno para ver, en mi opinión.

Sam ama tanto la televisión que puede ver lo que sea, a veces solamente la tiene encendida para hacerle compañía. Vi que ya tenía todas sus maletas empacadas para nuestro viaje de mañana, debo hacer lo mismo porque si regresamos tarde hoy no me dará tiempo.

—¿Cómo estuvo el gimnasio? —preguntó, terminando de ponerse labial. —¿Aún escuchas *Paradise City* mientras corres en la caminadora?

—Sí. Y me fue bien, tienen buenas máquinas, además estaba vacío.

—Mucho mejor así. —Colocó el labial de regreso en una bolsita y caminó hacia donde yo estaba. Tomó el vestido y cerró la puerta del baño.

—Elizabeth me dijo ayer que enviará un auto por nosotros porque el evento está un poco lejos. El auto debe estar arribando pronto.

Dije levantando la voz para que me escuchara.

—Que bueno, pensé que tendríamos que ordenar un Uber.

—Sí, solo espero que lleguemos a tiempo, al parecer es un evento bastante importante.

—Tengo mucho tiempo que no voy a un evento así. La última vez fue para la gala de beneficencia para financiar las remodelaciones de las bibliotecas de diferentes colegios públicos que hizo tu padre hace dos años.

Sam salió del baño ya sin cosas en el cabello y en el vestido mostaza que escogió hace unas horas junto a una chaqueta larga color piel de lana. El vestido le acentuaba perfectamente sus curvas y se ve perfecta. Se ve mejor que cuando se lo probó en la tienda. Sus rizos oscuros caen sobre su espalda abierta y la estudié de arriba abajo. Lo único que puedo pensar es en lo bien que ese vestido se vería tirado en el piso de mi habitación.

Brandon, contrólate, ha pasado mucho tiempo y no es correcto, espántate esos pensamientos. Me aclaré la garganta y tosí falsamente mirando la hora en mi muñeca.

—Vaya que se ha pasado el tiempo rápido, te espero en el pasillo para bajar, ¿sí? No te tardes.

Me miró extrañada y salí de ahí más rápido que ligero tratando de calmarme.

¿Es diciembre no?

¿Por qué está haciendo tanto calor repentinamente?

E N EL EVENTO NOS RECIBIERON A LO GRANDE. Hay una especie de alfombra roja y se encuentra una gran cantidad de reporteros. Al parecer fueron invitadas varias celebridades, grandes inversionistas y personas de la alta sociedad británica. Al llegar me sentí algo abrumado por la atención momentánea que nos acaparó, pero pude ver como Sam se sentía como toda una estrella de Hollywood. Ver que ella la está pasando bien me tranquiliza.

Caminamos por la alfombra luego de posar para las fotos y una chica se nos acercó con un micrófono.

—¡Sam y Brandon! ¿Qué tal? Mi nombre es Priya de PopPinkTV. ¿Les puedo hacer unas preguntas?

Ambos asentimos con la cabeza y Priya nos entregó el micrófono. No puedo creer que hay gente que sabe quiénes somos, no pensé jamás que un proyecto como Elecciones causaría que nos catalogaran como personalidades importantes. Es extraño.

—Hablemos un poco de *Elecciones*. Estuvimos investigando un poco y nos enteramos de que es el renacimiento de la famosa revista americana. Este es un proyecto bastante importante para ustedes, ¿cierto? —Preguntó la chica y Sam me miró preocupada.

Busqué su mano sin bajar la cabeza y la apreté suavemente para que sepa que estoy bien. Me aclaré la garganta y sonreí.

—Así es, *Elecciones* la revista fue y sigue siendo un proyecto muy especial para ambos. La idea original fue creada por mi querida madre y su arduo trabajo logró que llegáramos hasta este momento. Estoy seguro que está feliz de saber que estamos continuando con su legado.

Respondí sonriente y Sam reafirmó el agarre con más fuerza. La vi sonreír por el rabillo de mi ojo y asintió. Creo que es la primera vez que logro hablar de mi madre de esta manera sin que me afecte. Me siento orgulloso de mí por haberlo logrado. Estoy segura de que Lily está feliz por mí y por ambos donde sea que esté.

—¡Es de admirar! Lo que están haciendo es increíble. Debo resaltar que cuando la historia de un amor en tiempos de guerra se hizo viral lloré como loca.

—Muchas gracias, significa mucho para nosotros, —dijo Sam sonriente. —Nada de esto podría ser posible sin Harrington Enterprises, nuestra editorial y el apoyo de todos los suscriptores que han llegado a nosotros en tan poco tiempo.

—Ahora, como fan de Elecciones yo tampoco puedo esperar para saber, ¿hacia dónde se dirigen ahora? ¿Nos pueden dar una pista?

Añadió Priya, emocionada y ambos reímos.

—No diremos nada aún, pero te daremos la misma pista que dimos en el episodio cuatro que se estrena mañana: *Es un lugar con comida deliciosa.*

Respondió Sam soltando mi mano y cruzando sus brazos.

—¡Pero hay demasiados! Qué lástima gente, tendremos que esperar para ver su próximo destino. ¡Estoy muy emocionada! —dijo a la cámara pegando un brinquito. Esta chica de verdad que es apasionada.

—Una última pregunta, todo el mundo se está preguntando *¿Cuál es su situación actual?* ¿Son pareja? ¿Amigos? ¿Amantes? ¿Esposos? ¿Hermanos? ¿Primos? ¡El mundo quiere saber!

Tragué fuertemente y sentí como Sam se tensaba incómoda a mi lado. El ambiente se puso pesado y moví mi mano a mi barbilla nerviosamente. Ella empezó a moverse algo inquieta y miró hacia un lado.

Ya nos estábamos tomando demasiado tiempo para responder y tomé la iniciativa de hacerlo por ella.

—Creo que seguiremos manteniendo el misterio.

Sonreí forzosamente y Sam me miró agradecida suspirando.

—Supongo que también tendremos que esperar para saber eso.

Priya dijo aún sonriente pero derrotada.

No logró conseguir la información que quería, pero hey, no vamos a ventilar nuestra vida privada de esta forma.

—Gracias por tomarse el tiempo de hablar con nosotros, no podemos esperar para ver el resto del viaje. ¿Pueden enviarles un saludo a sus fans?

—Gracias a ustedes por la entrevista. De parte de todo el equipo de Elecciones les enviamos un saludo a todos nuestros seguidores y a todos los televidentes de PopPinkTV.

Terminé y nos despedimos agitando las manos. Era mejor para esto de lo que creí, lidiar con los medios de comunicación no es cosa fácil.

Necesito algo de tomar urgente. Al entrar a la recepción del evento nos abordaron varios meseros, un par de ellos con copas de champaña y otro par con aperitivos. Sam tomó dos copas rápidamente y se bebió una sin pensarlo.

Yo tomé una copa también y un mini emparedado. Ella dejó la copa vacía en la bandeja y tomó otra. —¿Sedienta? –pregunté, llevándome el pequeño sándwich la boca cuando los meseros nos dejaron solos.

—Algo.

—Mira, ahí viene Elizabeth. —Elizabeth se acercó a nosotros sonriente y extendió sus brazos para abrazarme.

—¡Chicos! Ah, ya quería verlos, lamento mucho que no nos podamos haber reunido los tres como quería y ya mañana se tienen que ir.

Habló melancólicamente casi lanzándose encima de Sam en un abrazo. —No te preocupes, —respondió ella sonriente, liberándose del abrazo. —Coincidiremos pronto nuevamente.

—Ya les envié las confirmaciones de su vuelo de mañana. Prométanme que disfrutarán Roma por mí.

—Mejor, me comeré un plato de pasta por ti. —Dijo Sam.

—No me tienten, que me voy con ustedes, —todos reímos y tomé un sorbo de la champaña. —Disfruten del evento, estamos recaudando fondos para financiar la construcción y desarrollo de un orfanato en el este de Londres.

—¡Qué hermosa causa Elizabeth! Tenemos que donar Bran. — exclamó Sam emocionada, jalando mi brazo.

—Sí, ¿verdad? Todo fue idea de mi padre. Me agarró desprevenida y me tocó planear este evento prácticamente en veinticuatro horas, pero lo logramos.

—Claro que donaremos, me parece una buenísima causa.

—Ahora, si me disculpan tengo que ir a saludar a Harry y Meghan. ¡Pásenla bien chicos! —Dijo Elizabeth, despidiéndose de ambos y dirigiéndose a una pareja que acababa de llegar.

El resto de la noche se pasó rápido; saludamos al señor Jack, que nos presentó a varios de sus socios, cuyos nombres no pude retener, son demasiados.

Realizamos una donación pequeña pero importante en nombre de

Nuevos Mundos y Hecox Companies y la gente nos aplaudió cuando subimos al escenario al presentarnos como el equipo de Elecciones.

Al parecer ellos también sabían quiénes éramos. La gente nos felicitó y estoy seguro de que mi padre estará feliz con el desempeño que demostramos cuando le cuente, o cuando se entere por la prensa. Nos ofrecieron más tragos y comida y ya yo había tenido suficiente, no me cabe más nada en el estómago. En cambio, Sam ya tenía una significativa cantidad de alcohol en su sistema y no podía detenerse. Tengo mucho tiempo de no verla así, ella no es de tomar mucho y siempre se controla, no sé qué mosco le picó.

La última vez que la vi así fue para la noche del debut de Rosie en Broadway. Marco organizó una fiesta sorpresa y todos fuimos, fue un total descontrol. Tanto que Kate y Lucas terminaron casándose (no les digan a sus padres) y Lucy tatuó a Marco, aún no sabemos cómo pasó, pero hay fotos. Ese día estuve toda la noche cuidando a Sam, pero también tomé bastante y no recuerdo mucho. Éramos más jóvenes sin ningún tipo de responsabilidades, sin ponerle cuidado al mundo. Y con más resistencia al alcohol debo añadir.

Sam se balanceó un poco sobre sus zapatos de tacón y yo la tomé del brazo para que no perdiera el control. La llevé a una pequeña mesa en la esquina del gran salón donde nos encontrábamos y nos sentamos un momento. Le pedí a una mesera un vaso de agua y ella lo trajo al paso de unos segundos.

Sam lo bebió rápidamente y detuvo a otro muchacho que tenía una bandeja llena de copas de champaña.

—No. No. Ya has tomado mucho, —dije intentando quitarle la copa de las manos, pero ella fue más rápida y se la tomó como si fuera el vaso de agua de recién.

—*Yo* digo cuándo fue suficiente. —Replicó enojada y levanté mis brazos, derrotado.

—Mañana no quiero que te estés quejando en el avión de que la cabeza te está matando.

—Tú me estás matando Brandon Hecox.

Disparó las palabras y casi me atraganto con mi saliva. *¿Qué rayos?*

—Baila conmigo. —Susurró lo suficientemente alto para que yo escuchara.

—¿Qué?

—Ya me escuchaste. Baila. Conmigo. Ya. —Se puso de pie y se acercó a mí seductoramente.

—Sam, tú no bailas.

Sentí como mis manos empezaron a sudar y miré sus ojos, sus hermosos ojos que esperaban que la llevara al centro de la pista de baile.

Donde se encontraban otras parejas moviéndose al ritmo de la canción que se estaba reproduciendo. Es el destino. Es nuestra canción.

—Ahora sí lo hago.

Extendió su brazo y me jaló para que la siguiera. *The Air That I Breathe* de la popular banda británica *The Hollies* suena con fuerza por las bocinas y de repente el resto del mundo dejó de existir. Es nuestra canción. La que le toqué muchas veces mientras estuvo en el hospital cuando la conocí.

La que le canté mientras se recuperaba del ataque de ese imbécil.

La canción que siempre soñé bailar con ella.

Kudos para el destino, esta jugada me encantó. Esto no es nada comparado con el baile que tuvimos hace dos días en casa de la familia de Alice.

Este es más privado… más personal. Nadie más existe en el mundo en estos momentos. Mi corazón empezó a latir rápidamente al verla colocar sus brazos alrededor de mi cuello. Su movimiento suave como vaivén.

Por un momento me quedé petrificado, pero reaccioné prontamente al sentir su cabeza en mi pecho. Coloqué mis manos alrededor de su cintura envolviéndola y ella me guiaba. Sé que no estaba siendo ella misma, o tal vez sí, tal vez el alcohol es una excusa para tenerme así de cerca, pero no puedo saberlo con certeza. No puedo especular, ella no está en sus cinco sentidos y no puedo aprovecharme de la situación, jamás lo haría. Sus labios rozaron mi cuello y causaron una corriente eléctrica por toda mi columna vertebral.

—Sam… —susurré.

—Shhh…

Dios, la amo demasiado.

Volví a sentir sus labios en mi cuello y respiré profundo.

Cuatro años. Cuatro largos años sin besar esos labios. Cuatro años sin poder besar bien a nadie, siempre que lo hacía sentía un puñal por la espalda, como si la estuviese traicionando. Sentí su respiración tranquila en sincronía con la mía y sus manos rozar mi nuca. Sus dedos entrelazándose en mi cabello.

Mi corazón palpitaba más rápido y su mirada se levantó enganchándose con mis ojos, el deseo apoderándose de mí.

—Sam... —volví a decir. —Yo...

Tapó mi boca con su mano para silenciarme nuevamente y pude ver el brillo de sus ojos más claro que nunca.

—¿Quieres saber algo divertido?

Preguntó tratando de contener la risa.

—Siempre, —respondí, tragando fuertemente. —Siempre quiero que me hagas reír, Sam.

—Jamás he dejado de amarte Brandon Hecox. Ni un solo día. Ni cuando estuve con Tony, que es malo en la cama debo decir. Él nunca me entendió a mí ni a mi cuerpo. Horrible.

Esperen... ¿Qué? No puedo creer lo que mis oídos escuchan.

—¿Aún me amas? ¿Tony? ¿Qué?

Una pequeña risa se escapó de sus labios y negó con la cabeza.

—Siiii y ayer al fin decidí decírtelo, pero no me atreví. ¿Qué estúpida no?

¿Ella me sigue amando después de todo este tiempo igual que yo a ella? ¿Estoy soñando? No, es la realidad. Reacciona Brandon

¿Ella estará cuerda o es el alcohol hablando por ella? Tiene que ser el alcohol.

Aunque he leído en internet que cuando uno está bajo los efectos tiende a decir la verdad y a no ocultarla. ¿Será cierto? No me quiero aprovechar de la situación porque en serio está tomada, pero no puedo pensar con claridad ahora después de todo lo que me dijo.

Sus ojos me miran confusos y ansiosos, esperando una respuesta. La canción estaba llegando al interludio musical con la orquesta de fondo y suspiré. Debe pensar que no siento lo mismo que ella y que decírmelo fue un error. Brandon, responde, ahora, *reacciona*.

—Yo t... —me interrumpió, presionando sus labios contra los míos.

Ahora sí estoy en las nubes.

✈ 151 ✈

Cuatro años, cuatro largos años ansiando este momento y al fin la tengo de vuelta entre mis brazos.

Es perfecta, jamás he amado a alguien en este mundo como la amo a ella. Profundicé el beso y olvidé por completo dónde estamos.

Me vale.

He estado esperando este momento por mucho tiempo. Coloqué mis manos sobre sus mejillas y la apegué más a mí. El beso era delicado, desesperado, llenador, algo que habíamos pospuesto por mucho tiempo.

La amo y ella acaba de confesarme que aún me ama.

A mí, a Brandon William Hecox. Y sí, tal vez lo dijo solo por los efectos del alcohol, pero no me importa ya. Amor es amor. Se siente tan fuerte que no se puede ocultar por más que queramos.

A veces decimos cosas que tenemos guardadas por mucho tiempo en una caja dentro de nuestro corazón. Una caja cerrada con llave, una llave de la que pocas personas tienen copia. Solo espero que no se arrepienta de decirlo, no podré soportarlo. Porque yo jamás me arrepentiría de gritarle al mundo todo lo que siento por ella.

Pero no necesito al mundo ni me importa lo que diga el resto del mundo. Porque ella es el aire que necesito para respirar y solo la necesito a ella para amar.

Solamente a ella.

Por siempre a ella.

14. PIZZA MARGARITA

ROMA

SAM

M i cabeza iba a explotar.

¿Saben aquellas máquinas que utilizan para romper el concreto de las calles? Bueno, tengo como cinco de esas taladrando mi cabeza. Es horrible, tenía años sin tomar tanto como anoche. No sé qué rayos se apoderó de mí.

De lo poco que me acuerdo es de champaña, tras champaña, tras champaña y en algún momento una copa de whisky en las rocas que encontré en alguna mesa. No se los recomiendo, no sigan mi ejemplo.

Tengo vagos recuerdos de anoche. El último fue cuando subimos al escenario a realizar nuestra donación y después está todo borroso.

No tengo la menor idea de cómo ni cuándo regresamos al hotel, pero esta mañana desperté en mi cama con la peor resaca de la historia del mundo y ahora estamos a punto de aterrizar en Italia.

Fue toda una odisea llegar al aeropuerto en este estado; para mi suerte decidí dejar todo empacado, aunque seguía vestida con la ropa de anoche. Lo único que manejé hacer fue ponerme una chaqueta encima y cambiarme los tacones por zapatillas. Casi ni le hablé a Brandon cuando salí de mi cuarto con el equipaje.

Solo lo seguí por el pasillo del hotel para hacer el *check-out* en el lobby. Ya quiero llegar al hotel, necesito tirarme en la cama de nuevo. No me malinterpreten, quedé totalmente enamorada de Londres y planeo regresar en el futuro para conocer más. Quiero visitar Manchester, Liverpool, Oxford, Brighton y muchas ciudades más.

En resumen, quiero volver y recorrer todo el Reino Unido, pero ya estoy desesperada por continuar nuestra travesía, además de seguir viviendo más aventuras al lado del mejor compañero que me pudieron asignar. Las luces del aeropuerto estaban demasiado brillantes y me molestaban demasiado mis ojos, por lo que me puse mis gafas de flamenco (no se burlen, son las únicas que tengo) y caminé con ellas todo el trayecto hasta nuestros asientos del avión.

La gente me veía extrañada y la verdad es que no los culpo, soy un completo desastre. Pero se pasan, me miran como si tuviera un letrero colgado del pecho que me delata.

Atención damas y caballeros: les informamos que Samantha Richards pasajera estadounidense a punto de abordar el vuelo A318, es una adulta responsable (o solía serlo) que no se ha bañado en alrededor de 24 horas y se emborrachó anoche en un evento benéfico. Gracias por su atención y que tengan buen viaje.

Les juro que los escuché vocear esto por las bocinas. Abordamos y al despegar tuve ganas de vomitar durante todo el vuelo. Intenté dormir, pero era en vano. La cabeza me iba a explotar y eso que fue un vuelo corto. Tengo que recordarme a mí misma no tomar antes de regresar a casa porque jamás podría soportar un viaje transatlántico en estas condiciones. Por su parte, Brandon estaba muy callado, demasiado para mi gusto. No me dirigió la palabra en el camino al aeropuerto ni en todo el vuelo. *Extraño.*

Al parecer estaba demasiado concentrado viendo *Ace Ventura* como para prestarme atención. De igual forma, no tenía fuerzas para hablar, así que me limité a tratar de controlar mi estómago y a tomar Ginger-Ale. El pobre sobrecargo estaba harto de mí de seguro.

Cada media hora ordenaba una. Pero hey, tengo que estabilizar mi organismo de alguna manera, Italia tiene una de las mejores gastronomías del mundo y yo no me voy a perder todas esas pastas, pizzas y panes y quesos.

Para los italianos son un sacrilegio las pizzas a las que estamos acostumbrados en nuestro lado del mundo y aunque me encantan, es un deber probar las originales.

Al aterrizar en el Aeropuerto de Roma-Fiumicino nuestro equipaje no aparecía por ningún lado. Lo último que faltaba. Colapsaré si se llega a extraviar, todos los recuerdos que compramos estaban ahí y no se pueden perder. ¡Mi peluche de oso perezoso estaba ahí! Había que rescatarlo de alguna manera. Después de media hora de pelea con la gente de servicio al cliente nuestras maletas aparecieron (gracias al cielo) y pedimos un taxi para que nos transportara al hotel. Italia es precioso, a donde quiera que mire parece un cuadro.

Es tan bello que no se puede describir tanto como quiero, pero ya tendré tiempo para admirar el paisaje cuando tenga mi mente funcionando correctamente. Cuarenta minutos después, el conductor se detuvo afuera del hotel y procedió a sacar nuestras maletas del baúl. Brandon le pagó, tomé mi maleta y entré de inmediato al hotel. Necesito una ducha *ya.*

Brandon se me adelantó y nos registró en la recepción, pero al parecer el chico que lo estaba atendiendo no hablaba muy bien inglés y no se estaba dando a entender con Brandon, por lo que él empezó a hablar en italiano.

—¿Qué está pasando? —pregunté, acercándome al mostrador. — ¿Hay algún problema?

—Al parecer hay una clase de error, —dijo Brandon, sacando su celular para buscar la reserva. —*¿Puoi spiegarmi di nuovo qual è il problema?*

—*L'hotel è pieno, quindi abbiamo dovuto assegnare loro una camera doppia e non due camere separate*

Respondió el chico tecleando rápido en una computadora.

—Dice que por las fechas actuales el hotel está lleno y tuvieron que asignarnos una habitación doble y no dos separadas como habíamos pedido. Así que nos tocará compartir.

—Okay. Tocará aceptarlo. Dile que sí, necesito dormir, —bostecé y caminé quitándome las gafas para tirarme en un sillón. Toqué el puente de mi nariz para relajarme y cerré los ojos. Todo estará bien Sam. Puedes compartir cuarto con él, tranquila. No te preocupes.

No es momento de paniquear.

—*Si accettiamo la stanza.* —Añadió él, en perfecto italiano.

No se asombren, Brandon siempre está lleno de sorpresas.

—*Per l'inconveniente causato abbiamo incluso una cena per due gratuitamente nel ristorante dell'hotel. Spero di accettare le nostre sincere scuse e questo è di vostro gradimento.*

Brandon caminó hacia mí y me entregó una de las dos tarjetas con el logo del hotel.

—El chico se disculpó por el inconveniente y que por la incomodidad causada nos están regalando una cena para dos en el restaurante del hotel.

—Es lo menos que pueden hacer. —Subimos a nuestra habitación y enseguida me tiré en la cómoda cama que daba a hacia la ventana. Me quité las zapatillas sin levantarme y puse una almohada sobre mi cara para cubrir mis ojos.

—Dejaré que te instales, voy al gimnasio.

Me levanté recostándome en mis codos y vi como salía rápidamente con sus zapatillas y ropa de ejercicio en mano sin decir nada más.

Extraño… parte dos.

Me vi al espejo y enseguida me quité el resto del maquillaje que quedaba en mi cara de anoche. Un consejo: nunca, pero nunca se vayan a dormir con maquillaje. Es lo peor que pueden hacer y no está de más recordarlo. Saquen fuerzas de donde no las tienen para hacerlo.

Que solo se les llegue a olvidar si no están cuerdos como yo. Recogí mi cabello en una cola y me metí a la ducha, el agua está demasiado fría, pero es necesaria para despertar y eliminar todos los rastros de la noche de ayer. Tallé mi cuerpo con el pequeño jabón patrocinado por el hotel y traté de relajarme lo más que pude bajo el agua. Al terminar me vestí y me tiré a la cama encendiendo el televisor. Todos los canales están en italiano, *duh, no sé qué esperaba,* y no entiendo nada, pero el programa de cocina que están pasando se ve entretenido.

Tomé mi celular de mi bolso y le envié el mensaje de siempre a mis padres y amigos para que sepan que llegamos. También le escribí a Jacky para que me dé una actualización de cómo van las cosas en la oficina y a Martin para que sepa que empezamos a grabar mañana.

Luego de media hora mi celular se descargó y lo conecté. Decidí tomar una siesta y me levanté apagando el televisor y cerrando las cortinas. La vista a lo lejos es preciosa, sin embargo, mi cuerpo me exige dormir y el sol aún sigue afuera. Y no, ni loca dejo que me pase lo mismo que en Londres con las cortinas. Estas permanecerían cerradas toda la distancia si es necesario.

E L TONO DE UN TELÉFONO EXTRAÑO ME sacó de mi sueño profundo y con mis ojos entre abiertos, vi a Brandon tratando de silenciarlo rápidamente. Bajé mi cabeza y me volví a acostar cerrando los ojos mientras lo escuchaba hablar en voz baja, prácticamente susurrando.

—Hola Natasha... sí, ya estamos en Italia. Son las dos de la mañana y no puedo dormir... sí, todo está bien no te preocupes... necesito hablarte de algo pronto... Sí. Salúdame a todos por allá... está bien, mañana te mando algunas fotografías de comida jaja... lo sé, yo también te quiero. Adiós.

¿Por qué no puede dormir? Su voz se escuchaba algo incómoda y su actitud sigue estando extraña. ¿Será que está molesto conmigo por haber tomado demasiado ayer y tenido que cargar conmigo? Sé que soy una pesada.

Que estúpida e irresponsable fui, en serio. Yo siempre me controlo, pero la verdad es que ayer no sé qué me pasó. Sentí una energía dentro de mí que quería olvidar y tratar de borrar todos esos sentimientos que no me permito tener.

Mierda.

—Ya sé que estás despierta Sam, disculpa si la llamada te despertó.

La voz de Brandon me hizo abrir los ojos de golpe y bostezar.

—No te preocupes, he dormido demasiado.

Reí y me senté en la cama quitándome las sábanas de encima encendiendo la lamparita de noche. Él estaba sentado en la suya mirándome fuertemente. Miré su mano que estaba apretando el celular y sus nudillos estaban blancos. —Escucha... ¿Podemos hablar? — pregunté y miró al suelo.

—Yo también quiero hablar contigo, es sobre anoche.

Se arrastró en su cama para estar más cerca de mí.

—Sí, lo sé. Quiero pedirte disculpas por cómo me porté. Tú más que nadie sabes que yo me controlo cuando tomo y la verdad no tengo ni idea de por qué me descontrolé así, como si fuéramos unos chiquillos.

—Sí. Pero no es eso... —Levanté la mano interrumpiéndolo y me aclaré la garganta.

—Sé que tuviste que cargar conmigo prácticamente hasta el hotel y la verdad es que no recuerdo casi nada.

—¿No recuerdas nada? —Negué con la cabeza y él suspiró.

—Lo siento mucho Bran, si hice alguna locura o te avergoncé en algún momento de verdad lo siento. —Reí nerviosamente mordiendo la parte de adentro de mi mejilla.

—¿En serio no te acuerdas de absolutamente nada? —insistió, bajando el tono de su voz. —¿Nada de nada?

—No... ¿Pasó algo? Por favor dime que no hice el ridículo y no me grabaron, —coloqué mis manos sobre mi rostro y él puso su mano sobre mi hombro. —¿Te he dicho alguna vez que mi peor pesadilla es ser un meme?

—No, tranquila. No pasó nada importante.

Levanté la mirada y pude ver como sus ojos brillaban. Su sonrisa algo forzosa. —¿Te pasa algo? —toqué su mejilla y él se recostó a mi mano.

—No. Solo estoy cansado y no he podido dormir nada. No te preocupes por mí, sigue descansando. —Se alejó de mi apagando la lámpara de noche y se acostó dándome la espalda sin más nada que decir, dejándonos en una penumbra.

ESTUVIMOS TODA LA MAÑANA recorriendo la ciudad y grabando las estrechas calles adoquinadas.

—¡Necesito comer, por favor! Estoy agotada.

Exclamé sentándome en la pequeña terraza de un restaurante cerca a la Piazza di Spagna. Desde nuestra mesa lográbamos ver las famosas escaleras llenas de turistas subiendo los escalones uno por uno.

Floreros colgaban de balcones y enredaderas adornaban los edificios como si fueran su pintura.

Todo es tan precioso, exactamente como me lo imaginé.

Me siento Audrey Hepburn dentro de *Roman Holiday*.

Nuestra primera parada del día fue *El Coliseo*. Esta majestuosa estructura ha sido sitio de cientos de espectáculos y eventos desde la antigüedad.

Siempre había querido visitarlo y la mejor decisión que pudimos tomar fue enfocar el primer episodio de Roma solamente en este lugar. Me puedo imaginar perfectamente las peleas de los gladiadores siendo anunciadas y asistidas por cientos de personas.

"*Esta pieza de la historia fue construido durante los años 70 a 80 D.C, actualmente es visitado por turistas de todo el mundo. Fue declarado patrimonio de la humanidad en 1980 y es una de las siete maravillas del mundo moderno.*" Dijo Brandon caminando hacia la cámara con todo el anfiteatro de fondo.

"*Así es amigos. Además, si les gusta estudiar las mitologías como a mí, deben visitar el museo dedicado a Eros, el Dios del amor, donde podrán ver estatuas, bustos y de todo tipo de artefactos de la Roma antigua.*" Añadí, volteando la cámara para entrar en la toma.

"*Ahora iremos en búsqueda de algún lugar para comer y terminar el día. Continuaremos mañana nuestra travesía por Roma. ¡Aún hay mucho que ver y conocer! No se despeguen de nuestro canal. Nos vemos en el próximo episodio gracias a Harrington Enterprises y Editorial Nuevos Mundos. Esto fue Elecciones...*"

Brandon terminó el vídeo y salimos del Coliseo. Grabamos algunas tomas de apoyo de los transeúntes y los autos, y nos subimos a un taxi para que nos trajera a la *Piazza di Spagna*.

—Yo igual necesito comer, tanta historia me abrió el apetito como si no hubiera comido desde el año 70 D.C.

Ambos reímos y un mesero se acercó a nosotros. —*Buon pomeriggio e benvenuto Cosa vuoi ordinare?*

Miré a Brandon expectante y reí nerviosa.

Será mi traductor por el resto del viaje, lo siento por él.

—El chico está preguntando que qué deseamos ordenar, —musitó.

—*Dacci un momento per favore, stiamo ancora decidendo.* —Brandon tradujo y miré el menú.

Demasiadas opciones, poco espacio en mi estómago.

—Risotto de camarones y vino tinto.

—*Per la giovane donna, risotto ai gamberi e per me una pizza margarita. Ci porta anche una bottiglia di vino Sangiovese. Grazie.*

Brandon le dijo y el mesero se fue inmediatamente llevándose los menús. Sip, me siento en una película de los años cincuenta.

—Hablas el italiano tan perfecto como si lo practicaras a diario. —Reí y tomé un sorbo de agua. —¿Ordenaste pizza? No sé por qué no se me ocurrió y tengo muchas ganas de probarla. Y más la pizza margarita.

—Yo te comparto, tranquila. Y sí, recuerda que aprendí italiano y un poco de español cuando estaba pequeño. Una de las tantas cosas que nos pusieron a hacer mis padres.

—Sí, me acuerdo, pero lo hablas tan fluido y yo te he escuchado hablando español y no es así. Por lo menos, ¿recuerdas cuando te dije que soy mitad latina? Estuviste una semana completa intentándome hablar y te enredaste por completo. —Reí y él se cruzó de brazos.

Bueno, tampoco es que yo soy la mejor hablándolo, hay demasiados tiempos y palabras parecidas. Y no me hagan empezar con la R o la Ñ.

—El español es complicado, ¿sí? El italiano para mí es mucho más fácil.

—Ambos son de origen latín. —Me fulminó con la mirada y yo levanté los brazos en son de tregua. El mesero volvió a la mesa con una botella de vino y la vertió en dos copas. —Hay que grabar esto. —Sacó la cámara de la mochila y levantó su copa. —Hagamos un brindis.

—Okay, ¿y por qué brindaremos?

—Por Elecciones, —respondió y levanté mi copa sonriendo.

—Por Elecciones. –Respondí tomando un sorbo.

—Te ha gustado mucho esto de la producción de vídeos y de ser presentador. En los vídeos la gente comenta que las tomas se ven muy profesionales. Tienes talento. —Dije tomando otro sorbo de vino y dejé la copa en la mesa. *Con calma Sam. Está delicioso, pero debes beberlo con calma.*

No queremos una repetición de la resaca de ayer.

—La verdad es que sí, me ha encantado y siento que soy bueno en esto. Pero toda la magia la hace Martin editando. ¿Quién lo diría? Un administrador/músico frustrado/cinematógrafo/presentador de web show. Soy todo un caos laboral.

Se burló sarcásticamente de él mismo y levantó sus hombros.

—No seas tan modesto, tienes demasiados talentos y lo bueno es que tienes una manera de explotarlos todos.

—¿De verdad?

—Sí. Mira, yo no soy religiosa. Pero cuando estaba pequeña en la escuela nos enseñaron sobre la parábola de los talentos. ¿La conoces?

—Me suena.

—Es simple. Según la interpretación cuentan que Dios confía sus talentos a los humanos con la obligación de que los desarrollemos. Y este espera una respuesta satisfactoria por parte de nosotros. Es decir, que no podemos obstaculizarnos a nosotros mismos por miedo, pereza o cobardía, ya que cuando llegue nuestra hora de irnos nos preguntará qué hicimos con nuestros talentos, cuáles fueron nuestros logros y qué marca dejamos en la tierra. ¿Sí me explico?

—Wow.

—Lo sé. Es algo que se me ha quedado grabado en mi cabeza creo que desde los seis años. Por eso siempre he tenido sueños grandes y no he parado. Tal vez por eso es que me afectó tanto el cierre de la empresa, sentir como que perdí el tiempo.

—¿Te he dicho que esa es una de las cosas que más admiro de ti? Tu resiliencia, tus ganas de comerte al mundo. No todo el mundo es así. Ojalá yo pudiera serlo. Ojalá logre atreverme.

—¡Claro que puedes! Pero, ¿no lo habíamos decidido ya? Tienes que poder. Hey, si el programa funciona tal vez puedas continuar como productor o presentador a tiempo completo. Si el negocio de la música no funciona, claro.

Tomé otro sorbo de vino y acerqué mi cabeza hacia él. —Aunque entre nos, estoy segura de que vas a estar ganando Grammys pronto.

—Tienes demasiada fe en mí.

—Obviamente, siempre la he tenido. Igual que tú en mí. Además, si lo que te sigue preocupando es tu padre, quédate tranquilo que yo lo convenzo. Nadie se resiste a mis encantos.

—En eso último tienes razón. Pero no lo sé, decirle todo eso ahora sería para desbalancearlo y no quiero eso. Tiene demasiadas responsabilidades encima y yo no quiero ser otra carga más.

Tomó un trago bastante grande de vino y su mirada se desvió hacia el otro lado de la calle. —Pero ¿no crees que tú también te mereces trabajar en algo que de verdad te guste? Te mereces algo que te haga feliz.

Su mirada se fijó en mí nuevamente y suspiré frustrada. Todos somos merecedores de vivir de lo que nos hace feliz.

—¿Realmente quieres saber qué me hace feliz?

—¿Qué te hace feliz?

Cuestioné y un silencio se apoderó de ambos. Si me lo preguntan a mí, él me hace feliz. Puedo escuchar los latidos de mi corazón repicar una y otra vez en mis oídos y mi respiración acelerarse. Sus ojos color miel jamás separándose de los míos y mi dedo índice tocando la copa como si necesitara reafirmar que estamos aquí presentes en este momento. ¿Estoy soñando?

No Sam, no estás soñando, es el momento perfecto para que él sepa todo lo que sigues sintiendo por él. Sí, lo haré.

—*Qui hanno un risotto per la ragazza e una pizza per il giovane.*

Brandon se aclaró la garganta luego de la interrupción y yo miré al suelo nerviosa. Gracias señor mesero con el que no me puedo comunicar, lo ha arruinado todo como si esto fuera un reality show.

—*Ti ringrazio moltissimo.* —Brandon le agradeció y el chico se alejó. —Tengo que enviarle fotos de la comida a Natasha, si no, nunca oiré el final de sus quejas. —Se rio y sacó su celular del bolsillo, dando por terminada nuestra conversación.

La comida estaba buenísima. La vista de la Fontana della Barccia era preciosa y el clima de Roma estaba perfecto para diciembre, a pesar de que estaba haciendo mucho frío y si nos quitábamos las chaquetas probablemente nos enfermaríamos. Brandon ordenó de postre un Tiramisú y lo compartimos mientras yo seguía admirando todo a nuestro al rededor. Los locales estaban decorados festivamente y pequeñas luces adornaban algunos arbustos.

Lo malo de diciembre es que nos está ocurriendo el mismo fenómeno que en Londres, el invierno causando que el sol se oculte temprano y pronto tendríamos que regresar al hotel.

El frío poniéndose cada vez peor.

—¿Te gusta más Italia que Londres? —preguntó él, rompiendo nuestro silencio y levantándose sacando un par de billetes para la propina.

—Son totalmente diferentes. Ambas ciudades me encantan, pero es que aquí me siento dentro de una película, ¿sabes? Siento que en cualquier momento va a empezar un número musical o va a venir alguien a ofrecernos un paseo en una Vespa. —Reí y empecé a caminar tras de él. —Me encantaría dar un paseo en una.

—Me encanta como funciona tu imaginación.

Sonrió dulcemente levantando las comisuras de sus labios y guardé mis manos en los bolsillos de mi chaqueta. Empezamos a caminar bajando la avenida y las luces de los postes se encendieron.

—¿A dónde vamos?

—A dar un paseo, es una sorpresa.

—Oh no, no otra sorpresa.

—¡Tranquila! Esta no te va a tomar desprevenida. Mira, lo pondré en tus palabras: Te voy a llevar a un lugar mágico que estoy seguro has imaginado alguna vez. —Me reí, sintiendo como mis mejillas se enrojecían.

Alguien dele un Oscar al mejor actor, me imitó perfectamente.

Espero que piense que estoy roja por el frío.

—¿Y estamos cerca? Te lo juro Brandon Hecox, si es una casa embrujada o algo por el estilo te enviaré disparado hasta Pisa.

—¿Quieres relajarte por favor? ya no te diré más nada porque arruinarás la sorpresa. —Continuamos caminando y las calles ya no estaban tan llenas. Pero mientras más y más nos acercábamos al lugar podía ver pequeños grupos de gente caminando hacia la misma dirección que nosotros. De repente, escuché un fuerte sonido de agua caer, como el de una cascada.

¿Sería posible? Que estuviésemos llegando a la... me quedé sorprendida al girar en una esquina y ver a la brillante fuente iluminada. Es enorme, imponente y muy hermosa. Las personas alrededor de ella se colocaban frente al borde esperanzadas de que sus sueños se hagan realidad. Se volteaban lanzando sus monedas y giraban rápidamente para verla caer.

Es increíble, exactamente como creí que sería. Mis ojos se llenaron de lágrimas y sonreí.

—La Fontana de Trevi... —susurré y tomé el brazo de Brandon para sostenerme. He leído sobre este lugar tantas veces, he visto tantas escenas de películas y series grabadas aquí, y he tratado de pensar en un número total de deseos pedidos muchas veces. Es mágico y no logro asimilar que lo estoy viendo con mis propios ojos.

—Cuando estábamos en la universidad y nos estábamos conociendo, ¿recuerdas que te conté que en uno de los veranos con mis padres de pequeños viajamos aquí? ¿Y te dije que mi hermana deseó que lloviera queso?

—¡Cómo olvidarlo! Y que dos horas más tarde estaban cenando y un mesero se tropezó y una bandeja de quesos y carnes salió volando directo para donde estaban ustedes sentados. No paré de reírme por media hora.

—Sí y tuve el olor a gorgonzola pegado en mi ropa por meses. —ambos reímos y apoyé mi cabeza en su hombro. —¡Meses!

—Sí, recuerdo la anécdota muy bien.

—Bueno, ese mismo día me dijiste que este era uno de los lugares que tenías que ver antes morir, y aquí estamos, otro sueño más para tachar de la lista.

Sonrió ganador y me quedé atónita. Es cierto, no lo recordaba.

—Un día iremos a las pirámides de Egipto para tacharlas también.

—Oh Bran... gracias. Por siempre cumplir mis sueños, no sé qué hice para merecer a alguien como tú en mi vida. —Susurré y planté un beso en su mejilla. —Nunca paras de alegrarme la vida.

Una lágrima cayó por mi rostro sin darme cuenta y él la limpió rápidamente con la yema de su dedo pulgar. Se volteó para sacar la cámara y grabar una panorámica del lugar y pude ver por el rabillo del ojo como me grababa admirando la fuente, estoy segura de que sabe lo feliz que me acaba de hacer trayéndome aquí. Caminé hacia el frente de la fuente, me escurrí por un espacio vacío y miré hacia el suelo.

Cientos de monedas, de diferentes colores y partes del mundo lo adornaban y brillaban con las luces que se reflejaban sobre el agua.

Me gustaría saber si todos los deseos se volvieron realidad, quiero creer que sí.

Tal vez alguno deseó ser millonario, conocer al amor de su vida, o simplemente ser feliz y se les cumplió.

—Toma. —Brandon sacó la mano de su bolsillo y me dio una moneda de veinticinco centavos estadounidenses.

Le sonreí y lo miré emocionada. Me he imaginado este momento muchas veces y ahora no sé qué pedirle a la fuente. De verdad, una vez hasta practiqué en la fuente de Central Park, la del opening de *Friends*.

—Tú también tienes que pedir un deseo.

Dije y me sonrió, volviendo a meter la mano en su bolsillo. Me coloqué de espaldas, cerré mis ojos respirando profundamente y puse mi mente en blanco. —Recuerda tirarla por encima de tu brazo derecho. ¿Estás lista?

Preguntó y respiré profundamente. —Sí, cuenta.

—Uno… dos… ¡tres!

Que este viaje cambie nuestras vidas por completo, fue lo primero que se me vino a la mente y lancé mi moneda pidiendo mi deseo. Me volteé rápidamente para verla caer y cuatro monedas cayeron al agua al mismo tiempo.

—¿Arrojaste tres monedas? —pregunté confundida.

—Para suerte extra.

Sonrió, poniendo su brazo sobre mis hombros y empezó a tararear una melodía suave mientras nos alejábamos de la fuente.

15. GELATO

El plan para hoy es *Plaza Navona*; luego iremos a la Ciudad del Vaticano, a la Capilla Sixtina, y a la plaza de San Pedro, para terminar el programa a orillas del Río Tíber. ¿Qué te parece? —Preguntó Brandon, levantando la cabeza de su laptop. —¿Buen plan?

—Me parece bien. Lo único que espero es que hoy no haga tanto frío, porque ayer el clima estaba tolerable. —Reí mientras cepillaba mi cabello y me sentaba a su lado en el pequeño sillón de nuestra habitación.

—Ya le envié a Martin todo el contenido de ayer. Me dijo que lo va a estar editando y publicando a primera hora. También que las interacciones del canal van creciendo cada vez más y la gente está haciendo click en las publicidades.

—En serio que sí está creciendo. Anoche cuando regresamos revisé mi Instagram y he subido de seguidores como no tienes idea. Todo el mundo está siguiendo nuestro viaje y creo que sí lo lograremos.

Puse mi mano sobre su hombro y le sonreí tiernamente.

Todo esto nos está haciendo felices a ambos y no quiero que acabe nunca. —Elizabeth me escribió también. Me dijo que ella y Jack están muy contentos con el resultado económico del programa. Me dijo que, si seguimos con el mismo ritmo, oficialmente cuando terminemos París nos enviarán el contrato para sellar la inversión en la editorial.

—¿Crees que Elecciones logre volverse una producción completa? Tú podrías conducir el programa perfectamente.

—¿Y qué hay de ti?

—Pues si la editorial se salva ese es mi trabajo fijo, esto pasaría a segundo plano, —repliqué.

Cerró su laptop y se cruzó de brazos.

—Entonces tendremos que contratar a otros presentadores, porque tú y yo somos un equipo.

—Somos un buen equipo… —musité, respirando profundamente.

—Siempre lo hemos sido.

Respondió sonriendo de lado, poniendo su mano en mi mejilla y luego levantándose hacia el baño.

Cerró la puerta tras él y un nudo se formó en mi estómago.

Tengo tanto que decirle y no creo que encuentre las palabras o el momento para hacerlo.

ESTAMOS FRENTE A LA Fuente de los Cuatro Ríos en Plaza Navona y una gran cantidad de turistas, igual que nosotros, admiran las esculturas de los diferentes animales dentro de ella.

"¡Hola a todos que nos ven alrededor del mundo! Nosotros somos Sam y Brandon y les damos la bienvenida al sexto episodio de Elecciones."

Brandon volteó la cámara hacia él y yo corrí hacia su lado.

"Estamos en nuestro segundo día de recorrido por Roma y todo es precioso. La comida es riquísima, la gente es muy amable y los lugares son mucho más bellos en persona que en fotos." Añadí y Brandon hizo un paneo alrededor de toda la plaza, donde a lo lejos se veían La Fuente de Neptuno y La Fuente del Moro.

Brandon le contaba a la cámara todo acerca de la plaza. En qué año se construyeron los palacios que la rodean, cómo antes la plaza era utilizada para realizar actividades religiosas y el significado de las tres fuentes. Recorrer la plaza nos tomó casi toda la mañana y a mi parecer los días se pasaban más rápido en Roma que en Londres.

Por lo que nos tocaba movernos rápido por la luz del sol.

Así que sin comer nada nos fuimos directo en un taxi para la Capilla Sixtina. Y fue sorprendente la cantidad de personas que la visitan es el doble de la que nos hemos encontrado en los demás lugares.

"La Capilla Sixtina pertenece al palacio papal, residencia oficial del Papa aquí en la Ciudad del Vaticano. Y desde su construcción en el siglo XV ha sido la sede todo tipo de actos de la religión católica." Dijo Brandon, enfocándonos a ambos mientras caminábamos dentro de la capilla.

"Además, ¿sabían que alrededor de quince millones de personas visitan el Vaticano cada año? Definitivamente es una parada imperdible si vienen a Roma," añadí y Brandon asintió con la cabeza.

"Otro punto fascinante es que si vienen a visitar este lugar podrán ver en vivo las majestuosas obras de Miguel Ángel, como la bóveda que fue pintada por él durante cinco años y donde se narran nueve escenas del Génesis, el primer libro de la Biblia."

"Es cierto. Pero no te olvides también de la icónica pintura del Juicio Final, mucha gente viene solo a ver esta obra, miren." Giré la cámara y grabé el gran mural. Mucha gente se grababa al igual que nosotros y otros se tomaban fotografías desde todos los ángulos posibles. Brandon se coló en mi toma y me sacó la lengua. Yo solo me reí y seguí moviendo la cámara para hacer un paneo.

—Estoy tratando de trabajar querido Bran.

—Lo sé, pero es divertido molestarte.

Sonrió y se volvió a colar en mi toma siguiendo el movimiento.

—No lo es si estamos en un lugar tan aglomerado y estoy tratando de grabar bien para Martin. No quiero que después las tomas no sirvan y salgan borrosas como una vez me pasó.

Un señor caminó frente a mi pidiendo disculpas y paré de grabar.

—¿Y eso cómo pasó? —preguntó divertido, acercándose a mí. —Si me puedes explicar.

—No te voy a dar detalles, pero arruiné todo un reportaje de un trabajo grupal en la universidad. Y ya no preguntes más que no te voy a decir, me da pena. —Volví a presionar el botón para grabar y se volvió a poner frente a mí sonriente como si nada.

—Te divierte irritarme, ¿cierto?

—Un poquito nada más, pero acéptalo, te encanta.

Giré mis ojos y sonrió coquetamente guiñando un ojo haciendo que me ruborizara. No. No, Brandon, dos pueden jugar este juego. Me acerqué lentamente a él y coloqué mi mano en su pecho.

Su cara se tornó seria y acerqué mis labios a su oreja.

—Lo podría aceptar, pero eso no sería divertido.

Me volteé rápidamente y empecé a caminar hacia la salida dejándolo postrado al piso como una estatua. Al quitarme del camino un grupo de turistas lo acorraló para acercarse más a la pintura y lo miré desde mi hombro guiñándole un ojo.

"*Bueno amigos, ahora que salimos de la Capilla Sixtina nos encontramos en La Plaza de San Pedro y miren, ¡es enorme!*"

"*Demasiado grande. Fue construida a mediados del siglo XVII y, además de ser la plaza más famosa del Vaticano, puede acoger alrededor de más de trescientas mil personas para cualquier evento.*" Añadió Brandon y yo asentí con la cabeza.

"*Un dato curioso que puedo contarles de ese obelisco que está en el centro de la plaza, es que fue traído directo a Roma desde Egipto en el año 1586*"

"*Eso no lo sabía Sam. Es fascinante ver como siguen en pie todas estas piezas históricas a pesar de tener más de quinientos años.*"

"*Claro que lo es. Ahora, para terminar el episodio del día de hoy les vamos a dar un recorrido por toda la Via della Conciliazione hasta la ribera del Río Tíber.*" Brandon tomó la cámara de mis manos y empezó a grabar la ruta mientras caminábamos.

—Aún no puedo creer que en serio me dejaras abandonado adentro de la Capilla Sixtina. ¡Temí por mi vida! Los turistas en grupo y su sincronización me aterran, —se puso la mano en el pecho y suspiró fuertemente. —Tuve flashbacks de guerra claustrofóbicos.

—Vamos, no exageres, te lo merecías por arruinar mis tomas. Martin, cuando estés editando esto por favor espero que puedas salvar algo.

Dije inclinándome hacia el micrófono de la cámara y ambos reímos.

—En mi defensa, yo jamás te dejaría abandonada en ningún lado.

—Bueno de eso sí estoy segura, sé que jamás lo harías. Así que está bien, le pido disculpas *señor*.

Reí y él paró en seco. —¿Cómo que *señor*? Ahora menos te voy a disculpar, solo tengo veintiocho.

—*Buenooooo* lo siento, dime entonces, ¿cómo quieres que te diga? ¿Joven? ¿Niño? ¿Chico?

—Solo Brandon o Bran. Además, tú eres la única que me inventó ese sobrenombre.

—Cierto. Nadie más puede decirte Bran, solo yo. ¿Entendido? —asintió. —Bien.

Continuamos caminando en línea recta por toda la vía. Las luces de navidad la adornaban delicadamente y el sonido de las personas celebrando en restaurantes con sus amigos se escuchaba a gran volumen.

Eran las cinco de la tarde y ya el cielo estaba oscuro, iluminado por las luces de la ciudad y las nubes grises se movían por la brisa.

Me acerqué a Brandon y entrelacé mi brazo con el suyo, pude ver cómo se tensó y se relajó inmediatamente a la sorpresa del contacto.

—*Mi stai uccidendo amore mio*, —Susurró y lo miré confundida.

—¿Qué dijiste?

—Nada nada, estaba pensando en voz alta solamente. —Rrespondió nervioso. —Pero pensando en italiano... anda dime, ¿qué dijiste? Yo también quiero aprender.

Reclamé y el negó con la cabeza. —Nop, no te diré. Ya estamos llegando al río.

"*Llegamos al destino final de nuestro segundo día en Roma. Estamos en la ribera occidental del Río Tíber. Aquí Sam y yo frente a la entrada del Castillo de Sant'Angelo terminamos este episodio de Elecciones. Como siempre gracias a Harrington Enterprises y Editorial Nuevos Mundos.*"

"*Dígannos qué otros lugares de Roma quieren que Bran y yo visitemos, estaremos leyendo sus comentarios. Esto ha sido todo por hoy, ¡nos vemos pronto!*"

—Estoy agotada, podría comerme todo Roma si fuera posible.

Dije exagerando y él negó con la cabeza riéndose.

De seguro deben pensar que nos la pasamos comiendo, pero en realidad no hemos comido casi nada desde el desayuno y estas largas caminatas turísticas te abren el apetito a otro nivel.

Se podría sobre entender que haber crecido en la ciudad de Nueva York te prepara para caminar largas distancias.

Pero es diferente cuando estás turisteando, por alguna razón.

—¿Qué te parece si comemos Gelato recién hecho primero, luego pedimos un taxi y ordenamos servicio a la habitación? La verdad es que también estoy bastante cansado, pero si mal no recuerdo cerca de aquí hay varias tiendas de helado muy buenas que no nos podemos perder.

—Está bien, vamos por helado y luego comemos en el hotel. Te voy a tomar la palabra de que son buenas.

—Créeme no te vas a arrepentir. —Dijo, tomando mi brazo.

CAMINAMOS HACIA UNA ESTRECHA AVENIDA pasando una pequeña plaza y entramos a una pequeña heladería artesanal. Es un lugar muy típico de la zona y está frente a una fuente muy curiosa. La tienda está decorada con fotografías familiares, algunos certificados y fotografías de la zona donde se percibe el paso del tiempo. Apenas entras te reciben las neveras repletas de una gran variedad de sabores de helado, de todos los colores imaginables.

—No sé si pueda escoger, todos se ven increíblemente deliciosos. ¿Por qué no los puedo probar todos? Me reí lloriqueando y él me empujó suavemente con su hombro.

—No es tan difícil. Mira, te tengo un truco. Míralos todos y escoge tres, cierra los ojos, pon tu mente en blanco y luego voy a contar hasta tres. Cuando termine, dices en voz alta el primero que se te venga a la mente y listo.

—Okay, lo voy a intentar, espera.

Me incliné frente a la nevera que contenía todos los diferentes sabores y escogí los tres que me parecían más exóticos. No estamos en Italia por el gusto, no voy a pedir algo tan cliché como vainilla o chocolate.

—Ya escogí mis tres, —me volteé hacia Brandon que estaba entretenido viendo un menú.

—Vamos. ¿Cuál es el veredicto?

—Okay, el primero es kiwi con fresa, el segundo pera con canela y el tercero de fruta de la pasión.

—Bueno ya sabes, pon tu mente en blanco. Voy a contar, ¿sí?

—Estoy lista.

—*Uno… dos… tres….*

—¡Pera con canela!

—Ahí lo tienes.

—Wow… bueno ahí está, vamos a ordenar. —reí, sorprendida de que el truco funcionó realmente. Lo aplicaré de ahora en adelante.

—*Buonasera che ordineremo, ci dà un gelato medio all'ananas e un altro gelato medio alla pera con cannella.*

—*Certo, con piacere,* —respondió el chico que estaba detrás del mostrador, al recibir el dinero por parte de Brandon. —¿Es la primera vez que vienen por aquí? En nuestra tienda somos internacionales también. Mucho gusto, mi nombre es Alessandro.

—Mucho gusto Alessandro, nosotros somos Sam y Brandon y sí, es mi primera vez aquí. Pero no la de él, además fue su idea que viniéramos a comer helado aquí.

Vaya, eso no lo esperaba, es la primera vez que intercambio palabras con alguien aquí. Pensé que durante todo el resto del viaje Brandon tendría que hablar por mí. Aunque no es que me moleste ni nada, pero a mí me encanta hablar, por si no lo han notado todavía.

—Qué bueno. Me alegra que vengan por nuestro humilde negocio. Tomen, que los disfruten y cualquier cosa estamos a la orden.

Sonrió entregándonos nuestros helados y ambos nos despedimos con la mano. Tomé la cuchara y probé mi helado de pera con canela.

Una explosión de sabores invadió mi boca, es dulce con un toque de picante y está riquísimo. Brandon por su parte está muy concentrado devorando su helado de piña. Si se lo sigue comiendo así de rápido se le congelará el cerebro.

Nos sentamos en una pequeña banca afuera del local y disfrutamos de la noche. Está haciendo mucho frío, pero aun así el helado no lo aumenta. Está tan cremoso y tiene la consistencia y temperatura perfecta, ah, los pequeños placeres de la vida italiana. Definitivamente tendremos que regresar antes de irnos para Francia. Tengo que probar otro de los sabores que escogí. Miré hacia el cielo oscuro cubierto de estrellas, las cuales por alguna razón brillan como jamás las he visto. Me encanta esta ciudad y lo que la hace más increíble es que su historia consta de cientos de años.

Nuestra visita aquí es insignificante en comparación a todos los hechos históricos que han ocurrido en estas calles adoquinadas.

—¿En qué piensas?

—¿Recuerdas cuando te conté que siempre desde pequeña quise viajar por todo el mundo y recorrer todos los lugares que veía en la televisión y en las revistas? Bueno, ahora que lo estoy viviendo y a tu lado es surreal, aún me cuesta asimilarlo. Estamos aquí tú y yo en medio de Roma, una de las ciudades más antiguas del mundo y cuando lo pones en perspectiva es fascinante, ¿no lo crees? —Brandon asintió con la cabeza y yo suspiré colocando la cuchara en el pequeño vaso de cartón.

—Estamos aquí creando nuestra propia historia rodeados de historia... Suena muy lindo. —sonrió y tomó un poco de mi helado, una vez más tiene toda la razón. —Delicioso. Si regresamos lo ordenaré.

—Tenemos que regresar! Me gustaría saber más sobre este lugar. Asumo que es un negocio familiar por todas las fotografías que tienen para decorar las paredes. Además, está aquí mismo en el corazón de la ciudad y probablemente sea visitado a diario por turistas como nosotros.

—Sería bueno. ¿Quieres preguntarles si estarían de acuerdo en brindarnos una entrevista mañana? Capaz y dicen que sí.

La verdad sí sería una buena idea. El vídeo de Howard y Dorothy fue todo un éxito y como se hizo viral sigue recibiendo visitas y comentarios. Las personas aman las historias llenas de sueños y esperanza, porque les demuestran que esforzarse y luchar por lo que uno realmente quiere tiene sus frutos.

Y aunque no nos lo han pedido ni ha llegado por parte de ellos, tal vez podríamos convencerlos de que nos cuenten su historia.

—Lo voy a intentar, cruza los dedos para que acepten porque estoy segura de que a la gente les encantaría conocer sobre un lugar tan encantador como éste. —Me levanté de la banca, deposité mi vaso vacío en un tanque de basura que estaba afuera de la tienda y me dispuse a regresar hacia el mostrador. Brandon me siguió detrás y se reclinó en el marco de la puerta expectante.

—Hola de nuevo Alessandro, —sonreí apoyándome en una de las neveras. —Me gustaría hablar contigo.

—¡*Signorina Sam!* Regresaron rápido. ¿Quieren probar otro de nuestros sabores? —Preguntó rápidamente, tomando un vaso para servirnos más helado. —Sí nos gustaría, pero estamos bien por el momento. La verdad es que queremos hacerte una consulta.

—Sí, ¿para qué soy bueno?

—Brandon y yo trabajamos para una casa editorial en Nueva York llamada Nuevos Mundos, y actualmente estamos aquí en Roma porque estamos produciendo un programa web junto a Harrington Enterprises llamado Elecciones. En él, le mostramos a la gente lugares turísticos que pueden elegir para viajar y vivir aventuras increíbles. También contamos historias de gente real, que día a día lucha y se esfuerza por cumplir los sueños que eligieron por alguna razón. Vi las fotografías que tienen en las paredes y me llenó de curiosidad saber más sobre la historia de tu familia. Si están dispuestos nos gustaría hacerles una entrevista para que nos cuenten un poco sobre ustedes y su negocio. ¿Qué dices?

—Oh wow, la verdad no sé qué decir, no me esperaba todo esto.

Pude notar como se empezó a poner nervioso al repicar su dedo índice contra el vidrio de la nevera.

—No tiene que ser en este momento, podemos hacerla mañana si aceptas. A eso de las once de la mañana, –voltee a ver a Bran y él asintió con la cabeza. —No hay presión, en serio, solo que sí nos gustaría contar con ustedes para que el mundo conozca su gelateria.

—Bueno, la gelateria fue creada por *mia madre y mio padre*, por lo que ellos también deben salir junto a mí y mi otro hermano, Angelo, que también maneja la tienda. Si salimos los cuatro entonces sí acepto.

Aplaudí, di un brinco en donde estaba parada y levanté los brazos en celebración.

—¡Claro que sí pueden salir los cuatro! Esto va a ser muy emocionante. Así que Alessandro cuéntale a toda tu familia y prepárense porque van a aparecer en el próximo episodio de Elecciones.

S ALIMOS DEL HOTEL A ESO DE LAS DIEZ DE la mañana con dirección a la heladería y caminamos hacia la estación de metro de *Repubblica*.

El recorrido nos tomó alrededor de diez minutos y estaba abarrotado de gente. Faltan pocos días para navidad y la gente se sube con bolsas y regalos de todos los tamaños. Al llegar a la estación de Ottaviano caminamos por toda la Vía Ottaviano y Borgo Angelico hasta llegar a la Via di Porta Castello.

Aún es temprano y faltan treinta minutos para la hora estipulada, pero aún así, al llegar nos estaban esperando en la puerta de entrada del local. Parado en la entrada estaba Alessandro junto a una señora de baja estatura de tez blanca, un joven muy parecido a Alessandro pero un poco más mayor, y un señor alto regordete con las mejillas más rojas que he podido ver en toda mi vida.

—*Benvenuti!* Sam, Brandon esta es mia familia, se los presento. Esta es *mia mama* Giulia Baldassano, *mio papa* Giuseppe Baldassano y *mio* hermano Angelo Baldassano, —dijo Alessandro, con los brazos abiertos dándonos la bienvenida. Se podía notar su emoción al recibirnos nuevamente en su tienda.

—*Grazie mille per averci ricevuto.* —Respondió Brandon y yo solo sonreí. Ni intentaré saludarlos en su idioma, sería un fracaso total.

—No es nada, no se preocupen por hablar italiano, supongo que *mio hermano* les dijo que somos internacionales, recibimos personas de todo el mundo.

—Angelo dijo mientras abriendo la puerta de par en par y todos entrábamos.

—Qué bueno porque la verdad es que yo de italiano no sé nada, Brandon sí, pero yo estoy perdida. Entiendo un poco porque se parece al español, pero no logro descifrar todo.

Todos reímos y Brandon y yo empezamos a colocar todo nuestro equipo de grabación. —Siéntanse como en su casa, no se preocupen, —dijo la señora Giulia mientras se colocaba detrás de uno de los mostradores. —Cuéntennos en qué los podemos ayudar para el vídeo.

—Muchas gracias de verdad. Nos gustaría empezar el vídeo con algunas tomas generales del local, todos los detalles de la decoración y tomas de los sabores de los helados y luego empezamos con la entrevista a los cuatro. Nos van a contar acerca de cómo empezó su negocio familiar, si han tenido situaciones o algunas anécdotas que contar y cómo han creado tanta variedad de sabores tan deliciosos. Todo lo que quieran contar es bienvenido.

Brandon explicó mientras colocaba una de las cámaras en un trípode y yo sacaba las memorias SD de la bolsita donde las guardábamos.

Mientras yo les colocaba los micrófonos a los Baldassano, Brandon terminó de montar la cámara principal y luego con otra empezó a hacer las tomas detalles de los marcos de foto, los nombres de los sabores de helado e hizo varias tomas panorámicas del local y de los cuatro integrantes de la familia detrás de las neveras sonrientes.

Se nota que son una familia muy unida y que este lugar los enorgullece demasiado. Al terminar las tomas de apoyo, Brandon y yo nos colocamos frente a la cámara listos para iniciar con la introducción de la entrevista y la familia se sentó en una fila de sillas.

"¡Hola a todos! Bienvenidos al episodio siete de Elecciones. Hoy les traemos nuestra segunda entrevista inspirada en la versión original de la revista." Inicié el vídeo y Bran apareció a mi lado. "Tal y como les contamos en la entrevista anterior en Londres, la revista fue publicada desde los años ochenta hasta hace un par de años y fue muy reconocida por contar historias reales de personas reales. Personas que tomaron una decisión y eligieron cambiar su vida por completo," añadió Bran.

"Y hoy no es la excepción porque les traemos la historia de la Gelateria de la familia Baldassano, quienes nos contarán la historia de su negocio familiar que se ha vuelto una parada obligatoria por los turistas que vienen a visitar las áreas aledañas a la Ciudad del Vaticano aquí en Roma. Así que sin más nada que añadir, les presentamos a Giuseppe, Giulia, Alessandro y Angelo Baldassano."

—Bueno si gustan nos pueden empezar a contar todo acerca de ustedes y la heladería, en general relátennos toda su historia y cómo eligieron este lugar para emprender su negocio familiar. –Expliqué y tomé asiento detrás de la cámara junto a Brandon.

"Buonasera a todo el mundo, es un piacere essere qui y mi nombre es Giusseppe. Con mia esposa Giulia nacimos en una comunidad al noreste de Florencia llamada Settignano. Nos conocimos de pequeños en la escuela y cuando estábamos en el liceo nos hicimos novios. Al poco tiempo de graduarnos decidimos casarnos en una pequeña iglesia cerca del Ponte

Vecchio. *Unos meses después de casados decidimos venirnos para Roma a probar suerte en la gran capital, tenía un tío que tenía una sastrería cerca de la Vía della Salara Vecchia y me dio trabajo.*

Con ese nos alcanzaba suficiente para vivir ambos. Sin embargo, cuando Giulia quedó embarazada de Angelo decidimos que era momento de crear nuestro propio negocio, un legado que pudiéramos dejarles a nuestros hijos. Así que pensándolo mucho mi madre nos dio la idea de poner una gelateria; a todo el mundo le gusta el helado y ella tenía una receta de helado de fresas con crema que nos regalaría. Solía decir que era tan deliciosa que hasta al mismo Mussolini le hubiese gustado. Finalmente decidimos hacerle caso y con los pocos ahorros que teníamos alquilamos este local y eventualmente lo compramos con mucho esfuerzo.

Ya para cuando Alessandro había nacido durante los años noventa nuestro negocio estaba en su mejor momento, recibíamos visitas de turistas a diario y todos los meses sacábamos un sabor nuevo."

Concluyó Giuseppe y Giulia entrelazó sus manos.

Se ven extremadamente enamorados, por un momento me hicieron recordar a Howard y Dorothy. Moví un poco la cámara y sentí la mirada de Brandon posarse sobre mí. *"Los sabores los creamos los niños y yo. Si a ellos se les ocurría algo intentábamos hacerlo. Poco a poco fuimos creando sabores artesanales característicos y la gente venía exclusivamente a probarlos. Hubo un tiempo en el 2003 cuando nuestro sabor más vendido fue de pastel de zanahoria. Fueron buenos tiempos."*

Giulia le sonrió a su marido y sus hijos los miraban orgullosos.

"Hemos crecido mucho en los últimos años gracias a la tecnología. Mis dos hijos, que ahora manejan el negocio, han tenido todas estas ideas innovadoras que para nosotros, dos viejos, son un tanto arcaicas. Pero debo aceptar que han dado buenos resultados." —¡Hasta que al fin lo aceptó Angelo! — Exclamó Alessandro y todos reímos. *"Con mucho esfuerzo seguimos adelante. Hemos sobrevivido crisis económicas, familiares, de todo. No nos libramos porque ha habido de todo un poco, pero gracias al apoyo familiar que existe entre nosotros cuatro salimos adelante. Porque si una familia está unida y llena de amor, entonces lo demás es relativo y todo va a estar bien al final."*

Terminó de hablar Giuseppe y todos aplaudimos emocionados.

Él tenía toda la razón, no veía a mis padres tan seguido, pero el amor siempre ha existido y nos visitábamos cuando podíamos.

Verlos trabajar tanto cuando estaba pequeña hizo que me volviera bastante independiente y siempre he trabajado por lo que quiero sola. Pero no me malinterpreten, aunque ahora estén lejos ellos siempre han y siguen estando ahí para apoyarme en todo momento.

—Perfecto, creo que eso es todo, el vídeo no puede ser tan largo. Muchas gracias de verdad por permitirnos conocer acerca de sus vidas.

Dijo Brandon parando de grabar y acercándose a la familia.

—En realidad... me gustaría terminar con una canción si no les molesta. —Dijo Angelo, poniéndose de pie y caminando hacia atrás del mostrador. —Es una canción en su idioma que me gusta mucho y se volvió un hit aquí en Italia hace unos años.

—Sí, claro. ¿Cuál es? —Pregunté y Brandon se volvió a parar detrás de la cámara encendiéndola emocionado. Dicen *música* y de una vez se le alertan los sentidos. —*Riptide*. Es una de mis favoritas y me recuerda al momento en que le propuse matrimonio a mi esposa aquí en la gelatería porque estaba sonando en la radio en ese momento. —Sonrió y regresó a su asiento con un ukelele en mano. —¿Quieres dedicársela en la cámara? —Pregunté y él asintió.

"Para ti mi querida Marzia, quiero aprovechar esta oportunidad para gritarle a todo el mundo lo mucho que te amo y que esta canción me recuerda al momento en que decidiste aceptar ser mía y yo ser tuyo para toda la vida. Regina mia, amore mio, la luce che illumina la mia vita, sei la donna più bella del mondo e ti amo come non hai idea. Esta canción es para ti..." Angelo empezó a tocar las cuatro cuerdas y miré hacia la izquierda.

Giulia se estaba secando las lágrimas y su padre la tomaba de la mano mientras que Alessandro aplaudía suavemente al son del instrumento.

He escuchado esta canción cientos de veces, la pasaron tanto en la televisión y en la radio cuando recién me gradué de la universidad, antes de empezar a practicar en la editorial.

Me trae muy buenos recuerdos también, eran tiempos más fáciles donde sentía que tenía miles de oportunidades a mi favor y al amor de mi vida a mi lado. Todo ha cambiado desde entonces, aunque sigo teniendo al amor de mi vida a mi lado. La única diferencia es que no estamos juntos y ya no tengo todas las oportunidades a mi favor. Nos estamos jugando el todo por el todo y no hay vuelta atrás.

Si esto no funciona todo terminará y tendré que buscar otro camino, otro camino lejos de todo lo que conozco y de él.

Cuando la canción llegó a su fin todos aplaudimos, él le mandó un beso a la cámara y ahí detuvimos la grabación. *"Esto ha sido todo por este episodio de Elecciones gracias a Harrington Enterprises y Editorial Nuevos Mundos. ¡Nos vemos en la próxima!"*

Al terminar Giulia nos invitó a pasar un rato junto a ellos en la tienda y nos brindó un cono de helado a cada uno. Al fin logré probar el de kiwi con fresa y Brandon pidió el de pera con canela, estaban riquísimos y suaves, como morder una nube.

Decirle adiós a la familia fue bastante emotivo, no querían que nos fuéramos tan temprano, pero debíamos enviarle todos los vídeos a Martin para que los editara lo más rápido posible. Al despedirnos intercambiamos números para enviarles el vídeo y prometimos visitarlos la próxima vez que vengamos a Italia. Ellos accedieron muy contentos y nos dieron todos sus buenos deseos para que nuestro viaje continúe con bien.

Son gente tan humilde y buena, ojalá el mundo estuviese lleno de personas como ellos que quieren todo lo bueno para ti genuinamente.

Había sido un buen día y me siento contenta con las hermosas personas a las que acabábamos de conocer y el excelente trabajo que realizamos. Sin embargo, el camino al hotel entre ambos fue en silencio. Y no un silencio cómodo, sino como un silencio de palabras inconclusas que se asoman en la punta de la lengua y no logran salir, palabras con una barrera de por medio y llenas de sentimientos.

Pero lo más fuerte de todo es que una parte de la canción se siguió repitiendo en bucle dentro de mi cabeza.

Lady, running down to the riptide
Taken away to the dark side
I wanna be your left hand man
I love you when you're singing that song and
I got a lump in my throat 'cause
You're gonna sing the words wrong
Is this movie that I think you'll like
This guy decides to quit his job and heads to New York City

This cowboy's running from himself
And she's been living on the highest shelf
Oh and they come unstuck

Tengo un nudo en la garganta igual que la canción. Y no sé cómo despegarme de él.

16. EN LAS NUBES

El sonido de la ducha proveniente del baño me despertó. El agua impactando sobre los azulejos y los tarareos de Brandon son una excelente alarma.

Logré descansar mucho y me siento en excelentes condiciones para continuar explorando la *ciudad eterna*. Tomé mi celular, entré al canal de Elecciones y vi que ya el vídeo de la familia Baldassano está arriba. Recuérdenme regalarle a Martin una botella de Ginebra, se la merece. Los comentarios en el vídeo son muy buenos como siempre, dejando por fuera a unos cuantos trolls, y se nota que la gente lo está compartiendo.

Todo el mundo comentando acerca de la hermosa familia que son, diciéndole a Angelo es muy bueno con el ukelele y que debería hacer su propio canal para ver más covers.

@Viajerainefable: ¡Me encanta! En mi próxima visita a Roma voy a visitar la heladería sin falta.

@Mialovestravel: No puedo más con lo lindos que se ven juntos presentando. Exijo que ya nos digan si son pareja o no. ¡Por favor!

#Samdon

@Jakefutbol5: Quiero visitar Roma con muchas ganas, ese helado de choco-almendras en una de las neveras tiene mi nombre.

@ZoeRodriguez: Tienen que venir a México y probar el helado de chile. ¡Es una bomba!

@Oliveira_ Antônia: Vengan a Brasil.

Y así como estos comentarios hay cientos. De seguro Brandon ya los leyó y por eso está cantando con tanta felicidad en el baño.

Nada podría borrarme la sonrisa hoy del rostro, el plan está dando resultado y nuestro esfuerzo está valiendo la pena. Pensar que nos queda poco tiempo aquí es agridulce, porque el tiempo se me ha pasado demasiado rápido y en un abrir y cerrar de ojos estaremos de regreso en casa.

Lastimosamente Elizabeth nos dijo anoche que los patrocinadores la están apurando y quiere que terminemos lo más rápido posible.

La puerta del baño se abrió dejando escapar vapor y levanté la mirada de la pantalla de mi celular para ver a un Brandon vestido y listo para salir. No hemos ni decidido a dónde vamos ir y él ya está listo. En cambio, yo sigo con las mantas encima y en pijama, así que tardaremos un rato más en salir.

—Te escuché cantando, —reí y bloqueé mi celular. —Asumo que es porque viste los comentarios del vídeo.

—¿En serio me escuchaste? Qué pena, pensé que la ducha estaba lo suficientemente fuerte. ¿Te desperté?

Sus mejillas se enrojecieron y se sentó en el sillón a colocarse los zapatos. —Un poquito, pero no fue tu voz de cantante sino el agua. De todas maneras, ya era hora de despertar.

Me quité las sábanas de encima y solté el moño que siempre me hago para dormir. Si no me recojo el cabello todas las noches no puedo conciliar el sueño.

—¡Es que estoy tan feliz que podría bailar! La retroalimentación que estamos recibiendo es buenísima. Martin subió el vídeo a las dos de la madrugada de aquí y ocho de la noche de allá, y antes de que entrara a bañarme casi estábamos llegando ya a setenta y cinco mil vistas.

—Lo sé, acabo de ver los comentarios y son lo mejor del mundo. Y cáete porque ya son cien mil vistas. —Reí al verlo abrir la boca sorprendido y levantarse de golpe del sillón.

—En serio quiero bailar de felicidad y lo voy a hacer.

Tomó su celular de la mesita de noche y lo vi entretenida mientras buscaba una canción.

You Get What you Give de *New Radicals* empezó a sonar por la pequeña bocina de su teléfono y empezó a bailar como un niño pequeño. Tomó una almohada y empezó a moverla como si fuera su guitarra y la estuviese tocando.

Yo viéndolo embobada con una sonrisa enorme. Este es el Brandon del que me enamoré en la universidad. Extravagante, tonto, divertido y despreocupado.

El que hace lo que quiere siempre, se divierte en todo momento y canta sin parar cualquier canción que se le venga a la mente. Lanzó la almohada al otro lado de la habitación y se acercó a mí con los brazos abiertos.

Oh no, ya sé lo que pretende.

—Vamos Sam, baila conmigo y celebra lo bien que nos está yendo.

Gritó por encima de la música y delicadamente tomó mis brazos para halarme y yo negué con la cabeza.

—Me encanta verte bailar así despreocupado, pero me tengo que bañar, —reí e intenté soltarme. —Con permiso.

—Oh no. Vamos a disfrutar este momento, —se trepó en la cama y me haló levantándome obligándonos a ambos a saltar. —¡Anímate!

—¡Estás loco! —me empecé a reír tan fuerte que me faltaba el aire. —Nos van a vetar del hotel.

—¡Muy loco! —gritó cantando, mientras movía mis brazos hacia adelante y hacia atrás. —*Don't give up you've got a reason to live, can't forget we only get what we give...* ¡Canta Sam!

Me tiré en la cama riéndome a carcajadas y él me siguió casi cayéndome encima. Nuestras respiraciones agitadas. Su mano colocada sobre mi vientre y de repente todo a mi alrededor se congeló. Sus hermosos ojos se conectaron con los míos y mi garganta se cerró, un escalofrío corrió por todo mi cuerpo y miré hacia abajo cerrando mis ojos. Podía sentir el aire que emanaba de su boca hacer contacto con mi piel y esto era demasiado para mí.

La última vez que estuvimos así de cerca fue cuando tuve esa horrible pesadilla en Londres y él se quedó acompañándome toda la noche. Sin embargo, esto es diferente, en ese momento estaba medio dormida y no estaba anuente a mis sentidos. Aquí sí. No sé a cuántos centímetros estamos del otro, pero debo dejar de correr… debo dejar de huirle al amor. Y estoy dispuesta a hacerlo, pero él no está disponible y mientras él y Cherry sigan juntos no me atrevo a hacer nada.

Tengo tanto que decirle, pero a pesar de amarlo tanto, jamás seré la chica que se mete dentro de otra relación.

—La canción terminó… —Dije casi en un susurro, abriendo mis ojos nuevamente y sintiendo mi corazón romperse mil pedazos. Lo que más quiero es quedarme aquí en sus brazos, en estos brazos en los que me siento más segura que en mi hogar, porque son mi hogar.

—Sí. Terminó. Sam yo… —dijo y yo negué con la cabeza.

No soportaría escucharlo ahora rechazándome. Tenemos un día por delante. Sonreí forzosamente y suspiré.

—No digas nada, está todo bien. Se nos va a hacer tarde y aún no hemos organizado nada. Iré a bañarme.

Me levanté rápidamente de la cama y caminé lo más rápido que pude al baño cerrando la puerta tras de mí. Me miré al espejo y las lágrimas empezaron a salir una tras otra, toda mi cara roja como un tomate. Abrí la ducha a toda su capacidad y el agua empezó a brotar de la tubería empapándome inmediatamente. Por lo menos aquí en la ducha él no podría escuchar mi llanto, no puedo tener esa conversación ahora con él. Tenemos un compromiso que cumplir y no arruinaré todo nuestro itinerario con una descompostura de mi parte.

Me prometí que lo haré, que le diré todo lo que siento, pero aún no encuentro las fuerzas para hacerlo. Soy una cobarde, le he fallado a todas las promesas que he hecho, le estoy fallando a las palabras de Dorothy y me estoy fallando a mí misma. El refrán dice que Roma no se construyó en un día y mi amor por Brandon tampoco, así que en algún momento lo lograré.

Al terminar de ducharme, recomponerme, peinarme y maquillarme, salí con una bata a buscar lo que me pondría y Brandon estaba recostado en su cama con los brazos cruzados detrás de su cuello mirando el cielo raso.

Tragué fuertemente sin mirarlo a los ojos y caminé hacia una de mis maletas para tomar la ropa y me regresé al baño.

Esto sería más difícil de lo que pensé.

—Estoy lista, —dije saliendo del baño y sacándolo de sus pensamientos.

—¿Todo bien? ¿Estás bien?

—Sí. ¿Por qué no lo estaría? —sonreí.

Ay Samantha, te va a crecer la nariz peor que a pinocho y no tienes dinero para una rinoplastia. —Y… ¿a dónde iremos hoy?

—La gente quiere ver más comida. Y un chico comentó que quiere que vayamos a la plaza donde está el Panteón de Agripa. Se me ocurrió que podemos ir a esa plaza, luego ir a almorzar en un barrio muy famoso que ya he visitado llamado Trastévere y terminar el día por esa área. ¿Qué dices?

—Me gusta. He visto fotografías de ese barrio por internet y es muy pintoresco, debe haber restaurantes de comida típica italiana para grabar.

—Plan aprobado entonces. ¡Vámonos! —dijo Brandon, abriendo la puerta de la habitación y alcanzándome la mochila con todo nuestro equipo.

A MEDIDA QUE LOS DÍAS DE DICIEMBRE PASAN, el continente se pone más frío y la temperatura va bajando cada vez más. Necesito ir a un paraíso tropical, tomar mimosas en la playa y broncearme bajo una palmera.

Espero que mi próximo viaje sea a un país tropical porque no puedo más con este frío que me congela hasta las neuronas. Al llegar a la plaza todo el mundo estaba cubierto de pies a cabeza con ropa abrigadora más que otros días.

—Para la próxima, espero que nos envíen a un destino con verano infinito, necesitamos un cambio de escenario y no utilizar ropa interior térmica.

—En Nueva York debe estar haciendo igual o peor frío que aquí. No sé de qué te quejas. —Replicó riéndose y yo negué con la cabeza.

—Ni me lo recuerdes… solo enciende la cámara y grabemos rápido para que vayamos a algún lugar con calefacción.

—Con calma… Si piensas en el frío te va a dar más frío, así que trata de relajarte. —Enfocó el lente hacia mí y yo sonreí como si nada.

Imagínate en Cancún, Sam. Tú puedes hacerlo.

"¡Hola a todos los que nos ven alrededor del mundo! Nosotros somos Sam y Brandon y les damos la bienvenida al octavo episodio de Elecciones desde Roma."

Introduje el vídeo castañeando los dientes.

Imaginación, me fallaste.

"Le hicimos caso a los comentarios y hoy gracias a Alberto estamos aquí en la Piazza della Rotonda en donde se encuentra el Panteón de Agripa."

Añadió Brandon desde atrás y yo asentí.

"Las calles están llenísimas, y al faltar pocos días para navidad, todo el mundo está comprando regalos y preparando todo para sus cenas navideñas. Además, amigos no saben el frío tan terrible que está haciendo hoy. Creo que me va a dar hipotermia. Si no aparezco en el próximo vídeo ya saben por qué fue." Reí y Brandon me quitó la cámara de la cara.

"No le hagan caso a esta reina del drama, el frío es mental." Bufé y él se encogió de hombros. *"Brandon… estamos a ocho grados, por favor…"* giré mis ojos y él continuó riéndose.

"El Phanteon fue construido entre los años 128 y 125 y es uno de los edificios en mejor estado y mejor conservados de la Antigua Roma. Desde sus inicios fue utilizado como un templo romano, pero en la actualidad funciona como una iglesia," añadió Brandon mientras íbamos entrando.

"Miren el piso de mármol. Sigue siendo el original desde su construcción. También si miramos hacia arriba nos daremos cuenta de que no hay ventanas que permitan la entrada de la luz del sol, además del óculo que está en el tope de la cúpula."

Dije mirando hacia arriba, viendo los rayos de luz que se colaban por el circulo del tope, todo un espectáculo.

"Me parece muy interesante ver la novedosa arquitectura de hace miles de años" Añadió, enfocando la cámara hacia arriba para que los espectadores puedan apreciar la enorme rotonda adornada con una cornisa de bronce.

"Dos datos curiosos son que el nombre 'Panteón' es un adjetivo griego de mitología que significa 'En honor a todos los Dioses' y cuando este templo fue

recién construido fue con el fin de honrarlos. El otro dato curioso es que aquí se encuentran las tumbas de diferentes monarcas y poetas italianos."

—Tú y tus datos mórbidos de tumbas.

—¿Qué te puedo decir? Es interesante. Si no estoy viendo películas de navidad, estoy leyendo sobre asesinatos.

"La entrada al Panteón es gratis, así que no tienen excusa para visitarlo en su próxima visita a Roma, es imperdible. Gracias Alberto por darnos esta recomendación."

Me coloqué en todo el centro del sitio para que Brandon pudiera grabarme con las pilastras de fondo y hacer una toma de lapso de tiempo con todos los turistas pasando alrededor de nosotros.

—Es hora de irnos. —Dijo acercándose a mí y poniéndole la tapa al lente de la cámara. —Okay. ¿Pedimos un taxi o nos vamos en subterráneo?

—Se me ocurre una idea mejor. —Me tomó del brazo acercándonos a la salida para no chocar con el tumulto de gente que entraba al monumento.

—¿Cómo, entonces? —Al salir, el frío viento me pegó en toda la cara y me hizo estornudar. Necesito arena, palmeras y un coco lleno de agua.

—Mira hacia allá, —levantó su mano izquierda señalando hacia la fuente con el obelisco. —Sorpresa.

—No… ¿Me estás jodiendo verdad?

Mi boca se cayó al suelo prácticamente y mis ojos no podían creer lo que estaba viendo. Una Vespa amigos, una bendita Vespa color menta.

¿Pero de dónde la sacó? No puedo con este hombre y sus habilidades extrañas de organizar sorpresas sin que yo me dé cuenta.

Soy como el detective Gadget, despistada.

—Cierra la boca, —se burló y tocó mi barbilla para que la cerrara mientras nos acercábamos al vehículo en el que estaba un muchacho recostado.

—¿Cómo lograste esto?

—Ayer en la tarde, mientras dormías como una piedra y yo enviaba los vídeos, recordé cuando el otro día me dijiste que te sentías dentro de una película y que en cualquier momento alguien nos iba a ofrecer un paseo en una Vespa. Así que… hice unas llamadas y hoy le mandé un mensaje al chico para que nos encontrara aquí y listo. —Dijo casi sin aliento de lo rápido que habló.

—No sé qué decir… —susurré y me tapé la boca mientras él le daba la mano al muchacho sonriente. —De todas las sorpresas, esta es la mejor.

—*Buonasera, sei Carlo?* —preguntó Brandon.

—*Si signore, al vostro servicio, Carlo De Santis.*

—*Quando finiamo il viaggio ti scrivo per dirti dove siamo e restituire la Vespa.*

—*Certo, con piacere.*

—Le dije que cuando terminemos le voy a mandar un mensaje para decirle dónde estamos y devolverle la moto. —Me tradujo y asentí.

¡Vamos a pasear en una Vespa! Justo como el ícono de mi niñez, Lizzie McGuire. En cualquier momento voy a gritar, espérenlo. Brandon se despidió del muchacho y éste se fue caminando dejándonos solos.

Me entregó uno de los dos cascos para que me lo pusiera y sacó de la mochila una GoPro guardando la otra cámara y nuestros celulares.

—Yo voy a conducir, por lo que te toca llevar la mochila.

Me pasó un casco y me puse la mochila al hombro.

—¿Estás seguro de esto? ¿Sabes conducir moto? —cuestioné.

—Sí, ya es hora de que aprendas que te voy a seguir sorprendiendo por el resto de mis días.

Sonrió y se colocó su casco. Me pasó la cámara tocando el botón para que iniciara a grabar y tragué fuerte mientras encendía el motor, estaba igual de petrificada en el suelo como la escultura de El David.

—Okay…

—Confía en mí. Nos congelaremos un poco, —extendió su mano y yo la acepté, subiéndome en la moto tras él. —Pero va a ser el mejor paseo de tu vida.

—No vayas tan rápido… quiero absorber toda la Roma posible.

Reí y me aferré a su espalda.

—Está bien, ahora sostente y no te sueltes de mí. —Arrancó y salimos de la Piazza della Rotonda en un segundo. Grité de la emoción y él se rio.

—¡No planeo hacerlo!

M E SIENTO COMO EN LAS NUBES, como que puedo tocar el cielo con una mano mientras nos paseamos por las calles de Roma. Levanté el brazo en el que tengo la cámara intentando transmitir la emoción mezclada con adrenalina que estoy sintiendo en este momento, pero es imposible.

Las puntas de mi cabello se mueven alocadamente por la fuerza del movimiento y puedo ver como dejamos atrás a los transeúntes que caminan por la acera del puente Giuseppe Mazzini en la ribera del río Tíber.

—¿En qué piensas? —Preguntó él, gritando para escucharlo mejor.

—En lo hermoso que es este lugar y como debe ser en verano.

—¡Yo estoy pensando en que ya estamos viviendo la aventura de nuestras vidas! —Exclamó disminuyendo la velocidad y yo solo sonreí aferrándome más a su espalda. —Es verdad, es la mejor aventura de nuestras vidas. —Reí y seguí grabando. —Hasta el momento... —Brandon afirmó y yo asentí con mi cabeza, recostada en su espalda.

—¿Ya estamos llegando?

—Sí, ya casi llegamos.

—¿Dónde vamos a almorzar?

—La última vez que vine con papá, fuimos a un restaurante muy bueno. No recuerdo dónde exactamente, pero si lo veo lo reconozco. Estoy seguro de que estamos cerca porque acabamos de pasar la Piazza di Santa Maria y esa la recuerdo muy bien.

Bajó aún más la velocidad de la Vespa ahora al entrar en una calle estrecha y cambié la cámara de mano para grabar desde otro ángulo los pintorescos edificios. Trastevere expide un sentimiento sereno y tranquilo, muy bohemio y tradicional romano. Nos estacionamos frente a un edificio de cuatro plantas color amarillo mostaza con lámparas adornando la entrada y con mesas en la parte de afuera cubiertas por sombrillas.

Una enorme enredadera recorría la fachada y estaba adornada con luces navideñas y un tablón de madera con el nombre del restaurante tallado a mano. Paré de grabar y me bajé quitándome el casco.

Bran me siguió y me acomodé un poco el cabello alborotado.

—¿Y qué tal? ¿Ya me puedo graduar de conductor de motocicletas? ¿Estoy listo para competir en carreras? —se encogió de brazos y yo me reí.

—Estás es en período de prueba.

Me quité la mochila de la espalda y saqué la otra cámara para continuar con la grabación. —¿Tenías miedo? Te sostuviste bastante fuerte. —Tomó la bolsa de mis manos y me sonrió. —Aunque no me quejo de eso.

—Un poquito. Nunca me había subido en una, —suspiré fuertemente y lo miré directo a los ojos. —Pero fue un momento tan increíble que jamás voy a olvidar, gracias.

—No hay de qué. —Plantó un beso en mi mejilla y agaché mi cabeza para que no me viera sonrojar.

"Nos encontramos aquí en el popular barrio romano, Trastevere. Un sitio tranquilo, para todas esas personas que buscan un lugar para relajarse y disfrutar de la hermosa Roma sin tantas multitudes. Ya que nos pidieron ver más comida, aquí estamos en un restaurante al que ya había venido hace un par de años con mi padre. La comida es increíble y vamos a ordenar varias entradas para que admiren la riquísima gastronomía que Italia tiene para ofrecer." Narró mientras se paraba frente a la entrada del restaurante y yo me acomodaba mejor todas las capas de ropa que cargo encima.

Mis labios se están resecando y necesito entrar ahora. ¡Calor por favor!

"Sam disfrutó mucho el paseo en Vespa, pero la pobre se está congelando, así que debemos entrar rápido al restaurante. Acompáñennos a comer en esta tarde fría de diciembre en Italia." Me enfocó y yo asentí con la cabeza mostrando todos mis dientes. El restaurante es precioso, por fuera se le nota la antigüedad del edificio, pero por dentro es todo muy moderno. Con espejos en las paredes, pinturas de varios lugares de Italia y un gigantesco candelabro en medio del salón.

Un camarero nos dio la bienvenida y nos acercó a una mesa doble pegada a uno de los enormes ventanales y nos entregó el menú. Todo se ve y suena delicioso. Mi estómago está emocionado y yo también.

—*Benvenuti nel nostro ristorante.* —Dijo una mesera acercándose a nuestra mesa con libreta en mano lista para tomar nuestra orden.

—¿Ya sabes qué quieres ordenar? —le pregunté y él afirmó sin hablar.

—*Sì signora, prima ordiniamo due bicchieri di vino.*

Dijo Brandon y la señora lo interrumpió.

—No sé preocupen por el idioma, les entiendo, entonces dos copas de vino. ¿Desean entradas o de inmediato el plato fuerte?

—Gracias… y sí, vamos a ordenar primero varias entradas. ¿Qué nos recomienda? —pregunté aliviada al poder hablar.

Creo que tomaré un curso online de italiano.

—De entrada tenemos alcachofas fritas, *supplí* al teléfono, bruschettas, bandejas de quesos… ¿Qué se les antoja? —preguntó, sacando un bolígrafo de su delantal y mi estómago rugió.

—Oh. Bueno se me antoja probar las alcachofas fritas, y las bruschettas de queso mozzarella y aceitunas. Ah y si el vino puede ser blanco sería excelente.

Respondí y la señora apuntó todo rápidamente.

—Eso sería todo por el momento, en un rato ordenamos los platos fuertes. —Respondió Brandon, quitándose los guantes de las manos ante la calefacción que ya nos estaba haciendo efecto.

—Excelente, en seguida les traigo la orden.

Nos dejó solos y Brandon me entregó la cámara que estaba grabando y apuntó hacia unos músicos que estaban tocando en la esquina del restaurante una suave música folclórica italiana. El grupo conformado por cuatro hombres canosos sentados en taburetes sonreían felizmente mientras tocaban sus instrumentos.

Uno estaba tocando la ocarina, otro una mandolina, otro unas castañuelas y el último un bloque de madera. —Son muy buenos, de seguro a la gente les va a gustar verlos, —dijo Brandon, enfocando mejor al conjunto.

—Lo sé, la melodía es vibrante y alegre, te transmite su felicidad.

La camarera regresó con las dos copas de vino y minutos después nos trajo las primeras entradas. Brandon se encargó de tomarles fotos, de grabar los platos explicando cada uno y también subió algunas historias a su Instagram recomendando el lugar. Este episodio será más largo de lo normal, espero que a la gente le guste porque estoy cien por ciento segura que se extenderá hablando sobre cada plato.

Se siente como el mismísimo Gordon Ramsey probando y hablando sobre comida.

"Chicos, las alcachofas fritas son un plato típico de la cocina romana, también pueden pedirlas a la romana, es decir, cocidas con aceite de oliva, limón, ajo, perejil y hierba buena." Dijo él, metiéndose un pedazo de alcachofa a la boca.

Son como papas fritas. *"Están deliciosas. Pero mi entrada favorita debo decir que son las bruschettas. Amo las aceitunas y con el tomate y el queso mozzarella es la combinación perfecta."* Dije poniendo mi mano en un puñado y besándola en el aire como un chef.

"Vamos a terminar nuestras entradas y enseguida les mostramos qué ordenamos para el plato fuerte." Culminó él y paró la grabación para seguir comiendo.

Tomé un sorbo de mi vino y miré por el ventanal a nuestro lado con vista hacia la calle. Una familia deteniéndose a llenar varias botellas de metal en uno de los grifos de agua potable que están alrededor de toda Roma captando mi atención. Está lloviznando un poco y puedo ver como la Vespa que está estacionada al otro lado de la calle se empapa con las gotas de lluvia.

La comida está tan deliciosa que continuamos comiendo en silencio, pero un silencio cómodo. Estamos actuando normal, como si nada hubiese pasado en la mañana. Como si hace unas horas no hubiera estado llorando frente al espejo del baño de la habitación que compartíamos. Me siento como dentro de una de mis canciones favoritas, *Deep* de *Julia Michaels*. Trato de idear un enfoque sistemático para amarlo y al mismo tiempo para dejarlo ir, pero es imposible. Porque a veces creo que estoy rota y él me devuelve todos esos sentimientos que creí perdidos.

Y quiero cambiar mi mente, porque él nubla mi juicio cada vez que me ve, cada vez que me mira con esos ojos es mi perdición. Y aquí está, frente a mí, concentrado en su copa de vino como todo un catador, sin remota idea de que me estoy muriendo por dentro. Me siento demasiado orgullosa de él. De esta parte de él que estaba sacando y desarrollando gracias al show.

Elecciones nos está ayudando a ambos a salir adelante, nos está salvando y regalando estos momentos únicos que jamás voy a olvidar.

Brandon siempre ha estado ahí para mí en todo momento y yo para él, incluso cuando terminamos.

Cuando Lily, su madre, falleció estuve ahí junto a él sin despegarme, hasta en el funeral junto a todos sus demás familiares, amigos y colaboradores de las empresas. Es imposible no imaginarlo en mi vida, desde el momento en que lo conocí (por obra del destino) pavimentó su camino dentro de mi alma y jamás se ha alejado. Todo lo que quiero es seguir permaneciendo a su lado por el resto de nuestros días, incluso si no terminamos juntos, con ser su amiga me basta.

—¿Estás bien? Tu nariz está roja y estás lagrimeando.

Preguntó, sacándome de mis pensamientos.

—No es nada, debe ser el cambio de temperatura que me afectó o que me estoy resfriando, hace un rato casi que volábamos en la moto y ahora estamos calentándonos aquí. —Respondí rápido, sin darme cuenta de que estaba empezando a llorar. No puedo arruinar este momento.

—Bueno… si quieres ahora más tarde pasamos por una farmacia para comprarte algo para la nariz. —Sugirió.

—No es necesario, ahorita se me pasa, vas a ver. —Intenté sonreír y tomé un trago bastante largo del delicioso vino blanco espumoso.

—¿Están listos para ordenar los platos fuertes? —preguntó la mesera regresando a nuestra mesa.

—Sí. a mí me gustaría una pasta fetuccini de mariscos. ¿Sam?

—Yo quiero el linguini con mejillones.

—Quiero que brindemos, —dijo levantando su copa, al irse la mesera.

—¿Ahora cada vez que tomemos vino vamos a brindar?

—Así es, ahora levanta tu copa.

—Está bien, ¿por qué brindamos esta vez? ¿Por Elecciones de nuevo?

—No, —se aclaró la garganta y levantó su copa más alto. —Vamos a brindar por este momento, por el presente. Vamos a brindar porque estamos vivos y juntos aquí en este pequeño restaurante en el medio de una de las ciudades más increíbles del mundo. Porque estamos más vivos que nunca y siempre me hará feliz verte feliz.

Respiré profundo y levanté mi copa a la misma altura que él.

—Está bien, brindemos por eso. Pero yo también quiero brindar por este momento y por el futuro. Porque terminemos este viaje juntos y que cuando volvamos hayamos logrado nuestro cometido. Brindo porque siempre estemos juntos no importa en qué contexto y brindo para que algún día miremos hacia atrás y recordemos todo lo que vivimos con mucha nostalgia de lo hermoso que fue.

—Salud por todo.

—Salud por todo. —Repetí golpeando ambas copas suavemente. Brindo porque siempre estemos juntos. Pero que sí importe en qué contexto.

AL TERMINAR DE COMER, PAGAMOS LA CUENTA y salimos del restaurante. Los platos fuertes estaban deliciosos y los mariscos fueron preparados a la perfección. Pedimos de postre dos panacotas de frutos rojos y pedimos un tiramisú igual que el otro día, pero para llevar. La moto no soportaría tanto peso de lo llenos que estamos, cinco estrellas para este restaurante.

Se lo recomendaré a todo el que me pregunte.

—¿Tenemos que devolvernos *ya*? Siento que aún hay cosas por ver.

—¿Qué se te ocurre? —Preguntó poniéndose el casco.

—Bueno la verdad es que quiero hacer algo tranquilo. ¿Te parece si vamos de nuevo a la Plaza de España, pero esta vez nos sentamos un rato ahí?

—Me parece excelente… ahora ponte esto y vamos antes de que se nos vaya la luz del día. —Me entregó el casco y yo asentí riéndome. Subí a la moto después que él y rodeé su familiar cintura con mis brazos aferrándome con fuerza.

Se giró para mirarme y me sonrió con ternura transmitiéndome confianza. No quiero olvidar este momento en todo lo que me resta de vida por favor. Inmediatamente al arrancar el frío viento me pegó fuertemente y subimos nuevamente por toda la Avenida Lungotevere a lo largo del Río Tíber y más adelante pasamos el Museo Nacional del Palacio de Venezzia. Minutos después, logré distinguir la calle por la que entramos el otro día a la Fontana de Trevi y el restaurante en el que cenamos esa noche antes de ir.

—Bueno señorita, hemos arribado a nuestro destino en el centro histórico de Roma, son cinco euros por favor. —Me extendió la mano y yo la acepté.

—Oh vaya caballero, la verdad es que no tengo cómo pagarle, así que se lo debo. O puede arreglarlo con mi acompañante, es millonario, —reí mientras me quitaba el casco y lo dejaba encima del asiento.

—O lo podemos arreglar con ese delicioso dulce que tiene en esa bolsa de papel chocolate.

—Oh no, ni lo pienses, este dulce no es para compartirlo, así que espántate esas ideas de la cabeza. —Bufé, mientras me acomodaba el cabello.

—Hey, —encogió sus brazos. —Tenía que intentarlo.

Caminamos hacia el centro de la plaza y nos encontramos con que está abarrotada de gente, no sé en lo que estaba pensando. Los ciento treinta y cinco peldaños de la escalinata no se quedan atrás, la gente sube hasta el tope por montones para acceder a la iglesia Trinità dei Monti. Brandon sacó una cámara de la mochila y empezó a grabar a la multitud.

"Chicos, hemos regresado a la Piazza Di Spagna, a Sam se le ocurrió que sería una buena idea terminar el día aquí y sentarnos un rato, pero está atiborrado de gente." Dijo riendo y yo giré mis ojos.

"En mi defensa, se me olvida la época en la que estamos." Intenté buscar algún espacio libre en la banqueta de piedra frente a la Fuente de la Barcaza.

"¿Tú? ¿Olvidar que estamos a cuatro días de navidad? Esto sí que es nuevo." Se rió con ganas y me crucé de brazos. El celular de Brandon interrumpió la grabación y detuvo la cámara cuando vio el nombre de Elizabeth reflejado en la pantalla.

—¡Hola Elizabeth! ¿Qué hay? —Brandon la saludó y yo lo arrastré hacia la banqueta rápidamente al ver que una familia se levantó.

—Me alegro mucho, nosotros también estamos bien.

—Dile que le mando saludos.

—Sam te manda saludos… Espera, ¿En serio? ¿Te puedo poner en altavoz para que Sam te escuche? Espero que no haya mucho ruido.

Apretó un botón en la pantalla y se acercó a mí para que ambos pudiéramos hablar en el teléfono.

—Hola Elizabeth! Disculpa el ruido, es que estamos sentados en medio de una multitud en la Piazza di Spagna.

—Hola Sam, no te preocupes. Los llamaba porque le acabo de decir a Brandon que como ya saben hasta hoy graban en Roma. Sé que el tiempo ha sido más corto que en Londres y aún hay mucho más por visitar, pero por las fechas en las que estamos tenemos que avanzar.

—Oh. ¿Entonces viajamos mañana siempre? —preguntó Brandon.

—No. No conseguimos vuelo para mañana, sino para pasado mañana, así que estarán viajando el veintitrés de diciembre. Sé que es una fecha complicada pero el vuelo sale de Roma a las 11:00 A.M y estarían llegando a París a eso de las 1:00 P.M, todo depende si está a tiempo.

—Entiendo. ¿Entonces ya hasta hoy terminamos el contenido de Roma? Porque aún no hemos terminado el vídeo de hoy, así que podemos decirlo en la despedida. —Dije recibiendo la cámara por parte de Bran.

—Sí, háganlo, no hace mucho vi la historia de Brandon y por eso asumí que aún estarían en la calle. Ya quiero ver todo lo que grabaron hoy, después de ver esta mañana la entrevista de la familia en la heladería le chatee a mi novio para decirle que quiero que aprenda a tocar el ukelele.

Ambos reímos y seguimos mirando la pantalla del celular.

—Gracias, esperamos que les esté gustando todo. —Dijo Brandon acomodándose su bufanda. *¿No que el frío era mental, querido?*

—Sigan así chicos, ahora tengo que dejarlos, terminen el vídeo de hoy y se lo envían a Martin. Recuerden mencionar al final a Harrington Enterprises.

—Sí claro, enseguida lleguemos al hotel se los transfiero. —respondió.

—Antes de que cerremos Elizabeth… ¿Entonces podemos salir mañana? —Pregunté intrigada. No quiero quedarme todo el día encerrada en el hotel, tengo ganas de seguir disfrutando de la ciudad, aunque tengamos que correr con nuestros gastos del día.

—¡Ah! cierto, se me olvidaba, gracias por recordarme Sam. Para que no digan que soy mala por tenerlos poco tiempo en la hermosa tierra de la pasta, aunque sé que no lo soy, les conseguí dos boletos para una preciosa obra de teatro que estoy segura les va a encantar. Ah y no está completamente en italiano Sam así que no te preocupes. Es mañana a las siete de la noche en el Teatro dell'Opera.

Les voy a estar enviando los boletos por email.

—Listo, allí estaremos. Gracias, eres la mejor, en serio. —Respondió Brandon.

—¡Gracias Elizabeth, te enviaremos fotos! —exclamé.

—Ni se preocupen por grabar ni tomar fotos amigos. Tómense un descanso de las cámaras y disfruten mañana, que se vienen días de mucha grabación en París en navidad. Cuídense. ¡Hablamos pronto!

Dicho esto último, cortó la llamada y miré a Brandon.

—Así que ya nos queda solo hoy y mañana aquí... —suspiré, mirando al suelo, no quiero dejarte Roma.

—Anímate, todavía nos queda un día más. Podemos pasear un rato sin tener que cargar con esta enorme mochila y luego regresar para arreglarnos para la Opera.

—Nunca he ido a una Opera, va a ser muy interesante. Asumo que es igual de parecida que el teatro.

—Yo tampoco he ido a una, así que no te preocupes por eso. Ahora levántate que tenemos un vídeo que terminar. —Dijo mientras se paraba de la banqueta y me extendía la mano para ayudarme.

Encendí la cámara y él se colocó a mi lado.

"Hemos llegado a la parte final de nuestra aventura por Roma, una ciudad histórica, única y con una de las mejores gastronomías del mundo. ¡Se pasó demasiado rápido! Pero, esperamos les hayan gustado todos estos vídeos que hemos elaborado con mucho cariño para ustedes." Habló él sonriente.

"En el siguiente episodio se encontrarán con un país que de seguro les va a encantar y que también tiene mucha comida deliciosa. ¿Adivinan cuál es?" reí y Brandon bufó.

"Sam, en serio eres muy mala dando pistas. Pero sí, estamos seguros de que lo van a disfrutar tanto como nosotros." Afirmó y yo asentí.

"Ahora para terminar, los voy a dejar con uno de mis icónicos bailes ya que vi que les encantó el que hice en Abbey Road, por lo que no los voy a dejar con ganas de más. Qué mejor manera de culminar este destino."

Reí y lo miré confundida.

Eso fue inesperado. *"Estás loco Bran."*

"Muy loco, pero a nuestros seguidores les encanta," dijo riendo y sacó su celular del bolsillo.

"¿Y qué vas a bailar si se puede saber?"

"Una de mis canciones favoritas… Under Pressure."

"Ay, ¡me encanta! También es de mis favoritas." Respondí emocionada y el corrió hacia las escaleras.

Brandon le dio play a la canción y empezó a bailar frente al primer escalón de la escalinata, moviendo sus caderas como el mismo Freddy Mercury. Me estaba aguantando la risa para no arruinar la grabación, pero es imposible, está canalizando a Freddy y a David Bowie al mismo tiempo.

Las personas que caminaban a nuestro alrededor se detuvieron para verlo bailar y cantar la canción con mucha emoción. Hacía la mímica de una guitarra y su mano recorría su cabello hacia arriba como toda una estrella de rock que bajaba a tomar su micrófono del soporte.

Se subió cuatro escalones y algunas personas sacaron sus teléfonos para empezarlo a grabarlo igual que yo. Todo el mundo aplaudiendo al ritmo de la música, otros cantando y otros disfrutando del show.

"¡Gracias Roma! ¡Han sido un público increíble! No lo olviden 'Give love' siempre." Gritó cuando la canción finalizó y le lanzó un beso a la cámara.

"Luego de este fabuloso espectáculo, les damos las gracias como siempre a Harrington Enterprises y Editorial Nuevos Mundos y a ustedes por acompañarnos una vez más en este que fue el octavo episodio de Elecciones. Nos vemos en la próxima."

Terminé deteniendo la grabación y Brandon caminó hacia mí.

El resto de la multitud retomó su normalidad dispersándose y un par de personas le pidieron fotos.

Eso fue más divertido de lo que pensé.

—¿Y ahora qué estrella de rock? —Pregunté mientras caminábamos hacia la Vespa y el colocó su brazo sobre mis hombros.

—Nos vamos al hotel. Tenemos una moto que devolver, un Tiramisú que devorar, vídeos que enviar y maletas que empacar.

17. TEMPESTAD

Hay ocasiones donde tengo pesadillas recurrentes durante una temporada. Otra vez soñé con la misma pesadilla que tuve en Londres. Ya saben, en donde estaba en otro hotel diferente al nuestro y podía sentir el muro sobre mí.

La diferencia es que en esta ocasión logré despertarme sola, aunque agitada y con el corazón latiendo a mil por segundo.

El lado bueno es que estoy segura de que no grité ni nada, porque Brandon sigue profundamente dormido en su cama. Miré el reloj de mi celular y la pantalla refleja las seis de la mañana. Me levanté al baño de la manera más cuidadosa posible y me senté en el inodoro soltando mi pelo recogido. Me duele la cabeza a otro nivel y mi ritmo cardiaco ya está regresando a la normalidad.

Respiré profundamente y traté de poner mi mente en blanco, tengo que relajarme. La pesadilla ya terminó y no es real. Necesito un té de manzanilla, pero tendré que esperar hasta el desayuno para tomarlo en el restaurante.

Bajé la cadena y me miré en el espejo, tengo el cabello despeinado y unas ojeras que me hacen parecer como si no hubiera dormido en una década o fuera parte de la Familia Adams. Lo volví a recoger, aunque ahora en una cola de caballo y me eché agua del grifo en la cara.

Está congelada pero ya no volveré a dormir, así que ya no me queda más que despertar por completo. Salí del baño y miré hacia la cama de Brandon en la que aún seguía profundamente dormido.

Caminé hacia la ventana, abrí un poco la cortina y el poco sol que recién se cuela en la ciudad del amanecer hace que esta se vea más hermosa de lo que es. Desde el día que llegamos las cortinas han permanecido cerradas y no he tenido tiempo de admirar la vista. Frente a nuestra habitación se ve una pequeña iglesia adornada con flores color amarillo, y varios árboles a su alrededor que le hacen sombra.

A su lado hay un edificio residencial más pequeño con balcones y más abajo un pequeño parque con juegos para niños.

—Si vas a abrir las cortinas, ábrelas por completo, ¿no?

Dijo Brandon riéndose y yo me voltee asustada poniéndome la mano en el pecho. —Me espantaste… —susurré.

Vaya manera de alborotar mi pulso de nuevo.

—Lo siento, es que te vi tan entretenida mirando la vista que no quise interrumpirte, llevas bastante tiempo ahí parada. –Se sentó estirándose y se quitó las sábanas de las piernas. —Buenos días.

—Ni tan buenos, llevo buen rato despierta. —bufé y me senté en el borde de su cama. —¿Qué hora es? —Pregunté y revisó su celular.

—Van a ser las ocho.

—Estoy despierta desde las seis, —me tiré sobre una almohada suspirando fuertemente. —Me desperté de la nada.

—Ouch, ¿y eso?

—Tuve la misma pesadilla que el otro día… exactamente lo mismo.

—¿Qué? No te escuché, me hubieras despertado. ¿Quieres contarme de qué fue?

—No, ¿cómo crees? No fue nada. Estoy bien y no, no quiero hablar de eso. Ya pasó. –me senté, me incorporé nuevamente y le toqué el brazo. —En serio ya estoy mejor, quita esa cara.

—Bueno si tú lo dices… —se puso de pie y me miró divertido.

—¿Qué tengo? —pregunté. —Sé que este pijama tiene todos los años del mundo, pero es lo más cómodo que existe en todo el universo.

—No te iba a decir nada del pijama, pero ahora que lo dices tiene un huequito en el hombro. —Se burló y yo me crucé de brazos.

—¿Qué me ibas a decir?

—El plan de hoy. Después de que bajemos a desayunar regresamos aquí, nos arreglamos, terminamos de empacar y salimos. Vamos a pasear por la ciudad una última vez sin tener que preocuparnos por trabajar al fin.

Respondió con una sonrisa tan grande que hacía que sus hoyuelos se notaran más pronunciados. —Si hay algo que he notado es que siempre eres el capitán de todas las actividades que hacemos en el día y siempre logras elaborar planes perfectos, —me puse de pie acercándome a él.

—¿Y te molesta? Porque si no te parece podemos quedarnos aquí perdiendo el tiempo hasta que sean las seis y tengamos que salir para el teatro. —resopló y se volvió a acostar.

—Al contrario, me encantan tus planes y me hacen muy feliz, solo estaba elogiándote. —me senté a su lado.

—Te creo... ahora joven Sam, si no tiene más nada que decir vamos a bajar a ingerir el alimento más importante del día y luego nos vamos a turistear como los dioses romanos mandan.

Se puso de pie rápidamente y yo lo seguí poniendo mi mano acostada con los cuatro dedos sobre mi frente en señal de respeto.

—Como usted mande, capitán.

A L TERMINAR DE DESAYUNAR Y ARREGLARNOS, salimos del hotel y tomamos un taxi. Aún no tengo ni idea de hacia dónde vamos y no me importa. Después de tantas buenas sorpresas, ya plasmo mi total confianza en las decisiones que Bran tome. Al final del día siempre logrará sorprenderme, igual que cuando recién empezábamos a salir.

Se aparecía por mi dormitorio de la universidad con películas para hacer maratones, me dejaba notas debajo de la puerta y a veces me sorprendía en medio del campus con flores. Las citas que preparaba siempre excedían mis expectativas y en toda ocasión da los mejores regalos. En fin, es un experto.

—*Via di San Gregorio perfavore, signore.*

Pidió Bran al entrar al taxi y yo lo miré intrigada.

—¿A dónde vamos?

—A un lugar en el que estuvimos el otro día, pero no vimos completo…

—Okay… Si mi memoria no me falla, fue el Coliseo. Hicimos el tour por dentro pero no por los alrededores.

—¡Ding ding ding! Tenemos una ganadora aquí señoras y señores.

Enfatizó alzando los brazos.

—Ah bueno, entonces vamos a recorrer El Fórum Romano.

Saqué mi celular del bolsillo para tomarnos una selfie e hizo una reverencia. —De nuevo acertaste, pequeño saltamontes.

—¿Cómo que saltamontes? ¿Me estás diciendo insecto? Pero qué ofensa… —hablé en tono molesto, mirando hacia la ventana y me puse una mano encima de mi boca jugando. —¡No! Nunca, para nada… uhm… yo… —se rascó la nuca, nervioso y yo me tiré la carcajada más grande la historia. —¿Ah?

—Te estoy jodiendo. —Lo empujé un poco con el hombro y él se puso la mano en la cara. —Por alguna extraña razón me lo creí y pensé que te habías molestado en serio. —Suspiró aliviado y yo me reí entre dientes.

—Ay querido Bran, ¿en serio crees que molestaría por un comentario tan tonto como ese? Se ve que no me conoces.

—Te conozco mejor de lo que piensas.

—¿Ah sí? Pruébalo. —Crucé mis brazos, acercándome a él. —Te reto.

—En serio, ¿me estás retando a mí? ¿A mí? ¡JA! Permíteme reírme ahora de verdad. —Negó con la cabeza y trajo de vuelta su risa de Hades.

—No tienes nada que perder Bran, ¿o te da miedo? —las comisuras de sus labios se levantaron suavemente y su sonrisa picarona se asomó.

—¿Quieres apostar? —preguntó seriamente.

—Sí.

—Bien. Si yo gano tendrás que responderme una pregunta sin oponerte. Tendrás que responderla honestamente y sin rodeos.

—¿Y si yo gano? —cuestioné, guardando mi celular en el bolso.

—Tendré que hacer una penitencia, algún reto que se te ocurra y no podré zafarme.

Oh vaya que esto será interesante. Obviamente yo ganaré.

No hay manera de que alguien me conozca mejor que yo. —Es un trato. —Levantó su mano para cerrar el negocio y el taxista se detuvo.

—*Siamo Arrivati, a quattro euro.* —dijo el taxista y Brandon le entregó los billetes. —*Buona giornata.*

—*Grazie,* —dijimos al unísono, bajándonos del auto.

—Entonces, ¿cómo vamos a hacer esto? —pregunté.

—Primero enfoquémonos ambos en disfrutar el paseo, ¿está bien?

Sonrió poniendo su brazo sobre mis hombros.

—Está bien, pero no te vas a librar de esta apuesta, aunque sea lo último que haga. Levanté mi dedo índice y lo señalé seriamente.

—No te preocupes. ¿Crees que se me va olvidar? Sé que voy a ganar, además tengo la victoria servida en bandeja de plata.

—Ni te atrevas a cantar victoria todavía y ve preparando tu mejor disfraz de conejo. —Me miró asustado y yo me reí con fuerzas. Este hombre no tiene ni la menor idea de lo que le espera.

Distrayéndome del tema, me arrastró hacia las escaleras de la Plaza de Santa Francesca Roma dentro del Foro Romano. No sé cómo el otro día que estuvimos aquí al lado en el Coliseo no lo visitamos, es majestuoso.

Según uno de los panfletos que nos entregaron en la entrada de las ruinas, esta plaza fue el centro de todas las actividades importantes dentro de las que se desenvolvía la Antigua Roma. Discursos, juicios criminales, peleas de gladiadores, comercio, todos estos eventos ocurrieron durante siglos (A.C.) en este lugar. Todo es tan antiguo que no quiero tocar nada, siento que si pongo mi mano sobre alguna de las piedras se volverá polvo.

—Ven, vamos a entrar al templo. —dijo acercándose a mí, con su celular en la mano. Está tomándole foto a todo. Definitivamente extrañaba grabar.

—¿Ah sí? —pregunté caminando tras de él.

—Sí. No todos los días tienes la oportunidad de ver la arquitectura del año 121.

—No sabía que era tan antiguo, bueno me lo imaginé, pero es

increíble ver en persona cómo construían en ese entonces. Tan solo mira las columnas que aún se mantienen de pie después de siglos y siglos...

—Lo sé, pero lo más fascinante es la historia tras él. ¿Sabes por qué se llama el Templo de Venus y Roma?

—Nop.

—Porque es un templo doble. Un templo está dedicado a *Venus* en su versión de Venus Felix y el otro a Roma Aeterna, la diosa de la ciudad. Y el Emperador Adriano en el año 121, que fue el que ordenó su construcción y diseño, decidió poner a las dos diosas espalda con espalda en un solo templo juntas para crear una simetría entre los nombres. Porque Roma al revés es *amor* y Venus era la diosa del amor.

—Wow... —susurré.

—Lo sé, te deja una perspectiva diferente de ellos durante la época.

—Sí...

Al terminar de recorrer el resto del templo, bajamos a caminar por la *Vía Sacra* y caminamos en línea recta hasta llegar al Arco de Constantino donde nos detuvimos frente a la cerca que lo rodea para tomarnos más fotos.

Está haciendo muchísimo frío y mi bufanda no está realizando su trabajo como debe, hasta mis orejas se están congelando. El cielo gris está cubierto de nubes como si fuese a llover, pero las calles siguen repletas de gente, en su mayoría turistas igual que nosotros. Brandon me dijo que me colocara frente al arco y él se alejó algunos pasos para captar todo el monumento dentro del encuadre. Luego yo hice lo mismo con él y al terminar nos tomamos una selfie con el monumento detrás de ambos.

Debo resaltar que quedaron espectaculares con los árboles de fondo y aunque se vean un poco oscuras, no importa. Igual las subiré todas a mis redes.

—Sobre este arco sí conozco, es uno del triunfo militar dedicado a Constantino I. —Dije orgullosa.

Brandon no es el único al que le gusta la historia.

—Sí. De este no conozco mucho, pero creo que fue para celebrar la victoria de una batalla. —respondió mirando la hora en su reloj. —Creo que es hora de almorzar.

—¡La mejor hora del día! —levanté mis brazos celebrando y él se rió, negando con la cabeza. —Y sí, fue la Batalla del Puente Milvio.

—Siempre que vamos a comer es la mejor hora del día para ti.

—Obviamente. ¿A dónde iremos?

Pregunté mientras mirábamos a ambos lados antes de cruzar la calle.

—Debe haber algún restaurante por aquí cerca, creo que del otro lado del Coliseo hay algunos. —Respondió y cruzamos la calle en dirección hacia la vía Cielo Vibenna. Encontramos un restaurante con terraza y vista al Coliseo muy bonito. En tiempo de verano sentarse al aire libre debe ser un sueño, pero en estos momentos creo que moriré de congelación si lo hacemos.

Un amable joven nos llevó hasta una mesa doble que estaba desocupada en el centro del local y nos ofreció los menús. Todo se ve delicioso, pero la verdad es que tengo ganas de comerme una pizza tradicional. No sé por qué no lo había hecho antes, desde que llegamos estaba antojada de probar una pizza original, del propio lugar en el que las inventaron.

Brandon ordenó para él una pizza amatriciana con tomate, tocino y queso pecorino y para mí una pizza gamberi con gambas, queso mozzarella y calabacines. Y no decepcionó, la comida estaba riquísima; desde el pan de la casa que nos trajeron para acompañar la comida (que les juro que es el pan más delicioso que he probado en toda mi vida) hasta el vino con el que acompañamos la comida. Extrañaré tomar vino con todas las comidas, es un arte que los italianos tienen dominado realmente. Sin embargo, los vinos franceses también son muy ricos y es obvio que tendremos que probarlos.

—¿Quieres postre? —preguntó Bran, mientras el mesero retiraba nuestros platos.

—Claro que quiero postre, eso no se pregunta. ¿Ves que no me conoces tan bien? —Levanté las manos victoriosa y él negó con la cabeza riendo.

—Esto no es parte de la apuesta, además solo te pregunto porque no sé si quieres que nos vayamos ya. Tenemos que regresar al hotel con suficiente tiempo para arreglarnos.

—Oh, bueno está bien. Pero que no se te olvide que sigue pendiente mi victoria. —Tomé un poco de agua y mordisqueé el hielo.

—¿Quieres postre o no? —preguntó con tono serio.

—Sí, sí quiero. Pero no tiramisú por favor, hemos comido suficiente.

—Bueno, voy a pedir la cuenta y una orden de cannolis para llevar. Nos los podemos comer por el camino al hotel.

Nuestro trayecto hacia el Teatro de la Opera fue toda una odisea, y eso que estábamos cerca. Al terminar de vestirnos en la habitación decidimos irnos a pie, ya que luego de una pequeña búsqueda por Internet descubrimos que queda a tres calles de nuestro hotel. Lo que no esperábamos fue que empezó a lloviznar a medio camino. Nos tocó prácticamente correr para no mojarnos y llegar haciendo el ridículo todos empapados.

Mostramos nuestras entradas digitales en la taquilla y nos dejaron entrar inmediatamente, entregándonos los programas de mano. No tengo la menor idea de cómo Elizabeth consiguió todo esto, pero nos dieron el trato V.I.P que estoy segura les dan a las estrellas de Hollywood. Con solo decirles que hasta nos escoltaron a nuestros asientos, que vale destacar están en la cuarta fila de la platea. Este teatro es enorme, a comparación de los de Broadway que son más pequeños. Fue inaugurado en 1880 y por dentro su diseño es hermoso. En el vestíbulo tienen un enorme árbol de navidad decorado con ornamentos rojos y plateados.

Los palcos están cubiertos con paredes de terciopelo rojo y por fuera los adornan acabados dorados. Del techo cuelga un gigantesco candelabro redondo y de fondo hay una pintura muy peculiar que no sé cómo describir, pero bella.

—Qué teatro más hermoso, me siento dentro del Fantasma de La Ópera, —dije y Brandon se rio entre dientes. —¡Canta para mí!

—Lo sé, no había entrado nunca a un teatro así, —respondió leyendo el programa de mano. —Además, no he visto tampoco ninguna puesta en escena de Shakespeare.

—¿En serio? ¿Qué? ¿Cuál es? –Abrí el programa de mano y rápidamente leí el título. *La Tempestad* y jadeé en emoción. Una de mis favoritas.

—¿Es buena?

—Muy buena. La leí en la universidad en una de mis clases, te va a gustar. Mi personaje favorito es Miranda, la hija de Próspero.

—¿Y de qué trata? Me vas a tener que explicar porque puede que no esté en italiano, pero el idioma shakesperiano es complejo.

Dijo bajando la voz. Nuestra fila se empezaba a llenar y estoy segura de que no quiere que nadie lo regañe por estar preguntando sobre la obra en medio del acto. —Es una tragicomedia mágica que narra la historia de Próspero, el duque de Milán, que fue exiliado por su hermano Antonio de su reino y condenado a vivir en una isla lejana junto a su hija Miranda. La historia empieza cuando naufraga la embarcación en donde viajan Antonio, el rey Alonso duque de Nápoles, Ferdinand, el hijo de Alonso y su séquito en una tormenta causada por el poder de Próspero que busca venganza. Por eso terminan todos en la isla.

Le expliqué prácticamente susurrando para que nadie más escuchara.

—¿Entonces hay magia? —consultó intrigado.

—Sí, y es muy interesante porque Próspero con un cetro mágico logra controlar toda la isla y ejerce su poder.

Las luces se empezaron a apagar anunciando la tercera llamada y todo el teatro quedó en silencio. —Espero que me guste, —susurró en mi oído.

—Estoy segura de que sí.

La obra empezó inmediatamente con la tormenta en donde el buque naufraga y Miranda está indignada con toda la destrucción que causó su padre. Él le explica toda la historia de cómo su hermano lo traicionó y ella está muy molesta, por lo que Próspero la duerme en la playa. La orquesta resuena fuertemente en el teatro y la acústica es majestuosa.

Te hace sentir verdaderamente dentro de la representación. De cuando en cuando miro a Brandon de reojo y su cara de fascinación es única. Está tan concentrado captando cada detalle que mi corazón se llena de emoción. Amo a Shakespeare.

¿Recuerdan cuando les conté que el primer libro que leí cuando estaba chica fue *Sueño de una noche de verano*?

Bueno, aún tengo la edición en el pequeño librero de mi habitación. Mis personajes favoritos siempre fueron Titania y Hermia.

—¿Ese es Ferdinand?

Preguntó Brandon con voz baja señalando al actor durante la escena en que Ariel, el espíritu del aire y sirviente de Próspero (a la que tiene controlada luego de haberla salvado de un hechizo), salva a toda la tripulación del barco. Cuando Ferdinand llega a la isla, encuentra a Miranda durmiendo en la arena.

—Sí, —respondí tratando de contener una risita.

—Mira como la mira… ¿Terminan juntos? Porque puedo sentir la atracción que se tienen el uno por el otro.

—¿En serio esperas que te cuente toda la obra? Por favor, mírala.

Reí suavemente y puse la mano sobre mi boca al verlo girar los ojos haciéndose el amargado. Al terminar el primer acto encendieron las luces durante el breve intermedio y Brandon se levantó a buscarnos algo de tomar. Saqué mi celular y tomé algunas fotos del techo del teatro para publicar en mis historias.

Les escribí a mis padres para que sepan que mañana viajamos hacia Francia y le dejé un mensaje a Rosie para preguntar cómo está, el cual me respondió de inmediato diciendo que está bien, pero en ensayo. También que no me olvide de sus souvenirs. En vez de estar concentrada está chateando, esta chica no cambia. —No tienes idea de la clase de fila que hay en el bar, todo el teatro está allá prácticamente y creo que ya está a punto de terminar el intermedio. Toma, te traje un vino tinto, no sé ni de qué clase es, pero está rico.

Me entregó una copa llena hasta casi el tope y yo lo miré divertida.

—Ah, exactamente lo que necesitaba, pero esto es demasiado, no quiero repetir otra vez ir en un vuelo con resaca, por favor.

—Así me la sirvieron, si es de consolación la mía está igual. De todas formas, si te la tomas con calma no creo que se te suba tan rápido a la cabeza. —Sacó la lengua burlándose y yo suspiré derrotada tomando un sorbo. —Además, se ve que lo necesitas, Miranda.

Me quedé en silencio después de su comentario y la primera parte del segundo acto inició. La orquesta retomó su poder y los actores shakesperianos volvieron a aparecer en el escenario. Luego de un rato mi corazón empezó a latir rápidamente.

No sé si es el vino el que me está haciendo un efecto contrario de relajarme o es la escena que viene a continuación lo que lo está causando.

Esa escena… Cuando Ferdinand y Miranda profesan su amor el uno por el otro. Mi escena favorita que nunca he visto en vivo.

"Pero contigo es diferente, ¡ah, tú!, tan perfecta y sin ningún rival en el mundo, que fuiste creada de las mejores cualidades de todas las creaturas."

Dijo Ferdinand expresándole su amor a Miranda fijamente.

Miré a Brandon acomodarse en su asiento mientras tomaba un sorbo de su trago, se ve tenso. *"En el mundo no deseo más compañero que tú; y no puedo imaginarme a ninguno que me guste más que tú."*

Respondió Miranda mientras Ferdinand la tomaba de la mano. Mi labio empezó a temblar al ver la escena.

¿Por qué Brandon me llamó Miranda? ¿Acaso él quiere ser Ferdinand?

Mierda. No puedo hacer esto aquí, no puedo descomponerme y correr hacia el baño sin que nadie se dé cuenta. Es como si Shakespeare se estuviera burlando de mí desde la tumba con sus palabras. En serio, siento como si me las estuviese diciendo directamente a mí. Respiré profundamente tratando de que contenerme y bebí un poco más del vino. Tiempo después, casi al término de la obra, ya me había calmado. Aunque estoy segura de que puedo ponerme a llorar en cualquier momento, lo cual es irónico, pero no hay nada que pueda hacer al respecto. Estoy así por mi propia culpa, pero ya no puedo más.

Contener esta carga en mi corazón me está matando, tengo que decírselo, he pasado demasiado tiempo con esto guardado.

Pero ¿y si él no siente lo mismo por mí? Jamás me perdonaré arruinar la amistad que tanto nos ha costado retomar y tal vez ahora sí lo perdería para siempre.

Próspero le pidió disculpas a la corte y renunció a sus poderes mágicos, perdonó a sus enemigos y liberó a Ariel. Toda esta manera en la que Próspero perdonó y se arrepintió de todo lo que había hecho me dejó un gran sentimiento de culpa y me conmocionó.

Algo que siempre me dio miedo fue que me causaran dolor a mí, que jugaran conmigo igual que Próspero lo estaba haciendo con los tripulantes del barco para desquitarse, castigándolos.

Y yo lo había hecho, yo soy una especie de Próspero causándome el dolor a mí misma y a los demás, solo que sin poderes obviamente. Yo le causé dolor a Brandon, yo le rompí su corazón, yo soy la única culpable de que se hubiera alejado de mí, yo perdí su amor por una tontería que tenía solución.

Separarnos no fue la mejor decisión, de eso estaba clara, pero yo la había tomado sola sin darle una oportunidad a lo que él quería. Él siempre se ha desvivido por mí, ¿y así le pagué? No puedo creer lo egoísta que fui y sigo siendo solo por querer cumplir *el sueño de mi vida.*

Oh wao Sam, que bien que te ha resultado el sueño de tu vida, ¿no? Puedes perderlo de la noche a la mañana, pero eso no lo has tomado a consideración, ¿cierto? Estás viviendo el karma más grande de la historia ahora. Él siguió con su vida y tú ahora estás en el limbo. En todos los aspectos de mi vida estoy en una encrucijada en la que no sé si podré avanzar.

Los aplausos del público me sacaron de mis pensamientos y me terminé lo poco que me quedaba del vino mientras la sala se empezaba a vaciar. Brandon se levantó de la butaca y empezó a caminar hacia la salida del teatro y yo lo seguí en silencio. Sigue lloviznando y debemos irnos a pie hacia el hotel. Solo espero que este clima tan horrible no nos enferme. Subimos unas escaleras que dan hacia la acera de la calle y ahí él me detuvo. Tragué fuertemente y miré hacia el cielo, no puedo hacer esto ahora. *No.*

Es tarde, alrededor de las once de la noche y las nubes grises siguen extendidas en el cielo tronando. Algunos arbustos a nuestro alrededor están decorados con luces navideñas y los altos faroles de la plaza frente al teatro encendidos. Todos decorados y forrados con cinta color rojo y dorado. No quiero hablar, lo único que necesito es llegar al hotel, darme una ducha caliente y dormir para viajar en la mañana.

—¿Te pasó algo? Estás muy callada desde el intermedio. ¿Dije u ocurrió algo malo? Si es así, lo siento. —Dijo él tocando mi brazo, causándome un escalofrío. Ya el frío de Roma no era nada comparado con esto que estoy sintiendo.

—No. No me pasa nada, vámonos rápido que es tarde y mañana tenemos que viajar. –respondí y empecé a caminar rápidamente.

—Detente, sé que te pasa algo Sam. Tú hablas hasta por los codos. Te veías tan feliz viendo la obra y sé que algo hizo que cambiaras tu humor de repente porque no eres así.

—No insistas por favor y vámonos.

Continué mi paso y me tomó del brazo suavemente suplicando.

—Háblame por favor, no puedo estar tranquilo si te hice algo.

—¡Brandon no! No me hiciste nada. ¿Qué parte de que estoy bien no entiendes? Solo estoy cansada y ya, solo porque deje de hablarte o decirte algo un momento no significa que me pase algo. ¡Ya no soy esa niña a la que tuviste que salvar hace varios años! ¡Tienes que parar de querer cuidarme en todo momento como si fueras mi papá! — Respondí gritando y perdiendo el control.

Puse mi mano sobre mi boca y me arrepentí inmediatamente de todo lo que dije. Me pasé, no puedo creer que hice eso. ¿Qué mierda me pasa? Soy un asco de persona, él no se merece esto. Brandon quitó su mano de mi hombro estremeciéndose y pude ver como sus ojos se llenaron de dolor y su semblante cambió por completo. —Brandon... yo... —susurré, acercándome a él y se alejó dando un paso hacia atrás. —Tienes razón... parece que no te conozco, Samantha.

Dijo volteándose y empezó a caminar por la acera.

Sentí como si el mundo se me viniera encima.

¿Qué demonios me pasa? Soy una descarada y una terrible persona.

Él solo se preocupa por mí, ¿y así es como le pago? No lo merezco. Otro trueno resonó en el cielo y empezó a llover ahora con más fuerza. El karma dándome la cachetada que me merezco.

¿Es en serio? ¿Ahora destino? El cliché de los clichés más grandes del mundo. Te quito los kudos que te di por esta mala jugada.

—Brandon, —dije y el siguió caminando ignorándome mirando hacia el suelo. —¡Brandon! —volví a gritar desesperada y siguió caminando.

—¡Brandon por favor! Discúlpame, soy una imbécil. —Las lágrimas empezaron a caer por mi rostro y un nudo se formó en mi garganta. — ¡Brandon tienes que escucharme por favor! —volví a gritar y se volteó caminando molesto hacia mí. Su cara estaba roja y también estaba llorando. *Dios... qué he hecho.*

—¿Qué me vas a decir ahora Samantha? ¿Que lo sientes? ¿Que prometes no volverlo a hacer? ¿Que te perdone? ¿Que esto es lo mejor para ambos? Ya no puedo más Sam... He intentado por mucho tiempo estar bien y no puedo más. ¡Ya es suficiente! —Se acercó a mí, evidentemente enojado.

—Yo...

—¿Qué quieres decirme ahora eh? ¿Qué tus palabras eran broma? Siento como si me hubieran enterrado una navaja en el corazón. Solo trato de cuidarte porque me importas y, ¿en serio así es como te sientes? Pues felicidades, conseguiste todo lo que querías, alejarme.

Me gritó de vuelta con ira en los ojos y su mano en el pecho.

Sus palabras hacen que me falte la respiración y no puedo soportarlo, pero este es mi desastre y tengo que repararlo. Soy una egocéntrica, una mala amiga, fui una mala novia de eso estoy segura y lo he tratado extremadamente mal en todo sentido. ¿En qué me he convertido?

—Solo traté de hacer lo correcto...

—¡Deja de controlar lo incontrolable! —gritó exasperado.

—Ganaste la apuesta...

—¿Qué? —Preguntó incrédulo, con un galillo de voz y casi sin aire.

—Que ganaste la apuesta. Me conoces mejor que nadie más en este maldito mundo y no puedo seguir engañándote, ya no más. Te he mentido demasiado. —Limpié mis mejillas con la manga de mi abrigo que estaba empapado y me acerqué a él. —¿Cómo me estás *engañando*? —preguntó, mientras ponía una mano sobre su boca, claramente no fueron las palabras correctas y mil escenarios debían estar pasando por su mente. Bueno aquí va, respira

Sam, puedes decírselo, no importa si después de esto te termina odiando.

—Te he estado engañando desde hace un tiempo diciéndote que estoy bien... pero en realidad no lo estoy, no lo he estado en buen tiempo. Nada de lo que te grité es en serio, así que por favor no creas mis palabras. Eres lo mejor que me ha pasado en mi puta vida y estoy agradecida de que siempre has estado para mí... solo que no lo he sabido valorar.

—¿Qué quieres decir? —Preguntó.

Llené mis pulmones de aire y tomé valor para mirarlo directo a los ojos. —La única verdad es que... sigo enamorada de ti.

Todo a nuestro alrededor se detuvo y paré de respirar. Algunos autos que pasaban por la calle salpicaban el agua de los charcos hacia nosotros.

—¿QUÉ? ¿Me estás hablando en serio? Sam yo tamb... —

—Por favor, —levanté mi mano para que me dejara terminar. Sino no es ahora, no es nunca. —Soy una imbécil y rompí tu corazón... te perdí por una idiotez mía y jamás me lo voy a poder perdonar.

—Sam...

—Pero no te puedo seguir engañando diciendo que nada puede pasar entre nosotros, no puedo seguir engañándome yo misma diciéndome que no te amo, porque nunca he dejado de amarte. No es justo guardarme este secreto.

—¡Sam! —gritó y paré de hablar. —He esperado tanto tiempo para escucharte decir todo eso.

—Lo siento por decirte todo esto hasta ahora, porque sé que tú no me amas ya que seguiste adelante. ¡Por Dios! Tú estás con Cherry y yo te estoy diciendo esto. Sé que solo podemos ser amigos, pero tenía que decirlo, este secreto me está consumiendo. Me ha estado matando lentamente por un largo tiempo y simplemente exploté... espera, ¿qué dijiste?

Hablé rápidamente y miré hacia el suelo. Las lágrimas empezaron a salir de nuevo y sollocé. No me quiero ilusionar de nuevo... por favor.

—Oh Sam... —enrolló mis brazos entre sus manos y yo levanté mi cabeza. —¿Recuerdas el día en que prometimos que este viaje *solo* sería de *negocios*? ¿Y nada más que eso? —Preguntó y yo asentí con la cabeza.

Qué promesa más tonta, es obvio que la rompimos desde el principio.

—Bueno. Ese día yo te iba a contar que había terminado todo con Cherry el día que salí de tu departamento después de desayunar. Pero tú me dijiste que no podía pasar nada entre nosotros por nuestra historia y hasta ahí llegaron mis planes de decirte todo lo que sentía antes de emprender un viaje juntos. Por eso no te dije nada cuando me preguntaste que si seguía con Cherry.

Jadeé sorprendida y sentí como mi corazón empezaba a latir como si estuviera cuesta abajo en una montaña rusa.

—¿También recuerdas hace unos días nuestra última noche en Londres? Bueno, la verdad es que no creo que te acuerdes porque tomaste demasiado. Pero esa noche estabas tan borracha que me pediste que bailáramos y me llevaste hasta el centro de la pista.

Continuó hablando y mi respiración se cortó. ¿Yo? ¿Está hablando de la misma persona? ¿Yo bailé? Eso solo pasa cuando estoy intoxicada.

—¿Yo te saqué a bailar?

—Así como escuchas. —limpió las lágrimas de mi rostro.

—Cuando estábamos en medio de la pista me confesaste que jamás habías dejado de amarme y que el día anterior, cuando fuimos a la entrevista a casa de Alice decidiste decírmelo, pero no te atreviste.

Replicó bajando la voz y yo me quedé sin palabras, ¿yo hice todo eso? ¿Y lo olvidé? Dios, en serio que soy la imbécil más grande del mundo.

—¿Y después de eso… hice algo más? —Pregunté esperanzada de que fuera todo, estoy demasiado avergonzada. Tierra si estás escuchando todo esto, por favor abre un hoyo sin fondo para que me tragues y pueda desaparecer. *Gracias.*

—Me besaste.

Espera… ¿QUE YO QUÉ? Retrocedamos un poco… ¿Lo besé?

Yo lo besé y no me acuerdo. Mierda, eso es lo que soy. Una reverenda mierda. ¿Cómo rayos uno puede olvidar un beso de Brandon Hecox? No entiendo.

—Yo… no sé qué decir. Pero ¿si te lo dije por qué no me dijiste nada?

Susurré y mis lágrimas se mezclaron con las gotas de lluvia. Negué con la cabeza mirando hacia el cielo que nos estaba empapando.

Qué les dije, cliché.

—Porque tenía miedo. No sabía cómo reaccionarias si te decía lo que hiciste. Eres muy impulsiva a veces y no sé, pensé en todos los escenarios posibles cuando estábamos en el vuelo para venir acá a

Roma. Decidí que mejor sería esperar a terminar el viaje para decirte todo.

Miré hacia el cielo y asentí. Tiene razón. Si me hubiese dicho antes, capaz de la vergüenza me regresaba al aeropuerto para tomar el primer vuelo de vuelta a Nueva York. —Soy la peor. —Tapé mis ojos y él quitó las manos de mi cara. —Gané la apuesta. Tienes que responderme lo que yo quiera.

Dijo él y yo asentí. Pasamos unos segundos en silencio y por fin habló. —¿Por qué no me dijiste antes que me amabas y esperaste hasta ahora para decírmelo? Pudiste haberlo hecho cuando te ascendieron a directora. Ya no tendríamos "problemas" para estar juntos.

Preguntó y mi cabeza empezó a dar vueltas. No sé qué decirle sin sonar como una idiota, bueno, ya soy una idiota, pero eso todo el mundo lo sabe.

—Probablemente dejé que la supuesta *ética profesional* me siguiera guiando. Me enfoqué en dejar que el trabajo abarcara mi mente las veinticuatro horas del día y los tresciento sesenta y cinco días del año. Probablemente traté de ahogarme en trabajo para no pensar en ti… para no pensar en que estabas saliendo con una chica diferente cada vez que te veía. Intenté salir con otras personas, hasta con Tony, un chico que me presentó Rosie.

Haberte perdido y verte cada vez más feliz sin mí era como cargar una cruz, no podía soportar pensar en ti. No me permitía pensar en ti. Tratar de olvidarte ha sido lo más difícil que he tenido que hacer en toda mi vida.

—Pero Sam… tú nunca me perdiste y yo jamás he podido olvidarte. Yo te amo. —Mi corazón se saltó un latido y paré de respirar. Déjenme ver si entendí. ¿Ya no está con Cherry y sigue amándome? Sip, soy una idiota. —¿Qué?

—Salí con todas esas chicas para tratar de superarte y seguir con mi vida como sugería Kevin. Pero no lo logré, ninguna era tú, nadie podía reemplazarte, nadie puede reemplazarte. Solo he sido feliz contigo. Nada más contigo.

—¿Crees que puedes perdonarme? Sé que soy la más grande de las imbéciles y no lo merezco, pero por favor, empecemos de nuevo.

Lloré mirándolo directo los ojos y él asintió moviendo suavemente su cabeza plantando un beso sobre mi frente. No merezco su perdón, de eso estoy clara. Me he portado muy mal con él durante mucho tiempo. Lo he tratado muy mal y no le di la confianza para decirme lo que sentía. También lo rechacé en varias ocasiones y le rompí el corazón. Y él conmigo más lindo no ha podido ser.

Durante estos cuatro largos años que estuvimos separados actuábamos como amigos, pero nos sufríamos a la distancia. No merezco que me perdone, sin embargo, tengo la esperanza de que hoy o algún día lo haga. También tengo la esperanza de lograr perdonarme a mí misma por todo el daño que nos he causado a ambos. Pero este es un nuevo comienzo, podríamos comenzar de nuevo sin barreras que nos detengan. Ya no tenemos nada que perder.

—Sam… eres lo mejor que me ha pasado en la vida y no me importa si dices que eres una idiota. Yo también tengo culpa en esto y tú tenías tus razones; yo solo quería que fueras feliz y las acepté. Y sigo queriendo que seas feliz. *Yo* quiero hacerte feliz, y seré el que te haga feliz porque te amo… Te amo con toda la locura del mundo y te perdono. Pero perdóname tú a mí también por no haber luchado por ambos. Lo único que necesito eres tú, solamente tú. ¡Te amo y quiero que toda Roma y el mundo se entere! —Gritó al final y yo me reí causándome un pequeño dolor de cabeza mientras él colocaba sus manos a ambos lados de mi cara.

En serio me ama y no estoy soñando.

La realidad es mucho mejor que los sueños en estos momentos.

Sigue amándome a mí. A *mí*, Samantha Richards.

—Tengo una idea, —sonreí mirando sus hermosos ojos. —¿Me puedes dar un reto como si hubiera ganado la apuesta?

Pregunté con la poca voz que me salía y limpiando la lluvia de su cara. —¿De verdad te atreves? ¿Qué te gustaría hacer? —advirtió sonriendo.

—Rétame a besarte. O mejor, ¿puedes tú darme un beso? Aunque espero que este sí pueda recordarlo. —Respondí y él suspiró aliviado.

Esto no es una penitencia, es el mejor premio del mundo.

—Uno, dos, cien, un millón. Todos los besos que quieras, mi vida. Por el resto de mis días. —Acercó sus labios hacia mí y cortó los pocos centímetros que quedaban entre nosotros delicadamente. Nuestro primer beso real luego de cuatro años bajo la fuerte lluvia en medio de una avenida en Roma. Salido directamente de nuestros corazones unidos nuevamente.

Puedo sentir la adrenalina crecer dentro de mí y a mi órgano bombeador de sangre volverse loco. Se me va a subir la presión como a una viejita, pero no me importa, ya nada más me importa, solo nosotros. Este es el día que estuve esperando por tanto tiempo y al fin estamos los dos juntos de nuevo.

Crucé mis brazos por detrás de su cuello y él colocó una mano en la parte baja de mi espalda para sostenerme mejor. Lo he besado antes, pero este se siente diferente por todo lo que significa. Está cargado de cosas.

Es nuestro primer beso real después de mucho tiempo. Es el primer beso que sella el inicio de un nuevo capítulo y de un nuevo camino entre ambos. Mil dudas aún me inundan el alma y aún una parte de mi sigue diciendo que esto puede terminar mal.

Pero en este momento ya no me importa más nada.

Estoy dispuesta a correr el riesgo, porque él es el aire que necesito y yo no puedo respirar.

18. BONJOUR!

PARÍS

Adornos hechos de cristal de murano, coliseos miniatura hechos de vinil, pequeñas botellas de vino del tamaño de mis dedos, magnetos para las refrigeradoras de la Torre de Pisa (la cual no pudimos visitar), postales del Vaticano de la Plaza de San Pedro... En resumen, creo que nos llevamos todos los souvenirs existentes de la tienda a la que paramos en camino al aeropuerto.

Estoy segura de que a Rosie y a los demás les encantarán sus regalos. Roma terminó muy rápido, pero algún día regresaremos. Florencia, Venecia, Turín, Milán, Nápoles y el resto de Italia esperarán por nuestro retorno.

La noche de ayer fue muy fuerte tanto para mí como para Brandon. Me sobrepasé en mis palabras y él me perdonó. Increíblemente durante todo este largo tiempo ha seguido teniendo ojos solo para mí. No lo merezco. Después de lo egoísta que he sido, aun no comprendo de dónde sacó las fuerzas para omitir todo que causé y disculparme.

Lo amo demasiado y me cuesta entender cómo he sido tan suertuda. Cómo ha logrado amarme tanto cuando tiene a prácticamente todas las mujeres de la alta sociedad de Nueva York rendidas a sus pies seguirá siendo un misterio. Pero él me escogió a mí y ya hemos perdido mucho tiempo como para seguir cuestionándome todo esto.

Luego de que nos separamos por falta de aire a dos calles del Teatro de la Ópera, caminamos de regreso al hotel tomados de la mano. Mi corazón corría tan rápido peor que el correcaminos huyendo del coyote de lo emocionado que estaba. Estábamos juntos nuevamente al fin. Esa noche fue de las mejores de mi vida. Hablamos durante horas hasta la madrugada y dormí pacíficamente entre sus brazos en la pequeña cama individual. Hoy en la mañana me despertó con un beso como en los viejos tiempos y nos preparamos para salir.

Hicimos el *check out* en el hotel y nos despedimos de las calles romanas que quedarían grabadas en mi memoria por el resto de mis días. Las calles romanas que fueron escenario de nuestro nuevo inicio. No me quiero ir.

Pasamos menos días aquí que en Londres, pero toca hacerlo, mañana es noche buena y fin de año está a la vuelta de la esquina.

—¿Qué te parece esta botella de vino de La Toscana para mi padre?

Preguntó Brandon, levantándola dentro de la tienda del duty-free.

—Estoy segura de que a Jack le encantará. Es un Merlot y su favorito si mal no recuerdo, —sonreí caminando hacia las otras cavas, leyendo la variedad de vinos. —Cómprale una botella de Rosé a Natasha.

—Okay. Llevaré estos entonces.

Se acercó a la caja y pagó las dos botellas con su tarjeta de crédito.

Caminamos hacia la puerta de embarque y nos sentamos a esperar que empezaran a llamar a los grupos para abordar. Puedo sentir su mirada fijamente en mí mientras respondo mensajes en mi celular.

Plantó un besó en la parte de arriba de mi mano haciéndome que me acomodara en el asiento para estar frente a él. Había olvidado cómo se siente estar con una persona y que mis mejillas se sonrojen en cada oportunidad existente.

—Me haces muy feliz, ¿sabes? —Dijo mientras colocaba su mano derecha ahuecando una de mis mejillas.

—Creo que lo sé, pero necesito una prueba de eso. —Reí entre dientes y él levantó una de sus cejas.

—Con que una prueba, eh…

Inclinó su cabeza y besó mi otra mejilla.

Dios.

Me va a matar este hombre con su intriga al dejar besos de pimienta por toda mi cara. —Me estás matando aquí… —susurré y él se rió, dejando otro beso, ahora en mi cuello.

—Lo siento cariño, eres irresistible.

Volvió a besar mi mano y pasó su brazo sobre mis hombros atrayéndome hacia él.

—Tú no te quedas atrás, eh, —pasé mi mano por su barbilla rasposa y él sonrió. —No tengo pruebas, pero tampoco dudas de que te vestiste así de apuesto para volverme loca.

—Extrañaba esto.

—Yo también.

Respondí abrazándolo con más fuerza y disfrutando del silencio entre ambos. Aunque a nuestro alrededor cientos de viajeros también esperaban sus embarques, es como si estuviésemos solos. Ya estaba quedándome dormida en sus brazos cuando escuché la llamada de los empleados de la aerolínea avisándole a las personas que se formaran por sus grupos de embarque.

Traté de levantarme, pero me jaló hacia él nuevamente.

—Espera. No te alejes todavía, quiero abrazarte un ratito más…

Su voz ronca me hizo suspirar y volví a acomodarme en sus brazos hasta que nos tuvimos que levantar obligatoriamente.

L
UEGO DE UN VIAJE EN TAXI DE CUARENTA y cinco minutos desde el Aeropuerto Charles de Gaulle hasta nuestro hotel en medio de la ciudad de París, llegamos. Elizabeth nos logró conseguir una habitación doble con vista a la Torre Eiffel y me siento completamente realizada. Estamos aquí en París, la torre es real y no la estoy viendo a través de una pantalla.

Hasta podemos ir hoy mismo si queremos, pues el hotel queda a tres cuadras de ella. Si estoy soñando no me despierten por favor, gracias. Además, ¿saben qué es lo mejor? Estaremos aquí para ver la ciudad en todo su apogeo navideño. ¡Navidad en París! Suena como una película de Hallmark.

—Wow, —Brandon silbó, abriendo las puertas del pequeño balcón.

—La torre es aún más grande de lo que imaginé.

—Todavía no puedo creer que en serio tú Brandon Hecox, que has viajado a todos los países del mundo desde pequeño, jamás habías venido a París.

Me reí tirándome a la cama y él encogió sus hombros.

—No he visitado todos los países del mundo, Samantha. Solo hay un selecto grupo de personas que lo han logrado hacer. Además, no había venido porque siempre eran mis padres quienes lo hacían. Venían a desconectarse del mundo y se iban a la villa de un tío en Marsella en el sur de Francia. Nunca nos trajeron con ellos y nos dejaban con mis abuelos. Era como su lugar secreto en el mundo.

—No me digas Samantha, ya te dije que siento que me estás regañando, —negué con la cabeza y me levanté para ir hacia él que ahora estaba apoyado en el balcón. Lo rodeé con mis brazos por detrás de su espalda entrelazando mis manos con las suyas y recosté mi cabeza en su espalda. Esto es como un *Déjà vu* de hace unos días cuando paseamos en la Vespa.

—¿Te puedo confesar algo? —Pregunté y él ladeó su cabeza tratando de verme. —Siempre.

—Tenía la esperanza de que algún día volveríamos a estar juntos, pero no estaba segura de si se haría realidad. Pensé que yo era una causa perdida, en serio lo siento tanto Brandon.

Se volteó al término de mis palabras y besó mi frente.

—Escúchame, necesito que dejes de lamentarte. Todo eso ya pasó y este es nuestro presente. Dejemos todo eso atrás y empecemos de nuevo. ¿Está bien? —replicó y yo asentí con la cabeza. —Bien, ahora por favor si en algún momento sientes que vamos muy rápido solo dímelo.

—Está bien.

Sonreí y beso mis labios, dejándome con ganas de más.

—Ahora, cambiando de tema y volviendo a nuestro trabajo, ¿quieres ver cómo va el canal o quieres salir de inmediato a grabar?

—Revisemos cómo vamos y planeemos el vídeo, estoy que me muero de ganas de recorrer la ciudad. —Dije, mientras entrabamos de nuevo a la habitación. Un par de minutos afuera y ya la fuerte brisa me congelaba las pestañas.

—Yo también, hay tantas cosas por hacer aquí. ¡No puedo esperar para comer también! —Dijo él y lo miré sorprendida.

—Oh vaya, cómo se invirtieron los roles. Pensé que solo era yo la que se quería comer todo por su camino en Europa.

Bufó lanzándome un pequeño almohadón que estaba sobre un sillón púrpura en la esquina del cuarto. —No lo comentes, tendré que hacer crossfit para poder bajar todo lo que nos estamos hartando. —dijo, caminando hacia su maleta para sacar su laptop. —Mañana es nochebuena y probablemente no podamos ir a los museos hasta el veintiséis, así que tenemos que planear cosas que sean fáciles de hacer mientras tanto.

—Lo sé, aunque me da pena con Martin, va a tener que editar y estar pendiente de las redes sociales durante estos días.

—No te preocupes, él ama su trabajo y lo puede hacer desde su casa. Estoy seguro de que encontrará el tiempo para poder estar con su familia.

—Bueno, tenemos que llevarle un buen regalo cuando regresemos, él ha sido una ficha fundamental en todo este juego. —Asintió con la cabeza a mi comentario y empezó a reproducir música en su computadora.

Tengo demasiadas ganas de bailar sobre la cama igual que el otro día. Vaya que esto es nuevo, se me está pegando toda la locura de este hombre al que no sé cómo llamarle hasta el momento. Nuestra situación es un poquito extraña.

¿Somos pareja?

—Mira. Se me ocurre que el noveno episodio podemos hacerlo súper fácil, hoy podemos ir caminando hacia la Torre Eiffel obviamente, luego…

—Oh sí. ¿Y al Arco del Triunfo? Ojalá podamos conseguir boletos para subirlo. —Repliqué, interrumpiéndolo.

—No lo sé, pero escucha, ¡estoy seguro de que esto te va a encantar! —exclamó y yo lo miré intrigada.

—¿Qué cosa?

—*Shakespeare and Company*, la librería, ¿la conoces? Está a minutos de distancia en taxi. ¿Quieres ir? —Abrí mi boca sorprendida. Es cierto, una de las librerías más famosas de todo el mundo está aquí en París.

He visto cientos de fotografías del lugar y me conozco su historia perfectamente. Tengo que comprar algo ahí, no puedo dejar pasar esta oportunidad. —¡Claro que quiero ir! ¿Qué estamos esperando para salir? ¡Vamos! Tal vez en los próximos días no nos dé tiempo de ir, vamos a empezar el episodio *ya*. —Me levanté de la cama desaforada buscando mi bolso y revisando que tuviera la copia de mi pasaporte dentro de él junto con mi billetera y celular.

—Calma, ya voy. —Riendo, cerró su computadora y se puso la mochila del equipo al hombro, tomando la llave de la habitación del escritorio.

Salí prácticamente corriendo y sin mi chaqueta. Gracias a los dioses por Brandon que piensa en todo y me la trajo hasta el lobby. El aire frío parisino me inundó los pulmones mientras caminábamos por la Avenida de Suffren para conectar con la Avenida Gustave Eiffel.

La distancia del hotel a la torre es cortísima, jamás pensé que a pocos metros de distancia estaríamos frente al gran símbolo de París. Las fotografías y vídeos no le hacen justicia a la majestuosidad de la torre y a sus jardines aledaños. Estoy segura de que en primavera y verano, aunque debe hacer mucho calor, deben verse en todo su esplendor y perfectos para hacer un picnic con la hermosa vista de la torre, comiendo fresas y tomando champaña.

—Me encanta París, —suspiré y miré hacia el cielo cubierto de nubes grises. —Es hermoso con todo y que está encapotado. No llevamos ni un par de horas y ya no me quiero ir.

—Si fuera por ti nos tendríamos que partir en mil pedazos para poder estar en cientos de países al mismo tiempo —Respondió riendo y asentí.

No está equivocado, no me quiero ir de ningún lado. Esperé mucho tiempo para ver el mundo y no quiero regresar a mi realidad.

—Es cierto. Pero es que me encanta, todos los lugares que hemos visitado tienen algo que los diferencia y los hace únicos, obviamente son totalmente diferentes los tres, pero, ¡ah! No sé si me explico.

Exclamé levantando los brazos.

No sé cómo explicarlo, pero él me entiende.

—Sé a lo que te refieres, todos tienen una esencia que los caracteriza y los hace mágicos.

¿Qué les dije? Él me entiende perfectamente.

Ya hasta se expresa como yo.

—Sin embargo, este es nuestro último destino. Es bastante agridulce saber que esto terminará pronto.

—Ni me lo recuerdes... pero bueno, ya estamos aquí. ¿Quieres empezar el episodio? —Pregunté y él paró para sacar la cámara de la mochila.

—Empieza tú, te ves más bonita frente a la torre.

Dije y sentí como mis mejillas se empezaron a enrojecer. Al paso que vamos ya no me convertiré en un tomate, sino en toda una guacamaya.

—Está bien, yo empiezo. —Sonreí poniéndome frente a la cámara y esperé su señal para empezar a hablar.

"Bonjour! Estamos en París amigos. ¡Bienvenidos a la ciudad del amor y de la luz! En donde pasaremos mi época favorita del año, navidad. Ninguno de los dos ha estado aquí antes y hoy, como es el primer episodio, decidimos empezar el día en uno de los puntos de referencia más famosos del mundo: La Torre Eiffel."

Terminé de hablar y Brandon empezó a grabar tomas de la torre, de las personas en grupo para subir y de los jardines de *Trocadero*.

Corrió hacia mí sorprendiéndome y plantó un beso en mi mejilla mientras continuaba grabando. En este momento me siento lo más feliz que he estado en años.

Todo está bien, nosotros estamos bien, el show va de maravilla y el ambiente francés nos sienta de lo mejor. Siempre se me ha hecho difícil relajar mi mente y concentrarme en lo que en verdad importa, pero en este momento todo lo demás es relativo.

"La Torre Eiffel de 324m de altura, tiene tres niveles a los que se pueden acceder y ocho ascensores para subir hasta el tope. Es visitada por siete millones de turistas al año provenientes de todas partes del mundo y es utilizada como torre de observación y de radio difusión." Añadió él y bajó la cámara hacia mí.

"¡Tenemos que subir! Vamos a la taquilla."

Sé que parezco una niña chiquita, pero ¿quién no?

Este lugar es único. No debo ser la única visitante que se ha puesto así. Caminamos hacia la taquilla y Brandon compró los dos boletos de ascensor hasta la cima.

Luego de hacer la fila tomamos las escaleras para subir a la primera planta. El viento frío de la tarde causó que mi nariz se pusiera roja y empezara a estornudar. Salí tan rápido que no tomé la bufanda y solo tengo encima de mis dos suéteres la chaqueta, pero qué despistada.

Miré a través del hierro de la torre y respiré profundamente. Son momentos como este los que me hacen poner las cosas en perspectiva. Al ver a un Brandon concentrado en grabar, me di cuenta de dos cosas: la oportunidad que tenemos de que toda esta experiencia fuese parte de nuestro trabajo no es algo común y debo disfrutarlo al máximo.

Estoy segura de que jamás me olvidaré de este momento. No todos los días se te presenta la oportunidad de viajar prácticamente gratis a uno de los lugares más famosos y anhelados de visitar por casi toda la población mundial.

Sí me siento agradecida. Vengo de un entorno muy humilde, y tener todo este tipo de experiencias no lo tomaré por sentado nunca.

"Hemos llegado al primer piso donde podemos encontrar tiendas de regalos hechos en Francia, el restaurante 58 Tour Eiffel, un bufé para descansar y tomar algún refrigerio, además de espacios al aire libre para disfrutar de la vista y contemplar la hermosa ciudad que rodea la torre. Creo que mi parte favorita es el piso porque podemos ver a través de él directo a la base." Añadió Bran enfocándonos a ambos mientras ponía uno de sus brazos sobre mis hombros y besaba mi mejilla.

Oh Dios, puedo visualizar los comentarios que vendrán bajando y los mensajes de mis amigos. Sonreí y mis mejillas se empezaron a calentar a su roce, estamos a nueve grados y este hombre me causa todo esto. Es mejor que un calentador. Lo venderé en los canales de infomerciales de la televisión, totalmente recomendado.

"¡Mira todos los árboles de navidad! Ah y también tienen un trineo de Santa y una silla para que los niños se le acerquen a pedirle regalos."

Dije mientras tomaba con mis manos una de los adornos del árbol. Me estoy buscando que alguien me grite alguna grosería regañándome en francés en cualquier momento. *"A lo largo de todo el pasillo exterior de la primera planta podemos encontrar pantallas, álbumes digitales, tabletas táctiles y otros objetos didácticos que nos dan un recorrido cultural sobre la historia de la torre. Datos curiosos, su diseño y construcción. Además de una cúpula de cristal que funciona como bistro y sirve todas las comidas del día."*

Terminó de hablar y paró la grabación para tomar mi mano.

—Aún me parece un sueño todo lo que hemos vivido en las últimas veinticuatro horas. —Suspiró y yo miré hacia el suelo.

—Jamás quise hacerte llorar y sufrir de esa manera. No fue mi intención. No entiendo cómo has logrado perdonarme todas mis trastadas.

Levantó mi mentón con su mano y me miró profundamente, vaya que sus ojos son mi debilidad, por si no se han dado cuenta. Me encantan.

—Ya deja de mortificarte, estoy bien, estamos bien. Basta de culparte por tus decisiones. Yo también tuve parte en eso. ¿Cuántas veces más te lo tengo que repetir? No luché por ti, dejé que te fueras así como el estúpido dicho de *Si amas algo déjalo ir.* ¿Crees que no me arrepiento de haber salido con ya ni me acuerdo cuántas mujeres y haberte hecho creer lo peor de mí? Yo también tengo culpa, —besó mi mejilla y entrelazó sus dedos con los míos. —Pero ya nada de eso importa, todo quedó en el pasado.

Asentí y lideró el camino hacia el elevador para subir a la segunda planta. Borrón y cuenta nueva, tengo que grabármelo bien. Empezó a grabar al subirnos junto con otras veinte personas en uno de los ascensores.

Y me grabó también haciendo caras locas mientras estábamos en silencio junto con el resto de los turistas de todo tipo de nacionalidades: algunos con audífonos tomando un tour individual y otros igual que nosotros explorando por su cuenta. Subir la torre me hace sentir como dentro de la secuencia de acción de *Una vista para matar* de la película de James Bond. Exactamente cuando el agente 007 persigue a un enmascarado por las escaleras y éste se le escapa.

Las probabilidades de que un espía baje de la torre saltando sobre este elevador son de 0.00001 por ciento pero no importa, estoy segura de que mi papá estaría de acuerdo conmigo en esto. Al salir del elevador rojo Brandon tomó mi mano y nos encontramos con la vista más hermosa de todo el viaje.

Lo siento Roma, lo siento Londres, pero París ganó, se ha desplegado en todo su esplendor ante nosotros y es espectacular.

Se puede ver todo, hasta nuestro hotel se ve desde aquí.

Sip, soy como un disco rayado diciendo que todo es hermoso, pero es la verdad. Creo que nunca lo voy a superar y lo seguiré repitiendo.

"Wow... te quita el aliento la vista, quiero hasta llorar un poquito." Reí.

"Lo sé, estoy seguro de que todos los que están viendo este vídeo están igual, no hay palabras para describirlo."

Suspiré y me apoyé en uno de los barandales junto a un telescopio y él me grabó admirando la vista. *"Aquí en la segunda planta tenemos una vista increíble de los principales monumentos parisinos: Notre Dame, Montmartre, el Louvre y todo el cauce del Río Sena. También hay otro restaurante, el Jules Verne, otra tienda para comprar souvenirs, versiones miniatura de la torre, botellas de vino, chocolates y más."*

Dijo él, acercándose a mí viéndome embelesada admirando la ciudad.

—Mira por uno de los telescopios y dime lo primero que veas.

Dijo mientras continuaba grabando.

—Está bien, —tomé el telescopio y lo moví un poco para ajustarlo a mi altura y acerqué mis ojos. Al principio todo se veía medio borroso, pero al paso de unos segundos logré concentrarme en una imagen hacia el oeste. —Veo a un grupo de amigos sentados afuera de lo que parece ser la terraza de una cafetería, comiendo y riendo con copas de vino en sus manos.

—Muévelo de nuevo y dime qué ves. —Reí y le hice caso nuevamente, pero cambié la dirección y lo moví hacia el este.

—Ahora veo a una pareja paseando a su perro como regresando del mercado, —sonreí y lo volteé a ver. —Tienen varias bolsas.

—Una vez más, muévelo hacia el centro para ver y dime qué significa todo. —Respondió divertido y yo me giré una vez más.

—Veo perfectamente la Plaza del Trocadero y a algunos niños con sus familias divirtiéndose... Todas son escenas muy lindas y casuales, todos están viviendo su propia historia. ¿Esto es lo que querías lograrme captar?

—¡Ding ding ding! Tenemos una ganadora. —sonriendo, me tapé los ojos. —¿Sabes qué más? Todas esas personas tomaron decisiones que los llevaron hasta este momento y aunque no los veamos ni conozcamos, son parte de la gran historia a la que le llamamos vida. Todos escriben la suya y tomaron *elecciones* que los llevaron a estar en esa escena de su vida, es una gran perspectiva.

—Siempre sabes qué decir… —solté el telescopio y me recosté a su hombro mientras detenía la grabación.

—Fue lo que me enseñó mi madre. Cuando mi hermana y yo estábamos pequeños jugábamos a ver a personas en la calle y a imaginarnos sus historias dependiendo de lo que estaban haciendo. Estoy seguro de que en este momento nos está viendo feliz donde quiera que esté. —Lo miré orgullosa.

Que él estuviera refiriéndose a su madre en esta manera es un paso muy grande, ya que luego de su fallecimiento vagamente la ha mencionado. Hasta el simple recuerdo de ella lo ponía mal hasta ahora. Jamás olvidaré el día en que llegó a mi departamento con el corazón destrozado. Ayudarlo a lidiar con el duelo de su madre no fue nada fácil, algo así nunca deja de serlo. Además, se le suma la manera tan terrible en que la perdió, sin poder decirle adiós.

Morir sola es algo que me aterra. Apreté su mano fuertemente y le sonreí sincera, podía ver como sus ojos se cristalizaban y respiraba suavemente tratando de no perder la compostura.

—Esto es *Elecciones*, Brandon… estamos aquí gracias a su trabajo, su esfuerzo y legado. Ella es la esencia de nuestro programa y de todo lo que estamos viviendo.

—Exactamente.

—Gracias, por tanto, Lily. —Susurré sonriendo hacia el cielo y volví a mirar al horizonte desde este punto una última vez.

Brandon tomó mi mano y caminamos hacia el ascensor que nos llevaría al último piso. El viaje fue igual que el anterior así que no les voy a explicar ese detalle.

Brandon empezó a grabar nuevamente desde que las puertas del elevador se abrieron dándonos la bienvenida a la cima de la torre en una pequeña sala llena de mapas para orientación. La vista de la ciudad desde el tercer nivel es exactamente lo que esperas, te sientes en la cima del mundo.

Brandon se colocó detrás de mí y me abrazó por detrás, su altura haciéndolo poner su mentón sobre mi cabeza. No hay nadie con quien prefiera vivir un momento así.

Admirando París pegados al barandal de la cerca y mirando hacia el horizonte. Los edificios a la distancia borrosos, tapados por las nublada tarde.

AL LLEGAR A LA LIBRERÍA, entramos a la sección de misterio y asesinatos. Brandon sabe que siempre he amado ese tipo de libros.

—Okay escoge *uno* solo por favor.

—¿Uno solo? ¿Estás loco? Mira, no me importa si me cobran sobrepeso de regreso a Estados Unidos, esto lo vale.

Leí la contraportada de uno de los libros y me reí, algunos de estos están en francés, pero no importa. Aunque la tienda está especializada en literatura anglosajona igual compraría uno, tal vez algún día logre aprender algo más que algunas frases básicas de comunicación, los colores y los números. *Le livre bleu.*

—Por lo menos trata de tener un poco de auto control.

Se burló y yo lo ignoré. ¿Autocontrol? ¿Con libros? Nunca jamás.

No todos los días puedes comprar libros en una de las librerías más famosas de Francia y el mundo. Al llegar a Shakespeare and Company notamos la cantidad de gente que tuvo la misma idea que ambos. Sí, es época alta en el turismo y navidad es pasado mañana, eso también influye.

La gente está comprando en grandes cantidades y los viajeros que pasaran aquí las fiestas como nosotros también están turisteando.

—¿Qué te gustaría de regalo?

Le pregunté sacándolo de sus pensamientos. Estaba muy concentrado inspeccionando unos libros sobre guitarras eléctricas que tienen en oferta.

—¿Hm? No lo había pensado, no tienes que regalarme nada, el mejor de regalo es que estemos juntos nuevamente y no puedo pedir nada más.

Cualquiera que lo escuche puede creer que esto es demasiado cursi, pero para mí no, es justo lo que necesito. Sonrió y suspiré derrotada, en serio quiero hacerle un bonito regalo.

—Pero quiero regalarte algo, —insistí tomando su brazo en mis manos. —Además, jamás olvidaré el regalo que me diste en nuestra primera navidad juntos.

—¿Cómo podría olvidarlo? Yo mismo lo mandé a hacer y diseñar especialmente para ti. —Sonrió y caminó hacia la sección de música.

Jamás olvidaré ese día. Faltaban pocos días para navidad (justo como ahora), estaba en exámenes antes del break de navidad y él fue a visitarme al campus. Fue nuestra segunda navidad juntos oficialmente como pareja, porque la primera fue después del incidente donde nos conocimos y aún me recuperaba.

Brandon se iba a pasar navidad con su familia a un resort de esquí en Park City, Utah y antes de irse quería verme porque regresaría hasta enero. Nos reunimos en el lounge de estudiantes de mi dormitorio e hicimos el intercambio de regalos que teníamos planeado. Yo no tenía mucho dinero en ese momento, así que le hice una caja llena de sus snacks y dulces favoritos, dos botellas de la cerveza con la que estaba obsesionado en ese tiempo, un suéter feo navideño con dos renos saltando la cuerda y una carta personalizada con su nombre y un pequeño mensaje.

Él me entregó una caja muy linda forrada con papel plateado y un enorme lazo rojo. Adentro había una carta sellada en un sobre y debajo, la bola de nieve más hermosa que había visto en toda mi vida. La había mandado a personalizar en la base de madera con mis iniciales y cuando la agitabas la nieve caía sobre una cabaña en el bosque.

Hasta ese momento fue el mejor regalo que me habían hecho en la vida. No la tengo en mi departamento actual, porque como me mudaba cada año de dormitorios decidí conservarla en casa de mis padres. Desde que se mudaron siempre ha estado allá segura, para que no pueda romperse.

—Hagamos un intercambio de regalos otra vez,. —dije ilusionada.

Sí, esto es justamente lo que debemos hacer.

—¿En serio? No sé en qué tiempo podremos ir de compras, tenemos que grabar. —Cruzó sus brazos y sacó la cámara del bolsillo. Nos hemos distraído viendo los libros y no hemos seguido con el episodio, se nos hará de noche.

—Mira, vamos a organizarnos. Terminemos este episodio aquí en la librería y le mandamos los vídeos a Martin para que lo edite y publique antes de navidad. Mañana es noche buena, por lo que no tenemos que grabar, ni tampoco pasado mañana. Así que tenemos tiempo.

Sonreí y el suspiró derrotado. Sabía que yo gané esta ronda.

—Bueno, mañana podemos ir de compras. —Me miró sonriente y me incliné para besar su mejilla. Se lo ganó por complacerme.

—Terminemos esto y caminemos de vuelta al hotel.

Me dio un beso corto en los labios y caminó hacia el mostrador para preguntar si podemos grabar. Cuando accedieron, sacó la cámara y me enfocó frente un librero que tiene los libros ordenados por color.

Como un arcoíris.

"¡No me quiero ir nunca de este lugar! Ahora estamos aquí en una de las librerías más increíbles de todo Europa: Shakespeare and Company. Inaugurada en 1951 por George Whitman, ubicada aquí en el quinto distrito de París." Caminé a unos sillones y me senté tratando de hablar en voz baja. Brandon se sentó a mi lado y volteó la cámara para que los dos entráramos en la toma y pasó su brazo libre sobre mi hombro.

"Artistas y escritores del grupo de la 'Generación Perdida' como Ernest Hemingway, Mina Loy, F. Scott Fitzgerald, visitaban y pasaban mucho en la primera librería fundada por Sylvia Beach, de la cual Whitman se inspiró para abrir esta. En la época de la post guerra, durante la década de los años '50, Shakespeare and Company se convirtió en lo mismo que su antecesora y recibió las visitas de famosos literarios como Julio Cortázar, Max Ernest, James Baldwin y entre otros autores, quienes pasaban su tiempo dentro de las paredes de esta librería."

Terminó de narrar y lo miré embobada. Escucharlo hablar de autores y de libros me causa una gran atracción. Aclaré mi garganta y sonreí.

¡Concentración! Es lo que necesito.

"La verdad es que si esta librería estuviera cerca de mi casa me la pasaría metida aquí, hay tanto que ver, tanto que leer y el ambiente es increíble." Brandon me empujó juguetonamente con su hombro y negó con la cabeza. Podría gastarme todos mis pagos mensuales de ser así.

"De eso estoy seguro, de verdad que es una parada indispensable en su visita a París, ¿o no Sam?"

"Claro que sí. Lastimosamente hasta aquí será el vídeo de hoy, regresaremos con ustedes el veintiseis de diciembre después de un breve descanso de dos días por navidad. ¡Feliz navidad a todos!" Exclamé y recosté mi cabeza al hombro de Bran. *"¡Felices fiestas! Disfruten con todos sus seres queridos y nos vemos en el próximo episodio de Elecciones gracias a Harrington Enterprises y Editorial Nuevos Mundos."*

Ambos nos despedimos con la mano y paró la grabación.

Nos quedamos unos minutos en silencio tomados de las manos disfrutando del pacífico lugar. Ya no hay tantas personas dentro y las que quedan están dispersas. —¿En qué piensas? —preguntó. —En que hace tanto frío que perfectamente podría tomar un chocolate caliente en este momento.

—Debe haber algún puesto que venda chocolate caliente y galletas en esta época en el camino de devuelta a la torre. Podemos buscar uno…

—¿Ya te he dicho lo mucho que me gustan tus planes? —besé su mejilla y él miró hacia el techo. —No, pero no me molestaría escucharlo otra vez.

—Me gustan mucho sus planes *Mr.* Brandon. —Colocó su mano en mi mejilla y sonrió tiernamente.

—Tú eres mi mejor plan.

Confirmado, tráiganme un tanque de oxígeno, he parado de respirar.

Sin decir más nada se levantó y extendió su brazo para ayudarme a levantar y emprender nuestro camino. Qué gran día y qué gran vida.

París, no te acabes nunca por favor.

B RANDON ORDENÓ DOS VASOS DE CHOCOLATE caliente de un pequeño puesto que estaba cruzando la calle de la Torre Eiffel. —*Deux s'il vous plait.*

Ya es de noche y está preciosamente alumbrada. Estuve tentada en decirle que sacara la cámara de la mochila para grabar algunas tomas para el episodio, pero me retracté. Grabar la torre de noche es ilegal y no necesitamos causar problemas innecesarios.

—*Merci beaucoup.*

Le entregó el dinero al vendedor y le agradeció para luego caminar a mi lado. Cruzamos la calle tomados de la mano y nos pusimos en marcha con dirección al hotel. —Espera, —paró en seco y puso su mano en mi cintura atrayéndome más a él. —Escucha. —Lo miré intrigada. —¿Qué?

—Escucha, vamos.

Caminamos despacio hacia donde estaban seis personas en grupo escuchando a un músico callejero tocando la trompeta. Terminó de tocar una melodía que no reconocí y todo el mundo aplaudió.

—Y ahora… *La vie en rose.*

Anunció el músico con un tono de voz ronco y empezó a tocar la famosa canción en el mejor estilo de Louis Armstrong. Brandon afirmó su agarre y yo tomé un sorbo de mi chocolate concentrándome en la hipnotizante música.

—Ven… —susurró en mi oído, alejándonos del grupo.

La música se escuchaba perfectamente aún y luego del solo de la trompeta el señor empezó a cantar la canción en inglés. Brandon se volteó hacía mí y juntó su frente contra la mía, sonriente y moviéndonos de un lado a otro.

Coloqué mis brazos en su cuello cuidadosamente sin soltar mi vaso y él me abrazó fijando sus manos en mi cintura. Nuestra conexión podría soltar chispas, como una reacción química. Puedo amarlo sin verlo, amarlo sin estar junto a él y amarlo estando a su lado. Cerré mis ojos y sentí sus labios besar mi cuello mientras yo me relajaba.

La vida nos dio una segunda oportunidad y yo no puedo estar más agradecida. Lo amo con todas mis fuerzas, con cada respiración que tomo.

No hay nadie más en este mundo que me entienda como él lo hace, que me haga sentir tantas cosas juntas en un solo momento. Y no quiero a nadie más. Solos él y yo, por el resto de nuestra vida.

Solo Brandon y Samantha. Bailando lentamente abrazados debajo de la Torre Eiffel un día antes de noche buena.

Eso es todo.

19. INTERCAMBIO

BRANDON

Hay cosas que jamás voy a entender.

1) Cómo la vida guarda las cosas buenas para momentos específicos.

2) Cómo me volví el hombre más afortunado del mundo.

3) Y cómo las piezas del rompecabezas encajan en momentos específicos, causando que lo que ha pasado tome sentido.

Despertar al lado del amor de mi vida es algo que jamás tomaré por sentado. Ella me hace mejor, me causa una felicidad tan grande que jamás pensé que volvería a sentir. Al perderla a ella y a mi madre en casi el mismo lapso de tiempo sentí que yo era un chiste y que la vida se estaba burlando de mí por haber sido privilegiado siempre.

No ha sido fácil superar muchas cosas y sigo batallando con las secuelas de todo, pero estoy por buen camino. Cuando estaba pequeño lo tuve todo, todo lo que quisimos mi hermana y yo lo obtuvimos. El último juguete, el último videojuego, el último celular, ropa de moda, todo lo teníamos.

Nunca me ha importado ser parte de la *sociedad* pero es algo que fue inevitable y que en ocasiones me hace sentir culpable e indigno.

La suerte fue que gracias a la manera en la que nos criaron nunca nos convertimos en esos niños pretenciosos como el resto de nuestro grupo de *amigos*.

Natasha y yo siempre hemos sido unidos desde pequeños. Solo nos llevamos un par de años de diferencia y siempre será mi hermanita menor a la que protegeré de todo mal, pero ella siempre fue y sigue siendo mucho más independiente y trabajadora que yo. Antes de entrar a la universidad decidió tomarse un año sabático con todo el dinero que había ahorrado trabajando desde que tenía deiciséis en una de las farmacias de papá. Se fue a vivir por ocho meses a Australia junto a una de sus mejores amigas y viajaron por todo el continente.

Luego se fueron a Tailandia para trabajar con una organización sin fines de lucro y salvar una reserva de elefantes. Y terminó su viaje en Chile, donde conoció a un grupo de chicas increíbles y escaló la cordillera de Los Andes a caballo. Si alguien es una superestrella es mi hermana, es una mujer increíble.

Es la copia exacta de mi madre y creo que es por eso que mi papá la protege tanto. Al regresar a casa la aceptaron en la universidad de Cornell, se graduó en Administración de Empresas e hizo una maestría en Marketing y Negocios en Harvard. Ya saben, para seguir en el negocio familiar.

Para mí que ella tome las riendas de la compañía es lo más lógico y estoy feliz por ella, de verdad que lo estoy. Mi padre ha trabajado toda su vida para sacar todas las empresas a flote y estoy seguro de que ella seguirá su legado impecablemente. Y más porque a ella sí le gusta, yo no puedo decir lo mismo.

Sin embargo, antes de que todo esto suceda debo hablar con él.

Será lo primero que haga cuando regresemos a casa. Contarle sobre mí y Sam y renunciar a mi trabajo y a la junta directiva de Hecox Companies. Me quiero enfocar solamente en Sam, Nuevos Mundos y tal vez en empezar a componer mi música profesionalmente. Desde que puedo recordar siempre he tenido un gran oído para la música y es algo que me emociona mucho.

Desde adolescente tengo un diario donde escribo todas las cosas que se me ocurren en la guitarra, desde versos para canciones hasta melodías.

Llevo despierto media hora, Sam por su lado sigue durmiendo pacíficamente abrazada a mi torso. Me alegra mucho que durante este viaje esté descansando más, lo merece. A media noche ninguno conciliaba el sueño y nos tocó juntar las dos camas individuales para formar una tamaño doble, para dormir los dos más cómodos.

Hace dos noches pensé que no había salida y sentí mi alma destrozarse y revivir en un lapsus veloz. Todo ha sucedido tan rápido, demasiado. Sam es perfecta e imperfecta al mismo tiempo, tiene un carácter demasiado fuerte con el que puede dirigir un batallón y al mismo tiempo cabalgar en un unicornio que se alimenta de algodón de azúcar. Solo no le digan que la estoy describiendo así, lo negará.

Jamás he conocido a alguien como ella, es única y eso es lo que me encanta. Es real, determinada y extremadamente apasionada. Su único defecto es que cuando el mundo se torna complicado, todo se vuelve difícil o las cosas no salen como ella las planeó, se encierra en su propia burbuja de control y logra alejar a todo el mundo impulsivamente.

Me acomodé recostándome a mi hombro para verla mejor y se movió un poco aún dormida. Tiene el cabello suelto, lo cual no es común porque siempre duerme en moño, y algunos mechones cubren sus ojos. Con las yemas de mis dedos los aparté suavemente para ver sus facciones mejor. Soy el hombre más afortunado del mundo, estar aquí con ella en París durante la víspera navideña, su época favorita del año y ahora la mía nuevamente.

Increíblemente las piezas del rompecabezas encajaron en el momento perfecto y ahora más que nunca nos necesitábamos el uno al otro.

Hace un tiempo escribí en uno de mis diarios sobre ella. Tenía mucho tiempo de no hacerlo. Me privé durante algunos años de no escribir nada sobre ella porque me dolía, era como kryptonita. Fue un día hace tres meses luego de una reunión de la junta directiva de la compañía con todos los gerentes y directores de las empresas.

Se había puesto un traje color lila que acentuaba su figura estilizada con un blazer negro y tacones negros. Parecía salida de una de las pasarelas del *New York Fashion Week*. Estaba seguro de que si se lo decía se reiría e iba a preguntarme qué me había fumado, porque ella jamás se ha visto tan perfecta como yo la veo.

Sin embargo, no lo hice porque al sentarse su semblante se notaba triste y apagado. No me gustaba verla así de estresada, no sonreía.

Estaba como en piloto automático y apunto de estrellarse. Intenté hablar con ella, pero me desvió diciendo que tenía una reunión muy importante con un editor.

Decidí no presionarla y al regresar a mi oficina saqué una de mis libretas, la cual estaba llena de intentos fallidos de canciones y breves escritos que se me ocurrían de cuando en cuando en horario laboral.

Aún le quedaban algunas páginas vacías y tomé un bolígrafo pensando en ella.

Ella es un poema de amor hecho con los pétalos que ha recibido.
Un poema de amor hecho en medio de la noche gracias al insomnio que la atormenta.
Un poema presenciado por las estrellas que brillan en la oscuridad y adornan su techo.
Un poema que no todo el mundo leería, pero yo sí.
Un poema que todavía es un trabajo en proceso.
Un poema que necesita un título y un guion.

Escribir sobre ella es tan fácil, con tan solo verla me inspiro.

Las palabras siempre me salen fácilmente y no tengo que esforzarme mucho. Cuando la conocí, en su dormitorio de la universidad tenía el techo decorado con esas estrellas que se pegan y brillan en la oscuridad. Una vez llegué a contar veintisiete, pero creo que eran más. Es un recuerdo que tengo muy vívido y presente siempre. Hasta nos he imaginado decorando la habitación de nuestros hijos así.

¿Qué les puedo decir? Soy todo un romántico. Justo como uno de mis escritores favoritos, Vladimir Nabokov, quien le escribía apasionadas cartas de amor a su esposa Vera, aunque ella estuviese recluida en un sanatorio. Mi frase favorita de una de las cartas es: *"Te amo. Infinitamente e inexpresablemente. Me he despertado en medio de la noche y aquí estoy escribiendo esto. Mi amor, mi felicidad."*

Se aplica a nosotros claramente, su amor me desvelaba y me hace perder el sueño. Y aunque sabía que sería difícil, las circunstancias de la vida nos juntarían de nuevo.

Y así fue, como ya dije, las piezas encajaron perfectamente y soy el hombre más afortunado del mundo. No puedo pedir un momento más maravilloso que este. A su lado. Es el mejor regalo de navidad.

—Hola, —estiró sus brazos y sonrió acurrucándose a mi pecho. Espero no haberla despertado cuando me moví.

—Hola… —sonreí plantando un beso en su frente. —¿Te desperté?

—No, el sol lo hizo. No cerramos las cortinas. —Se burló tapándose con la colcha. —Lo siento, mi vida. Hacerlo será mi nueva tarea diaria.

Me reí y la abracé más fuerte. Jamás me cansaré de esto.

—Mi héroe. Mejor que Superman.

—Me halagas, pero yo sí quiero ser Superman, y tú puedes ser Lois Lane. De pronto te puedo conseguir trabajo en el Daily Planet.

—Ja-Ja qué gracioso. Pero sí, ¿qué quieres hacer hoy? Mañana es navidad. —Se quitó la colcha de la cara y me miró seriamente cuando no respondí. —¡No me digas que ya se te olvidó el intercambio! ¿Recuerdas? Quedamos en que iríamos de compras.

—Cierto, cierto. Bueno vayamos ya, que aún es temprano. Podemos hacer el intercambio aquí durante la cena. Se me ocurre preparar algo lindo y sencillo para nosotros, hasta podemos decorar el balcón.

—Es buena idea, es la primera vez que celebro navidad sin mis padres, —se sentó y yo hice lo mismo. —Es extraño.

—Dímelo a mí, aunque no es extraño ni nada de eso, estar contigo es lo mejor. Sólo que sí es raro no estar en alguna cabaña en las montañas con el resto de la familia bebiendo sidra recién hecha.

—La vida de la alta sociedad, cómo olvidarlo, —tomó mi mano. —Para serte sincera, se siente bien estar aquí contigo. Siempre me imaginé que nuestra primera navidad juntos sería para conocer a las familias, aunque técnicamente ya conozco a la tuya.

—Yo también me he imaginado la navidad en Florida para al fin conocer a tus padres. ¿Hace tanto calor de verdad allá durante esta época? —Reí nervioso.

Es la primera vez que hablábamos de cosas sobre nuestra relación así de serias, de verdad que hemos crecido.

—Sí, demasiado. Una típica navidad en mi casa es llena de música navideña. Mis padres bailan salsa y merengue todo el día, hay comida típica panameña y obviamente pavo y dulce de fruta.

No es nada como la típica navidad americana a la que estás acostumbrado... pero me gusta.

—No puedo esperar para conocer más sobre ese lado de tu cultura. Ojalá algún día viajemos para conocerla.

—Por lo que me ha contado mi mamá, Panamá es un país hermoso. Las playas son espectaculares y la gente es muy, muy buena. ¿Recuerdas que te conté? Nunca he ido y me encantaría, ella solo ha vuelto una vez desde que se mudó a Estados Unidos y fue cuando yo estaba muy bebé.

Sonrió melancólicamente. Este tema siempre la pone sensible, sus padres lo son todo para ella y han luchado toda su vida para salir adelante.

Son un ejemplo a seguir.

—Un día nos vamos, —dije y ella sonrió, emocionada. —Tus padres, tú y yo. Los cuatro.

—Es en serio que me encantan tus planes... bueno, bajemos a desayunar y nos vamos. No te vas a zafar de ir de compras, así que ve pensando qué me vas a regalar. ¡Amo navidad!

Se levantó rápidamente de la cama y corrió hacia el baño cerrando la puerta tras ella haciéndome reír. Mi corazón inflándose de amor.

—Créeme que ya lo tengo pensado.

Grité y me tiré hacia atrás en la cama.

Sé exactamente lo que le voy a regalar.

CAMINAMOS DE LA MANO A LO LARGO DE la Avenida de Los Campos Elíseos, la cual está repleta de gente entrando y saliendo de las tiendas.

Obviamente, pues es veinticuatro de diciembre y esta es la avenida principal de París. Desde donde estamos parados podemos ver el Arco del Triunfo y Sam me pidió que le tomara una foto con el monumento atrás y luego una selfie juntos ya que no pudimos subirlo ayer por falta de entradas, aunque la verdad no me molesta, nos salvamos de subir doscientos ochenta y seis escalones.

Nos tomamos algunas fotos más haciendo caras locas y continuamos el paso por el resto de la avenida.

Nada gritaba más *turistas* que esto, pero hey, es necesario. Las tiendas a nuestro alrededor son muy elegantes y Sam está embobada mirando todo, sin embargo, se me hace abrumador tener tantas opciones para elegir y comprar. Y esta confesión viene de parte de un neoyorquino que pasa diariamente por la quinta avenida.

—Bueno, es aquí donde nos separamos. —Dijo abruptamente sacándome de mis pensamientos y la miré sorprendido.

Espera ¿qué?

—¿Cómo así? —pregunté y soltó mi mano.

—Vamos a hacer un intercambio de regalos, no se supone que sepamos nuestros regalos. Debe ser sorpresa, *duh*. —Dijo y empezó a caminar.

—Espera, espera. Sería demasiado irresponsable de mi parte dejarte sola en medio de París.

La tomé del brazo y la miré suplicante, no quiero quedarme solo por quien sabe cuántas horas. Sé exactamente lo que le voy a regalar, la conozco perfectamente y no demoraré en encontrarlo. A diferencia de mí, a ella le encanta comprar. ¿Recuerdan todos los vestidos que se probó en Londres para el evento benéfico? Sam puede pasarse horas en las tiendas. Ella y Rosie literalmente planean sus días para ir de compras y más cuando hay ofertas específicamente.

Regresan con bolsas llenas de ropa, pero cuando digo bolsas exagero porque son enormes. No sé cómo lo hacen.

—Vamos Bran, es mi momento de creerme Andrea en *El Diablo Viste a La Moda*, ya sabes, cuando recién llegan a la Semana de la Moda.

Dijo sonriente y yo negué con la cabeza. Debo recordar ver esa película con ella algún día porque no la conozco.

—No tengo ni idea de lo que estás hablando, pero está bien. Solo con la condición de que no te tardes tres horas comprando.

—Puedo vivir con eso, yo tengo autocontrol. —Bufé y se cruzó de brazos a mi comentario. Le daré el beneficio de la duda.

—Nos encontramos aquí mismo en hora y media, y si te llegas a perder o algo me llamas de inmediato, ¿listo?

Asintió con la cabeza y salió disparada perdiéndose entre la multitud. Me reí y decidí cruzar la calle hacia los demás locales. Se los juro, la cantidad de tiendas es impresionante.

Luego de merodear un rato mirando cada escaparate, me topé con una tienda de curiosidades y joyería.

Se ve interesante así que decidí entrar. Era exactamente lo que estaba buscando, no es muy grande y solo hay un par de personas dentro.

—*Bonjour monsieur.* ¿En qué podemos ayudarle?

Debo tener cara de que no sé hablar francés o de que no soy de aquí, porque me reconocieron de inmediato. Pero esto es bueno, realmente si algo he aprendido a la fuerza de negocios es que tener un personal que conoce sobre idiomas hace crecer tu empresa en todos los sentidos.

—Sí, hola... vi que venden joyería. Quiero hacerle un regalo a mi pareja para esta noche y estaba pensando en un brazalete con dijes escogidos por mí. ¿Tienen la opción de diseñarlos? —Pregunté y la chica asintió.

—*Oui Oui,* claro que sí, pase por este lado. —Señaló hacia otra parte del mostrador y sacó un muestrario de cadenas y una caja de terciopelo con los dijes divididos. Todos de diferentes diseños, tamaños y hasta colores, algunos de plata y otros de oro. —¿Qué tiene en mente? —Preguntó.

—Me gusta este brazalete.

Señalé a una cadena de plata gruesa con espacio para diez dijes, esta es la indicada. Me acerqué a la caja de los dijes y empecé a tomar los que quiero con cuidado, no quería desordenarlos. Todos están preciosos, pero debo ser selectivo para que logren el significado perfecto.

Los dos primeros que tomé son una cámara y un avión, que significan el inicio de nuestro viaje juntos y la creación de Elecciones, el programa. El tercero y cuarto son un Big Ben y una cabina telefónica para simbolizar Londres, el lugar donde empezó toda esta aventura y donde me confesó que aún me amaba mientras bailábamos. El quinto y el sexto son una pequeña motocicleta Vespa y una fuente.

Roma nos dio tanto y la visita a la Fuente de Trevi junto al paseo en moto fueron los momentos que más nos marcaron a ambos (claro, además de nuestra pelea/reconciliación bajo la lluvia).

El séptimo y el octavo son París.

Aunque solo llevamos un día aquí está representada con lo obvio, la Torre Eiffel y El Arco del Triunfo. Por último, pero no menos importantes, el noveno y el décimo. Un árbol de navidad y una estrella. El árbol significa esta navidad y la estrella es ella.

Mi más grande deseo y la única que ilumina mi camino.

—¿Esos son todos? —Preguntó la chica y yo asentí.

Siento que elegí bien, ahora solo espero que le guste.

Luego de que armaran la pulsera, la colocaron dentro de un rectángulo de madera forrado con gamuza y me la entregaron dentro de una bolsa para regalo. Pagué en la caja y al salir vi mi reflejo en un espejo, traigo la sonrisa más grande del mundo.

¿Qué les puedo decir? Estoy muy feliz.

Saqué mi celular y decidí escribirle al motivo de mi felicidad para ver si ya terminó, aunque lo dudo.

> ¿Ya terminaste o necesitas cuatro horas más?

¡Hey! Ya casi termino.

> Ok, te mando una ofrenda de paz.

La acepto, caballero. ¿Y tú terminaste? Te compré algo que sé que te encantará.

> Todo lo que provenga de ti me encanta.

Vaya que sabes cómo hacer que mi corazón se acelere.

> Es mi especialidad ;) y sí, ya terminé.

Bueno, nos encontramos donde dijimos en media hora.

> Está bien, ya te extraño.

Y yo a ti.

Bloqueé mi celular y suspiré sentándome en una banca un poco más adelante.

La escena parisina es increíble. He visitado muchos países a lo largo de mi vida con mis padres y solo, pero nunca Francia. Me alegro mucho de estar aquí, es maravilloso. Además, vivir las fiestas aquí es algo que jamás me visualicé haciendo, pero me alegro que pasara. Mi teléfono vibró en mi mano y la pantalla se iluminó.

Papá. Respiré profundamente. Es como si lo hubiera llamado con el pensamiento, tengo días sin hablar con él.

—¡Hola papá!

—Hijo, ¿cómo va todo? Te escuchas muy feliz.

—Todo va muy bien. Sam y yo estamos haciendo compras navideñas, debo encontrarme con ella en veinticinco minutos.

—Me alegro mucho, pero estoy un poco triste de que no estás aquí con nosotros. Yo recién despierto, son las ocho de la mañana, llegamos anoche aquí a Vermont tarde. Tu hermana sigue durmiendo.

—Dile hola a tía Amy y tío Will por mí.

Reí y me acomodé mejor en el asiento colocando el regalo de Sam sobre mis rodillas. Mis tíos son loquísimos.

—¿Qué planes tienen para esta noche? ¿Cuándo sale el siguiente episodio de Elecciones? —Pude escucharlo tomar un sorbo de su café y pasar la página de su periódico.

Siempre ha empezado sus mañanas así desde que tengo memoria.

—Anoche le envié los vídeos a Martin y como allá aún era de día debe haberlos editado de una vez. Ya debe estar publicado, pero no he entrado a ver. Hemos estado ocupados. —Se me hace imposible no sonreír al recordar a Sam despertando con su cabello despeinado esta mañana.

—¿Ah sí? ¿En qué?

Cuestionó curioso y me aclaré la garganta nerviosamente.

No es el momento indicado para contarle a mi padre sobre nosotros y confesarle todo. Es una conversación que se debe tener en persona, no a cincuenta mil millas de distancia. —Organizándonos para grabar y todo eso. Aunque igual no grabaremos hasta el veintiséis, estamos tomando un descanso navideño.

—Hm... bueno, me alegro, se lo merecen. Los números aumentan cada vez más y estoy muy contento. Creo que sí lograrán salvar la editorial, a veces los cambios sí son buenos, ¿no? —Su voz fue bajando y suspiró.

Era claro que estaba recordando a mi madre.

—Sí, yo también lo creo. Pero hey, es navidad. ¿Estás listo para cantar villancicos al revés junto a tus hermanos como todos los años? —Me burlé y bufó.

Les digo, mis tíos son divertidos. Mi padre es el aburrido del trío.

—Esa tradición tiene que acabar, cada año canto peor y tu tía Amy no se queda atrás.

—No. Es demasiado gracioso, le escribiré a Natasha para que me envíe un vídeo.

—Por favor, solo no lo publiquen.

—No prometo nada.

—Bueno hijo, te dejo para que termines de comprar. Salúdame a Samantha y espero tengan una buena cena hoy. Cuídense mucho. ¡Cena! ¿Cómo no se me había ocurrido? Tenemos que tener una cena navideña, aunque sea improvisada.

—Sí papá. Cuídense ustedes también y pásenla bien. Los quiero, adiós. —Corté la llamada y me paré rápidamente.

No puedo creer que en serio olvidé la cena navideña.

Tengo que cambiar esto de inmediato. Tomé la bolsa del regalo, caminé en la vía de regreso al punto de encuentro con Sam y encontré una pequeña tienda de delicatessen.

Logré tomar dos botellas de Chardonnay, tres baguettes, queso camembert, salami, pastrami, algunos vegetales para hacer crudités, fresas, uvas, galletas de chocolate, un dulce de frutas, porque no puede faltar, me encanta, y un ramo de margaritas para decorar la mesa. No son las flores más navideñas, pero son de sus favoritas.

No estaremos con nuestras familias, no tendremos pavo, puré de papás, tamales, que creo que es lo que comen en Panamá, ni pastel de manzana, pero será la mejor cena navideña en todo París.

Por lo menos para nosotros.

—¡Vamos! Dame un adelanto de mi regalo.

Insistió mientras tomaba una de las bolsas de la compra para ayudarme.

—No. Tú tampoco querrás decirme qué me compraste y así no funcionan los intercambios.

—Está bien, a los dos nos tocará esperar hasta la noche, —sonrió e intentó abrir uno de los paquetes para ver el interior. —Se me había olvidado por completo la comida, qué bueno que compraste. El pastel de frutas se ve increíble.

—Lo sé, solo quedaban unos cuantos así que lo tuve que comprar.

—Espero que esté delicioso, tengo siglos sin comer pastel de frutas.

—Hablé con mi padre, está muy contento y ya está empezando a creer que sí lograremos salvar la editorial.

Sus ojos se iluminaron con mis palabras y la sonrisa más genuina del mundo apareció en su rostro. Está en todo su derecho de emocionarse, saber que no se ha perdido la esperanza es suficiente motivación para culminar.

—¿En serio? ¿Qué más te dijo? —Preguntó y nos detuvimos en un semáforo para cruzar la calle devuelta al hotel.

—Me preguntó que cuándo salía el siguiente episodio de Elecciones. Le dije que ya debía estar publicado solo que no habíamos podido revisar.

También me cuestionó cuando le dije que ambos hemos estado ocupados. Se nota que intuyó algo. —¿Y qué le dijiste?

Me miró con los ojos más abiertos que un búho y yo rasqué mi nuca.

—Nada, le inventé algo. Le dije que estamos organizándonos para grabar y ya. Aunque me contradije porque le dije que no grabaremos hasta pasado mañana. No creo que me haya creído, soy malo mintiendo y estaba nervioso.

—De seguro sí te creyó.

—Espero. No me gustaría tener que sincerarme con él sobre nosotros y sobre todo por teléfono, ¿sabes? —Asintió, mientras mirábamos a ambos lados y cruzamos la calle junto a un grupo grande de personas por la línea de seguridad.

—Tomaste una buena decisión, pero tarde o temprano tendremos que afrontar la realidad y decirle. Solo de pensar que lo puede tomar a mal me llena de ansiedad.

—No creo que lo vaya a tomar a mal, él te adora. Lo que sí puede que tome a mal es cuando le diga que quiero renunciar. —Decirlo en voz alta hace que se me quite un peso de encima, lo hace real.

—¿Qué? ¿Renunciarás del todo? ¿Y tus acciones de la empresa?

Paró en seco ya afuera del hotel. El sensor de las puertas automáticas causando que se abrieran.

—Sí lo haré, es tiempo de hacer música. Ve preparando tu mejor conjunto de ropa para la primera fila de mi sold-out show en el Staples Center.

Sonreí y colocó su mano en mi mejilla como pudo por el peso de los paquetes y regalos.

—¡Al fin! —gritó y un perro a la distancia empezó a ladrar. —Lo siento, no debí gritar. ¡Pero es que estoy feliz! Ya sé que lo habíamos hablado, pero al fin vas a hacer lo que te apasiona, todo el mundo se merece una oportunidad en su vida para hacerlo. —Tomé su mano y planté un beso sobre ella.

Dios, esta mujer me hace tan feliz.

—Cuando le diga, tendremos que hablar para la venta de algunas de mis acciones y organizarme con Natasha. Estoy seguro de que ella estará más que feliz de tomar mi lugar, siempre ha sido su vocación más que la mía. No puedo salirme del todo, mi apellido sigue siendo Hecox y la empresa es parte mía también. Además, es mucho dinero de por medio para dejarlo y lo puedo utilizar para producir mi música.

—Estoy muy orgullosa de ti.

Sonrió y entrelazó su mano con la mía mientras caminábamos en el lobby hacia el ascensor. —No habría tomado esta decisión sin ti. Tú siempre has seguido tus sueños, ¿por qué no intentarlo yo también?

Apreté el botón de nuestro piso y las puertas se cerraron.

—Mereces ser feliz.

—Feliz yo, feliz por ti y feliz contigo.

Afirmé y ella asintió recostando su cabeza en mi hombro. Las puertas del elevador se abrieron y caminamos hacia nuestra habitación. Sam abrió la puerta con la tarjeta y dejó los paquetes encima de la mesa redonda de madera mientras se quitaba su chaqueta. La calefacción haciéndonos efecto de inmediato.

—¿Quieres ver el episodio conmigo? —Preguntó tirándose en la cama y quitándose los zapatos sin usar las manos.

—Lo veré más tarde, voy a tomar una ducha. Así cuando entres tú a bañarte puedo preparar nuestra cena improvisada. —Reí y ella sacó su celular de su bolso para ver el episodio.

—Bueno yo sí lo veré, quiero ver qué pensó la gente de nuestra visita a la torre y a la librería.

—Si respondes comentarios mándales mis saludos.

Cerré la puerta del baño y me desvestí. Saqué mi celular del bolsillo de mi pantalón y empecé a reproducir mi playlist de la ducha. Me gusta bañarme midiendo el tiempo entre canción y canción.

Pero, estoy tan emocionado por preparar la sorpresa que esta vez solo escuché dos: *Gypsy* de *Fleetwood Mac*, y *No Way Out* de *Jefferson Starship*.

La combinación perfecta de gemas musicales para un baño flash de diez minutos. Luego de cantarlas a todo pulmón en la ducha, me enrollé una toalla en la cintura y salí a la habitación. Sam seguía en el mismo lugar que antes, acostada mirando su celular, pero enseguida salí se levantó de golpe.

—¿Te picó una hormiga o qué?

—No. Te tengo una sorpresa. —Replicó y enarqué una ceja.

—Oh wao. Vaya giro de roles, —reí. —Hoy es un día lleno de sorpresas, ¿cierto?

—Se puede decir que sí.

Se acercó a mí y me entregó una bolsa de una tienda que no reconocí.

—¿Este es mi regalo? Pensé que haríamos el intercambio cuando sea navidad oficialmente.

—Es un regalo, pero no es *el* regalo. ¡Anda, ábrelo!

La miré intrigado y chasqueé mi lengua rindiéndome. Al abrir el paquete saqué un pantalón largo negro junto a un suéter rojo manga larga con un estampado de renos blancos.

—¿Te gusta? Venía en un set, uno para ti y otro para mí.

—Se nota en serio que navidad es tu época favorita del año, estás tan emocionada como si hubieses recibido la Barbie que querías. —Reí. —Me encanta.

Me acerqué hacia ella y le di un pico en los labios.

—Estás todo mojado todavía, no te secaste bien y tienes agua por todo el pecho. —Dijo intentando separarse de mí, pero no la dejé. Solté el pijama y la envolví entre mis brazos atacando sus labios vorazmente.

—Brandon...

Musitó y yo sonreí entre besos. Solo la molestaré un poquito más.

—¿Qué? ¿No te gusta que invada tu espacio personal?

Coloqué mi mano derecha en la parte baja de su espalda y dibujé círculos imaginarios sobre la tela de su blusa.

—Sí, pero...

Su voz se cortó y se aclaró la garganta. Mi trabajo aquí está hecho.

La solté suavemente y respiró profundo, sus mejillas se tornaron carmesí y se acomodó el cabello rápidamente. Ha pasado mucho tiempo desde la última vez que estuvimos juntos íntimamente. Frustrante porque ni siquiera me acuerdo de ese momento. Y claro que quiero estar con ella, ¿cómo no?

El deseo me ha estado carcomiendo lentamente por dentro. Sin embargo, quiero que todo se dé lo más orgánico y naturalmente posible. Sería como nuestra primera vez. Aunque las primeras veces no son perfectas, lo único importante es que hay amor.

Que confiamos el uno en el otro y que los dos queramos.

—Yo... voy a bañarme, son las cinco de la tarde.

Dijo nerviosa y entró al baño rápidamente.

Vaya que será una larga noche.

MIENTRAS SAM SE BAÑABA, ORDENÉ DOS copas y una tabla para quesos a la cocina del hotel y coloqué todo detalladamente en la mesa de vidrio del balcón. Todo se ve increíble, el sol ya se estaba poniendo y la Torre se iluminaba perfectamente.

Coloqué música navideña en mi computadora para tener un fondo más festivo y tomé algunas fotos para compartir en mis redes sociales.

Titulé la foto como, *Una navidad diferente en París* e inmediatamente los me gustas y los comentarios empezaron a llegar. Jamás me acostumbraré a la exposición que nos está dando el programa, la gente en serio ha tomado interés en nuestras vidas. Pero más me vale acostumbrarme, porque los músicos reciben muchísima atención.

Un rato después, Sam salió del baño con su pijama a juego con la mía y secándose el cabello.

La música navideña la puso más en ambiente y empezó a moverse al ritmo de la música, poco a poco va agarrando más confianza en sí misma para bailar y me encanta. Bailar es increíble. Te llena de energía y te libera.

—¿Ya estás lista? —pregunté acercándome a ella, tomándola de la cintura. —Ya arreglé todo.

—Sip, más que lista para nuestra increíble cena navideña.

Me abrazó y el olor del champú recién lavado inundó mi nariz.

—Ven, —la halé trayéndola hacia el balcón y nos sentamos. El cielo ya se había oscurecido por completo y lo único que nos iluminaba eran la luna y la luz del balcón.

—De verdad que pensaste en todo.

—Así es, ahora brindemos. —Abrí la botella de Chardonnay y vertí un poco para ambos en las copas.

—Por nuevas tradiciones y una feliz navidad. —Levantó su copa y yo la seguí. —Por una feliz navidad y un nuevo año juntos. —Chocamos nuestras copas y tomamos pequeños sorbos.

Estuvimos así por un par de horas, escuchando villancicos, disfrutando de la comida, tomándonos fotos locas y hablando de todo un poco. Al terminar nuestra primera botella de vino, a Sam se le ocurrió ver una película navideña. Lo sé, nadie está más sorprendido que yo.

Así que corrió dentro de la habitación para traer la laptop y un par de mantas porque nos estábamos congelando. Entró a la aplicación de MovieTVworlds y empezamos a ver *Realmente Amor*.

Era una bonita película, pero claramente ella fue la que la escogió, es una de sus favoritas. Bueno, todas las películas navideñas son sus favoritas. El sinónimo en mi diccionario de película navideña es *Duro de Matar*, es épica y la puedo ver mil veces sin cansarme. Al terminar de ver la película nos sentamos a esperar que se hicieran las doce y comimos pastel de frutas, estaba delicioso, pero ninguno le gana aún al de mi abuelita.

Aunque debo aceptar que este es un buen contrincante.

—Vamos por los regalos. —Dijo colocando música nuevamente en la laptop y dejándola sobre la mesita de centro de la habitación.

La seguí y el calor me impactó. Vaya que nos estamos congelando afuera y aquí está caliente, pero lo vale. Tendremos que aguantar un poco más porque tenemos que ver los fuegos artificiales.

Con los villancicos de fondo el ambiente era simplemente perfecto.

—¡Faltan tres minutos! —exclamó emocionada mirando el reloj de su celular. —¡Navidad en París!

—Ya voy, ya voy, —reí y la abracé por atrás plantando un beso en su cuello. —Aquí estoy.

—Quiero ver cómo se ilumina la torre. —Suspiró, botando vapor por la boca. Podremos estarnos congelando, pero tenerla así de cerca está causando cosas dentro de mí.

—Tres… dos… uno… —susurré en su oído y los fuegos artificiales explotaron en el cielo. La gente en los edificios aledaños y los otros pisos del hotel empezaron a gritar de felicidad.

—Feliz navidad, Bran.

Se volteó hacia mí y besó mis labios suavemente.

—Feliz navidad, Sam.

Sonreí y le devolví el beso, sintiendo mi corazón acelerarse.

—¡Ahora los regalos! —se soltó de mi abrazo y se sentó de vuelta para entregarme el mío. —¡Ábrelo!

Rompí el forro de la caja que estaba un poco pesada y la abrí quedándome sin palabras. Un reproductor de casetes de la década de los ochentas con cuatro cintas y otro regalo más pequeño dentro envuelto. No lo puedo creer, hace tiempo estaba buscando uno de estos y no lo encontraba en ningún lado.

Ni en internet.

—Yo… no sé qué decir… esto es increíble.

Susurré y suspiró aliviada.

—¿En serio te gusta? Lo vi y pensé en ti, supe que tenía que comprarlo, pero estaba nerviosa de que no te gustara.

—En serio. Hace tiempo estaba buscando uno igual y no conseguía. ¿Qué hay en las cintas?

—No estoy muy segura, el señor en la tienda de música a la que entré me intentó decir, pero no le entendí. Creo que son mixtapes hechos por alguien, siento que es divertido, podrás descubrir qué canciones están ahí. —Sonrió y se cruzó de brazos, divertida.

—¿Qué hay en el otro mini regalo?

—Tendrás que abrirlo para descubrirlo, —aplaudió y me reí.

Abrí el regalo más pequeño y la emoción más grande del mundo se apoderó de mí. Es una fotografía dentro de un marco del último cumpleaños de mi madre que le celebraron en la oficina. Mis ojos se llenaron de lágrimas al verme a mí en medio con mi madre a mi izquierda, Sam a mi derecha, mi padre y Natasha al lado de mi madre y el resto de los compañeros de la editorial.

—¿De dónde sacaste la foto? La había olvidado por completo.

—Llamé a Jacky, recordé la foto esta mañana. Ella la tomó ese día y olvidó enviarla, la tenía en la nube. La encontró hace unos meses y me la enseñó. Compré el marco en una tienda y encontré un internet café. La fui a imprimir y listo.

—No tienes idea la alegría que acabas de causarme... hay días en los que olvido la sonrisa de mi madre. Ver fotos de ella antes del accidente era demasiado duro para mí, pero ahora creo que ya estoy preparado para recordarla sin ponerme tan triste.

—Lo sé. Además, me sorprendió que yo salgo a tu lado en la foto. Ya para ese tiempo no estábamos juntos, pero creo que fue la costumbre.

—Me alegro de que haya sido así, —sonreí y limpié mis lágrimas que amenazaban con salir.

—Te quiero tanto. —Besé sus labios rápidamente y me moví para entregarle su regalo. —Yo también.

—Toma, espero que te guste, estuve ahí mientras lo confeccionaban exactamente como pedí. —Sacó la caja de la bolsa de regalo y soltó un jadeo sorprendida al abrir la cajita. Sacó el brazalete y empezó a analizar cada dije.

Sus ojos brillando reflejando la luz de la luna.

—Es hermoso...

—Dame tu mano, —extendió su mano derecha y tomé el brazalete para colocárselo. —¿Ya descubriste qué significa cada uno?

—Creo. Pero prefiero que me los expliques tú. —Besé su mejilla.

—Bueno, los dos primeros que ves aquí, —señalé la cámara y el avión y fui tocando cada uno en orden. —Significan este viaje inolvidable y el inicio del programa. Los siguientes dos nuestra aventura en

Londres, los que siguen nuestro paseo en Vespa y los deseos que pedimos en la Fuente de Trevi, los otros dos significan París, obviamente donde estamos ahora. Y, por último, pero son los más importantes, nuestro presente con el árbol de navidad y la estrella eres tú.

—¿Yo?

—Sí, tú. Mi estrella, mi luz, mi guía. Mi único deseo en este mundo, mi único deseo dentro de todo el universo. —Sonreí besando su muñeca y ella se levantó de su silla para sentarse en mi regazo.

—No sé qué hice para merecer esto, —musitó con un hilo de voz. —Tú también eres mi único deseo. Eres lo único que necesito. Nada más.

Cortó la poca distancia que quedaba entre ambos y sus labios se apoderaron de los míos una vez más y esta vez… fue diferente. La tomé entre mis brazos y la levanté de la fría silla del balcón para entrar a la habitación.

El beso seguía subiendo de tono y colocó sus brazos detrás de mí cuello rozando mi nuca. Hemos pasado demasiado tiempo privados de esto y siento como si un incendio forestal se estuviera iniciando dentro de mí.

Enrolló sus piernas en mi cintura dándome más facilidad para cargarla y colocó una de sus manos dentro de mi suéter acariciando mi torso.

Esto está pasando en serio, ya no hay vuelta atrás.

La bajé en la cama y rompí un poco el beso.

—Sam… —musité, pero me ignoró concentrada. —Sam, —insistí. —Sam, ¿estás segura de esto?

—Sí, más segura que nunca. Ahora corre al balcón, trae las cosas para que no se dañen, cállate y bésame o dormirás afuera.

Corrí sonriendo a hacer lo que me pidió y al regresar ataqué sus labios con más fuerza que nunca. Son adictivos y tenían rastros de vino aún, haciéndolos aún más apetitosos.

Es mi momento de hacerla feliz, de hacerla mía y de ser suyo después de tanto tiempo. Nos recosté más a la cama y sonreí.

—Feliz navidad… —susurré y Sam cerró sus ojos completamente.

20. FELIZ NAVIDAD

SAM

L as yemas de sus dedos pavimentaron su camino sobre mi cuerpo. Dios, cómo extrañé esta sensación.

Entregarme a él siempre ha sido fácil, desde nuestra primera vez he confiado en él completamente.

Le entregué mi corazón en bandeja de oro y siempre se ha hecho cargo de él. Algo que muchos no saben, es que Brandon fue la primera persona con la que hice el amor. Sí, fue hasta la universidad. Sé que puede sonar extraño, pero la verdad es que cuando nos conocimos yo estaba más joven y nunca había tenido una relación real. Tampoco iba a ser una loca como mis amigas de la escuela, acostándose con cualquiera solo porque *querían salir de eso*.

En serio, no exagero, muchas lo dicen y se dejan influir por la presión social. Mi madre me enseñó que todo llega a su tiempo y no debo preocuparme ni apurarme en cambiar el camino.

Y así fue, mejor que le hice caso. Siempre tiene la razón, pero no se lo digan, porque se le sube a la cabeza. Nunca me he arrepentido de esas decisiones, fue lo mejor que pude hacer. Cuando le confesé a Brandon que era virgen, él me entendió completamente.

Si mal no recuerdo me dijo que la primera vez que tuvo sexo fue con su primera novia formal cuando tenía dieciséis, algo que me intimidó un poco porque yo nunca había hecho nada y él tenía toda la experiencia del mundo.

Y créanlo o no, se portó como todo un caballero. Fue gentil y cariñoso conmigo y esperó hasta que yo estuviera lista para hacerlo. Sé que se deben estar preguntando, ¿y cómo me di cuenta de que lo estaba? Bueno. Fue el día en que me di cuenta de que estaba enamorada de él. Hubo un simulacro de tiroteo en el campus y mi corazón se paró mientras todos pensábamos que estaba pasando de verdad. Mi primer pensamiento fue él. Si en serio había un tirador activo en la universidad tenía que saber que él estaba seguro.

Estuve a punto de tener un ataque de pánico al no poder escribirle o llamarlo para saber que estaba a salvo. Sin embargo, tiempo después cuando nos dijeron a todos que era un simulacro, el alma me regresó al cuerpo y pude respirar, aunque aun así seguía conmocionada.

Vaya momento para darme cuenta, siempre tarde. Cuando lo pude contactar por fin me dijo que el simulacro lo sorprendió dormido en su dormitorio y su celular se había descargado, por lo que tardó en responderme. Necesitaba verlo inmediatamente y corrí hacia su edificio. Al entrar a su habitación lloré frente a él y le dije lo mucho que lo amaba. Sí, yo dije te amo primero.

Y lo hicimos por primera vez. Aunque les tengo que confesar que yo fui un completo fracaso. Él estuvo bien, pero yo no tenía ni la menor idea de qué hacer y terminamos en el suelo riéndonos a carcajadas. Las primeras veces nunca son perfectas, eso es mentira. Y ahora nuestro presente es diferente, este momento se sentía de nuevo como una primera vez, pero el contexto es diferente.

Somos mayores, hemos tenido más experiencias y estamos descubriéndonos nuevamente después de varios años. No me subestimen, ahora me considero bastante buena en esto. No soy buena en los deportes, pero a la hora de ir a la cama puedo ganar varias medallas en las olimpiadas.

Pero qué modesta la niña, pensé. Y Brandon no se queda atrás, un tipo como él es difícil de olvidar. ¡El hombre parece esculpido por los dioses, por favor! Es un máster.

Mientras colocaba su boca sobre mi cuello, su respiración jadeante emanaba un pequeño calor que recorría mi piel y me volvía loca.

Cerré mis ojos y disfruté de la huella que dejaba con cada centímetro de mí que volvía a descubrir. Levanté mis brazos sobre su pecho para quitarle el suéter del pijama que le regalé y sonreí al ver su torso descubierto. Me retracto, ya no es Hades, ahora es Hércules. Sus manos se apoderaron de mi cintura con dominancia como si fuera a escapar de su agarre en cualquier momento.

Aunque jamás se me ocurriría escapar, mis malas decisiones nos han mantenido separados demasiado tiempo ya.

Una de sus manos levantó mi cabeza obligándome a mirarlo, transmitiéndome su creciente deseo y la necesidad carnal que no podemos controlar. Me relajé en su agarre y volvió a besar mis labios atrayéndonos más cerca. Sus manos deslizándose con facilidad a lo largo de mi espalda.

Mi cuerpo instantáneamente arqueándose al presionarnos juntos. Ambos profundizando el delicado y suave beso que hemos anhelado por tanto tiempo. La sensación de su presencia cercana dominó todos mis sentidos y toda la restricción que hemos tenido durante tantos años. Por otra parte, padezco la necesidad de compensarlo por el tiempo perdido.

Colocó una de sus manos sobre mi abdomen y rompió el beso para besar uno de mis hombros, pero me levanté abruptamente de la cama sorprendiéndolo y recibiendo un quejido. Lo haré sufrir un poquito, así como él a mí esta tarde. —Quiero que disfrutes del show.

Dije poniéndome de pie frente a él pegada a la cama.

—¿Oh? ¿Y cuál es el epítome del espectáculo? —Preguntó, con una sonrisa traviesa colocando sus brazos detrás de su cuello para apoyarse.

—Placer.

Respondí mordiendo mi labio lentamente, quitándome el suéter del pijama y el pantalón exponiendo mis muslos. Aún con la tenue luz de la lámpara de noche, pude ver como sus pupilas se dilataron gracias a la vista que le estaba proporcionando. Existe la posibilidad de que me haya puesto esta ropa interior de encaje negro a propósito hoy.

No confirmaré nada.

—¿Estoy dejando las cosas a la imaginación o estabas esperando algo más? —Me observó hipnotizado y reí tiernamente.

Ha pasado mucho tiempo desde que me vio así. Obviamente estoy más adulta y ya no parezco una adolescente. Mis caderas están más anchas y mi busto también ha crecido favorablemente. Le llamo a esto, la segunda pubertad.

—No. Eres perfecta, como un ángel.

Dijo casi en un susurro y mis mejillas se calentaron.

¡No puedo con tanto! mis piernas se convertirán en gelatina en cualquier momento, sus palabras me están volviendo loca y lo necesito *ahora*.

Volví a subir a la cama y me coloqué de rodillas frente a él dándole todo un espectáculo. —Me estás matando aquí. ¿Te divierte?

Su voz suplicante se endureció cuando me acerqué a él y se aclaró la garganta sentándose y tocando mi cintura.

—Solo un poquito. Pero tranquilo, yo te salvo.

Me senté en su regazo y lo besé con fuerza moviendo despacio mis manos hacia abajo y hacia arriba por su pecho. Sus cálidas palmas descansaban sobre mi espalda y muslo mientras exploraba profundamente mi boca. Su mano derecha se abrió paso por mis bragas y rompí el beso con un jadeo por la sorpresa.

Los latidos de mi corazón retumbaban en mis oídos y la fricción que sus dedos dejaban me mataba poco a poco.

—Sam estás empapada, —me miró con una sonrisa y cerré mis ojos para concentrarme en el placer mientras bajaba la pieza de tela que estaba en el camino. —Hey, —detuvo los movimientos lentos y abrí mis ojos rápidamente molesta. Eso se sentía tan bien, ¿cómo se atreve a detenerse?

—Quiero que me mires a los ojos mientras te hago feliz. No los cierres, quiero que ambos recordemos esto para siempre, ¿está bien?

Dijo y asentí con la cabeza mientras él continuaba sin poder pensar coherentemente. —Para siempre.

Murmuré gimiendo entre fricciones y con falta de aire. Al decir esto introdujo sin aviso uno de sus dígitos dentro de mí y todo a mi alrededor se volvió borroso.

Creo que Brandon quiere que entienda cuánto le gusto.

Cuán grande es su sed por mí y lo mucho que le hice falta. Siento que todas mis entrañas van a explotar como un fuego artificial de la emoción, el amor que siento por él es gigantesco.

Mucho más grande que la Torre Eiffel desde la vista de una hormiga. Rara comparación, pero exactamente así.

—Te sientes tan increíble… —susurró bajando su cabeza para besarme sin parar el rápido movimiento de sus dedos dentro de mí y su pulgar trabajando con magia en mi centro.

Mis ojos congelados con los suyos, sin atreverme a cerrarlos.

—Te ves tan hermosa cuando estás así… abriéndote para mí… —susurró contra mi oído dejándome escapar otro gemido más fuerte. Besándome rápidamente para contenerlo. Su nombre siendo el sonido más hermoso que ha podido salir de mi boca.

Más les vale a los arquitectos que construyeron este hotel haber hecho las paredes gruesas, porque si no, están teniendo un espectáculo PG18 gratis. —Te-te necesito por favor…

Rogué y él sonrió al ver lo que está causando en mí.

Estas palabras son las que todo ser humano quiere escuchar. Sentir que pertenecemos a algún lugar o alguien puede sonar posesivo o extraño para algunos, pero dentro de este escenario es todo lo que podrías querer. Pertenencia.

Algo que solo obtienen aquellos que se enamoran de ti con todo y tus imperfecciones. Grité su nombre una vez más y me derretí en su mano gimiendo. Extrañé en cantidad su toque mágico, ese que hace que cada orgasmo se sienta como una experiencia totalmente diferente e increíble. Nadie podrá hacerme sentir así nunca, de eso estoy cien por ciento segura. Al paso de unos minutos lentamente me levanté de la cama, aún recibiendo las réplicas que él me provocó.

Sin hacer ningún ruido lo jalé para que se levantara. Ambos nos quedamos en completo silencio cuando inserté una de mis manos dentro de su pantalón y recorrí su virilidad envolviéndola en mi mano. Besé su cuello y lo único que se escuchaba eran nuestras respiraciones y los suaves villancicos que dejamos reproduciendo.

—Sam… ¿estás segura de esto? —preguntó, con la voz más ronca que le he escuchado en toda la vida. Asentí con la cabeza y sonreí maliciosamente.

—Shhhh… ¿Por qué dudas de mí? —murmuré aún con mi boca en su cuello. —Estoy más segura de esto que de nada en mi vida.

Reí entre dientes y el cerró sus ojos al sentir mi otra mano introducida sobre él dentro de su bóxer.

—No, no, no. Ya tú tuviste tu diversión y ahora me toca a mí tener la mía. Ahora tú no te atrevas a cerrar los ojos.

Como pudo los abrió y miró hacia el techo maldiciendo. Ladeé mi cabeza y calqué un camino de besos en sus hombros haciéndolo temblar.

—¿Tan necesitado estás, no? —me burlé y bajé su pantalón con mi otra mano y lo continué frotando de arriba hacia abajo. —Quiero escucharte decir mi nombre, solo mi nombre y nada más mi nombre. Justo como yo lo hice.

Abrió la boca sorprendido ante la demanda y mordí mi labio sonriendo devotamente. Moví mi mano con más rapidez y tan pronto como su erección empezó a gotear decidí empujarlo hacia la cama de una buena vez.

Seguía manteniendo demasiada compostura para mi gusto. Él me había convertido en un lío tartamudeante hace unos minutos cuando sus dedos estaban dentro de mí y no me da la gana. Quiero escucharlo.

—Sam… —gimió, al sentir mis manos volver a envolverse en su miembro. Movió sus caderas hacia adelante y su voz recitando mi nombre logró que me excitara más aplicando más presión a mi agarre. Estaba cerca y lo puedo sentir, pero aún esto no terminará, nos falta lo mejor.

—Mierda Sam, estoy cerca.

—Hazlo, —dije y lo solté inmediatamente.

Me besó con fuerza y me tomó en sus brazos para situarse boca arriba.

Se arrastró como pudo hacia la mesita de noche donde guarda su billetera y sacó un preservativo. Levanté una ceja y lo miré mordiéndome el labio aguantándome una carcajada viéndolo ponérselo rápidamente. Cinco estrellas para los hombres siempre precavidos y preparados, excelente servicio.

—Eres la chica más hermosa del mundo, ¿lo sabías? —Preguntó, atacando mis labios una vez más.

—Me lo han dicho, —sonreí y entrelacé nuestros dedos. —Pero no está de más que me lo recuerdes.

Se acomodó mejor sobre mí y con su mano libre ahuecó uno de mis senos por debajo del sujetador. Me arrepiento tanto de no habérmelo quitado. Bajó suavemente desde mi clavícula hasta mi vientre y subiendo de nuevo.

Ya no lo soporto más, lo necesito dentro de mí. *Ahora.*

—Te quiero tanto, —susurró mordiendo el lóbulo de mi oreja y tragué saliva. Brandon estaba a punto de tenerme a su merced y yo abrí mis piernas dándole permiso.

—Oh, Dios. —lloriqueé al sentirlo. Los latidos de mi corazón están a mil kilómetros por hora y mis ojos se llenaron de lágrimas al sentir la familiar sensación de placer en la parte baja de mi estómago cuando entró en mí.

Una perfecta mezcla de placer, amor, deseo y cariño. Todas las anteriores desatándose al mismo tiempo.

Es como si nuestros cuerpos estuviesen hechos el uno para el otro, encajan perfectamente. Sus oscuros ojos no apartaron su conexión de los míos en ningún momento y nos mecíamos juntos como si nuestra vida dependiera de ello. Bajó su mano derecha para sostener mi cintura y estabilizarse mejor.

Estamos tan cerca, tan cerca que cada vez es más difícil pensar. Presionó sus labios contra mi clavícula y yo escondí mi cara en su cuello, era el primer momento en que dejábamos de vernos. Pero ya nuestros movimientos eran involuntarios y ninguno lograba controlarse.

—Oh Sam...

Gimió acelerando el ritmo de sus embestidas y maldijo llorando de placer. Mordí mi labio tan fuerte que sentí el sabor a óxido de la sangre para evitar gritar, pero era imposible aguantarme. Lo siento vecinos, lo siento París, me valen.

Que me escuchen hasta la frontera con Bélgica, no me importa.

—¡Brandon! Estoy apunto... —ambos estábamos tan envueltos en hedonismo que no pude terminar la oración. Y con un último empujón de su parte, todo explotó. Él dentro de mí y yo contra su virilidad, una sensación mística y etérea.

Ambos cerramos los ojos, tratando de que esto durara para siempre y simplemente nos quedamos uno sobre el otro recuperando nuestro aliento.

Fue todo lo que esperé y más, de las cosas que más había extrañado de él. Una sincronización perfecta. Brandon suavemente se movió para cubrirnos con una manta y la habitación quedó en completo silencio.

Lo único que se escuchaba era la melodiosa voz de *Michael Bublé* cantando *Have Yourself a Merry Little Christmas*.

Y cayó como anillo al dedo.

En este momento todos nuestros problemas están a millas de distancia y aquí estamos como en los viejos tiempos, teniendo una pequeña y feliz navidad. Una feliz navidad que, si el destino nos permite, se repetirá durante muchos años más.

21. TU SONRISA, MONA LISA

No sé cómo explicarles la felicidad tan grande que cargo encima. He pasado buenas navidades, pero ninguna como esta. Siempre he estado enamorada de la idea de la navidad. Toda la familia reunida abriendo los regalos en la mañana, decorar galletas y casas de jengibre.

Hacer muñecos y ángeles de nieve afuera de la casa, decorar con luces de colores las ventanas e ir en familia a cortar un enorme árbol de navidad para luego decorarlo y colgar los ornamentos juntos.

Sin embargo, me tocó vivir una realidad diferente. Los latinos celebramos las cosas de una forma totalmente distinta y tenemos una cultura única que no cambiaría por nada del mundo.

Tuve la suerte de crecer en una familia mezclada de clase trabajadora. Mi padre nació en Seattle y se mudó a Nueva York cuando era un adolescente para trabajar con mi abuelo en una compañía de televisión por cable. Iban de casa en casa como contratistas de la empresa reparando las conexiones y llevándole televisión a cientos de personas. Luego de un tiempo, su hermano le ofreció un camión para transportar carga alrededor de toda la Costa Este y aceptó al no tener nada que lo atara a la ciudad.

Ganaba muy bien y ahorraba demasiado.

No despilfarraba dinero innecesariamente y era muy responsable manejando sus gastos. Por otra parte, mi madre nació y se crió en la Ciudad de Panamá hasta los catorce años. Según me ha contado, mi abuela era maestra y mi abuelo tenía un restaurante bastante popular.

Al ser su única hija, como pudieron la enviaron a estudiar a los Estados Unidos y a vivir con una de las hermanas de mi abuelo en Nueva York. Al terminar la escuela su plan era regresarse a Panamá, pero la situación del país estaba muy mal y había una crisis económica terrible gracias a la dictadura militar que afrontaban.

Mi abuela perdió su trabajo y mi abuelo su negocio, ambos enfermaron y no podían correr con los gastos de vida ni para el retorno de mi madre. Fue muy difícil, pero su tía le ayudó a conseguir un trabajo de limpieza en un hotel en Long Island, así fue como se mantuvo. Y fue ahí donde conoció a mi padre. En una de sus largas noches conduciendo llegó ahí, de cinco hoteles en la misma avenida eligió ese.

¿No es increíble? Se conocieron, la invitó a salir al día siguiente, fueron a un auto cinema en el camión de mi padre y el resto es historia. Se enamoraron y a los seis meses se casaron. Con mucho esfuerzo se mudaron al pequeño departamento en Brooklyn donde vivía él solo y ahí nací y crecí. Mis padres trabajaron toda su vida para darme lo mejor y asegurarse de que estudiara, algo que ellos no pudieron hacer.

Mi madre soñaba con ser diseñadora de modas y mi padre arquitecto. Sin embargo, cedieron sus sueños para que yo viviera los míos y creo que no los he defraudado, hasta el momento. Siento que he vivido con mucha presión toda mi vida por no defraudarlos y aunque sé que no lo he hecho, en este momento siento que todo es una bomba de tiempo. Brandon y yo pasamos la mejor navidad de nuestras vidas.

Los dos juntos en nuestra pequeña burbuja, acurrucados todo el día viendo películas y solo levantándonos para ordenar comida e ir al baño, sin preocuparnos de absolutamente nada. Ni siquiera entramos a redes sociales, solo enviamos mensajes de feliz navidad y eso fue todo.

Más perfecto imposible. Hoy volvimos a la realidad y continúamos con nuestra labor. Estábamos haciendo la fila en la entrada *Richelieu* para entrar al museo de Louvre cuando recibimos un mensaje de Elizabeth diciendo que tenía que hablar urgentemente con nosotros y que en cuanto terminemos de grabar el décimo episodio la contactemos.

Ambos quedamos fríos, más fríos que París en este momento, eso no sonaba bien. —¿Qué crees que vaya a decirnos? —Tragué fuertemente, mientras mordía la parte de adentro de mi mejilla.

—No lo sé, pero no te estreses aún. De seguro no es nada de qué preocuparse.

Brandon besó mi mejilla y yo asentí.

Mi cabeza tiene la mala costumbre de ir a mil por hora y crear todos los escenarios posibles. Debo calmarme, estamos bien. Ahora debo concentrarme en que estamos a punto de entrar a uno de los museos más famosos del mundo y tengo que disfrutarlo. No todos los días te levantas para ver la Mona Lisa. —Vamos a empezar el vídeo, ¿está bien? —preguntó.

—Sí, a ver si logro distraer mi mente. —Respondí, forzando una sonrisa haciéndolo reír.

"¡Hola a todos! ¡Feliz navidad y bienvenidos al décimo episodio de Elecciones. ¿Pueden creerlo? Ya llevamos diez episodios junto a ustedes, muchas gracias a todos por la retroalimentación que hemos tenido desde el principio." Dijo Brandon sonriente y yo me colé en la toma.

"Así es, sin su apoyo no estuviéramos aquí en París listos para llevarles el contenido que le encanta. ¡Estamos a punto de entrar al museo nacional de Francia! El Louvre, tal y como ustedes nos pidieron en los comentarios. ¿Quieren ver arte? Pues están en el sitio correcto." Hablé al avanzar en la fila. "El museo de Louvre es el museo de arte más visitado de todo el mundo. Posee 35000 obras en exposición y 445000 en total. Desde que fue inaugurado en 1793 es un museo de arte creado para el público y para ser disfrutado por la sociedad." Añadió él con facilidad casi llegando a la entrada.

"El museo cuenta con colecciones de antigüedades egipcias, romanas, orientales, griegas, etruscas, objetos de arte, pinturas, artes gráficas y mucho más. ¡Ya quiero ver todo!" terminé de decir y paramos para entregar nuestros tiquetes.

Los cuales tuvimos suerte de conseguir debo añadir, porque en esta temporada alta es muy complicado. Luego de bajar las escaleras eléctricas un guía se detuvo frente a nosotros para darnos la bienvenida e indicarnos las reglas del museo. Mientras Bran grababa un paneo del techo, yo no podía dejar de admirar la majestuosidad de la gigantesca cúpula de cristal en forma de pirámide que nos rodeaba.

Es increíble. Por lo que he leído fue construida entre 1985 y 1989, así que es relativamente nueva a comparación del resto de las piezas.

"Para empezar con las obras de arte, en esta parte del museo tenemos un personaje de la vida cotidiana, La Encajera. Pintada en óleo sobre tela alrededor de 1669 por el pintor holandés Johannes Vermeer." Dijo Brandon mientras grababa la pintura y leía las notas en su celular. Tenemos buena memoria amigos, pero no para tanto.

"Esta me gusta mucho, se puede ver cómo la joven está muy concentrada cosiendo un encaje. Estando así encorvada se nota la facilidad que tiene para realizar su trabajo, me recuerda a mí." Respondí y Brandon se rio entre dientes mientras continuábamos caminando junto a un grupo grande de personas hacia otro lado.

"Estos son los caballos de Marly," habló él mientras grababa de arriba a abajo la enorme escultura. *"Estos salvajes caballos de mármol fueron construidos por el escultor francés Guillaume Coustou en el siglo XVIII entre 1743 y 1745."*

Bran y yo decidimos que no mostraríamos todo el museo, solo algunas de las obras más relevantes de todas las secciones.

El vídeo no puede extenderse tanto y al pobre Martin le tocaría editar todo a la carrera. Además, uno de los propósitos del programa es hacer que las personas conozcan los lugares ellos mismos y elijan visitarlos algún día, ya que por más famosos que sean, hay gente que en serio no los conoce en su totalidad y ni tiene la menor idea de lo interesantes que son en realidad.

"Psique reanimada por el beso del amor, es una representación del Dios Eros en la mitología romana ejecutada en mármol blanco por el escultor italiano Antonio Canova en 1893. Esta es una de las seis versiones de la leyenda de Cupido y Psique, donde la función de la unión de cuerpo y alma resaltan la pasión del amor." Dije y él me empujó juguetonamente con su hombro. La sangre se subió a mis mejillas inmediatamente y los recuerdos de la madrugada de ayer me invadieron.

Vaya que fue una gran noche, hasta el momento ha sido el mejor sexo de mi vida. Continuamos nuestro recorrido hasta el ala Sully del museo y nos detuvimos frente a la Gran Esfinge de Tanis.

Brandon sacó su celular y me tomó una foto como si le fuera a dar un beso a la escultura de granito.

"La Gran Esfinge de Tanis es una escultura con forma de esfinge egipcia, tiene una altura de 1.83 metros y fue tallada durante el Imperio Antiguo de Egipto en el año 2600 A.C." dije a la cámara y Brandon me siguió con la toma mientras caminaba a lo largo del oscuro pasillo.

"En esta parte del museo también podemos encontrar artefactos de la antigua Grecia y de Egipto." Narré caminando de espalda, pero me volteé inmediatamente. No es de mis ideas más brillantes ni les recomiendo que lo hagan. Pueden ocasionar un accidente histórico, casi me choco con una escultura.

"Ahora aquí les mostramos a la Venus de Milo, una de las esculturas más famosas de la antigua Grecia y de las estatuas más representativas del período helenístico de la escultura griega." Dijo Brandon colocándose frente a la cámara luego de pasármela.

"Esta estatua hecha en mármol blanco fue ejecutada en algún momento entre los años 100 A.C. y 130 A.C. Se cree que representa a Afrodita, la diosa del amor y la belleza. Me recuerda a Sam, solo que tú si tienes brazos."

Ambos reímos y paré de grabar para continuar admirando las demás esculturas. Los griegos de la antigüedad tenían una manera muy peculiar de ver las cosas, todas estas tienen significados muy específicos. Además, al enfocarse en enfatizar las características humanas dejaron una marca grande en este período de la historia del mundo y el arte.

Continuando con el recorrido caminamos tomados de la mano hacia el ala Denon del museo y subimos hacia el primer nivel de pinturas. De inmediato al entrar nos topamos con la pintura en óleo del período del romanticismo francés La Balsa de la Medusa.

"¡Hemos llegado a la parte que muchos están esperando! El ala Denon del Louvre nos presenta una galería de pinturas francesas del siglo XIX. Esta fue una época en donde el arte adquirió una nueva función. Las pinturas no eran solamente obras de belleza y abstracción estéticas con destino a deleitar la vista. Algunas de estas obras de arte tienen claramente un motivo y reflejan un nuevo enfoque dentro de la sociedad." Dijo Brandon, levantando su brazo para que ambos estuviéramos dentro del encuadre.

"Sí, lo más increíble de éstas es que han dejado una marca en la historia y hoy en día siguen siendo importantísimas y muy famosas. Como por ejemplo ésta, La Balsa de Medusa."

Dije, mientras Brandon enfocaba hacia la pintura y continuamos caminando. La gente se estaba empezando a aglomerar a nuestro alrededor tratando de ver la pintura también y continuamos caminando por la larga sección para no obstaculizarlos. Nos detuvimos frente a cada una de las pinturas grabando clips cortos para que Martin haga un montaje.

La Libertad guiando al pueblo, Mujeres de Argel en su apartamento, Las bodas de Caná, San Juan Bautista de *Leonardo Da Vinci*, en fin, son demasiadas para mencionarlas todas. Y si nos ponemos a explicar cada una, el vídeo se va a hacer demasiado largo y nadie lo va a ver. Es la cruel realidad.

"Y ahora la más famosa y esperada de todas, con ustedes, La Mona Lisa..." dijo Brandon sonriente, quitando la cámara de nuestras caras para grabar la pintura. Es fascinante, uno la ha visto en fotografías, pero en persona es más cautivante de lo que uno espera. Sientes como sus ojos te siguen a todos lados, sin importar el ángulo en que la mires. Estar frente al cuadro más famoso de todo el mundo, es surreal. Más nos vale tomarnos el debido tiempo para analizarla.

"La Gioconda, es el retrato de Lisa Gherardini, esposa de Francesco del Giocondo. Siempre se ha rumorado que cuando Da Vinci la pintó, la Gioconda estaba embarazada o había dado a luz recientemente. Así que siempre he pensado que tal vez su esposo le pidió a Da Vinci que la pintara para recordar el momento en el que se convirtió en madre." dije mientras la miraba concentradamente.

"Nunca lo había pensado de esa manera, pero tiene sentido. Siempre la he visto como la obra de arte con la sonrisa más peculiar del mundo y eso es todo." Respondió riendo tiernamente y me recosté a su hombro.

"¿Sabían que un exempleado del museo la robó en 1911? El tipo llegó vestido como personal de mantenimiento y como si nada se llevó la pintura escondida bajo la ropa. La recuperaron dos años después cuando intentó vendérsela a una galería italiana."

Esto lo había leído en una de las tantas revistas que mi mamá me traía del restaurante. Es uno de esos datos interesantes que se te quedan grabados por el resto de tu vida, así como que el unicornio es el animal nacional de Escocia.

"Creo que algo así había escuchado. También que a la pobre Mona Lisa la han vandalizado varias veces y por eso está así cubierta por un cristal antibalas. Antes tenía un cristal normal y lo rompieron también, la gente no tiene límites." colocó su brazo rodeando mi cintura y plantó un beso sobre mi cabeza.

"Lo sé, pero ella sigue sonriente." lo miré sonriendo y enfocó la cámara hacia mí.

"Si me preguntan a mí, tu sonrisa es más hermosa que la de ella."

Vaya que Brandon sabe cómo hacerme suspirar.

Arrugué mi nariz y negué con la cabeza. Estoy segura de que la gente se volverá loca en los comentarios, no estamos siendo sutiles.

"Okay. Ahora solo me falta volverme modelo de arte y que alguien quiera pintar mi retrato," reí y tomé su brazo para salir del museo.

"No es necesario, ya tu sonrisa está pintada en mi mente por siempre." miré hacia el suelo avergonzada, mientras caminábamos. Este hombre tiene una tesis, no, una maestría en cómo ponerme a sus pies.

O jeando el menú del restaurante que encontramos cerca del Louvre, veo a nuestro alrededor. Estamos en una preciosa terraza. En el exacto lugar donde te imaginas comiendo en París. —¿Qué se te antoja? —Brandon me pregunta.

—Mmm… no lo sé, todo se ve tan rico, —dije volviendo a ver mi menú. Como siempre hay demasiadas opciones y mi estómago no aguantará más tiempo. —Pero lo que más me ha llamado la atención son las berenjenas a la parrilla con queso burrata y jamón de plato fuerte.

—¿Y de entrada? Yo estaba pensando ordenar una tabla mixta de embutidos y queso para que compartamos y de plato fuerte salmón ahumado.

—Me parece bien. —Cerré mi menú y crucé mis manos mientras Brandon le hacía señas al mesero para que viniera.

Me causa demasiada gracia el intento de Bran de utilizar la aplicación del traductor en su celular para poder hablar con el mesero. Después de nuestra visita en Italia en la que me presumió su dominio del idioma, ahora está pasando páramo con el francés.

Pero le tengo que dar ventaja porque el francés es bastante complicado, hermoso y encantador, pero complicado. Cuando el mesero se fue con nuestros pedidos solté una carcajada y él frunció el ceño.

—A ver, ¿cuál es el chiste? —preguntó cruzándose de brazos. —Yo también me quiero reír.

—Tú intentando hablar francés.

Me reí más fuerte y algunas personas me miraron confundidas, ocúpense de sus asuntos señores.

—¿Ah sí? Bueno te invito a que seas la traductora oficial de este último destino.

—*Nah*, no gracias. Para eso te tengo a ti.

Le enseñé mi lengua y él negó con la cabeza. Mi celular empezó a sonar y vi en la pantalla que es Rosie, inmediatamente la acepté sin pensarlo dos veces. La extraño mucho.

—¡Rosie hola! Te extraño.

—¡Te lo dije! —gritó al otro lado de la línea y me asustó.

—¿Qué me dijiste?

—¡Que todavía amas a Brandon! Estaba poniéndome al día con los episodios de Elecciones, porque estoy extremadamente atrasada por los ensayos, y Dios mío, se ven tan enamorados los dos. Disimulen un poquito por favor.

Reí y me tapé la cara. Rosie nos conoce a ambos muy bien.

—La verdad es que sí, —levanté la mirada y miré a Brandon que me miraba confundido. —Tenías razón y bueno…

—No… ¡No! ¿Es en serio? ¡No me jodas con esto! ¿Están juntos de nuevo? —Preguntó prácticamente gritando nuevamente.

Mi pobre tímpano. —Sí… pero no le puedes decir a nadie o la verdad no sé, no hemos hablado de eso.

Mordí mi mejilla nerviosamente y Bran dedujo inmediatamente lo que estábamos hablando. —Sam cualquier persona con dos ojos se va a dar cuenta de que ustedes no son solamente amigos, se nota a leguas en el primer episodio de París que están juntos y quiero saberlo todo. ¡Necesito saberlo todo!

Reí y tomé un sorbo de agua.

—Prometo que cuando regresemos a Nueva York te lo voy a contar con lujos y detalles, no te preocupes por eso.

—¡Eso espero! Yo también tengo cosas que contarte, pero bueno, te dejo para que sigan en lo que sea que están haciendo.

—Está bien, cuídate, te queremos mucho. Hey espera, ¿qué tienes que contarme?

—Eh… se está cortando la señal, estoy entrando en un túnel… adiós.

—¡Rosie!

Grité, pero fue muy tarde y había colgado. Bufé y guardé el teléfono de vuelta en mi cartera.

—¿Me quieres explicar esa conversación tan rara? —Preguntó Bran riendo, mientras recibíamos la tabla de embutidos del mesero.

—Esa conversación fue por parte de la nueva detective de *Misterio a la Orden*, Rosie Callaghan.

—¿Nos descubrió? Bueno, tampoco es como que lo hubiésemos estado escondiendo *taaan* bien.

—Sip, —reí y tomé un pedazo de queso camembert. —y quiere que le contemos cómo pasó todo.

—Me lo imaginé, lo que no entendí fue la parte de *no hemos hablado de eso.*

—Que no hemos hablado de la situación actual de nuestra relación, somos oficiales, pero no hemos hablado si ya haremos todo público y le contaremos a la gente.

—Pues, la verdad creo que debemos hablar de eso después y disfrutemos lo que queda del viaje. No nos preocupemos por eso hasta que regresemos a casa. Cuando ya estemos devuelta en Manhattan creo que con el primero que debemos hablar es con mi padre, para que sepa por parte de nosotros y no por parte de los demás. Creo que es lo mejor, dando a considerar que ambos seguimos trabajando dentro de la empresa, por si eso te sigue preocupando.

—Sí… creo que es la mejor decisión, tomémoslo con calma y dejemos que todo fluya. —Sonreí y continué comiendo.

—Hey, no te preocupes, ¿sí? —Brandon extendió su mano a lo largo de la mesa tomando la mía y sonrió. —Ya estamos juntos nuevamente y nadie nos podrá separar. ¿Está bien? —Asentí tragando fuertemente y forcé una sonrisa.

Eso espero.

De verdad que eso espero.

E N NUESTRO CAMINO HACIA LA *Plaza de la Bastilla,* decidimos detenernos a las afueras de la Catedral de *Notre Dame.* Estaba todo cerrado y los demás turistas se colocaban de igual forma que nosotros para poder ver las torres, aunque fuese de lejos.

El horrible incendio que ocurrió en abril mientras la remodelaban fue noticia internacional. Recuerdo el día porque en la editorial estuvimos pendientes a las transmisiones de la televisión francesa desde que la noticia se volvió viral.

Fue surreal ver cómo uno de los puntos prominentes de la historia era consumido por las llamas. Hasta escribí un artículo sobre el tema para una de nuestras revistas resaltando todos los momentos históricos que ocurrieron dentro de la capilla, como la coronación de Napoleón Bonaparte. *"Decidimos detenernos frente a Notre Dame porque sabemos que quieren verla. Lastimosamente no podemos entrar porque como sabrán este año ocurrió un terrible incendio y ahora está en proceso de ser reconstruida."*

Brandon rompió el silencio mientras enfocaba las torres.

"Tendremos que saludar al Jorobado en otra ocasión, tal vez en un par de años." dije soltando un suspiro y Brandon me miró sonriente parando de grabar. Qué les puedo decir, es una buena excusa para regresar a París, aunque no la necesitamos porque todo el que viene siempre quiere regresar. Nos subimos de vuelta al taxi y emprendimos nuestro viaje por toda la cuenca del río Sena.

Grabé videos cortos con mi celular para publicar y me recosté al brazo de Brandon. Quién lo diría, los dos jóvenes que se enamoraron en la universidad ahora están juntos en la ciudad del amor. Que alguien me pellizque. —¿Por qué me miras así? —preguntó.

No me había dado cuenta de que lo estaba haciendo.

—Por nada… solo que se siente bien estar aquí contigo.

Tomó una de mis mejillas con su mano y sonrió sin mostrar los dientes. —Yo también siento lo mismo. Estoy muy feliz de estar aquí contigo.

Se inclinó y besó la otra mejilla causándome un corrientazo de energía en el cuerpo.

—¿Qué loco no? Lo rápido que se nos pasó el viaje.

—Demasiado. Pero, el tiempo se pasa rápido cuando te estás divirtiendo, así que lo vale. —Asentí y él continuó viendo por la ventana.

Al llegar a la Plaza de la Bastilla Brandon le dio un billete de 10€ al taxista y nos bajamos justo frente a la Columna de Julio. Para nuestra sorpresa no había mucha gente, solo unas cuantas personas en el gran redondel.

Nos acercamos un poco más a la reja y Bran hizo un paneo de las calles y del alto monumento de color turquesa.

"Amigos, hemos llegado ahora al centro de la Plaza de la Bastilla, específicamente a uno de los sitios más icónicos de París y la historia de Francia, la Columna de Julio." Dije mientras Brandon me grababa de plano medio con los autos pasando detrás de mí.

"Así es Sam, este monumento se inauguró en 1840 para conmemorar la Revolución de 1830. Si miran en la punta de la torre está una escultura de bronce llamada el Genio de la Libertad."

"Oh sí, ahora que recuerdo en el Louvre hay una réplica." dije sacando mi celular para tomarle una foto.

"Esta plaza une tres distritos de París y ha sido el epicentro de numerosas manifestaciones sociales, protestas políticas y es visitada comúnmente por jóvenes de las afueras de París por la gran cantidad de restaurantes, bares y discotecas. Definitivamente un sitio que no se pueden perder." Terminó él y paró la grabación sacando de su bolsillo su celular, que estaba vibrando.

—Es un mensaje de Martin.

—Estoy exhausta, ¿terminamos aquí? Tenía ganas de que camináramos un rato por todo el borde del Sena, pero mis piernas no dan más. El museo me agotó.

—Sí, pero podemos hacer eso mañana solos tú y yo, sin la cámara.

Sonreí a su comentario y se acercó para darme un corto beso en los labios. —¿Y qué dice Martin? —pregunté arreglando mi bufanda. Ya el cielo estaba color morado y hacía mucho más frío. —¿Hay algún problema?

—Dice que le mande los vídeos de hoy lo más rápido posible, que tiene un compromiso mañana temprano y quiere ponerse a trabajar en el vídeo inmediatamente.

—Está bien, mejor terminemos y vámonos para el hotel. Además, no olvides que tenemos que hablar con Elizabeth.

—Cierto.

Se aclaró la garganta y empezó a grabar nuevamente.

"Hemos llegado al final del décimo episodio de Elecciones, esperamos que estén amando París tanto como nosotros. ¡La estamos pasando increíble!" exclamó Bran acercándose a mi lado. Mis brazos por inercia rodearon su cintura abrazándolo y sentí como su pecho se contraía. Puedo escuchar a Rosie en mi mente decir *disimulen un poquito*. Pero amiga mía... en esto sí te he fallado.

"¿Les gustó nuestro recorrido hoy por el Louvre? Comenten cuál fue su obra de arte favorita, nos encantaría saber." dije sonriente y levanté mi pulgar.

Un pequeño mensaje subliminal para que le dieran me gusta al vídeo.

"¡Nos vemos pronto en el próximo episodio de Elecciones! Con más lugares e historias para ustedes gracias a Harrington Enterprises y Editorial Nuevos Mundos." Terminó él y lo solté estirando mis brazos.

—Diez episodios terminados.

Su celular volvió a sonar e hice con mi mano como si estuviera calificándolo con un gancho. Él bufó guardando la cámara en la mochila y ajustándose la chaqueta.

—Sí profesora Sam, mejor vámonos, ya me entró frío hasta la ropa interior.

—Vaya que sabes cómo hacer que una chica se meta a tus pantalones. ¿No que el frío era mental?

—¡Oye! qué cosas dices.

—Yo no he dicho *nada*. Mejor contesta tu celular mientras yo consigo un taxi.

Giró sus ojos y yo me reí. Caminé un poco más hacia la calle y alcé mi brazo para tratar de conseguir un taxi. Suertudamente uno se detuvo un minuto después haciéndome sentir como en Nueva York.

Allá llamas a un taxi y se paran cinco de tantos que hay. Me gusta caminar, pero de verdad que estas son las ventajas de estar en una gran ciudad. Cuando necesitas transporte hay alguna solución siempre para ti.

Miré hacia atrás para hacerle señas a Brandon de que viniera y su cara estaba seria. La sonrisa que tenía hace un minuto se había disipado por completo y su cara perdió todo color. Esto no me da buena espina.

—¿Qué pasa?

Dije mientras seguía en la llamada y el levantó su mano para que me esperara. Entramos al taxi y cerró la puerta con fuerza. El taxista nos miró asustado y yo sonreí nerviosamente, ni él ni yo sabíamos lo que estaba pasando.

—*Avenue de Suffren s'il vous plaît.* —Le dije al taxista y él asintió.

Lo siento señor, estoy matando su idioma, pero lo intenté.

—Pero no...—lo escuché decir y cerró sus ojos, masajeando el puente de su nariz.

Me está poniendo nerviosa. —Brandon...

Susurré mientras seguía con la oreja pegada al teléfono y él volvió a levantar la mano. Esto no me gusta, no me gusta para nada. ¡Hola de nuevo pelota de basquetbol en mi estómago! No te extrañaba.

—Está bien. Sí, se lo haré saber a Sam. Estaremos en contacto. Avísame cuando sepas algo más.

Cerró la llamada y guardó su celular suspirando fuertemente.

—Me estás asustando. ¿Quién era?

—Mi padre.

—¿Y qué quería? ¿Qué pasó?

—Sam... prométeme que no vas a reaccionar irracionalmente.

Dijo y lo miré ahora sí con mal sabor en la boca. Aterrada.

—Por favor, ya dime qué está pasando. —Supliqué y al fin se dignó a verme a los ojos.

—Detuvieron a Jack. Incautaron a Harrington Enterprises por evasión de impuestos y lavado de dinero.

22. ANTIGÜEDADES

E sto es peor que mis pesadillas, necesito despertar. Estoy en estado de shock. Es oficial, nuestra reputación está arruinada, todo se vino abajo.

Mi vida volvió a dar otro giro de 180° y fue el peor que me pudo ocurrir. Me quedaré sin trabajo, la editorial cerrará y tendrá que ser eliminada del todo para no dejar rastro del efecto causado por el terrible Jack Harrington.

Vivir en Nueva York es carísimo, jamás conseguiré algo tan bueno como esto de la noche a la mañana.

Nadie gana un salario tan alto como el mío a mi edad, es ilógico, estas oportunidades llegan solamente una vez en la vida.

Si hay alguien allá en el cielo escuchándome que me explique por favor lo que está pasando, que estoy al borde de un colapso nervioso.

Abrí mi celular y la noticia se estaba haciendo viral, los comentarios del canal estaban inundados de odio y nuestras redes sociales explotaban. Todos nos estaban dictando de falsos, corruptos y despreciables, lo cual no puede estar más alejado de la verdad.

La única culpa que tuvimos nosotros fue la de creer en las personas equivocadas. Estaba mordiendo demasiado fuerte mi labio y sentí el sabor de la sangre inundar mi boca haciéndome volver a la realidad.

Brandon le entregó un billete al taxista y nos bajamos del auto. Subimos el elevador en silencio y al llegar a la habitación me desplomé en la cama tapando mi cabeza con una almohada. Brandon encendió el televisor y soltó un jadeo al poner BBC News.

—La noticia está en todos los canales. —dijo y mis ojos se llenaron de lágrimas. ¿Por qué nos está pasando esto? Somos buenas personas. —No lo puedo creer.

—Pues créelo. Estamos arruinados.

—Todavía no, tal vez podemos salvar esto. Nuestros nombres están implicados, pero tal vez podemos aclarar las cosas y explicar nuestra situación. Hablaré con los abogados y con Elizabeth. Nosotros no firmamos nada nunca, no nos pueden enredar.

—Brandon, basta. Ya se acabó. Tan solo escucha.

Me levanté de la cama y señalé hacia la televisión. Él subiendo el volumen con el control remoto.

"El magnate empresario, Jack Harrington, fue detenido hoy en horas de la mañana en la sede principal de su compañía en Londres. Los delitos a los que se le asocia al presunto implicado van desde evasión de impuestos, lavado de dinero por contrabando de efectivo y fraude monetario. Los últimos reportes demuestran que gran parte de los ingresos de Harrington Enterprises de todas sus empresas alrededor del continente europeo, fueron enviados hacia socie-dades en Islas Vírgenes Británicas y Andorra. Según fuentes anónimas tenía planes de continuar expandiendo sus negocios hacia los Estados Unidos con la compra de una de las compañías del conglomerado empresarial, Hecox Compa-nies. Jack Harrington cayó como muchos que continúan siendo expuestos en la filtración de información de sociedades offshore. La información continúa en desarrollo."

Ambos nos quedamos en silencio y colocó el televisor en silencio. No puedo creer cómo pasamos de uno de los programas digitales más vistos a ser una burla de internet. Todos nuestros episodios están teniendo más de cien mil visualizaciones, la historia de los bisabuelos de Alice se volvió tan viral que otros medios de comunicación deci-dieron contactarlos. Nuestro vídeo en el bote jet fue tendencia también en varias redes sociales y hasta memes nos hicieron. Nuestros vídeos en Roma fueron compartidos en tiempo récord. Después de todo, debo aceptar que hubo algunos memes que sí me gustaron

No entiendo por qué esta pasando esto. La verdad que no.

¿Cómo rayos caímos en la trampa de ese maleante? ¿Cómo seguiremos ahora? Supongo que lo que sigue es regresarnos a Nueva York antes de año nuevo y empezar a trabajar en el cierre de la empresa.

Por lo menos no mencionaron nuestros nombres ni el del programa en el reportaje, pero nuestra reputación se irá por el caño. ¿Debería llamar a Kate para ver si la oferta de CNN sigue en pie?

Tendremos que empezar desde cero, es el único plan que tengo, pero en este momento no puedo pensar con claridad. Luego de un rato de ver por el balcón decidí entrar nuevamente a la habitación y vi a Brandon sentado frente a la computadora exportando los vídeos.

—Le voy a enviar los vídeos de hoy a Martin, tenemos que subirlos porque aún hay que cumplir con el contrato de los patrocinadores.

—¿En serio? ¿Estamos arruinados y aún tenemos que cumplir? Dame un break, por favor.

—Sí y tenemos un episodio más para grabar.

Me tiré en la cama y me puse la almohada en la cabeza. No puede estar hablando en serio.

—¿Qué? Brandon, no te entiendo. ¿Cómo demonios estás tan tranquilo?

—Porque no hago nada estresándome en este momento, tenemos que cumplir con la entrega.

—¡Pero nos odian!

—¿Y qué? Estoy tratando de ser optimista, ¿sabes?

—Brandon… estamos arruinados, no sé si lo has entendido. Tu padre debe estar fúrico. Todo esto es culpa nuestra por querer salvar lo insalvable.

—Técnicamente fue mi culpa. Así que mañana saldremos a grabar y nos regresamos a casa pasado mañana.

—¿Y qué rayos vamos a grabar? No puedo entenderte.

—¿No crees que deberíamos despedirnos de ellos? No los podemos dejar en el limbo.

—Literalmente nos están insultando y tú quieres despedirte.

—Son *haters* los que nos están escribiendo, nuestros seguidores regulares ni siquiera se han manifestado. Si entraras a leer bien te darías cuenta.

—Aún no me has respondido qué vamos a grabar.

—¿No escuchaste nada de lo que te dije en el taxi? —negué con la cabeza y él suspiró.

—Estuve revisando los correos y encontré una historia para entrevista. Un chico llamado Travis nos envió la dirección de una tienda de antigüedades no muy lejos de aquí. Es de su tía abuela. Nos dijo que si tenemos tiempo vayamos a conocerla y a tratar de convencer a la dueña para que nos cuente su historia.

—¿Convencerla?

—Sí, al parecer la señora no tiene el mejor carácter.

—Entonces no vayamos.

—Tenemos que hacerlo. No podemos terminar abruptamente. Tómalo como el fin de la temporada. En un par de días estaremos de vuelta en casa y veremos cómo salir de esto.

—Está bien, iremos mañana. Pero no estoy convencida. —suspiró aliviado y continuó apretando teclas en su computadora.

No entiendo su razonamiento.

—Anímate, vas a ver que tendremos un gran último día en París. —Me senté de golpe al escucharlo y volteó a verme de nuevo.

—Brandon, ¿estás claro de que pronto sacarán en las noticias nuestras caras y nuestros vídeos? Tu carrera en la música podría *no* suceder y a mí no me darán trabajo en ningún lado. Mi plan B es el periodismo. Ya que la escritura y edición no funcionó. Ahora me toca seguir con lo que sé hacer. —Aclaré mi garganta y continué. —Nos ilusionaron. Nos usaron de colchón para tratar de verse bien dentro de nuestro país y el resto del mundo.

Suspiré con impotencia y mis ojos se llenaron de lágrimas.

Escuché el movimiento hacia atrás de la silla y caminó hacia mí.

Cuando nos embarcamos en este proyecto y en el viaje jamás me imaginé que terminaría así, decepcionada por completo.

Somos un total fracaso.

—Hey, mírame, —se agachó frente a mí y tomó mi cara entre sus manos para que lo mirara.

Increíblemente sus ojos lograron relajarme un poco.

—Esto jamás pudimos haberlo prevenido. Sé que te duele y a mí también… tenía tanta ilusión de poder continuar esto contigo a tiempo completo, de ver a la editorial renacer, de continuar con Elecciones. Pero tenemos que ser fuertes. Y ahora…

—Y ahora me quedaré sin trabajo. —reí sarcásticamente interrumpiéndolo y volteé mi cuello hacia el otro lado tratando de evadirlo, pero fue en vano.

—No te quedarás sin trabajo. Yo jamás permitiría eso.

Acomodó mi cabeza para que lo viera nuevamente y traté de tomar en serio su palabra.

Tal vez es cierto.

Hecox Companies es una compañía enorme, tal vez me reubicarían en cualquier otra de las empresas. Pero yo no quiero eso.

Llámenme obstinada, pero sacar mi título universitario nos ha costado a mí y a mis padres un ojo de la cara como para no hacer algo que me apasione, no caeré en esa vía a estas alturas de mi vida.

Y la compañía es enorme, sí, pero son en su mayoría farmacias, bancos y tiendas de ropa por departamento. No hay nada para mí en esos negocios.

—Lo sé… y te lo agradezco, pero tú me conoces perfectamente. Me partiría el alma hacer algo en lo que soy infeliz.

Le regalé una media sonrisa y besó mi frente.

—Resolveremos esto. Hay muchos medios de comunicación en la ciudad, no te preocupes por el momento.

Dijo y asentí mordiendo mi labio nuevamente.

No es el momento para decirle que tengo una posible oferta al otro lado del país, lejos de él. Se lo diré, pero no en este momento.

Aún siento que me hierve la sangre y quiero gritar.

No puedo creer lo estúpidos que fuimos cayendo directo en la trampa como ratones que solo buscaban un poco de queso.

En este caso el queso era el dinero de la inversión.

Dinero que ahora sé que está sucio. Todo este viaje ha sido pagado con dinero mal habido. Me siento una reverenda porquería por haberlo disfrutado tanto.

—Okay, no me voy a preocupar.

Respondí para tranquilizarlo y me abrazó con fuerza.

Pero si les soy sincera, le mentí.

Me estoy cagando de miedo por dentro.

Y presiento que algo malo va a pasar.

S IEMPRE ME HAN PARECIDO CURIOSAS LAS TIENDAS de antigüedades. Saber que todos los objetos han pertenecido a alguien y tienen una historia me parece fascinante. Las personas crecen y el tiempo pasa, pero hay objetos materiales que prevalecen.

Estoy segura de que si pudieran hablar contarían las historias más fascinantes de todo aquel que los llegó a poseer en algún momento.

La tienda a la que acabábamos de llegar no era la excepción.

Al entrar nos recibió el tintineo de unas campanillas y de inmediato nos encontramos con un océano repleto de todo tipo de artefactos. Desde baúles, hasta jarrones, juegos de té de porcelana de varios colores, cuadros con pinturas curiosas, muñecas de trapo, todo tipo de relojes y mucho más.

Necesitaría una semana entera para nombrar todo lo que hay aquí dentro. Brandon empezó a grabar inmediatamente en silencio y yo simplemente lo miré quieta, dejaré que él maneje esto. No me siento bien, nada de esto está bien.

¿Está mal que me sienta así? No quiero ser malagradecida pero no le encuentro sentido a terminar el programa así. Nuestros seguidores, los que aún nos quieren, se merecen más que esto. Muchos ya están decepcionados y simplemente no quiero. Se merecen contenido orgánico, real, ya nosotros estamos manchados.

Me siento tan sucia y utilizada por Harrington Enterprises. Confiamos en ellos. Hasta llegué a considerar a Elizabeth como una amiga, realmente me cayó bien. Sería irreal asumir que ella no sabía nada de los tratos de su padre.

Su ayuda fue demasiado buena para ser verdad. No solo nos destrozaron a ambos, destrozaron la poca esperanza que nos quedaba a nosotros y a todos los trabajadores de Nuevos Mundos. Y ni empiezo a decir de toda la gente de sus empresas que se quedará sin trabajos.

Miles y miles de personas en los quince países de esta región se quedarán en la calle. Ahora menos los accionistas de Hecox Companies querrán saber de nosotros, hasta el mismo Hugh en la llamada que tuvimos esta mañana nos lo dijo.

Hay que cerrarla lo más rápido posible y cortar todo tipo de lazos que nos relacionen con los Harrington. Intentamos llamar a Elizabeth, pero fue en vano. Las llamadas iban directo a buzón y el último contacto que tuvimos con ella fue su mensaje de ayer en la mañana diciendo que la contactáramos.

Mejor que no lo hicimos, de seguro todo se estaba desenvolviendo y quedó ella tratando de resolverlo. ¿Siento pena? Un poco. Pero nada bueno sale de todo aquel que se involucra en negocios sucios. Anoche antes de dormir le dejé un mensaje a Kate para saber más sobre el trabajo en Atlanta.

Me dijo que llamaría a su jefe y le volvería a preguntar y hoy me tendría respuesta. Necesito tener mis opciones abiertas.

—Ustedes deben ser los americanos.

Dijo una voz con un fuerte acento británico mezclado con francés sacándome de mi mundo mental. Una señora bastante mayor con cabello color gris, gafas y un delantal se acercó a nosotros. Tiene arrugas por toda la cara y un enorme collar de bolas de colores le adornaba el cuello.

—Se puede decir que sí, mucho gusto señora Bradley.

Respondió Brandon parando la grabación y acercándose a ella con la mano extendida. La señora lo ignoró por completo y caminó sin determinarnos hacia detrás del mostrador.

—Llámenme Cordelia. Ya no utilizo ese apellido. Mi sobrino me advirtió que pasarían por aquí, lo cual no entiendo así que hagamos esto rápido.

Brandon encendió la cámara de nuevo y Cordelia cambió su ceño fruncido por una sonrisa forzada.

Vaya que esto sería complicado.

"La cajita antigua está abierta desde los años 70 y tenemos de todo tipo de curiosidades. Si buscas un regalo único para tu pareja, amigo o familiar, aquí podrás encontrarlo. Estamos abiertos todos los días, hasta en días festivos de 9:00 A.M a 9:00 P.M y no, no tenemos servicio de entrega a domicilio. ¡Ven a visitarnos!" al terminar quitó su sonrisa inmediatamente y se cruzó de brazos suspirando.

Tenía ese diálogo tan bien memorizado y practicado que en ningún momento titubeó.

—Si no van a comprar algo eso sería todo, gracias por venir. —Replicó ella saliendo de detrás del mostrador con un plumero en mano.

—Creo que hay un malentendido, nosotros estamos aquí para realizarle una entrevista a usted, creo que Travis se lo comentó.

Brandon intentó explicarle todo y yo suspiré caminando fuera de sus rangos de visión. Mientras ellos se entendían yo exploraría la tienda, será más divertido que lidiar con una persona tan obcecada como ella. La tienda es bastante grande, tiene dos pisos y hasta probadores para ropa, pero la clase de ropa que tienen aquí creo que no es mi estilo para nada.

Jamás me verán por las calles de Nueva York usando un abrigo de peluche naranja con pantalones a cuadros blanco y negro. Me reí para mis adentros y continué caminando por la tienda siguiendo el fuerte olor a incienso hacia una pequeña cocina improvisada. Había una tetera en el fogón de la estufa y algo en el horno que emanaba un delicioso aroma cítrico.

Sobre una mesa redonda de madera había un tocadiscos con un disco de vinil girando. La canción tenía un ritmo familiar y animado, no sé quiénes son, pero lo tengo en la punta de la lengua. La tetera empezó a sonar por el vapor saliendo y con el paso de unos segundos Cordelia apareció con Brandon detrás de ella dándome la mirada más fría e irritada que he visto en mi vida.

—¿Qué estás haciendo aquí? —preguntó claramente molesta.

—Yo, eh…

No sé por qué estoy tan nerviosa.

—Te hice una pregunta niña, —prácticamente me empujó del camino y se acercó a la estufa apagándola. —¿acaso no te enseñaron modales?

—Solo estaba explorando la tienda, nada más. —Miré a Brandon preocupada y él levantó sus hombros sin saber qué hacer.

—Pero esto no es parte de la tienda y ya le dije a tu amigo que si no van a comprar nada ya se pueden ir. —Volvió a replicar y yo cerré los ojos tratando de relajarme, enfocándome en la divertida melodía y la guitarra del fondo. No es correcto decirle alguna grosería, ya ella está siendo lo suficientemente terca como para yo empeorar la situación.

Pero si sigue siendo así de ruda, no prometo controlar mi lengua.

—Ya le dije señora Bradley, por favor, este es el último episodio de nuestro programa y hasta ahora no hemos tenido problemas para grabar. Por favor, en serio necesitamos esto.

Bran prácticamente le estaba suplicando, pero en eso tenía razón, milagrosamente hasta este momento no hemos tenido ningún problema para grabar y era sorprendente. Fue el destino dándonos un regalo antes de reírse de nosotros. Evidentemente esta señora no nos va a ayudar y si soy sincera, tampoco tengo muchas ganas de insistirle.

—Les dije que me llamen Cordelia y no, yo no entiendo nada de eso de Internet y nunca lo he necesitado. Así que ya les dije, si no compran algo, pueden retirarse de mi tienda.

Volvió a decir cruzada de brazos y miré a Brandon tensar su mandíbula. Él no es de perder la calma, pero naturalmente está enojado.

—Quiero comprar este tocadiscos. —Solté señalando el artefacto y sus ojos se ensancharon como si hubiera visto un fantasma.

—No. —dijo volteándose hacia el horno. —Eso no está a la venta.

—Usted dijo que compremos algo y yo quiero ese tocadiscos.

—¿Qué estás haciendo? —Brandon susurró en mi oído y yo negué con la cabeza. La verdad no sé lo que estoy haciendo.

—¿Qué canción es esa? También me gustaría comprar el disco, —volví a decir y ella caminó en silencio hacia una diminuta despensa.

—Es *I Feel Fine* de *Los Beatles*. —Dijo Brandon respondiendo mi pregunta y Cordelia se apoyó fuertemente al mueble.

—Con razón la canción se me hacía tan familiar.

Respondí y ella me fulminó con sus ojos nuevamente.

—Ni el tocadiscos, ni el disco están a la venta, —habló prácticamente en un susurro y se escuchaba muy agitada. —Váyanse de mi tienda.

—Cordelia, ¿se encuentra usted bien? —preguntó Brandon.

—Sí. Estoy…bien…

Caminó hacia nosotros tambaleándose y Bran la atrapó antes de que cayera al suelo. Inmediatamente tomé la silla de madera y la acerqué a ellos para que la sentara. La abaniqué con un periódico que encontré y Bran le sirvió un poco de un jugo de naranja que se encontró por ahí.

Luego de un par de minutos ya estaba más compuesta y respirando mejor. —Tan solo se me bajó el azúcar. No he comido nada en todo el día, ya estoy bien, —dijo ella aclarándose la garganta con un tono sombrío. —Pueden irse.

—Cordelia, es claro que no quiere que la entrevistemos, tampoco quiere contarnos la historia de su tienda, ni tampoco quiere nuestra compañía. Y no le vamos a insistir más, respetamos su privacidad. Pero usted no se encuentra bien, ¿a quién podemos llamar para que venga a cuidarla?

Preguntó él agachándose a su altura y sacando su celular del bolsillo.—A nadie. No tengo a nadie aquí en Francia.

Dijo abruptamente y miré hacia el suelo sintiéndome mal por ella.

¿Cómo es posible que una persona de su edad esté sola en un país que no es el suyo y sin nadie para hacerle compañía?

No sé si es el instinto periodístico en mí, pero quiero saber más sobre ella para intentar ayudarla.

—Entonces llamaremos a su sobrino para ver si puede enviar a alguien o venir él mismo.

—No. No llamen a nadie. Si mi familia se entera de que me descompuse nuevamente no van a parar hasta llevarme de vuelta a Manchester y ahí entonces sí me moriría de tristeza.

Bufó y se cruzó de brazos nuevamente, volviendo a ser la Cordelia que recién conocimos hace veinte minutos.

—Pero Manchester es una ciudad muy linda. No la conozco, pero he visto fotos y me gustaría visitarla algún día.

Dije y ella volvió a darme una mirada fría. Creo que no le caigo bien.

—¿Sabes por qué no te quiero vender el tocadiscos? —preguntó y yo negué con la cabeza. —Porque me recuerdas mucho a mí a tu edad. Tan indecisa e insegura, tan desconfiada y así mismo era yo. ¿Qué edad tienes? ¿veinticinco?

—Veintiséis. —respondí ofendida.

¿Quién se cree ella para hablarme a mí así? —Casi lo mismo.

Se rió melancólicamente y señaló hacia un marco en la pared. Brandon se movió y tomó la fotografía blanco y negro acercándola a nosotros.

La de la foto era una sonriente y joven Cordelia junto a un hombre en medio de la multitud de un concierto, al fondo se veía un escenario, pero no distinguía quién estaba presentándose. No lo quiero aceptar, pero sí nos parecemos. Ambas tenemos una enorme sonrisa y el cabello del mismo largo y estilo.

—Él y yo bailamos toda la noche. Esto fue en junio de 1965, ahí tenía tu edad. Unos amigos de él consiguieron boletos a última hora y en grupo viajamos desde Manchester a París en bus y tren, todo para ver a Los Beatles. Yo era muy fan, bueno, todos lo éramos y estábamos muy emocionados. Nos fuimos solo con una mochila con comida y un cambio de ropa, fue una locura total

Sonrió cuando le entregamos de vuelta la foto y varias lágrimas impactaron contra el vidrio del portarretrato.

—Llegamos a París rozando la hora del concierto y casi nos quedamos por fuera, pero lo logramos.

—¿Y quién es él? —pregunté.

—El amor de mi vida. Mi esposo, Lewis Bradley. —dijo su nombre en un suspiro y se llevó la fotografía al pecho abrazándola. —Mis padres no lo aprobaban ya que éramos de diferentes clases sociales y todo era muy difícil. Pero no nos importaba, nos amábamos y dejamos todo lo que conocíamos atrás para estar juntos. Ustedes dos me recuerdan a nosotros por alguna razón, dos jóvenes con el mundo a su favor. Todo es fácil hoy en día y no hay tantas restricciones como antes.

—Es una linda historia. —Dijo Bran poniendo una de sus manos en mi cintura y un escalofrío recorrió mi espalda.

—Escucho esta canción todos los días desde que falleció porque durante el concierto, mientras John Lennon la cantaba, mi Lewis se arrodilló pidiéndome que me casara con él. Luego de que acepté uno de sus amigos nos tomó esta foto y el resto es historia. Decidimos quedarnos aquí, nos casamos al día siguiente y nunca más regresamos a Inglaterra.

Volvió a ver la foto y se la dio a Brandon para que éste la colgara de vuelta en la pared. —Al día siguiente? Wow... ¿por qué nos cuenta todo esto? —musité.

Mil pensamientos recorrieron mi mente y ella tenía absolutamente toda la razón.

Sigo siendo la misma Sam confundida e indecisa de siempre, aunque me quiera engañar creyéndome lo contrario.

No soy una buena persona.

—Porque te veo perdida, niña. Siento que tu mente está confundida y llena de un humo que no te deja escapar. No sabes lo que quieres y cuando las cosas caen sobre ti, tu única reacción es gritar. ¿Estoy en lo correcto o no? —suspiró, poniéndose de pie.

Mi pesadilla...

—¿Qué pasó con ustedes? Si se puede saber.

Brandon preguntó y se me formó un nudo en la garganta.

—Falleció hace treinta años. Estábamos aquí en la tienda y su corazón simplemente se detuvo. Se me fue... y se llevó mi corazón con él. Niños, cuiden a todas las personas que posean sus corazones, cuídenlos mucho.

Brandon y yo nos miramos. Yo lo amo, él me ama, eso debería ser suficiente para seguir adelante, ¿no? Cordelia caminó hacia la entrada de la tienda y ambos la seguimos, tomando nuestras cosas del mostrador.

—Discúlpenme por no poder ayudarles con su grabación. Es solo que no me siento cómoda hablando de mí, lo siento. —Dijo y sentí compasión por ella.

He aquí el por qué de su comportamiento rústico. Ya la entiendo.

—No se preocupe. Está bien, nosotros entendemos y veremos cómo resolver.

Brandon tan diplomático siempre.

—Cordelia, —la llamé, tragando fuertemente. —¿Le puedo hacer una última pregunta?

—Supongo que sí. Ya les revelé demasiado de mi vida como para parar ahora.

Nos abrió la puerta de la tienda y las campanitas resonaron.

—¿Por qué sigue aquí sola en Francia manejando esta tienda?

Ella suspiró a mi incógnita y miró hacia el cielo tomándose unos segundos. —Hay cosas en la vida que son difíciles de explicar, pero esta no es una de ellas. Llevo cincuenta y cinco años aquí en París. Es mi hogar y no me siento bien en ningún otro lado que no sea este. Lewis me dejó aquí y aquí me quedaré hasta que sea mi momento de reunirme con él nuevamente. El amor te ata, te cambia y te domina, pero es lo más horriblemente hermoso que he podido vivir.

Suspiró y tomo una pausa para continuar. —Nuestro amor fue puro y real, algo que ya no se ve mucho y lo tengo presente a diario. Nuestro amor está en la taza de té de limón que hago todos los días junto a una rebanada de pie de limón, sus favoritos para tomar todas las tardes y conversar sobre política.

—Nuestro amor está escuchando la canción que inició nuestra gran aventura a la que le llamamos vida. Está en todos los objetos que con mucho esfuerzo recolectamos para esta tienda. Y aunque no pudimos tener hijos y solo nos teníamos el uno al otro fue suficiente. Y así seguirá siendo, él y yo en nuestro pequeño mundo lleno de artilugios únicos.

Brandon entrelazó mi mano con la suya y Cordelia intentó disimular una sonrisa al ver nuestro agarre. Sentí como mi vista se nublaba.

Quiero que me suelte.

¿Nuestro amor es así de real como el de ellos?

Ya no lo sé.

—Gracias por dejarnos formar parte de un ratito de su historia Cordelia y lo sentimos mucho si la incomodamos.

Dijo Bran aclarándose la garganta y ella asintió.

—Vuelvan algún día, prometo intentar no ser tan dura con ustedes. —replicó ya al vernos afuera de la tienda. Se cruzó de brazos apoyándose al marco de la puerta y miró hacia las nubes grises. —Uf, la *tempestad* que se avecina.

—Oh claro que quiero volver, quiero comprar un abrigo de peluche color naranja que vi en la parte de atrás.

Sonreí forzosamente tratando de no pensar en sus palabras y traté de levantarle el ánimo, porque el mío ya está más abajo que las catacumbas de París.

—Ay cariño, ese color no te va para nada.

Dijo de último, cerrando la puerta tras ella.

Brandon y yo estallamos en carcajadas mientras caminábamos por las calles adoquinadas de París. No sé cómo lo hizo Cordelia.

Si es psíquica o leyó mi aura.

Pero me dejó expuesta y vulnerablemente transparente a todo mi alrededor.

MIENTRAS CAMINÁBAMOS POR LA VÍA del Puente de las Artes, ese en el que la gente coloca candados y tira las llaves al río Sena, la preocupación me atormentaba. —Entonces, ¿qué hacemos? No hay episodio.

—No tengo ni idea. —respondió Brandon, sentándose en una banca estirándose hacia atrás.

—Propongo que nos vayamos al hotel y nos preparemos para irnos al aeropuerto, quiero irme de aquí. Es el primer país del que quiero irme rápido, necesito regresar a casa.

—Sam basta, no me gusta escucharte así. Tú nunca te rindes y estás actuando como una pesimista.

—¿Y qué quieres que haga? ¡Brandon estamos envueltos dentro de un caso de lavado de dinero y tú estás como si nada! Voy a quedar arruinada.

—No Sam. No nos va a afectar en nada, los abogados limpiarán nuestros nombres. Papá se está encargando de eso, no tienen nada con qué arremeter contra Hecox Companies.

—Internet no olvida nunca. Este negocio nos salió terriblemente mal.

—No me lo recuerdes, es mi culpa.

—Sí, lo es.

—Ouch, por lo menos hazme sentir optimista. —Me senté a su lado colocando una mano sobre su rodilla y respiré profundo.

—No puedo hacerlo. Esta fue tú idea y yo por desesperada la acepté. Ahora estamos más arruinados que nunca. No conseguiré trabajo en ningún lado, porque solo basta con hacer una sola búsqueda por la web de mi nombre. De una vez brinca Harrington Enterprises. No me sorprendería que pronto arresten también a Elizabeth y nos contacten, quién sabe a dónde se está escondiendo.

—Solamente decimos la verdad y ya. Nosotros no ocultamos nada. Realmente somos víctimas también, fuimos engañados y utilizados. Deja de ser tan desconfiada.

—Eso mismo dijo Cordelia. ¿Eso crees tú también? No me digas que también crees que soy insegura. Yo sé que lo soy, pero pensé que me tenías más fe.

—No te voy a decir que no, sería mentira. Has llegado a ser desconfiada e insegura, sí, pero con el tiempo uno va creciendo y superando esas cosas. No tienes por qué preocuparte.

—Brandon, ¿cómo no puedo ser desconfiada si nos acaban de fallar? Yo fallé. Ya no confío en nada más.

—No me digas que también estás insegura de mí.

—Tú dime, ¿debería estarlo? Porque sigo dudando, en cualquier momento te puedo fallar. Todo falla, nada pasa como queremos.

Miré hacia el suelo y pude sentir como todo se me rompía por dentro como un espejo. Fui demasiado inocente al pensar que esto funcionaría. Claramente no soy la misma de hace cuatro años.

—No debimos haber vuelto tan rápido, fuimos muy ingenuos al pensar que podríamos retomar desde donde nos quedamos. Eso nunca funciona y… —dijo y el tono de llamada de mi teléfono lo interrumpió. Vi en la pantalla que era Kate y colgué, le devolveré la llamada más tarde.

—¿Entonces no funcionamos? —cuestioné. —Lo sabía, todo falla.

—Me estás volviendo loco. ¿Qué quieres decir con todo esto Sam?

Me puse de pie rápidamente y unas palomas que estaban a nuestro alrededor salieron volando. —¡No lo sé! No puedo pensar, en lo único que pienso es en la maldita editorial.

Pasé una mano por mi cabello exasperada y empecé a caminar de lado a lado. No puedo pensar con claridad y mi teléfono volvió a sonar, esta vez lo ignoré.

—¡Al diablo con la editorial, el programa, todo! Sam, nuestra relación es más importante, todo lo demás es un agregado.

—¡Ya sé! pero siento que est, —hice un gesto moviendo los brazos señalando entre nosotros. —no está bien.

—¿Ahora no estamos bien? ¿Entonces estos últimos días que han sido? ¿Un sueño lucido? —Se puso de pie y caminó hacia mí.

—¡No puedo explicarlo! ¡Y este estúpido teléfono no me deja pensar!

—¡Pues contesta!

Bufé y desbloqueé la pantalla. Tengo como diez audiomensajes de Kate y apreté el primero para reproducirlo en alto.

"¡Sam! ¿Por qué no me contestas? ¡Hablé con mi jefe y el trabajo es tuyo! Llámame tenemos que..." paré el audio y Brandon abrió su boca sorprendido dejando escapar un jadeo.

—Brandon yo te lo puedo explicar... —intenté poner mi mano en su hombro y se alejó.

—Sam... ¿de qué trabajo está hablando Kate? —habló suave tratando de mantener la calma. —Y por favor, no me mientas ahora.

—Bueno, técnicamente no te he mentido... solo te he ocultado información.

—*Sam...* —advirtió, mirándome serio.

—Está bien. Sabes que Kate trabaja en las oficinas de CNN en Atlanta, ¿no? —él asintió y yo suspiré.

—Bueno, hace un tiempo me dijo que había una posición libre para mí, para ser corresponsal allá. Unos días después de que tu padre me dio la noticia de que cerrarían la editorial ella me llamó porque Rosie le contó y me dijo que tengo un trabajo seguro allá. Anoche le escribí para saber si la oferta seguía en pie y al parecer es así.

—¿Y vas a aceptar? —preguntó.

—No lo sé, pero es una opción.

—Tú nunca sabes nada Sam. —Empezó a caminar y me dejó sola.

—No he decidido nada aún, te lo iba a contar. —Caminé rápido hacia él y continuó caminando con más velocidad.

—¿Cuándo? ¿Cuando ya hayas empacado todas tus cosas? ¿O cuando estés de camino al JFK y me pidas que te lleve? ¡No puedo creer que me hayas ocultado esto Sam! Después de todo lo que hemos pasado juntos, ¿yo no significo nada para ti? —Paró en seco y noté como las lágrimas caían de sus ojos.

—No puedo creer que después de todo pienses que no significas nada para mí. ¡Tú bien sabes lo mucho que te quiero! Y sí te iba a contar, solo necesitaba buscar un momento en donde no estuviese pensando que en cualquier momento va a llegar la policía a interrogarnos por algo de lo que no tenemos nada que ver.

—Pero soy yo, a mí puedes contar lo que sea. Creo tener derecho a saber.

—¿Derecho de qué? No somos novios. Tú no quisiste hablar de eso. Mierda. Lo hice de nuevo. Paró en seco y me miró atónito.

—Wow… ¿sabes qué? Ahórrate tus comentarios. Damos vueltas y vueltas en la misma dirección y es un ciclo que no puedes romper. Un ciclo vicioso que me tiene mal. No puedo seguir así, con señales mixtas. O estamos juntos o no. O luchamos por nuestro amor o no. Tú decides, porque yo ya no puedo más. ¡Me valen tres mierdas lo que piense la gente de nosotros! ¡Me valen tres mierdas que estemos arruinados! Pero lo que no me vale eres tú. ¿Aún no te ha entrado en el cerebro que si estamos juntos somos invencibles?

Sus palabras son como dagas apuñalando mi corazón, pero me las merezco. —¿Realmente crees eso?

—¿Ves? Insegura, indecisa. ¡No puedo seguir así, Samantha! No sé cómo más demostrártelo. En un momento estamos bien y al otro no. ¿Cómo más tengo que decirte que te amo? ¿Cómo más tengo que suplicarte que te olvides de las demás personas? ¿Cómo más tengo que convencerte para que te dejes ayudar?

Su cara estaba tan roja. Nunca lo había visto así.

—Tienes razón, no podemos seguir así, —ya yo estaba llorando también. Esto no tiene por qué ser tan difícil, pero siempre me encargo de tornarlo así. —Tal vez puedo trabajar en esto y… —Levantó su mano para callarme y limpió sus lágrimas con la parte superior de su mano.

—No. Solo… ve y descubre lo que quieres porque resulta que estoy roto y enfermo por tu amor y solamente por tu amor. Así que al final del camino obtendrás lo que quieres de cualquier manera, como siempre lo logras. Y no podemos seguir así. Necesitamos tiempo.

—¿Entonces hasta aquí llegamos?

—Muchas veces te he prometido que te cuidaré y amaré por siempre. Pero debemos hacer esto por nuestro bien. Y ahora irónicamente soy yo el que lo está diciendo.

—Te amo.

Dije, soltando un sollozo y él envolvió sus brazos sobre mi cuerpo.

—Lo sé, —susurró en mi cuello. —Pero ambos tenemos muchos problemas que resolver antes de pensar en todo lo que podemos llegar a ser.

23. CORAZÓN ABIERTO

C uando tenía diez años tuve un accidente en la escuela.
Estábamos en clase de educación física y el profesor nos
mandó a darle quince vueltas a la cancha. Las clases habían
empezado hace unas semanas y seguía haciendo calor veraniego en la
ciudad, a pesar de ser septiembre.

El suelo del patio de la escuela estaba hecho de grava y era igual
que una calle de asfalto, solo que mal hecha. Con cada vuelta que
dábamos me agotaba más y perdía el aliento.

Paré abruptamente y me desmayé, estaba completamente deshidratada. Pero eso no fue todo, un par de compañeros que corrían a toda
velocidad chocaron contra mí y me cayeron encima.

Me llevé la peor parte.

Una costilla rota, raspadas en ambas rodillas y una contusión leve
por la caída. Fue la primera vez que estuve en un hospital y lo
recuerdo perfectamente porque el doctor les dijo a mis padres que se
me había movido el cerebro. En su momento me pareció gracioso, pero
desde ese entonces he tenido mucho cuidado con los golpes y cualquier tipo de accidentes que puedan herirme, por lo que siempre evité
todo tipo de actividades extremas. En general, tampoco me gustaban,
siempre me dieron miedo hasta ahora.

Sin embargo, con todo lo que he hecho hasta el momento siento que soy capaz de tirarme de parapente y gritar, pero de emoción y un poquito de frustración. La segunda vez que algo así me ocurrió fue en la universidad, pero esa historia ya la saben. Y algo bueno salió de eso, conocí a Brandon. Mi tercera vez en un hospital es en este momento y créanme que ni en un millón de años lo vi venir.

Las últimas veinticuatro horas han sido las más frenéticas de mi vida entera. Brandon y yo regresamos al hotel sin intercambiar una sola palabra, empacamos y esperamos que se hiciera de madrugada para irnos al aeropuerto. Ordenamos un auto que nos dejó en la terminal de salidas del Aeropuerto Charles De Gaulle y abordamos nuestro avión directo de regreso a Nueva York.

No hablamos en ningún momento, fue como si fuéramos extraños. Pasamos de declararnos nuestro amor frente a la luna en navidad y a entregarnos el uno al otro por primera vez en años, a darnos la ley del hielo realmente. Luego de ocho horas de vuelo llegamos al JFK y nos despedimos brevemente. Con un abrazo de lado y un simple adiós cada uno tomó su camino en taxis diferentes.

Jamás creí que llegaríamos hasta este punto después de todo lo que vivimos, pero todo era mi culpa, como siempre. Y sí soy una cínica, y sí, lloré en el taxi por todo el camino a mi apartamento a las siete de la mañana y lo único que quería hacer era dormir para siempre y despertar en la Atlántida. Mi cama se sentía extraña. Abrir la puerta y no tenerlo a mi lado era extraño.

Los sentimientos de culpabilidad y nostalgia dando vueltas en mi corazón no me dejaban dormir.

No puedo dejar de pensar en él.

Mis recuerdos favoritos de nuestro viaje atormentando mi mente: cuando bailamos juntos en la casa de la familia Williams y debajo de la Torre Eiffel, el paseo en Vespa y nuestro primer beso bajo la tormenta al salir de la ópera, y la noche más importante de todas, navidad en París hace dos días. Sus besos, sus caricias, nuestras respiraciones sincronizadas, me hicieron sentir viva.

Y ahora parece otra vida, como si hubiese pasado una eternidad.

Te has ganado el premio a la imbécil más grande del mundo, Samantha.

Pensé y fallé en suprimir un sollozo.

Les dejé un mensaje a mis padres y a Rosie para que supieran que ya estaba de regreso en casa y me metí a la ducha para tratar de sentirme mejor. Necesitaba quitarme la sensación a avión, siento el cuerpo demasiado sucio. Irónicamente, mi vida está igual.

Ojalá todos mis problemas se pudieran ir así por la tubería, todo sería más fácil y dejaría de sentirme manchada por un fraude. Puse música en aleatorio y fue la peor decisión del mundo. El mundo en serio que se está burlando de mí y todas las canciones tristes decidieron reproducirse causándome llorar con más fuerza. *Too Good at Goodbyes* tiene toda la razón, me he vuelto demasiado buena en las despedidas y no quiero dejarlo que se acerque a mí.

Porque cada vez que nos doy una oportunidad, nos lastimo y más nos rompo. Querido Sam Smith: eres un genio de las palabras.

—*Baby, we don't stand a chance, It's sad but it's true...*

Canté con él sin importar mi voz horrible y me recosté a la pared de mosaicos mientras el agua caliente caía sobre mi espalda. Ahora sí, todo entre nosotros se arruinó por completo. Caminé por mi habitación en toalla y abrí una de mis maletas para sacar mi cosmetiquera y lo primero que encontré fue el brazalete. Me lo coloqué y repasé cada uno de los dijes con mis dedos y otro sollozo escapó mis labios al llegar a la estrella.

Yo soy su estrella, su luz, su guía. Bueno, hace dos días lo era, ya no lo sé. Abrí mi closet en busca de algo que ponerme y suspiré. Allí estaba colgado su suéter de Gryffindor, el cual jamás le devolví. Toda la situación destilaba ironía, demasiado familiar para mi gusto.

La puerta de mi apartamento sonó y me miré al espejo, mi cabello mojado de la ducha estaba vuelto un desastre y tenía unas ojeras más grandes que las de un mapache. El look de un desastre melancólico.

—¡Necesito que me cuentes todo! —dijo Rosie, entrando casi marchando con una caja de empanadas, las cuales asumo son gluten-free. Se sentó en mi sofá y yo me quedé petrificada en la puerta. No sé ni por dónde empezar, es demasiado. —Espera, te ves terrible.

—Oh vaya, gracias. —Respondí y agaché la cabeza soltándome a llorar. Corrió a mi lado y me abrazó con fuerza.

No lo puedo evitar.

¿Será que podré dejar de llorar en algún momento?

—Shh... tranquila, ¿quieres contarme lo que pasó?

Asentí y cerró la puerta moviéndonos hacia el sofá.

—Lo arruiné todo... —lloré con más fuerza en su hombro y dejé todo salir. —Brandon y yo cortamos todo entre nosotros.

—¿Qué?

Le conté todo desde el principio, todos esos pequeños momentos que vivimos y que no vio en los vídeos. El evento de caridad en Londres donde lo besé borracha y le confesé todo, aunque sigo sin recordar nada.

La noche en que vimos La Tempestad donde nos reencontramos sentimentalmente y, por último, el intercambio de regalos y noche juntos, sin detalles gráficos. Ella solo me escuchaba y asentía sin interrumpirme hasta que llegué a la parte de ayer, nuestra pelea frente al Puente de las Artes y nuestro trayecto de retorno a NY.

—Vi las noticias, pero no pensé que los fuese a afectar tanto. Técnicamente ustedes también son víctimas del *scam*.

—Eso fue lo que dijo él, pero yo no lo veo así. Tú sabes perfectamente que en este mundo nuestra reputación es lo más importante que tenemos, si voy a conseguir un trabajo donde me tomen en serio.

—¿En serio eso es lo que te preocupa en este momento?

—Pues sí.

—Necesito que te metas en la cabeza ya de una vez por todas que hay tantas cosas en la vida más importantes que el trabajo, los negocios o cualquier otra cosa. Tú más que nadie debería saberlo.

—¡Pero sí lo sé!

—Okay, lo sabes. ¿Pero lo pones en práctica?

Me quedé callada y mordí el interior de mi mejilla. No está diciendo nada que no sea verdad. —Tienes que dejar de ser tan auto absorbida y darte una oportunidad de ser feliz. Cada vez que lo has intentado termina mal.

—Vaya, gracias por decírmelo. —Me puse de pie y caminé por mi sala mordiendo una de las empanadas.

—¡Es la verdad! ¿Sabes desde cuándo no te veo feliz? Desde que estábamos en la universidad. Recuerdo cuando me invitaron a esos veranos en la casa del lago de Kevin y jamás te había visto tan genuinamente feliz.

—Porque tenía cero preocupaciones, nada me atormentaba.

—Sam, no puedo creer que aún no lo entiendas. Eres tan apasionada y trabajadora, pero al mismo tiempo te privas de lo que te hace bien.

—¿A dónde quieres llegar con esto?

Respiró profundo y cruzó sus piernas relajándose en mi sillón.

—Mira, te voy a resumir tu situación. Toda tu vida soñaste con algo, en este caso tu trabajo, el cual conseguiste gracias a él, pero escalaste gracias a tu esfuerzo individual. Luego, no sé cómo, se te metieron esas ideas en la cabeza de que relacionarte con el hijo del dueño estaba mal, cuando técnicamente ya se conocían desde antes, y por eso lo apartaste. Rompiste su corazón y por ahí mismo rompiste el tuyo propio dañándolo indefinidamente. Te creaste ideas ridículas de *ética laboral* y no dejaste entrar a nadie a tus sentimientos durante no sé cuántos años, ni siquiera a Tony, quien por cierto según me contaron literalmente se rompió una pierna el otro día ensayando una coreografía.

Se detuvo para reír un segundo y continuó.

—Pero ajá. Todas las relaciones que tuviste fueron casuales. Puro sexo. Lo cual no está mal porque yo lo hago, pero tú no eres así. Te enojaba la idea de ver a Brandon tratando de seguir adelante y cada vez más lo alejabas escondiéndote en la idea de ser solamente amigos. Sin embargo, el trabajo de tu vida que tanto te costó se te escapó de las manos y seguías denegándote buenas oportunidades. Se te presentó una increíble oportunidad de tratar de recuperarlo todo: el trabajo y el amor, y lo conseguiste. Estabas en la cima del mundo nuevamente y todo marchaba bien. Ambos se reencontraron y correspondieron sus sentimientos tanto que permitiste aceptarlo nuevamente en tu corazón. Te permitiste ser feliz por un corto tiempo, pero justo cuando todo se tornó complicado y se te vino encima el mundo te transformaste en ese ser horrible. Un ser que no te deja ser feliz. Un monstruo que no te deja respirar.

—¿Un monstruo? —la interrumpo.

—Sí. Tú misma te privas de ser feliz y esa es la cruz que cargas diariamente. En conclusión, tienes que despertar. Eso es todo, gracias por venir a mi *Ted Talk*.

Tomó aire luego de hablar rápidamente y se cruzó de brazos satisfecha. Mordí un enorme pedazo de la empanada y mastiqué irritada, mi mejor amiga señoras y señores, exponiéndome desde el día uno.

—¿Qué debo hacer ahora?

—Primero que todo tienes que aceptar que te lo dije. Yo sabía que ambos seguían enamorados.

Se rió y le asentí a Vilma. Solo le falta el resto de la pandilla de *Scooby Doo*, que en este caso podrían ser el resto de nuestros amigos.

—Okay. Me lo dijiste.

—Ahora, tienes que analizar toda la situación y despertar como te acabo de decir. Has pasado mucho tiempo ensimismada en tu errónea realidad. Que tus sueños sean más grandes que tus miedos.

—Mmmm, no lo sé. —Repliqué y caminé hacia la nevera vacía.

Nota mental, ir al supermercado antes de que acabe el año.

—Sabes perfectamente que tengo razón. —Caminó hacia mí y se apoyó sobre la mesa de la cocina.

—Okay, está bien, sí tienes razón. Pero no me respondiste, ¿cómo arreglo este desastre?

—Ah no, eso lo tienes que descifrar tú —Tomó una empanada y sacó su celular.

—Odio que tengas razón, —bostecé y me serví un poco de agua. —Oye, ¿tú no tenías algo que decirme?

Prácticamente se atragantó con la pregunta y corrí a pegarle en la espalda. —¿Qué hiciste? —Grité exasperada y le di mi vaso para que la comida bajara y la solté cuando ya estaba más calmada.

—Me acosté con Kevin.

—¿QUÉ? Pero, ¿ah? Retrocede y explícate.

Me ignoró y se enfocó en su celular. ¿Rosie y Kevin? ¿Qué rayos pasó aquí mientras estábamos en Europa? No lo puedo creer. Brandon me dijo que él estaba saliendo con una chica llamada Kelly. Estoy en shock.

—¿Recuerdas a mi amiga Alex? —negué y ella continuó. —Oye, la que trabaja en MovieTVworlds y produce películas y series. Bueno, resulta que estaba con ella en un bar nuevo que abrió en Chelsea y ahí me lo encontré. Al parecer es de un amigo suyo y… —se detuvo y miró nuevamente su celular.

—¿Y…? ¡Vamos no me dejes en ascuas! —exclamé.

—Hey, ¿dónde está tu teléfono? Tu mamá me está escribiendo, dice que está tratando de contactarte urgentemente.

—Está en el cuarto, déjame buscarlo, pero no creas que te vas a librar de mi interrogatorio, —corrí hacia mi habitación y lo desconecté. —Qué extraño, tengo quince llamadas perdidas de ell. —Dije caminando devuelta a la cocina.

—Llámala, debe ser algo importante, mi historia puede esperar.

—Sí…—toqué el ícono verde y contesté inmediatamente.

—Hola mamá, ¿cómo están? —Pregunté y escuché su respiración agitada.

—¡Sam, tienes que venir!

—Pero ¿qué pasó? Mamá respira.

—Tu padre… —se escuchaba mucho ruido de fondo y no le podía entender bien.

—¿Qué pasó con él?

—Estamos en camino al hospital en una ambulancia y está inconsciente… es su corazón. —Soltó un quejido y escuché a uno de los paramédicos diciéndole que tiene que calmarse. —Creo que es otro infarto.

Mi cabeza empezó a palpitar y cerré los ojos con fuerza. Esto no podía estar pasando justo ahora. Mi papá…

—¿Otro? ¿Papá sufre del corazón?

—Este es el segundo, no te puedo explicar ahora, pero necesito que vengas.

—Mamá escucha, voy a empacar lo más rápido que pueda y le diré a Rosie que mientras tanto busque un vuelo a Orlando. Estaré ahí en un par de horas, por favor trata de mantener la calma, ¿sí? Ya voy en camino.

—Por favor, no tardes hija.

Colgué el teléfono y me apoyé a una de las sillas tratando de controlar la presión que sentía en el pecho.

—Sam, ¿qué pasó?

—Es mi papá… tuvo un infarto y está inconsciente, no tengo detalles.

Caminé hacia el cuarto y saqué todo el contenido de una de las maletas que recién había abierto.

En su mayoría eran souvenirs y la ropa que compré. Este día en serio que no puede ponerse peor.

Mejor ni lo digo, porque después pasa. Además, para añadir a la pila, estoy enojada. No puedo creer que mis propios padres me ocultaran algo tan delicado. Me agaché y le di a Rosie la bolsa con sus regalos y empecé a seleccionar rápidamente lo que me llevaría. Prácticamente solo dejé lo necesario y por suerte no había desempacado aún.

—Encontré un vuelo, sale en dos horas, tienes media hora para llegar al JFK en buen tiempo. –dijo sentándose en mi cama.

—Cómpralo y te hago la transferencia del dinero cuando esté en el taxi. Retomaremos esta conversación cuando regrese, aunque no sé cuándo será eso.

—Está bien, ¿tienes todo? Ya te envíe la confirmación por correo.

Asentí y cerré la maleta. Tomé mi chaqueta de la silla de mi escritorio y me la puse rápidamente. Salimos de mi habitación y Rosie me dio la caja de empanadas para que me las comiera por el camino. La verdad es que, aunque estén hecha con harina diferente sí están deliciosas y obviamente, comer es una prioridad.

—Segundo avión del día. ¿Así es como se sienten las estrellas de rock? —Suspiré trancando la puerta. Y justo cuando me quité el olor a avión me toca subirme a otro.

—No lo sé, pero tú mi querida amiga, definitivamente *no* eres una estrella ni celebridad.

Me reí por primera vez en el día y abracé a Rosie mientras esperábamos el elevador. —Yo jamás te diría que no eres una estrella, eso es cruel.

—Lo sé, pero lo mereces. —Se burló entrando conmigo al elevador.
—Hey ya, en serio. Todo va a estar bien Sam.

Asentí soltándola y respiré profundo mientras descendíamos.

Aquí vamos de nuevo.

EL VUELO A ORLANDO FUE MALÍSIMO. Estuvo tan lleno de turbulencia que terminé mareada y deshidratada por la presión.

Le pedí a una de las aeromozas un vaso de agua y me dieron el vaso más pequeño de todo el universo.

Miren, yo entiendo que tienen que racionar el agua en un avión y puedes tomar lo que quieras, desde jugo hasta vodka. Pero diez mililitros de agua no le quitan la sed ni a un hámster. Encima, el único boleto disponible que consiguió Rosie estaba en clase económica y una niña se la pasó pateando mi asiento.

No me quiero creer una diva, pero ya me había acostumbrado a los puestos de clase ejecutiva que nos patrocinaban para el programa. Además, allí no había bebés que lloraban sin parar. Estoy viviendo mi propio karma.

Uno cosecha lo que siembra y tarde o temprano las consecuencias de nuestras acciones aparecen frente a nosotros en bandeja de plata. Miré las nubes por la pequeña ventana y traté de enfocar mi mente. Tengo un año y medio sin ver a mis padres, la última vez fue para mi cumpleaños del año pasado. Vinieron a pasarse el fin de semana conmigo, ir a cenar y a pasear un poco por la ciudad.

A pesar de que vivimos lejos, nos comunicamos regularmente, ellos tienen su vida y yo la mía. Suena duro, pero es la realidad. Tal vez si no se hubieran mudado la situación fuera diferente, pero es lo que es y siguen siendo mis padres sin importar qué. Al aterrizar en la ciudad de Disney World, tomé un taxi a la salida del Aeropuerto Internacional de Orlando y le pedí que por favor me llevara directo a la dirección del hospital que mi madre me envió.

—Disculpe señorita. Mi padre, Michael Richards, tengo entendido que lo trajeron aquí hace unas horas. —La enfermera empezó a teclear en su computadora y asintió.

—Sí, está en cirugía. Puede subir a la sala de espera y allí le darán noticias cuando terminen.

Respondió la chica entregándome una credencial de visitante.

—Gracias.

Caminé arrastrando mi maleta con un nudo en la garganta.

¿Cirugía? ¿Qué está pasando?

Necesito encontrar a mi madre en este momento. La sala de espera está prácticamente vacía, gris y fría. Mi única compañía es un chico con una patineta en mano y un yeso en el pie dormido con la boca abierta. Y mi mamá por ningún lado. Me senté en una silla plástica y prácticamente me congelé el trasero.

> Mamá, estoy aquí en el hospital, ¿dónde estás?

> La cirugía de tu padre tardará algunas horas así que decidí venir a casa a buscarle ropa y todo lo necesario para su hospitalización. No me demoro nada, qué bueno que estás ahí ya.

> Ok, aquí te espero.

Revisé mi bandeja de entrada y tenía cero correos, cero mensajes y cero llamadas perdidas. ¿Debería escribirle a Brandon para decirle que salí de la ciudad? No Sam, qué parte de darse tiempo no has entendido. No ha pasado ni un día.

Suspiré frustrada y le envíe un mensaje a Rosie para que supiera que ya llegué y guardé el celular de nuevo en mi bolso. El brazalete de dijes tintineó contra la hebilla de la cartera y resonó por toda la sala.

—Disculpe jovencita, ¿me podría decir si la hora de visita ya inició?

Preguntó un viejito canoso, casi calvo, vestido con un suéter de rayas amarillas y cargando una gorra de los Celtics en la mano.

—No sabría decirle, estoy aquí esperando que mi padre salga de cirugía y acabo de llegar.

Lo miré apenada y él sonrió como pudo.

—Bueno no importa, igual creo que estoy temprano. —Suspiró y sacó un periódico de debajo de su brazo. —Es una hermosa pulsera la que tienes ahí, —apoyándose en su bastón señaló el asiento vacío a mi lado. —¿Está ocupado? —negué con la cabeza y se sentó.

—Gracias, —sonreí y la levanté para que pudiera verla mejor. — Fue un regalo de navidad.

—Quien sea que te la haya regalado debe tener buen ojo para el detalle, es muy bonita. Yo también hago buenos regalos, mi esposa siempre lo dice. —se rió y sonreí. Su compañía y su sonrisa avejentada pero cálida, alumbra toda la habitación y me hace sentir un poco mejor.

—Sí, lo tiene, cada dije tiene un significado especial. —Suspiré y bajé el brazo. —Pero cuénteme usted, ¿ha estado casado mucho tiempo?

Pregunté cambiando de tema. Lo que menos quiero en este momento es pensar en Brandon, muchas gracias.

—Sí, se puede decir que sí. Hemos estado juntos por cincuenta y ocho años y casados por cincuenta y seis. —Dijo él y mi mandíbula cayó en shock.

Vaya, otra historia de parejas veteranas en el amor, igual que Harold y Dorothy. ¿Cuál es el secreto de los octogenarios? Me gustaría saberlo.

—Yo... no puedo creerlo. ¡Son tantos años! —el señor sonrió nuevamente.

—Han sido los más felices de mi vida, —suspiró y miró hacia el final del pasillo. —Y todo ha sido gracias a ella.

—¿Ella está aquí? —pregunté y asintió.

—Sí... no sabemos qué tiene, pero estoy seguro de que saldrá de esta, ella es fuerte. —Coloqué mi mano en su hombro brindándole apoyo y él asintió agradecido.

—Disculpe que me entrometa tanto pero, ¿puedo hacerle otra pregunta?

—Sí, claro, me gusta compartir mi sabiduría, —sonreído apoyó su mano en el bastón y ladeó su cuerpo para prestarme toda su atención.

—Luego de tantos años, ¿alguna vez fue duro? ¿Tuvieron momentos difíciles? Ya sabe, de esos momentos en los que uno no se puede soportar. O algún momento donde sintieron que arruinaron todo y no había vuelta atrás. —Expresé mi inquietud y mordí el interior de mi mejilla.

—Por supuesto que sí linda. Hubo momentos difíciles y no te voy a mentir, todo el mundo tiene momentos así. Nada es fácil e inevitable en esta vida. ¿Qué te atormenta?

—Yo siempre he creído que sé lo que quiero, pero la verdad, es que he sido muy indecisa toda mi vida. Todo lo he planeado hasta el último detalle y cuando las cosas se me salen de las manos, no hay nada que pueda hacer para controlar mis impulsos. Me cierro a todo lo que está a mi alrededor y termino hiriendo a todos los que amo. Bueno, eso me han dicho y he empezado a caer en cuenta de todo el mal que he causado.

—¿A *todos* o a *aquel* que amas? —preguntó y miré la pulsera.

—Al que amo. —Corregí.

—¿Un consejo? No lo pienses mucho, si hay algo que he aprendido en esta vida es que no puedes controlar el mundo, sino él te controlará a ti. A ver, dime algo. A esta persona, ¿la amas de verdad o es solo algo pasajero?

—Lo amo de verdad, —mis ojos se llenaron de lágrimas y bajé la cabeza. —Tenemos demasiada historia juntos y quiero seguir creando más. Pero lo he arruinado todo.

—Entonces debes aprender que eso es suficiente. Si realmente quieres estar con alguien, mientras no olviden su amor mutuo todo lo demás es irrelevante.

—Es que no es fácil, hay demasiadas cosas de por medio y yo siento que es muy tarde. No creo que vaya a darme una tercera oportunidad. Nos he causado mucho daño, prácticamente sería demasiado tóxico volver a intentarlo.

—El amor no es fácil cariño, pero vale la pena y si de verdad te ama, no importa el número de oportunidades. Nunca es muy tarde. Mírame a mí, soy un vejete. Pero no importa qué pase seguiré luchando por mi amor. Eso estoy haciendo.

Dijo levantándose con dificultad. Sus palabras se quedaron marcadas en mi corazón y miré como el señor se alejaba despacio. Me levanté rápidamente y me detuve a su lado.

—Gracias por sus palabras. Espero que su esposa se recupere pronto. —Le regalé una sonrisa con todos los dientes y él asintió en agradecimiento.

—Gracias cariño. Y yo espero que tu corazón se recupere pronto.

Con eso último que dijo, lo vi irse por el largo pasillo entrando con paciencia hacia el ala de habitaciones. Quizás el señor tiene razón.

Debo aprender que el amor es suficiente. Porque realmente, eso es lo que todo el mundo ha tratado de tatuarme en el cerebro.

Pero yo he sido demasiado terca como para aceptarlo.

PAPÁ SALIÓ DE LA SALA DE OPERACIONES horas más tarde. Luego de una complicada cirugía fue pasado a cuidados intensivos y luego a una habitación individual para su recobro.

No había manera de determinar si sobreviviría la noche o no y mi mamá está destrozada, bueno, ambas lo estamos. El doctor nos explicó que en casa su corazón entró en arresto cardíaco y lograron reanimarlo con el desfibrilador en la ambulancia y compresiones en el pecho.

Pero luego de ingresarlo a la sala, una de sus válvulas cedió y perdió mucha sangre en una hemorragia interna. Según mi madre, luego del primer infarto menor le hicieron un electrocardiograma y le diagnosticaron enfermedad valvular cardíaca, una condición en la que una o más de las válvulas del corazón dejan de abrir y cerrar apropiadamente causando que el flujo de sangre sea interrumpido.

Por muchos años no presentó síntomas, por lo que ahora tenía que realizar un cambio de vida y prepararse para una cirugía para reparar las válvulas afectadas, la cual estaba programada para después de año nuevo, pero su corazón no lo soportó y simplemente falló. En la cirugía de emergencia trataron de reparar las tres válvulas dañadas, pero están terriblemente afectadas.

Si logra sobrevivir necesitaría un trasplante lo más rápido posible, algo que es prácticamente improbable, porque las listas de espera son larguísimas y no lograría aguantar. Traté de consolar a mi madre, pero es imposible.

¿Cómo logras comprender que tu pareja de vida de tantos años puede fallecer en cualquier momento? No se puede.

No es justo, para ninguno de los dos, ellos soñaron con la vida que estaban teniendo actualmente durante muchísimo tiempo y todo cambió de la noche a la mañana. Irónicamente me suena familiar.

—¿Por qué no me dijeron nada? —pregunté abrazándola. Ella llorando en mi hombro inconsolable.

Que esto se añadiera a mi lista de pesares, es lo más horrible que me ha podido pasar. —El infarto pasó unos días después de que me contaras que cerrarían la editorial. Ninguno de los dos quería añadirte algo más a tu carga de preocupaciones linda, sabemos lo duro que trabajas y no queríamos molestarte.

Se sonó la nariz en un pañuelo desechable y me miró apenada.

Dios. Qué horrible hija soy.

Que mis propios padres piensen que mi trabajo es más importante que ellos me hace caer en la realidad como un balde de agua fría.

¿En qué me he convertido?

—Pero mamá, si yo hubiera sabido que papá estaba así, dejo todo y me vengo en el primer vuelo que encontrara, así como hoy. Ustedes son más importantes.

—Todo es importante. Nuestra familia, nuestros amigos, nuestro trabajo. Tu padre amaba su trabajo, yo amaba el mío, aunque no fueron los mejores, nos hacían felices. Eran trabajos honrados pero muy buenos. Tu trabajo, tu felicidad y éxito son las cosas más importantes para nosotros. Por ti fue que luchamos tanto. Si tú eres feliz, todo lo vale.

Suspiré y sus palabras me hicieron llorar con más fuerza.

¿Yo en serio soy feliz? Conseguí todo lo que siempre quise en poco tiempo, pero no me siento satisfecha. He sido como una máquina que no para nunca. Peor que C3PO Y R2D2, aunque por los menos ellos sí expresan sus sentimientos de androides bien. Las únicas veces que he sido feliz recientemente fue durante esos momentos con Brandon.

Vaya que me hicieron feliz.

—Aun así, debieron decirme, soy su hija y creo que tengo el derecho de saber qué pasa con ustedes.

—El día en que nos dieron la fecha para la operación te lo íbamos a decir, pero luego nos llegó tu mensaje de que saldrías del país. No nos perdonaríamos nunca si te hacíamos perder eso, sabemos lo mucho que siempre has querido conocer el mundo. Desde chiquita. ¿Recuerdas tus pósteres de la Ópera de Sídney y de Islandia? Los sacaste de unas revistas y estuvieron pegados a la pared prácticamente hasta que te fuiste a la universidad.

—Sí, me acuerdo.

—Bueno. Decidimos que te lo diríamos cuando regresaras. Al fin verías el mundo, algo que nosotros no logramos hacer todavía. Ni siquiera pude llevar a tu padre a conocer Panamá, no nos alcanzó el tiempo.

Miró hacia el suelo y más de sus sollozos resonaron por toda la sala de espera. —Lo siento tanto, mamá… debí estar aquí. Pero, hey, no todo está perdido, papá es fuerte y saldrá de esta, —suspiré mirando al techo. —Vas a ver que sí.

Necesito creérmelo yo también.

—Deja de disculparte, vimos todos los episodios, pero no lograron terminar, ¿o sí?

Tomé su mano y negué con la cabeza.

—¿Vieron las noticias no? —asintió y se mordió la uña del pulgar. —Bueno, ahí está la respuesta.

—Lo bueno de esto es que llevarán a la justicia a ese señor y no seguirá con sus fechorías.

—Eso espero, ahora falta que aparezca su hija, Elizabeth. Con ella es con quien estuvimos tratando desde el principio. Fue demasiado bueno para ser verdad.

—Por lo menos fuiste gratis a Europa.

Intentó reír y se sonó la nariz nuevamente.

—Sí, eso es lo bueno, y aunque estuvimos poco tiempo en París valió demasiado la pena. Espero que te haya gustado lo que pudiste ver.

—¿Entonces qué pasa ahora? ¿Sí te quedarás sin trabajo?

Levanté mis hombros incrédula, todo es tan incierto en este momento. Pero asumo que sí. —

La verdad no sé, tengo que regresar a trabajar después de año nuevo y me imagino que cerraremos la empresa. Y habrá que hacer control de daños para limpiar nuestros nombres ya cuando el fuego se haya apagado un poco. Ahorita ni siquiera puedo entrar a mis redes sociales, me tocó hasta borrar las aplicaciones de la ansiedad que me estaba causando. No sé qué pasará conmigo laboralmente, pero Kate me dijo que tiene trabajo para mí en Atlanta.

La miré y sus ojos se iluminaron, es obvio que se emocionaría. Georgia está al lado de Florida y hasta en auto podría venirlos a visitar.

—¿Y Brandon? —preguntó y mordí mi labio.

—¿Qué con él? —repliqué haciéndome la aérea.

—Oh, vamos Sam, no me digas que no sientes nada por él. No es necesario tener un diploma de la universidad para darse cuenta de eso. Cualquiera con dos ojos puede descifrarlo solo viendo los vídeos. — Sonreí y negué con la cabeza. Es verdad.

—Lo de nosotros es… extremadamente complicado y, —una enfermera se acercó a nosotras aclarando su garganta y nos interrumpió.

—Señora Richards, su esposo despertó y quiere verla.

Ambas nos pusimos de pie inmediatamente y mi maleta cayó al suelo. —¿Podemos entrar ambas? Ella es nuestra hija. —Se volvió a limpiar la nariz y la enfermera asintió.

—Sí claro, pero está muy débil, así que por favor no le vayan a dar ningún tipo de informaciones fuertes.

Ambas accedimos y empezamos a caminar por el largo pasillo al cual no quiero regresar. La habitación es color salmón y está tan fría que me estremecí al entrar. Se me partió el alma al ver a mi padre conectado a varias máquinas y con su mirada concentrada en un cuadro en el centro de la habitación. Un paisaje de un bosque muy bonito lleno de nieve y pequeño jardín con poinsetias alrededor.

—Hola… —susurré al entrar y una delicada sonrisa adornó su rostro. Mi madre suprimió un quejido y se volteó hacia la pared al verlo en este estado.

—Sammy… estás aquí… —susurró y yo asentí.

—Claro que estoy aquí, llegué hoy mismo de París y tomé el primer vuelo de Nueva York. Siempre estaré para ustedes, así como ustedes siempre han estado para mí. —Acerqué una silla a su lado y tomé su mano.

—Lucía, ven.

La llamó levantando su otra mano con la poca fuerza que tenía y mi madre se apuró para tomarla.

—Aquí estoy y estaré siempre.

Lloró en su mano, plantando un beso.

Y ahora era mi corazón el que fallaría. No puede ser que este sea el fin de ambos. Su historia terminará pronto.

—Así me gusta, los tres juntos de nuevo. Mi familia perfecta.

Sonrió y yo reí entre dientes soltando más lágrimas con su comentario.

—Oh Michael, me has hecho tan feliz… —mi madre volvió a besar su mano y él acarició su mejilla como pudo. —En la salud, en la enfermedad y para siempre, ¿verdad? —él asintió y tosió fuertemente.

—Verdad.

—Los amo mucho… son los mejores padres que me pudo haber dado la vida. Gracias, mil gracias por sacrificarse por mí durante tantos años. Lo siento tanto si los he decepcionado, si les fallé. Aunque sé que lo hice. Lo siento por no estar aquí cuando me necesitaron. Ustedes me han dado todo lo que tengo y yo no he sido la mejor hija desde hace un tiempo. —Besé su mano y él suspiró fuertemente.

—Y tú eres la mejor hija que nos pudo haber tocado y estás aquí ahora que es lo importante, —xijo mi madre y las lágrimas continuaron cayendo.

—Sammy... —hablo papá con dificultad. —Dime algo...

—Sí, lo que sea.

—Para todo padre la felicidad de sus hijos es suficiente. Es el mejor pago y recompensa por todo el esfuerzo de sacarlos adelante. Quiero que me respondas sinceramente... ¿eres feliz?

Su pregunta me dejó helada, igual que mi madre cuando me lo preguntó hace un rato.

Mi felicidad siempre fue su meta, desde muy pequeña me lo dejaron saber. Nunca me faltó nada, a pesar de que vivimos situaciones económicas muy malas, todo lo que necesité y quise lo obtuve. Me dieron la mejor vida dentro de sus posibilidades y me formaron en quien soy hoy en día.

Sin embargo, la verdad es que no, actualmente no soy feliz, pensé que lo tenía todo para serlo, pero ya me di cuenta de que no es cierto. Y eso no es culpa de ellos. Es mía, absolutamente mía.

—Les voy a ser sincera. Durante toda mi vida siempre fui feliz. Hasta hace un tiempo... todo lo que quise siempre lo conseguí. Ustedes lo saben. *Sam la soñadora, la chica que nunca se rinde y siempre lucha por lo que quiere.* Bueno, les tengo una mala noticia, perdí la batalla y dejé de luchar hace un tiempo. Todo lo que amaba lo perdí por terquedad y caprichos míos. No puedo parar de arruinar todo lo que toco a mi paso. Termino hiriendo a los demás y no sé cómo enmendarlo.

Miré hacia el cuadro y sentí como mi padre apretó más mi mano.

—Lo bueno de una guerra es que después viene la paz. No creo que la batalla esté perdida aún, mi linda. Solo necesitas un plan de acción para recomponerte y volver a intentarlo. —Dijo él y mi madre asintió.

—¿Cómo le hicieron ustedes para siempre permanecer tan felices? La vida les tiró jugadas muy duras y ahora todos sus planes volvieron a cambiar, tenían tantos anhelos.

El frío del hospital resecaba mi garganta, mi voz se entrecortaba y el nudo en mi garganta me hacía una presión inhumana. No es nada fácil decir todo esto. —Sammy, la vida es así, te sorprende y no hay nada que puedas hacer para detenerla. Solo tienes que seguir. Y la clave para ser feliz es simple, nunca olvides lo que amas y a quién amas. Eso es todo.

Dijo mamá y mi padre asintió.

—Fuimos felices a pesar de las adversidades del destino. No he dejado de amar a tu madre ni un solo día, ni a ti. Son mis dos más grandes amores y eso fue suficiente para impulsarme. Estoy seguro que para tu madre igual. Tú, ¿a quién amas, Sam?

Preguntó mi padre levantando una ceja. Aún en este estado, su personalidad tan chispeante no se hacía faltar.

—Pues los amo a ustedes.

—Oh por favor, tú sabes perfectamente a lo que me refiero. —Replicó.

—No deberíamos estar hablando de esto ahora.

Me acomodé en el asiento y mi madre frunció el ceño. Oh no.

No hay vuelta atrás ahora. —Es Brandon, ¿verdad?

Preguntó papá y yo lo miré sorprendida. ¿Era tan evidente mi enamoramiento a través de la pantalla? *Jesucristo.*

—La enfermera dijo que no debemos darte información fuerte, así que ya, has hablado demasiado y debes descansar.

—Samantha, tendré todo el tiempo del mundo para descansar cuando ya no esté aquí. Ahora por favor, te lo pido. Quiero que me cuentes. Necesito saber si puedo ayudarte para que de una vez por todas puedas ser feliz. Aunque sea mi última misión. Regálame eso por si me voy, me voy contento.

Dijo mi padre sonriente y volví a llorar.

No quiero que hable así… no puede dejarnos.

—Tenemos todo el tiempo del mundo para escucharte, hija. —Aseguró mi madre y yo asentí.

Respiré profundo y limpié mis lágrimas una vez más.

—Está bien. Les voy a contar todo desde el día en que lo conocí.

24. 3... 2...1... ¿FELIZ AÑO NUEVO?

BRANDON

Mi habitación de la infancia está decorada con pósteres de películas clásicas ochenteras y noventeras, de estrellas de rock y de mi grupo favorito de todos los tiempos, además de Los Beatles claro, Fleetwood Mac.

Las paredes son de un color verde oliva y todos mis trofeos y reconocimientos de la escuela secundaria siguen colgados en repisas. Por si no se los había mencionado antes, estuve en el equipo de atletismo desde octavo grado y me encantaba. Era muy bueno, tenía muy buen tiempo al correr y ganamos varias competencias estatales. Correr me liberaba y nunca lo he dejado de hacer, es como mi pastilla quita estrés. Al crecer, Natasha y yo siempre fuimos niños ocupados; desde pequeños mi madre nos tenía en clases de todo.

Pintura, guitarra, piano, ballet, hicimos de todo un poco, pero mi favorita siempre fue la guitarra. En mi último año de secundaria durante un show de talentos la toqué y es mi recuerdo favorito de ese entonces. Se puede decir que estaba en mi fase de descubrimiento personal sabiendo lo que quería hacer, pero también entendiendo que no procedería.

Así que frente a toda la escuela canté *Desperado* de los *Eagles* y me desahogué. Obviamente nadie sabía nada, todo el mundo asumía que seguiría los pasos de mi padre.

Cantar esa canción fue mi grito al universo, para despedirme de toda aquella ilusión musical. ¿Podría decirle a mi padre toda la verdad? Claro. No era como si me estuviese poniendo una pistola en la sien para hacerlo, pero él estaba tan emocionado que no quería defraudarlo.

Además, ¿cómo le dices algo así a un padre que te ha dado la mejor de las educaciones y está dispuesto a enviarte a la mejor universidad del país a estudiar?

No es fácil decirle: *oye papá, voy a tirar catorce años de educación a la basura y no quiero seguir estudiando. No iré a la universidad y me voy a ir aventurar a Los Ángeles o a Nashville para ver si logro hacer música. Volveré algún día, por favor dame dinero para hacerlo.*

Imposible. Me convencí de que lo mejor era dejar mis sueños siendo sueños y seguir adelante con la realidad. Sin embargo, todo eso cambió cuando conocí a Sam. Una persona tan dedicada que nada la detiene ni la deja caer.

Creo que esto ya se los dije, pero, ella es mi más grande inspiración. La suerte de ella fue que sus padres la motivaron a seguir siempre su propio camino desde pequeña y le dieron alas para encontrar y perseguir sus pasiones. Los míos siempre nos mantuvieron activos, pero al momento de que nos inclinábamos a algo, nos hacían cambiar.

Tal vez no lo hicieron apropósito, pero estoy seguro de que si Natasha siguiera practicando ballet tal vez en estos momentos se estaría presentando en el Royal Opera House. Era fantástica y muy disciplinada.

Pero nuestra realidad fue otra y cada quien hizo lo que creyó correcto. Natasha viajó por el mundo, hizo lo que quería hacer y al regresar encontró su pasión en la empresa. Y me alegro, porque cuando le conté todo hace un par de días a mi retorno de París se puso a llorar de la alegría.

Nunca se atrevió a afrontarse a mi padre ni a darse el lugar que le correspondía dentro de Hecox Companies. Tal vez este no fue el plan de papá, pero tendrá que aceptar la decisión de ambos.

Ya mamá no está para hacer de mediadora en las decisiones familiares y nos toca decidir todo a nosotros con la mayor calma posible. Me levanté de mi cama al escuchar el golpe en la puerta indicando que es el momento de bajar. Natasha al otro lado se mordía una uña, claramente igual de nerviosa que yo. —¿Estás seguro de esto? Aún puedes retractarte.

—Sí. Siento que ha llegado la hora de aclarar todo de una buena vez, necesito hacerlo, —susurré mientras bajamos las escaleras hacia el estudio. —Debo seguir adelante.

—Bueno, es todo o nada. —Dijo apretando mi hombro y yo asentí mirando hacia el techo. *Mamá, dánnos fuerzas por favor.*

Tocamos la puerta y escuchamos un *adelante* por su parte. Papéa está sentado en su sillón con un trago de whisky y un libro entre las manos. Esta es la típica escena doméstica en la que te encontrarás a Hugh Hecox un treinta y uno de diciembre, o en cualquier día festivo en particular.

—Vaya, ¿qué tenemos aquí? ¿Pasa algo? —preguntó, acomodándose.

—Claro que no, ¿acaso tus hijos favoritos no pueden venir a visitarte? —Replicó Natasha, sentándose diagonal a él, yo preferí sentarme más lejos, lo más lejos posible de él en caso de que tenga que escapar.

—Ustedes son mis únicos hijos, por lo tanto, son mis favoritos.

—Mientras *yo* siga siendo tu favorita, todo bien. —rodeé mis ojos y ella se burló. —La verdad papá, es que sí queremos hablar contigo.

—Lo sabía. Díganme, ¿para qué soy bueno? —colocó el vaso en el suelo y se cruzó de brazos cerrando el libro. Me aclaré la garganta y respiré profundamente, es ahora o nunca Brandon.

—No he sido sincero del todo contigo durante un tiempo papá, yo… —me interrumpió levantando una mano y yo lo miré asustado.

—Si esto es sobre tu relación con Samantha, quiero que sepas que ya lo sé y no puedo estar más extasiado.

¿Qué? ¿Qué tiene que ver Sam en todo esto? Y esperen, *¿cómo rayos él sabe?* —Espera, espera, ¿sabes de lo mío con Sam? ¿Natasha tú le dijiste?

Pregunté fulminándola. Recién se lo conté el otro día.

—¡No! Te lo juro.

—Calma hijo. Yo lo descubrí solo. De hecho, tú madre también sabía. ¿A quién crees que les llegaban las facturas de la tarjeta de crédito de los regalos que le comprabas en la universidad? Además, después de graduarte regresabas demasiado al campus durante los fines de semana *a visitar*. Claramente asumimos que salías con alguien.

No puedo creer lo que estoy escuchando.

—Si pensaban que se salieron con la suya están incorrectos. Además, vimos las fotos de ese verano en el Lago de Saratoga. En todas salían abrazados.

—Pero ustedes… nunca me cuestionaron nada, ¿por qué?

—Cada quien dice las cosas en el tiempo que quiere y no te íbamos a presionar a hacer algo que no querías. Decidimos darte todo el tiempo que creyeras necesario. Lo que nos sorprendió fue que *nunca* nos dijeras la verdad. Creímos que lo harías cuando la recomendaste como pasante para la editorial.

Se levantó para servirse más whisky yo lo miré con la boca abierta.

¿Es en serio que me está diciendo todo esto? Jamás quisieron presionarme a hacer algo que no quería. ¿Entonces sí debí decirles? Dios.

Pero si hubiese seguido mi camino en ese entonces y no hubiese ido a la universidad, jamás hubiera conocido a Sam. También, si ellos sabían lo nuestro no debimos terminar, tal vez nuestra relación no fuese tan complicada actualmente y, ¡quiero gritar! No puedo pensar con claridad.

¿VEN LO QUE PASA CUANDO NO HAY COMUNICACIÓN?

—¿Brandon? —me llamó Natasha y la miré. Me estaba haciendo señas con la cabeza para que le dijera. Mi pierna se mueve de arriba abajo rápidamente. Todo siempre vuelve a Sam ¡Agh! Necesito dejar de pensar en ella, es demasiada información para procesar en tan poco tiempo. —Papá, te tengo que decir algo. —Suspiré y puse mi mente en blanco. Tú puedes Brandon. Hazlo por ti.

—Sí, dime, —se volvió a sentar y tomó un sorbo de su trago. Yo necesito uno también, o cien. —Te escucho.

—Voy a vender una parte de mis acciones. No quiero trabajar más en Hecox Companies y quiero que Natasha tome mi lugar. Así como me dijiste que todos decimos todo a nuestro tiempo, bueno este es mi tiempo. Nunca quise estudiar administración, siempre he querido hacer música y solo lo hice para no decepcionarte. Amo la música, aunque creo que eso lo sabes. Quiero escribir, igual que mamá. Bueno, componer en realidad. Natasha y yo hablamos y ella está feliz con la decisión, además ella es muchísimo mejor que yo en esto. No debí esperar tanto para decirles la verdad y cómo me gustaría que mamá estuviera aquí para saberlo también. Lo siento si arruiné la idea que tenías para mi futuro, pero en serio quiero intentar esto.

Hablé rápidamente y tomé una bocanada de aire al terminar.

Su cara estaba seria y sus ojos eran ilegibles.

Dejó el vaso en el suelo y se puso de pie caminando hacia mí. Me abrazó con toda la fuerza del mundo y me tensé en sus brazos. No me esperaba esta reacción, pensé que me gritaría o que estaría dolido por traicionarlo. Sus manos rodearon mi espalda con fuerza y yo lo abracé más fuerte relajándome en su agarre.

Mis ojos se llenaron de lágrimas y fue como si tuviera ocho años de nuevo y me estuviera escondiendo en mi habitación luego de haber hecho una travesura.

Natasha se levantó y se incluyó en el abrazo, éramos niños nuevamente. Limpié mis lágrimas al separarnos y vi que sus ojos estar igual de cristalizados.

—Natasha, ¿tú que tienes que decirme?

—Que quiero hacer esto. Me siento preparada. En serio. Nunca me has dado la oportunidad de desarrollar todo lo que puedo hacer dentro de la compañía y me duele. Hasta llegué a pensar que es porque soy mujer, o porque Brandon es tu primogénito.

—Oh no, eso jamás. Nada de eso. Siempre has sido un alma libre y te has enfocado en tus cosas, pero no pensé que tener este tipo de responsabilidad es algo que querías. Tampoco me lo dijiste.

—Lo sé. Lo siento.

—Hijos, discúlpenme si alguna vez sintieron presión por parte de su madre o mía. Todos los padres actuamos de la mejor manera en la que creemos para nuestros hijos y en este caso nos equivocamos. No les dimos la confianza para que nos contaran las cosas más importantes y siento que fallamos en esa parte.

Dijo con voz ronca mirándonos a ambos a los ojos.

Por primera vez una enorme paz entró a mi cuerpo y sentí como un peso se me levantaba de encima, al fin. —Igual sabes que sigues siendo el mejor papá del mundo y mamá la mejor. —Natasha dijo y los tres nos reímos.

Los amo con locura.

—Su madre fue la mujer más excepcional que he podido conocer en mi vida. Y la extraño todos los días. Pero estoy seguro de que desde allá arriba nos está viendo contenta. Ustedes salieron bien y por lo menos no terminaron en la cárcel.—Papá bromeó y bufé. Demasiado pronto para hacer ese chiste.

—No cantes victoria todavía, —dije y él me dio una palmada en la espalda. —Por ahí llegarán para que aportemos a la investigación de los Harrington.

—Ah, pequeñeces. Lo único malo es que no podremos salvar la editorial, pero la vida sigue. Nosotros estamos bien y las acciones de esa familia no nos afectaron del todo. Todas las noches me voy a dormir tranquilo sabiendo que no he hecho ningún negocio sucio en mi vida, que estoy rodeado de personas buenas y de un equipo-familia de trabajo fantástico.

—Me alegro escucharte decir todo esto papá. —sonreí y él asintió poniendo sus manos en mis hombros mirándome fijamente.

—Brandon, que quieras hacer música es lo más increíble que he escuchado en toda mi vida. Estoy muy orgulloso de ti por querer perseguir un sueño tan bonito. Lo único es que espero tener el trato VIP que me merezco en todos tus conciertos. Primera fila, palcos y todo. La empresa seguirá bien, es tu intensa hermana la que será mi nueva mano derecha así que no creo que tengamos problema.

—¡OYE! —Gritó Natasha y él me volvió a abrazar riéndose.

Por primera vez lo estoy viendo con otros ojos. Al fin me comprende, al fin puedo ser yo mismo con él y con el resto del mundo.

—Mejor, tendrás pases backstage. —Repliqué y me soltó para recoger su trago nuevamente.

—Ahora que recuerdo, yo tengo un par de contactos en la industria. El padre de Kevin es socio de un productor musical muy importante. Si quieres puedes intentar hablar con ellos.

—Gracias, papá. En serio. Pero vamos con calma. Aún tengo una canción que escribir.

—Si necesitas ayuda para escribir también avísame. Uno de mis amigos de la infancia armó una banda que se volvió bastante famosa y lo puedo llamar si quieres. Creo que hasta tienes un cartel de ellos en tu cuarto.

Lo miré con los ojos más abiertos que nunca y me acerqué a él lentamente. —Espera… ¿quién?

—Jon Bon Jovi.

—¿QUÉ? ¡PAPÁ! ¡NO PUEDO CREER QUE HASTA AHORA ME DIGAS ESTO!

L UEGO DE LA CONVERSACIÓN MÁS increíble que pudimos haber tenido con mi padre y la riquísima cena que preparamos entre los tres, subí a mi cuarto y tomé mi celular. Fue una noche inolvidable, estoy demasiado feliz y lo único que quiero es llamar a Sam, pero no puedo.

Quiero contarle todo lo que hablamos, hasta que mi papá es amigo del mismísimo Jon Bon Jovi. Se caerá para atrás cuando le cuente.

La extraño tanto y me duele en el alma recordar nuestro último día en París.

Dios, es demasiado difícil, no puedo creer que en serio pensó en tomar una decisión tan abrupta como esa sin decirme. Se mudaría a Georgia, había más pros para ella que contras pero, de todas formas, técnicamente estábamos juntos y debió tomarme en cuenta. Si les soy sincero, sí estoy dolido y me duele jodidamente el corazón porque la amo demasiado. Y lo peor es que nuevamente me decepcionó. Cuando terminamos antes de que empezara su pasantía en la editorial, no se me hizo tan difícil porque deduje que en un futuro volveríamos a estar juntos y tuve razón, sí pasó. Nos perdimos el uno al otro un tiempo, estuvimos con otras personas casualmente e hicimos promesas innecesarias, pero al final nos encontramos de nuevo.

Tomé una de mis libretas y empecé a escribir todo lo que se me vino a la mente. Todos nuestros momentos, en su departamento, en el mío, de vuelta en la universidad, en la oficina, en las calles de nuestra ciudad, en Londres, Roma y París.

Cuando pedimos nuestros deseos, nuestro primer beso que solo yo recuerdo, nuestro primer segundo beso luego de ver esa magnífica obra que me hizo amarla aún más al explicármela, y por último cómo olvidar navidad. Fui suyo, ella fue mía y fuimos uno solo uniendo nuestros espíritus en una sincronización perfecta. Miré el reloj de mi mesita de noche, 11:40 P.M, solo pocos minutos para el año nuevo.

—¡Brandon ven, estamos viendo el Times Square, ya casi son las doce!

Gritó Natasha desde debajo de la escalera y suspiré.

Tengo que sacar todo esto para dejarlo atrás, es el momento indicado, dejamos atrás un año y otro nuevo lleno de posibilidades empieza. Uno lleno de aventuras, tal vez extremas, y nuevos momentos que vivir. Pero lo más importante, es que los quiero vivir junto a Sam.

—¡Ya casi bajo! —grité de vuelta y continué escribiendo.

Todo esto es realmente una locura, volvimos a caer en el amor en vez de dejarlo que escalara sobre nosotros. Para muchos el amor es un acto de fe por el que apuestan, todo puede ser aleatorio y son pocos los que salen victoriosos.

Es una jugada muy delicada de la vida y lo más poderoso que puedes experimentar. Entregarle tu corazón a alguien es una locura, y más cuando tienen el poder para hacer lo que quieran con él; pueden perder el control.

Pero ¿saben algo?, todas las personas sensatas logran mantener todo el amor bajo control.

Y yo lo he logrado, he mantenido este amor y mi compromiso a ella vivo durante mucho tiempo. No necesito a nadie más. Ella también lo logrará, estoy extremadamente seguro. Solamente necesita un poco más de tiempo… y yo estoy dispuesto a dárselo. Sin importar cuánto tarde. Caer en amor fue un accidente, uno que no pudimos evitar, pero del que no me arrepiento, jamás lo haré. Y la perdono, dejo atrás todo lo que nos detuvo, todo aquello que nos bloqueó de continuar con nuestra historia de amor.

Solamente fue una pausa, una piedra en el camino. Y así como ella que siempre intentó controlar todo, ambos lo perdimos en esta ocasión. Y tenemos que recuperarlo de nuevo.

Dejé caer el bolígrafo en la cama al escuchar a mi padre y a Natasha eufóricamente realizar la cuenta regresiva de año nuevo y terminé. No sé cómo lo hice, pero aquí está, *Just Business*. Los fuegos artificiales empezaron a destallar en el cielo y miré el reloj, solo falta un minuto.

Escuché el conteo de mi pequeña familia y lo repetí con ellos.

—3... 2... 1... ¿feliz año nuevo? —susurré para mí mismo, admirando la letra de mi canción y sonreí. Es correcto, se viene un muy feliz nuevo año.

Cerré la libreta y salí de mi habitación. En la sala mi padre y Natasha bailaban de lado a lado con copas de champaña en la mano.

—¡Feliz año! —grité riéndome y ambos se asustaron.

Este par ya está bien pasado de copas.

—¿Qué tanto hacías allá arriba? —me gritó Natasha al oído y yo suspiré haciendo hincapié en mi nueva realidad.

—Algo que debí hacer hace mucho tiempo.

25. ATLANTA
TRES MESES DESPUÉS

SAM

Michael Richards falleció el primero de enero, cinco días después de su operación de corazón abierto.

No se pudo hacer nada.

Fue imposible conseguir un donador en tan poco tiempo.

Sin embargo, cada día estuvimos a su lado. Y cada día nos despedimos de él, *por si acaso*, como él mismo nos decía. Su última noche, que por casualidad fue la noche de año nuevo. Estuvimos los tres viendo los fuegos artificiales desde la ventana de su habitación en el hospital.

Las enfermeras de turno nos dieron sombreros y gafas festivas, brindamos con jugo de naranja y cenamos emparedados con papas fritas de la cafetería del hospital. Fue agridulce, y aunque en ese momento no lo sabíamos, no pude pedir un último mejor momento con mi familia completa, porque tuve la dicha de despedirme de él y él de nosotras. Fue el final de una era.

Mi padre se fue tranquilo y su corazón murió mientras dormía, lo que me tranquilizaba porque sé que no sufrió. Se fue bajo sus propios términos, feliz, dejando bien al amor de su vida y a su hija.

Estaríamos bien sin él, y aunque ninguna de nosotras quería aceptarlo, él estaba seguro de eso. Por primera vez en mucho tiempo sentí que todo estaría bien, y ahora me tocaba a mí seguir viviendo la vida al máximo por él. Me tocaba enmendar todos mis errores y hacerle caso a todo lo que me dijo. Tengo que dejarme ser feliz y encargarme de reconstruir los castillos que se derrumbaron en mi guerra individual.

Ellos dos me dieron una lección demasiado grande y les prometí que esta vez no fallaría. Y esta promesa sí tengo planeado cumplirla.

Tal y como me lo dijeron: *hasta este momento no nos has defraudado, no empieces ahora.* y no lo voy a hacer. Me merezco ser genuinamente feliz.

Regresé a Nueva York una semana después.

El señor Hugh me necesitaba con urgencia y yo me había tomado un poco más del tiempo regular por el duelo. Además de Rosie, el resto de la familia y mis amigos, fue de las primeras personas en enterarse, porque es mi jefe y tenía que decírselo. Aunque era obvio que se lo contaría a su hijo. No quería dejar a mi madre, pero ella me obligó a hacerlo. Fue difícil porque yo no quiero que esté allá sola en esa casa y tan lejos de mí, pero me necesitaban en la editorial.

Créanme, hasta intenté convencerla para que se viniera a vivir conmigo por un tiempo, pero se rehusó. Tiene todo para quedarse en Orlando: sus clubs, amistades, hasta me dijo que quiere tomar clases de tenis. Ella estará bien. Pero le advertí que si me llega a necesitar en cualquier momento me avise, porque tomaré el primer vuelo existente.

Será difícil estar lejos de ella y de su comida, comí demasiado sancocho panameño como para el resto de mi vida.

¿Qué les puedo decir? Te reconforta. Durante los días en que estuve allá también recogí el resto de mis cosas que tenía guardadas en su depósito. Algunos CD'S de los 2000, ya saben, Britney, Christina, Destiny's Child, N'SYNC y Backstreet Boys; varios libros y la bola de nieve que Brandon me regaló en la universidad. Ya era hora de tener todas mis cosas en un solo lado. Al retorno NYC seguía su curso normal, solo que extremadamente fría.

Debo aceptar que el clima de Florida es demasiado rico. No me llama la atención para vivir, pero el clima 8/10. No le doy diez porque hay demasiados mosquitos. La vida nunca se detiene en la gran manzana y es una de las cosas que más amo de este lugar.

Ver diferentes historias pasando con el paso de cada segundo a mi alrededor, es una de las cosas más mágicas que se pueden presenciar. El trabajo en la editorial fue disminuyendo gradualmente y el personal que quedaba se fue yendo poco a poco. Muchos de nuestros clientes, al enterarse del caso de Harrington Enterprises, decidieron desligarse por completo de nosotros y llevarse su trabajo a otro lado. Perdimos a increíbles autores y periodistas, pero ya no quedaba más nada por hacer.

Tiramos las últimas ediciones de las revistas y libros que aún quedaban pendientes y cerramos las operaciones para siempre. Desalojar mi oficina y despedirme de Jacky, quien fue ascendida a Asistente de Presidencia en las oficinas de administración, fue una de las cosas más difíciles que he tenido que hacer. Hasta decirle adiós a Martin fue difícil, se volvió nuestro cómplice durante muchas aventuras y gracias a él Elecciones cobró vida.

En febrero, el señor Hugh decidió que redactáramos un comunicado por parte de Hecox Companies para publicarlo en los medios de comunicación explicando todo: el cierre de Nuevos Mundos, nuestra alianza con los ingleses y nuestra posición, ante todo. Nosotros habíamos sido parte de una farsa por la cual salimos terriblemente afectados injustamente, causándonos consecuencias irremediables.

Luego del comunicado la gente nos empezó a escribir en apoyo, y muchos querían que se salvara la editorial y que continuáramos.

Y aunque el señor Hugh tiene el dinero para hacerlo, simplemente no es una buena decisión económica. La editorial ya de por sí perdió credibilidad y tiene demasiadas deudas, la mejor decisión era dejarla ir. Tenemos que ser realistas, estas cosas pasan, los tiempos cambian y hay negocios que van desapareciendo.

Un ejemplo son las oficinas de operadoras telefónicos, ya saben, las famosas chicas del cable, ¿alguien conoce alguno? Porque yo no. Por más de que intentáramos re-diseñarla o innovar, era demasiado tarde y ya no había vuelta atrás, por más que la gente nos siguiera suplicando que regresáramos. No los culpo, las personas extrañan Elecciones y quedaron inconformes al haber tenido que terminar abruptamente. Literalmente la última vez que nos vieron estábamos en todo el centro de París en la Plaza de La Bastilla diciéndoles que los veríamos pronto.

Tendría que pasar un milagro para poder salvar el programa, podría intentar conseguir promoverles la idea a cadenas productoras, pero conseguir chance es demasiado complicado.

Tienes que conocer a alguien casi siempre para poder entrar en la industria. En mi otro plano, no he vuelto a ver a Brandon desde el día en que nos despedimos en el aeropuerto.

Hugh me dijo que le está yendo muy bien y me alegro mucho. Al parecer consiguió un contacto en una disquera y está trabajando en la producción de su primer single. Me llena el corazón saber que al fin está siguiendo sus sueños, ya era hora. Por otro lado, me duele no estarlos viviendo junto a él.

He buscado la fuerza de voluntad para llamarlo muchas veces. Mi insomnio regresó, he tenido más pesadillas y ha habido noches en las que me despierto a media noche buscándolo y no está. Es ahí es cuando toda la realidad me pega como un boomerang y recuerdo todo. Todo me recuerda a él.

—¿Estas preparada para verlo de nuevo? —Preguntó Rosie desabrochándose el cinturón de seguridad del carro que rentamos en el aeropuerto Hartsfield-Jackson de Atlanta.

—No, y creo que nunca lo estaré, —suspiré, haciendo lo mismo. —La cagué horrible.

—Ava me envió un mensaje para decirme que él y Kevin llegaron anoche, ¿estarás bien?

Puso una mano en mi hombro y asentí. Tengo que estarlo, además solo nos quedaremos un día. Es fácil, asistimos a la reunión, vemos a nuestros amigos, comemos dulce y listo, nos vamos. ¿Qué puede salir mal?

—Puedo aguantar, son solo un par de horas y no va a ser difícil. —Rosie me lanzó una mirada inconforme y levanté mis hombros. No será difícil. Mientras me lo siga repitiendo todo estará bien.

—No me mires así, además, tú también verás a Kevin. —bufó y rodeó sus ojos.

—Lo que Kevin y yo tenemos es para beneficio de ambos, puro sexo, nada más. La chica esta, que ya se me olvidó su nombre…

—Kelly. —Interrumpí.

—Sí, ella… bueno, Kelly lo dejó muy mal. Y me da risa porque no puedo creer que en serio él estaba ilusionado con alguien por primera vez en su vida. Solo a él lo dejan por un tenista famoso que conocieron en su propio paseo a Los Hamptons.

—Mientras tú estés bien con ese arreglo, yo te apoyo. Solo te advierto que las relaciones de amigos con beneficios en su mayoría terminan en todo lo contrario. Siempre terminan atrapando sentimientos por el otro. —Abrí la puerta y ella me siguió.

—Eso no va a pasar porque yo tengo *autocontrol*. Puedo parar esto cuando quiera. Además, no puedo enfocarme en una relación ahora. Seré la estelar de mi propio musical en Broadway. ¿Sabes lo que eso significa? —yo asentí y ella trancó el carro.

—Sí, sé lo que significa. Pero ¿acaso no has visto todas esas películas románticas donde los principales no quieren nada serio y terminan viviendo la historia de amor más grande de sus vidas?

—Escúchame claro y fuerte. Kevin Williams y yo *jamás* viviremos algo así, ¿sí me expliqué?

Levanté mis manos en señal de tregua y asentí. Vaya que se puede poner aguerrida. —Si tú lo dices, está bien.

Al entrar al jardín de Kate y Lucas todo el mundo nos recibió con vitoreo. Ava, Lucy y Marco corrieron hacia donde nosotras para abrazarnos, al fin estamos todos juntos nuevamente. El patio estaba hermosamente decorado con guirnaldas de feria color blanco y globos rosados y azules adornaban los árboles.

La mesa de la comida tiene snacks de los mismos colores e igual el bar de caramelos. Lo único diferente es la mesa de los regalos, que ya está llena debo añadir, forrados con papel de todo tipo de diseños. La madre de Lucas hizo un gran trabajo. Pero bueno, no son todos los días que puedes planear el baby shower/revelación de género de tu nieto.

—¡Ah! Al fin llegaron, ya me estaba preocupando. —Dijo Kate acercándose al grupo. Su enorme panza de nueve meses no la dejaba caminar bien.

—Kate, —dije abrazándola como pude. —¡estás brillando!

—Ja, eso ni tú te lo crees. Este bebé no me la ha puesto fácil, ha decidido bailar tango sobre mi vejiga y tengo que ir al baño cada quince minutos. Además, siempre tengo hambre, ya me comí casi todo el Candy bar.

—¿Y qué crees que es? Yo creo que es una niña. —Dijo Marco, bien seguro de sí mismo. Con tantas cosas yo no lo había pensado, solo me emociona ser tía.

—¡Yo también! Ah, solo me puedo imaginar la habitación llena de muñecas y princesas. Aunque si es niño también pueden decorarla así.

Ava habló prácticamente aplaudiendo.

—Yo no sé, solo quiero que salga sano, pero que salga lo más pronto posible porque ya no puedo esperar más. —Kate respondió estirando su espalda.

Pobre, debe estar extremadamente incómoda.

—Esa niña va a tener una personalidad bien fuerte, mira cómo te tiene desde ya. —Dijo Rosie tomando unas gomitas azucaras de la mesa.

Eso sí lo puede comer y es como su droga. Si vas al supermercado y no hay gomitas, probablemente ella pasó por ahí.

—Para serles sinceros, yo pienso que es un niño, así que no estás en lo correcto. —Una voz grave dijo acercándose a nosotros. Me voltee para ver a Kevin uniéndose a nuestro círculo, Brandon y Lucas tras él.

Tragué fuertemente y mi corazón empezó a latir rápidamente.

Está guapísimo. Se dejó crecer más el pelo y su barba está más pronunciada. Traté de hacer como que no lo vi y desviar mi atención.

Sí, sigue enfocada en la conversación, Sam. —A ver Kevin, ¿y por qué crees eso? —cuestionó Rosie, claramente irritada ante su comentario.

—Porque los varones molestan más, las niñas son más tranquilas. Lo aprendí con el embarazo de Kim. Mi sobrino es como un tornado. Peor que el demonio de Tasmania. —Respondió quitándole un par de gomitas de su mano.

Oh no, se está metiendo en territorio sagrado.

—Las niñas también pueden ser así, ¿sabes? —cuestionó ella quitando la mano para que no tomara más.

—Claro que lo sé, tú lo eres. —Sonrió maliciosamente, acercándose a su oído y el grupo quedó en completo silencio.

Esta conversación se tornó intensa rápidamente.

—Después de todo, ¿cómo van a revelarlo? —preguntó Lucy, tratando de alivianar el ambiente. Kevin regresó a su lugar y Rosie lo miró con la cara tan roja como si tuviese insolación.

—Compramos bombas de humo de colores. Mi prima nos hizo el favor y es la única que sabe. Le pedimos al doctor que la llamara para decirle y listo.

Respondió Lucas poniendo su mano detrás de la espalda de Kate para que se apoyara a él. —Pensé que lo harían con un globo. —Djo Lucy.

—Nop. Esa idea ya está muy pero muy gastada, —replicó Kate. —además, las bombas de humo se van a ver más lindas en fotos.

—Me encanta. Ahora que recuerdo, tienen que ver las fotos del perro que adoptamos Keith y yo, —dijo Marco sacando su celular y el resto del grupo se acercó a él para verlo. Yo las veré después, necesito aire urgentemente, y sí, sé que estamos afuera. —Es un pastor alemán. —Las voces de mis amigos se disiparon mientras caminaba hacia el otro lado del jardín para dejar mi regalo en la mesa.

—Hola. —Dijo la voz más familiar de mi vida.

Suspiré y maldecí internamente, lo reconocería de aquí a China.

—Hola, —musité y me aclaré la garganta colocando el regalo en la mesa aún sin voltearme.

—¿Cómo has estado?

—Entre lo que se puede decir, estoy bien.

Me volteé y al fin lo vi a los ojos. Sus ojos, la ventana a su alma, el alma que más amo en todo este universo. Quiero decirle tantas cosas.

Que estoy arrepentida de todo lo que hice, que lo siento mucho, que he sido la más estúpida del mundo por dejarlo ir, que me alegro de que al fin va a sacar su música, que quiero vivir el resto de mi vida con él, que quiero que regresemos a Francia y nos perdamos en un pueblito lejano solos él y yo.

Quiero decirle tanto y al mismo tiempo no puedo decirle nada. Porque no sé cuánto tiempo es 'un tiempo' y me gustaría que existiera un calendario con una fecha definitiva.

—Escuché lo de tu padre. Lo siento mucho Sam, me hubiera gustado estar ahí. —Mi labio empezó a temblar y mi respiración agitada no me ayuda.

Me pondré a llorar en cualquier momento y no puedo. Asentí y miré hacia los globos de colores durante un segundo.

—No te preocupes, mi madre y yo compartimos sus últimos

momentos junto a él y nos pudimos despedir. No todo el mundo obtiene eso y estoy muy agradecida que pude hacerlo, —él asintió y me miró directo a los ojos.

—Tú estuviste para mí en todo momento cuando perdí a mi madre. —Dijo y él se acercó más a mí.

—La situación fue diferente, además, no estaba segura si debía llamarte. Separarnos tan radicalmente ya era demasiado. —Jugueteé con mis dedos y él se aclaró la garganta.

—Sí... —susurró y algunos segundos de silencio nos rodearon. Tomó una bocanada de aire y yo levanté mi cabeza forzando una sonrisa.

—Yo escuché que estás haciendo música... —él sonrió y se rascó la nuca. —Hugh está demasiado orgulloso.

—Aún no lo puedo creer. Él y Natasha me han brindado todo su apoyo. No pude haber pedido algo mejor. —Apreté su brazo y sonreí de lado.

—Estoy muy orgullosa y feliz por ti, en serio. —Tomó mi mano y el sentimiento de nostalgia más fuerte que he sentido en mi vida me asedió.

—Gracias Sam, espero que podamos hablar pronto.

Plantó un beso en la parte de arriba de mi mano y la dejó ir.

El roce de sus labios me quemó la piel y dejó una sensación de añoro. Al soltar mi agarre se dio la vuelta y caminó hacia el resto de los invitados que se estaban empezando a agrupar para la revelación del sexo del bebé. Sin más, todo se desvaneció. La esperanza mezclada con nostalgia se apagó de inmediato y mi corazón perdió toda la pasión. Ahí él se va con todo, mi amor, mi compañero de aventuras, el único capaz de hacerme feliz.

Somos dos extraños que siguen regresando el uno al otro.

—Me parece que necesitas esto.

Rosie se acercó a mí entregándome un vaso haciéndome caer de vuelta en la realidad. Me lo bebí rápidamente y me quemó la garganta.

—¿En serio Rosie? ¿Vodka seco?

—Así es, cien por ciento efectivo y teñido de azul. —Me tomó del brazo y caminamos hacia el grupo de personas.

—Espero que me haga efecto rápido y que valga la pena que mi lengua se parezca a la de un pitufo.

—Ay amiga, ¿qué voy a hacer contigo?

—Nada, no puedes hacer nada, soy un desastre irremediable y estás atascada conmigo por el resto de la vida.

—¿Es muy tarde para devolverte? —golpeó mi hombro con el suyo.

—Lastimosamente sí, no existe ningún recibo. —Reí y cabeceó.

Kate y Lucas se colocaron entre la mesa dulces y el árbol sosteniendo las bombas de humo. Todo el mundo está emocionado. Debe ser muy especial y emocionante formar tu propia familia.

Siempre he soñado con ser madre y estoy segura de que es una experiencia indescriptible que te cambia la vida por completo.

Mientras Kate y Lucas recontaban su historia juntos hasta este momento, veía desde el rabillo del ojo como Brandon me miraba por momentos cuando nos mencionaban en la historia dándonos las gracias por unirlos. Está teniendo una batalla mental conmigo nuevamente, ninguno de los dos sabe cómo actuar alrededor del otro sin interactuar como tal.

Todo esto es nuevo. Siempre hemos estado juntos, hasta cuando terminamos y nos encontrábamos en la empresa o en reuniones seguíamos siendo amigos eventuales y nos poníamos al día.

Ahora, como ya dije, solo somos dos extraños conocidos.

—¡Eso es todo! Queremos darles las gracias a todos por venir, en especial a nuestros amigos de la vida: Sam, Brandon, Ava, Rosie, Lucy, Kevin y mi hermano Marco por venir desde lejos. Todos vivimos en lugares diferentes ahora, pero en los momentos más importantes siempre estamos juntos.

Dijo Kate, apunto de llorar envuelta en la emoción.

—Oh mi amor, no llores. –Lucas la abrazó y ella se quejó.

—¡No estoy llorando! El bebé está llorando, —todo el mundo erupcionó en carcajadas y ella bufó. —Ya, hagamos esto.

Ambos le quitaron el seguro a las bombas de colores y un humo blanco empezó a salir. Todo el mundo expectante a que saliera el color, los que apostaron son los más desesperados.

Tres segundos después el humo color azul empezó a salir y todo el mundo empezó a celebrar. Lucas besó a Kate, la cual seguía llorando, y nuestro grupo gritaba de todo tipo de felicitaciones.

—No quiero decir te lo dije, pero *te lo dije*. —Dijo Kevin, caminando hacia Rosie sonando exactamente como ella. Rosie giró sus ojos y yo solo me reí mirándolos divertida, este par es algo serio.

—Eres demasiado irritante. —Le respondió cruzándose de brazos e intentó alejarse, pero él fue más rápido y la detuvo.

—Un poquito, pero tú eres más irritante y me vuelves loco. —Se acercó a ella y le susurró algo a la oreja retirándose inmediatamente.

Oh vaya, eso último sí lo escuché.

—¿Acaso quiero saber de qué se trata eso? —Pregunté viéndola terminar su bebida rápidamente como si fuera un shot de tequila.

—Créeme que no quieres.

Se alejó de mí entregándome el vaso vacío y caminó hacia dentro de la casa siguiéndolo. Tengo un leve presentimiento de que sé cómo va a terminar esto.

TODA FIESTA TERMINA EN LA COCINA, fregando los platos. Y esta no fue la excepción. —Entonces amiga, ¿qué decidiste? Espero que decidas tomar el trabajo, me encantaría tenerte cerca ahora que nazca el bebé.

Dijo Kate, entregándome un plato y una toalla de tela.

—No he decidido nada. Mi último día de trabajo sobre temas de Nuevos Mundos es en unas semanas y voy a esperar a que llegue para tomar la decisión. Aunque ya desocupamos las oficinas sigo trabajando en una provisional en el área de presidencia. Estamos terminando el cierre de cuentas de banco, vendiendo las impresoras y demás equipos. Ya sabes, cosas aburridas.

—¿Pero te siguen pagando?

—Sí, como siempre. Mi contrato lo suspenderán cuando termine. Solo quedamos Jacky y yo. Aunque ya ella tiene otro puesto me sigue ayudando de vez en cuando.

—Y, ¿cómo harás para pagar la renta? ¿Falta mucho para terminar de pagar el préstamo?

—Como año y medio. Pero tengo ahorros, estaré bien un par de meses. Mudarme acá es una decisión radical Kate. —Me apoyé al fregador y sequé otro plato, colocándolo en el escurridor —Por una parte, sería una buena opción para mí. Sería un nuevo comienzo y empezaría desde cero. Antes pensar en algo así me aterraba, pero ahora que papá murió estar acá me pone más cerca de mi madre.

—Pero en Nueva York está Brandon… —dijo y yo afirmé.

—Yo nací en NYC. Ahí me crie, crecí y he vivido toda mi vida. La única excepción fueron los años de la universidad y de todas formas New Jersey está a la vuelta de la esquina. No sé si me lograré adaptar bien acá. —Mordí el interior de mi mejilla y Kate ahora me pasó un vaso.

—Y yo crecí viajando alrededor de todo el país, lo sabes perfectamente. Mi mamá estaba en el ejército y la trasladaban constantemente. Marco y yo no nos quedamos en un lugar fijo por más de dos años. Nunca se me hizo difícil adaptarme mientras crecía, y sí, fue difícil dejar a todos mis amigos. Pero tenía a mi hermano y siempre lográbamos empezar de cero.

—Sí, pero cuando se mudaron a New Jersey para Princeton todo cambió, —coloqué el vaso en el mostrador de la cocina junto a los otros y Kate cerró la llave del agua girando con dificultad para verme. —Más para ti.

—Pues sí, pero siempre supe que quería asentar cabeza y establecerme en un lugar fijo para tener una familia. Cuando conocí a Lucas y nos enamoramos me di cuenta de que él era lo único que necesitaba y su familia me aceptaría con brazos abiertos. Todo cambió por completo y no dudé dos veces en mudarme aquí con él cuando nos graduamos. Atlanta era su hogar y él lo compartiría conmigo. Una ciudad no es un hogar, es donde tú lo haces con las personas que te importan.

Puso su mano en mi hombro y la abracé de lado sobando su panza.

Ya quiero conocer al pequeño humano. —Tienes razón…

—Siempre la tengo, por eso eres mi amiga. —Sonreí me soltó. — Ahora si me disculpas, tengo que comerme el resto del pastel y buscar a mi esposo para que me dé un masaje en los pies.

Kate se fue hacia la sala y me dejó allí con la compañía de Bella y uno de sus cachorritos. —Eres tan suertuda de que tu vida son tus bebés, comer y dormir.

Acaricié la cabeza de la Husky y ella aprovechó mi atención.

Tan linda.

—Hey Sam, ¿has visto a Rosie? —preguntó Marco, llegando a la cocina.

—La última vez que la vi estaba con Kevin, ¿por?

—Me estoy despidiendo de todo el mundo y la estoy buscando. Ava y Lucy se quedarán más tiempo.

—¿Y por qué no te quedas un tiempo más tú también?

—No puedo. Tengo un vuelo *red-eye* de vuelta a Los Ángeles. Keith y yo tenemos una cita con una bienes y raíces para ir a ver casas. —Le brillaban los ojos de la felicidad y lo abracé.

—De verdad que estamos creciendo, ¿no? —asintió y tomó mi brazo.

—Justo eso me dijo Brandon antes de irse. Todos estamos grandes y tomando decisiones de adultos. Yo aún me siento como un chiquillo adolescente.

Ambos reímos y miré hacia el suelo. Brandon se fue sin despedirse de mí. ¿Qué les dije? Ahora somos extraños.

—Escuché lo que pasó con Elecciones, con la editorial y con él. Lo siento mucho, de verdad. —Dijo y forcé una sonrisa.

Vaya que las noticias vuelan rápido dentro de nuestro círculo social.

—Sí, yo también lo siento. Pero todo pasa por algo y si ese negocio no funcionó, tal vez fue porque no estaba destinado a ser. Y con Brandon... es complicado.

—Exactamente así me sentí cuando esa cadena de televisión nos rechazó la producción de *Cartas para Tokio*. Pero como tienes un par de amigos que no se rinden, Ava habló con Rosie y Rosie habló con su amiga Alex, la que trabaja en MovieTVworlds. Nos reunimos con ellos en sus oficinas de L.A y ¡Bam! Accedieron a producirla junto a nosotros.

—¿Ellos fueron los que los mandaron a Tokio, no?

—Ajá, todo pasó como tenía que pasar y ahora la película sale en noviembre.

Marco y Ava son directores y productores de cine. Trabajan muy duro y son talentosísimos. Me alegro mucho de que su primera película la vayan a estrenar en una aplicación así de enorme, lo merecen.

Es la plataforma que más uso para ver series y para hacer maratones de películas viejas y de navidad.

Qué gusto me da que lograran lanzarles la idea y… esperen, la idea.

Podemos seguir vendiendo la idea. Podemos vender el programa.

—Marco… ¡eres un genio! —besé su mejilla con fuerza y saqué mi celular del bolsillo.

—¿Qué hice ahora?

Negó con su cabeza incrédulo y yo me reí emocionada. ¡No sabe la increíble idea que me acaba de dar! Tendré que darle regalías.

—¡Necesito encontrar a Rosie! ¡Rosie! —grité por toda la casa buscándola. Este no es el final para nosotros.

Ya sé exactamente todo lo que tengo que hacer.

26. SOLO NEGOCIOS

BRANDON

Las operaciones de Nuevos Mundos cerraron ayer.

Ya nada existía como alguna vez lo conocí. El legado de mi madre había terminado y solo quedaron las revistas con sus palabras dentro. Ahora es solo una oficina vacía que probablemente vayan a ocupar para la contabilidad y administración del nuevo centro comercial ecológico que Natasha quiere crear.

Todos los empleados que decidieron quedarse trabajando con nosotros fueron reubicados dentro del resto de las empresas y los demás decidieron seguir adelante con sus carreras.

Me alegré mucho por ellos, todos lograron una transición fácil.

Mi padre y Natasha se esforzaron mucho para que nadie quedara sin trabajo, fue una labor admirable. Somos un buen lugar de trabajo y eso me enorgullece demasiado, el buen nombre de la familia Hecox seguirá intacto. Aunque ya yo no trabaje ahí.

Por otro lado, mi carrera musical va viento en popa. Luego de año nuevo decidí contarle a Kevin y planeamos una reunión con su padre y su socio, el productor de uno de los sellos discográficos actuales más importantes.

Este decidió darme una oportunidad y estuve unas semanas en sus estudios en Los Ángeles y Nashville, pero luego decidimos que mejor sería trabajar desde su sede en New York, lo que me gustó porque obviamente estaba en casa. Sin embargo, no pasaba mucho tiempo en mi departamento ya, se sentía demasiado grande solo para mí, por lo que casi siempre dormía en casa de mi padre. Al menos le hacía compañía, aunque muchas veces me echaba y quería estar solo.

No lo culpo, ya estoy viejo.

Escribí muchas canciones en el estudio entre estos tres meses, pero ninguna me convenció. Ninguna tenía la profundidad necesaria para ser mi debut. Pero, no fue hasta hace unas semanas cuando volví a ver a Sam en el *baby shower* que me decidí por utilizar la canción que escribí sobre nosotros en año nuevo.

No fue fácil verla, las ganas que tenía por dentro de besarla ferozmente y decirle que no me importaba nada me carcomían por dentro.

Pero me volví orgulloso y lastimosamente ella tiene que dar el primer paso. Es lo mejor para ambos.

Y sé que me estaba mintiendo, es muy mala actriz y se le notaba a leguas que estaba igual o peor que yo. Tuve que contenerme, no podía ceder a sus encantos.

Necesitaba escucharla a ella decir todo y creo que dejé mi postura sobre ambos muy claro en todo momento.

Al terminar de grabar la canción lloré como un desquiciado. Creo que hasta el micrófono logró capturar un par de mis sollozos al final.

Dios, la amaba tanto. Kevin y Eric, el productor, estaban en shock. Los podía ver a través del vidrio con la boca abierta porque en solo una toma dejé salir todo lo que tenía embotellado por dentro.

La grabé un par de veces más, pero qué va, terminamos usando la primera versión y esa es la versión de estudio que lanzaríamos. La energía que se sentía en esa habitación mientras la escuchábamos me causó escalofríos y que mi piel se pusiera de gallina. Jamás había experimentado una sensación así. La canción es perfecta y exhibía mis crudos, reales y fuertes sentimientos.

Decidimos estrenarla en una azotea que alquiló la disquera para el lanzamiento del single junto a mi debut como cantante frente a los medios de comunicación y personas influyentes de redes sociales.

Me pareció demasiado, pero asumí que así hacen con todos los artistas prometedores.

Convenientemente cayó hoy, un día después del cierre de la editorial. Invité a mi familia, amigos y conocidos que sabía que estarían interesados en asistir. Lastimosamente Ava, Lucy y Marco no pudieron confirmar, ah y Kate y Lucas tampoco ya que se están acoplando a su nueva vida de padres primerizos. Para que sepan, el bebé nació perfecto y decidieron llamarlo Oliver, es demasiado tierno y cachetón. También sé que se están preguntando, sí, sí decidí invitar a Sam.

Le envié un mensaje con el flyer de la invitación, pero no recibí respuesta. Si asiste bien y si no, bueno ya ahí obtendré una respuesta de nuestra situación.

—¿Estás nervioso? —Preguntó Kevin, entrando al camerino improvisado detrás del escenario. Yo creo que quiere tornarse mi mánager, porque no me suelta en ningún momento. He aquí a mi consentido amigo millonario que me tiene fe como artista. Vaya que no lo vi venir.

—Un poco. No mucho. Es un cambio radical a lo que hacía antes, pero se siente bien. Elecciones me ayudó a soltarme y a ser más extrovertido.

Repliqué tomando agua de una botella y respirando profundamente.

—Claro, antes tus únicas presentaciones eran en oficinas, —bufó. —Ahora tienes a toda una multitud esperando por ti allá afuera y si te equivocas es peor porque aquí te estarán grabando.

—No me estás ayudando, ¿sabes? —Rodeé mis ojos y me crucé de brazos.

—¡Pero es la verdad! Además…

—Toc toc, —una voz y dos golpes en la puerta lo interrumpieron. —Ambos volteando inmediatamente.

—¡Mis chicas! —Kevin caminó hacia ellas con los brazos abiertos y paré de respirar. Rosie y Sam…

—¡Hola! Brandon no lo puedo creer. ¡Felicidades! No puedo esperar para escuchar la canción. Según Kevin me dijo será un éxito de lo buena que está.

Rosie caminó hacia mí y me abrazó haciéndome forzar una sonrisa. Sam se quedó parada en la puerta expectante.

—Gracias amiga. —Musité y me aclaré la garganta. —Gracias a ambas por venir, su apoyo significa todo para mí.

—No nos los perderíamos por nada en el mundo, —respondió Sam y suspiré. La habitación quedando inundada en silencio incómodo.

—Kevin, ¿qué tal si me indicas dónde está el bar y me recomiendas un trago? —dijo Rosie, tomándolo del brazo.

—Claro que sí, permíteme mostrarte el camino. —Xaminaron hacia la puerta y él volteó a verme mirando su reloj. —Brandon, sales en cinco minutos.

Asentí y nos dejaron solos.

—Hola… —se acercó a mí sentándose a mi lado en la silla conjunta. —Te ves como toda una estrella con el In-Ear puesto.

—Pensé que no vendrías… —susurré tomando más agua.

—Ya te lo dije, no me perdería esto nunca, es tu gran momento.

Sonrió tomando mi mano. Una corriente eléctrica recorrió mi cuerpo e inhalé fuertemente. Ay Sam, qué me estás haciendo.

Voy a ceder en un dos por tres.

—Es que como no respondiste mi mensaje pensé que…

—Decidí quedarme aquí, no me voy a mudar a Atlanta. —Dijo sin rodeos y yo abrí mis ojos sorprendido. No me lo esperaba.

—¿Por qué? —cuestioné.

—Porque… mi hogar es aquí contigo, a tu lado y no en ningún otro lado. Tú eres mi hogar, no importa donde sea que estemos, —paró un segundo mordiendo su labio y continuó. —Cometí muchos errores y sé que no he sido ni la mejor amiga, ni la mejor novia, ni la mejor persona que tú te mereces. Eso lo sé. Lo malo es que me di cuenta cuando fue demasiado tarde. Lo siento por tardarme tanto en entenderlo… —suspiró y una lágrima rodó por su mejilla.

—Te entregué todo de mí, volvimos a estar juntos por fin y me apartaste como si no te importara, como una mosca. ¿Tienes idea lo mucho que eso me dolió Samantha? De la noche a la mañana todo cambió solo por un estúpido drama que lastimosamente nos involucró. —Me puse de pie y dejé la botella sobre una mesa. —Simplemente fue un retroceso menor que no tenía por qué afectarnos de esa manera.

—Lo sé. Lo tuve todo, lo perdí y ahora entiendo por qué pasó. He tenido una pesadilla recurrente desde que estamos en Londres, creo que recuerdas ese día muy bien. Estoy en la habitación y empieza a llenarse de humo, empiezo a correr entre una multitud y no te encuentro. Alguien me empuja a un clóset diciéndome cosas asquerosas al oído y un muro me cae encima.

Suspiro. —Ahí es cuando empiezo a gritar y me despierto. Cuando estábamos en París, la señora Cordelia lo mencionó, no sé si te diste cuenta. No sé cómo lo supo, pero me leyó completamente. Dijo que mi mente estaba confundida, llena de un humo creado por mí misma sin dejarme escapar, sin dejarme continuar para lograr las cosas que quiero. Y cuando las consigo, estas me caen encima y solo grito. Exploto y trato de darme respuestas incongruentes que no tienen sentido. Y es cierto, sin embargo, ya lo entendí todo.

—¿Y qué entendiste?

—Que nuestro tiempo aquí en esta vida es limitado y lo único que realmente importa son las relaciones que dejamos y las experiencias que vivimos. Brandon, fui una idiota. Y no me digas que no, porque sé que sí. Obtuve todo lo que quise, hasta a ti, pero todo lo perdí en un abrir y cerrar de ojos. Obtuve éxito de todas las maneras posibles, pero todo eso se fue y ya no existe. Solo quedaste tú. Y tú eres lo más importante para mí y ya no te tengo y...

Paró de hablar y continuó llorando Me agaché junto ella para limpiar sus lágrimas y el tiempo seguía corriendo y me estoy quedando sin minutos, debo salir. —Sam... —acaricié su mejilla y ella negó con la cabeza.

—Sé que no lo merezco, no me merezco tu amor nuevamente, no me merezco una tercera oportunidad porque esas casi nunca existen. Pero espero que, si en tu corazón aún existe un espacio para mí y aún no está cerrado, que me lo entregues nuevamente y me dejes cuidarlo por siempre, te prometo que esta promesa sí la voy a cumplir. He cambiado y ya entendí que mi único sueño eres tú.

Tragué fuertemente y mi vista se nubló.

La voz de Kevin llamándome se escuchó por el pasillo y respiré profundo, es hora.

—Tengo que salir al escenario, espero verte desde ahí mientras canto. Hablaremos ahora. —Me levanté y tomé mi guitarra caminando hacia la puerta.

—Brandon... —susurró y me volteé a verla. —Perdóname.

E L PÚBLICO ESTÁ FRENTE A MÍ.
Todo el mundo en silencio, escuchandome hablar en el microfono y expectantes a cada detalle.

—Esta noche lo es todo para mí. Jamás pensé que llegaría, pero aquí estoy. —Reí nerviosamente y continué. —Les quiero dar las gracias a cada uno de ustedes por venir a apoyarme, todas las personas que quiero están aquí. Incursionar en la música es algo que siempre quise hacer, aunque jamás creí que fuera a suceder. Pero la vida te sorprende cada día y todo para mí cambió cuando conocí a una persona muy especial. Una persona que volcó mí vida por completo... siempre has sido tú.

La busqué entre la gente y susurré la última parte en el micrófono.

—Esta es, *Just Business*.

Me puse la guitarra y empecé a tocar las cuerdas con los dedos de mi mano derecha. Las cámaras estaban grabando y todo el mundo estaba con sus ojos pegados a mí. Vamos Brandon, tú puedes hacer esto.

Me concentré en ella, parada casi en la esquina del salón junto a Rosie y Kevin que levantaban sus manos haciéndome porras. Sam simplemente estaba ahí parada nerviosa y mordiendo su labio con el maquillaje un poco corrido.

De igual forma está hermosa, más hermosa que nunca y eso nadie se lo puede quitar. Luego de las primeras notas suspiré profundamente antes de la entrada al primer verso y canté.

We made a promise one day
and everything turned insane
we fell in love again
just like in our college days

Ella negó con la cabeza y sonrió causándome sonreír a mí.

Continué tocando la guitarra y ahora la multitud aplaudía con el ritmo, hasta la prensa lo estaba haciendo. Les debe estar gustando.

I tried to find a way
to make it better again
and all I've ever wanted to say
is that I'll love you forever
just say when

Voltee a verla nuevamente y pude ver como Kevin le pasaba una servilleta para que se limpiara las lágrimas.

Ahora yo tenía ganas de llorar nuevamente junto a ella, abrazarla y decirle que sí. Que sí, la perdono.

Pedirle perdón a alguien no es fácil.

E igual si no lo hubiera dicho, de todas formas lo hubiese hecho porque estoy loco por ella, y estos meses que hemos estado separados son la prueba viviente de que no quiero que pasemos otro segundo más lejos. Respiré nuevamente y toqué ahora con más fuerza la guitarra preparándome para el coro.

It was life delicate play
joining us that day
and I regret today
when I made
that promise
Coz' this wasn't just your business
it was mine
This wasn't just your business
It was ours

Me gustaría saber qué está pasando por su mente, porque en la mía estoy viendo una película. Todos mis momentos favoritos de ambos se están reproduciendo en mi cabeza como si mi mente fuera un reproductor de DVD.

La multitud se mueve de lado a lado disfrutando la música y siento como si mi corazón fuese a salir corriendo en cualquier momento de lo feliz que estoy en este momento. Continué tocando la guitarra con potencia y cantando el resto de los versos y el puente recordando nuestro baile en el evento benéfico en Londres.

Esa noche en la que descubrí que aún existía esperanza para nosotros. Ese día que desencadenó una serie de eventos que marcaron el resto de nuestro viaje juntos. Repetí el coro por última vez lentamente y terminé. La habitación erupcionó en gritos y todo el mundo empezó a aplaudir.

Lo hice, en serio lo hice.

—Gracias a todos, la canción ya está disponible en todas las plataformas digitales, así que compártanla con todo el mundo.

Le hablé por última vez al micrófono y todo el mundo volvió a aplaudir. Bajé del escenario y Natasha corrió lanzándose hacia mí junto a mi padre y me abrazaron fuertemente.

—¡Brandon la canción está increíble! Ya la puedo ver en los primeros puestos de las listas Billboard. —Dijo Natasha, halando mi brazo y besé su mejilla.

—Me encantó. Gran canción hijo, estoy seguro de que a tu madre le hubiese encantado. —Sonrió y yo asentí.

—Estoy seguro de que sí papá. —Lo abracé fuertemente y besó mi cabeza. —Sé que le gustó.

—¡Mi hermano! ¡La hiciste tuya! —Kevin me levantó con toda su fuerza y yo reí.

—¡Bájame por favor! Gracias amigo, fuiste una pieza clave en todo esto. —Suspiré cuando me puso de nuevo en tierra y él sonrió.

—Tengo planes, ¡grandes planes para ti! Rosie, ven conmigo.

Tomó de la mano a Rosie y ella logró gritarme como pudo *felicidades* porque se la llevó corriendo. Este par ahora son como un chicle, interesante información. Vi como Eric levantó su brazo llamándome y me acerqué a él.

—Brandon, ¡eso estuvo buenísimo! El vídeo en vivo está que colapsa, al parecer ya tenías una audiencia, eso está muy bien. ¿Qué es eso de Elecciones? —preguntó y yo sonreí.

—Larga historia.

—Bueno, lo que sea que haya sido fue excelente, mira la cantidad de comentarios. Hasta eres tendencia, mira.

Me enseñó la pantalla de su celular y yo me sorprendí, mi nombre está de segundo lugar y solo me ganaba el hashtag de un discurso del presidente.

Su teléfono comenzó a sonar y levantó su dedo índice para que le diera privacidad.

—Tengo que atender esto, vete a celebrar, tómate algo, pero no te vayas lejos que quiero presentarte a alguien. —Asentí y caminé hacia el bar donde está Sam mirando su celular con un mojito acompañándola.

—¿Quieres compañía? —levantó su cabeza y asintió, sonriendo con la boca cerrada.

—Estaba leyendo los tweets de la gente. Todo el mundo está sorprendido de que seas el mismo de los vídeos de Elecciones... —dijo tomando mi mano. Acaricié su palma con mi pulgar haciendo círculos en ella mientras hablaba y sonreí. —Estuviste fenomenal, Bran.

—Gracias Sam, me alegro de que vinieras, de verdad. —Sonrió y negó la cabeza.

—¿Sabes qué es gracioso? Hemos sido amigos, novios, pareja, pero jamás pensé que me convertiría en tu fan.

—Oh wow, mi primera fan... es realmente un honor.

—Créelo, ya tengo listo el póster que quiero que me firmes.

Ambos dejamos de reír y respiro profundo. —Sam... sobre nuestra conversación de hace un rato...

—Bran, en serio lo siento mucho. No espero que me perdones porque sé que no es fácil, pero quiero que sepas que pase lo que pase entre nosotros, nunca dejaré de amarte y siempre...

Dijo rápidamente y la interrumpí plantando un beso en su mejilla.

—Solo hay una cosa de la que siempre he estado seguro en mi vida y eso eres tú.

Sus ojos brillantes se empañaron y me abrazó con todas sus fuerzas llorando en mi hombro. Tal vez la gente piense que la perdoné muy rápido, pero me vale pepino.

Tal vez no fue rápido, tal vez las cosas tenían que pasar así. Y si les soy sincero, si paso más tiempo separado de ella creo que me volveré loco. —En ese caso, no tengo intención alguna de defraudarte. —Dijo en mi oído.

—Tú jamás podrías defraudarme. Porque sé que en todo lo que haces, das tu mejor esfuerzo y luchas por conseguir lo que quieres. Solo en un par de ocasiones te desviaste del camino. Pero igual, a veces eso es suficiente, no necesitamos más nada.

Asintió y rodeó mi cuello con sus brazos.

—Al fin lo entiendo.

—¡Ya era hora!

—Te amo… —sollozó acercándose a mí y besé su frente.

—Yo te amo más. —Dejó un beso en mi cuello y se separó de mí sonriendo. —Y ahora sí, no hay escapatoria.

—No tengo intención alguna de escapar. —Sonrió y tomó una servilleta del mostrador. —Debo verme horrible, me la he pasado llorando como bebé hoy.

—*Nah*, te ves preciosa. Ven, vamos a bailar, —tomé su brazo y la llevé al centro de la pista vacía.

A Head Full of Dreams de *Coldplay* resonaba por las bocinas y empecé a saltar. —Nadie más está bailando, —se rió y saltó junto a mí.

—¿Cómo que nadie? Nosotros somos alguien. Además, tengo que aprovechar que ya sabes bailar. —Bufó y tomé su mano, dándole la vuelta.

—¡Este es el himno de nuestras vidas! —exclamó y besé su mano.

Está en lo correcto. —Así es, una oda a nuestros sueños.

—Los que vamos a seguir cumpliendo uno a uno, juntos, —dijo y la volví a abrazar.

—Juntos… —susurré en su oído y la alejé un poquito para verla a sus hermosos ojos café. No me importa quién nos ve, ya nada más importa, solo nosotros. Así que, ¡que nos vean!

Tomé una de sus mejillas con mi mano y acuné su mejilla acercándome lentamente. Pero ella fue más rápida y no me dejó avanzar.

Ella misma cortó la distancia uniendo nuestros labios. Finalmente. Nos estamos besando con toda la pasión que tenemos por dentro.

Otro primer beso, este sellando el mejor negocio de nuestras vidas, nuestro amor. Porque estoy seguro de que esta vez es la definitiva.

No más juegos, no más rodeos, no más promesas estúpidas.

Solo nosotros.

ESTABAMOS TAN CONCENTRADOS EN nuestro baile, que no me di cuenta cuando Eric se acercó a nosotros mientras nos movíamos lentamente al son de una balada.

—Brandon, disculpa que los interrumpa, pero quiero presentarte a alguien.

—No te preocupes… —sonreí y Sam se separó de mí.

—Este es Preston O'Doherty, el famoso cantante del grupo británico los Jaded Boys. Preston, este es Brandon.

Estreché su mano y sonreí amablemente. Claro que sé quiénes son los Jaded Boys. Hace unos años fueron la boyband más grande de la industria musical. Todo el mundo quería cantar con ellos o conocerlos. Me parece increíble que uno de ellos seis haya venido a ver mi humilde presentación.

—Wow, mucho gusto. Gracias por venir. —Solté su mano y asintió.

—El gusto el mío, soy muy fan de Elecciones y cuando Eric aquí me contó que estaba organizando esto le dije que tenía que asistir.

Habló con un fuerte acento británico y cruzó sus brazos sonriente.

Eso no me lo esperaba, ¿una superestrella fan de un pequeño programa hecho por Sam y yo? Increíble.

—Vaya, no me esperaba que alguien tan importante como tú supiera quién soy. —Reí y ella entrelazó su brazo con el mío.

—Yo tampoco. Hola, mucho gusto, —extendió su mano y él la aceptó. —Samantha.

—Claro que los conozco a ambos. Mi madre me envió el vídeo de la historia de los abuelitos de guerra. Tenía mucho tiempo sin emocionarme con algo. —Todos reímos y Kevin y Rosie se incorporaron al grupo.

—Muchísimas gracias, la verdad es que sí fue una linda historia. Lástima que no pudimos seguir con el programa. —Suspiré melancólico y él asintió rascando su barbilla.

—Sobre eso… tengo que hablar contigo y decirte algo importante, —dijo Sam y yo la miré confundido. —Ahora te digo.

—Fue un gusto conocerlos chicos, pero tengo me tengo que ir a otro evento al que debo asistir. —Asentí y él me entregó una tarjeta. —Aquí está toda mi información de contacto. Escríbeme para que me invites a tomarnos una pinta en un pub y hablemos de música. Estaré la próxima semana aquí en la ciudad y me encantaría colaborar contigo en mi próximo álbum. Podemos escribir algo juntos.

Abrí mis ojos sorprendido y estreché su mano nuevamente.

Me están cayendo oportunidades como del cielo.

Increíblemente esta es mi nueva vida.

—Oh sí, claro que sí, te estaré escribiendo pronto. —Respondí rápidamente y se despidió de todos.

—Un placer conocerlos a todos. —Levantó su mano y Eric lo acompañó a la salida del salón.

—Bueno, eso fue emocionante.

Dijo Rosie, tomando un sorbo de su trago.

—Ahora vamos a bailar. Esta fiesta parece un entierro.

Tomó a Kevin del brazo y se lo llevó más al centro de la pista. El sol se había puesto y otras personas ya estaban bailando también.

—Ahora los alcanzamos, tengo que hablar con Brandon. —Dijo Sam y caminamos hacia una mesa alta de cóctel.

—Soy todo oídos señorita Sam… —me incliné hacia su cuello mordiendo el lóbulo de su oreja y la hice sonrojar. Respiró profundamente y me apartó suavemente. Los efectos que causo en ella me transforman.

—¡No me distraigas! Ya tendremos tiempo para eso…

Sé que la vuelvo loca. —¡Todo el tiempo del mundo! —levanté mis brazos gritando y ella se rió, silenciándome. —Shhhh… baja el volumen.

—Ya, está bien, cuéntame.

Coloqué mi mano sobre mi barbilla y Sam respiró profundamente.

—Bien. Luego de regresar del Baby Shower me puse en contacto con una amiga de Rosie llamada Alex, ella es productora de TV y trabaja para MovieTVworlds. Fue idea de Marco en verdad y van a estrenar *Cartas para Tokio* allí en la plataforma.

—Sí, sé de cual me hablas.

—Bueno, le propuse la idea de convertir Elecciones a una serie tipo documental. Como nunca se formalizó nada de derechos con Harrington Enterprises, el nombre y la idea siempre le han pertenecido a Hecox Companies y a Nuevos Mundos, aunque la editorial ya no exista.

—¿Y qué dijeron? —cuestioné. Esto sí me interesa, amo mi faceta de presentador. Otra cosa que jamás pensé que haría, pero me terminó encantando.

—¡Que sí! Están dispuestos a invertir en una primera temporada y si todo sale bien en dos más. Nosotros podemos estar tan involucrados como queramos como productores y si queremos podemos continuar como los presentadores. Hablé con Martin y también le interesa continuar en edición. Solo tendríamos que contratar a más personas para el equipo. Sé que ahora tu enfoque principal es la música, pero hay muchos artistas que se dedican a varias cosas.

—Es verdad, hay cantantes que también son actores y esto es prácticamente lo mismo… —Rasqué mi nuca pensativo. Esto puede ser una buena oportunidad para seguir viajando por el mundo junto a Sam, promocionar mi música y tal vez documentar algunos de mis shows. También darles a los fans de Elecciones el contenido que se merecen y extrañan. —¿Y? Me tienes en ascuas aquí.

—Sí me gustaría pero, ¿tú que quieres hacer? No te he preguntado cómo te sientes después del cierre de la editorial.

Volví a tomar su mano atrayéndola a mis labios y suspiró.

—Me siento bien, es el fin de una era, pero ahora empieza una mejor. Justo como me dijo mi papá antes de irse: la vida te sorprende y no hay nada que puedas hacer para detenerla, solo tienes que seguir. —Sonrió y yo asentí.

—Me alegra tanto escucharte al fin decir eso.

—A mí también me alegra decirlo, porque realmente todo es fácil y me la he pasado toda mi vida estresándome innecesariamente. Es agotador. —Negué con la cabeza sonriendo y ella rodeó sus ojos riéndose entre dientes.

—Ay Sam. ¡Al fin!

—Entonces, ¿qué dices? ¿Quieres ir hasta el fin del mundo conmigo?

—Creí que nunca me lo pedirías.

27. NUEVOS MUNDOS

MESES DESPUÉS...

SAM

—¡**G**racias Toronto! Buenas noches. ¡Han sido un público fenomenal! —gritó Brandon al micrófono y toda la multitud del estadio gritó. —¡Y ahora con ustedes, Preston O'Doherty!

Brandon bajó del escenario mientras el beat de la batería de la primera canción de Preston iniciaba y se acercó a mí sonriente con los brazos abiertos. El nuevo álbum de Preston está siendo todo un éxito y el single principal fue la colaboración junto a Brandon. Llegó al primer lugar en tan solo un par de horas.

En serio, fue tanta la euforia de la gente que cuando anunció que el invitado especial y telonero de su gira sería Bran, los boletos se vendieron en tiempo récord. No recuerdo exactamente en cuántos minutos, pero hasta el sitio web de la boletería se cayó. Llevamos de gira siete semanas y casi recorrimos todos los Estados Unidos y Canadá en el tour bus. La estamos pasando de maravilla y me siento una *groupie* de mi artista favorito, que en este caso es mi novio.

Bueno, más bien... mi prometido.

Sí, leyeron bien.

Debería reservarme la historia de cómo me pidió que me casara con él de una vez por todas, pero obviamente no lo haré. Hasta este punto ya nos conocen a ambos perfectamente y no les puedo hacer esa maldad, ya se saben toda nuestra vida como para parar ahora.

Además, nadie sabe aún, ustedes son los primeros en enterarse.

Si les soy sincera, no me lo esperaba y todo fue mágico, mejor de lo que pude haber querido. Hace dos semanas decidimos dar un paseo por Central Park una tarde antes del concierto de esa noche en el Madison Square Garden.

Sería una gran noche para él y decidimos perdernos un rato antes de que la locura comenzara. Era un momento histórico, quiero decir, el MSG es la arena más famosa del mundo y toda su familia y amigos estarían ahí para escucharlo abrir el concierto.

Todo nuestro grupo de amigos viajó especialmente para verlo, hasta el bebé Oliver, al cual le conseguimos unos audífonos para aislar el sonido. Toda la situación se sentía surreal. Caminar por este parque es toda una experiencia, se da un intercambio de culturas fascinante y mientras vas caminando ves a todo tipo de personas.

Es como el desahogo y epicentro mágico de la que pudiera ser la capital del mundo. Pero nada de eso existía en ese momento, porque mientras pasábamos por debajo de un puente tomados de la mano se detuvo abruptamente y se arrodilló frente a mí. Como pudo, entre lágrimas, sacó una cajita de terciopelo negra y mientras sacaba el anillo más precioso que he visto en mis veintisiete años de vida, dijo las palabras más hermosas que toda persona desea escuchar en su vida.

—*Sam, imaginarme la vida sin ti es como una pesadilla, de esas que te daban a media noche y por las que inmediato buscabas por mí. Quiero que me sigas buscando a mí. Eres mi persona favorita en todo el mundo, quiero despertar a tu lado cada día y saber que tengo a mi mundo entero a mi lado.*

Quiero bailar lentamente nuestra canción todos los días y cantártela al oído. Quiero seguir descubriendo nuevos mundos contigo, hacer un hogar y una familia contigo y llegar a viejo contigo. No quiero que te cases conmigo solamente porque quieres estar conmigo cada día, porque eso ya lo hacemos. Quiero que te cases conmigo porque ninguno de nosotros es perfecto, pero cuando nos juntamos nuestras imperfecciones se complementan causando algo realmente hermoso.

Quiero casarme contigo porque la realidad que vivimos es mucho mejor que una fantasía y no va ser como un cuento de hadas. Quiero casarme contigo porque es difícil, nosotros somos difíciles, pero quiero vivir una vida llena de altibajos a tu lado porque tú eres mi mejor elección.

Samantha, mi más grande sueño.

¿Te quieres casar conmigo?

Y lloré como loca. Le grité que sí mil veces.

Luego de una vida entera planeando cada minuto, se sintió liberador gritarle al universo que sí tan fácil. Era lo que más necesitaba y así mismo planeamos casarnos.

Quedo exhausta con tan solo pensar en tener que planear una boda.

Me casaré con él donde sea y cuando sea, hasta oficializada en Las Vegas por un imitador de Elvis, no me importa. Podemos casarnos mañana mismo si él quiere, yo tampoco puedo esperar para elegirlo a él por el resto de mis días.

—Estás todo sudado, —reí, mientras él me levantaba por la cintura fácilmente con su brazo libre, apartando la guitarra para no golpearme.

—Anoche eso no te importaba…

Bufé y besé su mejilla. —¿Cuál es la siguiente parada?

—Vancouver. Dos noches ahí y luego terminamos la gira en Seattle. Falta poco y ya, soy todo tuyo nuevamente. —Plantó un beso juguetón en mi clavícula me soltó.

—Nunca has dejado de ser mío, a pesar de que ahora millones de chicas alrededor del mundo quieren ser tus novias.

Crucé mis brazos y caminé hacia su camerino.

—Eso no importa, mientras escuchen mi música está bien. Además, todo el mundo está claro de que tú eres y serás la única persona en mi vida.

Entrelazó sus dedos con los míos y cerró la puerta tras él.

—Okay, Te daré el beneficio de la duda. —Reí y se quitó la guitarra de encima, colocándola en su soporte.

—Estoy feliz porque tendremos algunos días libres y luego nos vamos para Europa otra vez. No puedo creer que ya vamos a empezar a grabar el programa de nuevo, el tiempo está volando.

Se tiró en el sofá junto a mí y le pasé una botella de agua.

La producción de Elecciones va excelente.

Con el equipo tan grande que tenemos, los episodios pasarían de ser de cortos minutos a completos de cuarenta y cinco minutos.

Cada temporada tendrá doce episodios y cada país será un episodio empezando en España, luego Alemania, luego Grecia, Suiza e Irlanda, y así sucesivamente hasta terminar en Francia al final de la temporada, para darle a París el final que se merece.

Será extraño regresar ahora que nuestras vidas han cambiado radicalmente, pero quiero ir a la tienda de Cordelia a darle las gracias por todo lo que me enseñó y a comprar el abrigo de peluche naranja.

Lo más irónico de todo esto es que los socios del papá de Brandon al enterarse de que firmamos un contrato tan grande para streaming, decidieron echarse para atrás y pedirle que reconsideráramos. Pero fue muy tarde, ya la editorial no existe y estamos siguiendo adelante. Estamos mejor así la verdad, y yo al fin estoy más feliz que nunca.

Espero que papá esté orgulloso de mí.

Al viajar con Brandon tengo tiempo para escribir y enfocarme en mis proyectos personales, específicamente en algunas investigaciones que siempre quise hacer.

Ah y también en la fotografía, mi nuevo hobby.

Hasta me abrí una cuenta en Instagram para subir mis trabajos, que al parecer son buenos, porque déjenme decirles que las fans de Preston y Brandon están encantadas con todo el contenido que les doy de ambos.

—Mmmm... lo sé y no puedo esperar para que comerme mi paso por toda Europa otra vez. Vamos a Italia de nuevo por fa, quiero pasta recién hecha con mariscos y vino, mucho vino.

Me acurruqué en sus brazos y besó mi cabeza.

—Tentadora oferta futura señora Hecox... tal vez una escapada a Roma no estaría nada mal. Solos tú y yo. —Besó mis labios delicadamente y disfruté el momento. Samantha Hecox Richards.

No les voy a mentir, suena muy bien.

—Y podemos ir a comer Gelato donde los Baldassano.

—Todo el helado que quieras. —Me volvió a besar y sonreí entre sus labios. Alguien tocó la puerta fuertemente interrumpiéndonos y Brandon se quejó.

—¿Quién es? —preguntó sin ganas.

—Soy yo, —dijo Kevin al otro lado de la puerta. —Voy a entrar y espero que estén decentes y con ropa. ¡No quiero repetir la noche de Dallas!

Me reí y ambos nos sentamos.

Ups, eso sí que no se los voy a explicar.

—¿Qué quieres? —preguntó Bran, claramente disgustado con su mejor amigo por interrumpirnos.

—Vaya manera de saludar a tu hermano de otra madre.

Se tocó el pecho como afectado y Brandon rodeó sus ojos.

—¡Hola Kevin! ¿Qué necesitas hermano de mi vida? —exageró y yo reí, empujándolo con mi hombro para que lo tratara bien. Kevin se convirtió prácticamente en un padre en esta gira, jamás lo hemos visto tan serio. Da hasta miedo. Volverse el mánager de Brandon full-time lo convirtió en otra persona. Está enamorado por completo de la industria musical.

—Vengo para decirles que salimos de inmediato termine el show de Preston, son casi tres días de viaje en bus. —Miró su reloj y ambos asentimos.

—¿Podemos parar a comer algo? Estoy muriendo de hambre y ya se acabó el catering. ¡Quiero una hamburguesa!

Brandon dijo, tocando su estómago. Cada vez que termina un show queda tan hambriento, ya es toda una estrella de rock les digo. Aunque sus sets no son tan largos, solo seis canciones. Las tres originales que ha lanzado y tres covers.

—Uh sí, yo también quiero comer.

Él negó con la cabeza. —Son tal para cual ustedes… okay, está bien. Déjenme averiguar si hay algún restaurante de comida rápida por aquí cerca. —Su celular sonó y una sonrisa se adueñó de su rostro.

—Uy… ¿quién es? —pregunté burlonamente y su cara se torno seria.

—Nadie, es trabajo.

El celular seguía sonando y ahora fue el turno de Brandon de burlarse. —Es mentira que una llamada de trabajo hace que te sonrojes.

—¡No estoy sonrojado! ¡Yo no me pongo así! Ahora, si me disculpan, tengo que contestar esto. Ya no me molesten más o se irán a dormir con hambre.

Brandon y yo estallamos en carcajadas y Kevin salió del camerino dejándonos sin poderlo escuchar al contestar.

—¿Quién crees que sea? —preguntó mi novio, abrazando mi cintura.

—Creo que tengo una leve sospecha de quién es.

DE REPENTE, EL FINAL SE TORNA en el comienzo de algo precioso. Una nueva aventura junto al único que entiende cada fibra de mi ser. —¿Quieres empezar? —pregunté.

—Nop, empieza tú.

—Yo empecé el primero la última vez, es tu turno. —Besé su mejilla y él suspiró, sabiendo que gané.

—Está bien, pero solo porque me lo pediste tan cariñosamente.

Brandon sonrió y esperamos la señal de la directora para empezar.

—¡Acción! —exclamó ella y ambos sonreímos.

"*¡Hola a todos que nos ven alrededor del mundo! Yo soy Brandon Hecox,*" colocó uno de sus brazos sobre mis hombros atrayéndome hacia él. "*Y yo soy Samantha Richards. Bienvenidos a Elecciones: Conociendo nuevos mundos.*"

"*Un programa mejor que una guía turística. Donde conocerán junto a nosotros lugares especiales, historias increíbles y todos los diferentes lugares que el mundo tiene para ofrecernos.*" Soltó su agarre de mis hombros y me miró sonriente.

"*Así es Brandon. Y hoy estamos aquí desde La Basílica de la Sagrada Familia en el centro de Barcelona,*" me detuve para que él continuara como estaba escrito en el guion y de una vez siguió hablando.

"*Construida desde 1882, la Sagrada Familia es el monumento más conocido de Barcelona y se ha convertido en un símbolo de la ciudad.*" Seguí yo. "*Barcelona les encantará. ¡Acompáñennos en esta increíble aventura!*"

Terminé y Brandon tomó mi mano para que ambos quedáramos de espaldas y mirando hacia la basílica.

—¡Corte! Excelente chicos, —dijo la directora y se volteó para hablar con uno de los camarógrafos. —Ahora la siguiente toma va a ser de ustedes entrando a la basílica. Si pueden, así como están tomados de la mano se vería bien.

Dijo uno de los productores acercándose a nosotros. Sentí una sensación rara apoderarse de mí y nos imaginé así mismo, dándole la espalda a todo aquello de la vida que alguna vez nos causó mal.

Caminando juntos hacia un nuevo comienzo, un futuro que construiremos poco a poco con toda la paciencia del mundo y con el amor que siempre ha existido y continuará existiendo en nosotros.

—Por eso no hay problema. —Brandon besó mis nudillos y acercó sus labios hacia el anillo. Alguien pellízqueme, creo que estoy fantaseando y soñando despierta con mi propio prometido.

—Te sonrojaste toda. —Se burló y yo lo miré nerviosa. Tanto tiempo juntos y aún me sigue poniendo así.

—¡Claro que no! —exclamé. —Simplemente tengo calor, España es caliente.

—¿Cuántas veces te tengo que decir que te conozco mejor que nadie?

Me apegó hacia él, colocando su mano en mi espalda baja. —Ah pues no lo sé, tal vez infinitamente.—Acuné una de sus mejillas con mis manos y él sonrió travieso.

—¿Quieres apostar cuantas?

—Una y mil veces… y mil veces después de esa. —Sonreí siguiéndole el juego.

—Ah bueno, entonces… ¿qué pasa si gano la apuesta?

—Yo tendré que hacer un reto.

—Vaya, no creo conseguir un disfraz de conejo así de fácil aquí en Barcelona, o tal vez sí… tal vez te ponga a correr por toda la Plaza de Cataluña disfrazada. ¡Qué gran idea! —Se rascó la barbilla, pensativo, y yo negué con la cabeza.

—Oh no, eso sí que no Brandon, otra cosa.

—Está bien. Se me ocurre algo, pero no sé si quieras hacerlo. —Acarició mi mejilla y yo sonreí.

—Dilo, haré lo que sea, mientras no sea vergonzoso. —Advertí y él sonrió, sus ojos brillando más que nunca.

—Te reto que al terminar de grabar aquí en la basílica nos perdamos de la producción y busquemos a algún sacerdote para que nos case, solos tú y yo.

Sentí mi corazón acelerarse rápidamente y asentí.

Claro que me quiero casar con él ya.

—¿Qué te parece la idea? ¿Demasiado extrema?

—Me parece perfecta, tus ideas extremas son las mejores.

—Entonces, ¿sí? ¿nos casamos hoy? —preguntó, acercando su cara a la mía.

—Sí, quiero casarme contigo hoy.

Es el mejor reto que se le pudo ocurrir. Corté la distancia entre nosotros y un delicado beso llenó nuestras almas.

—Es un reto al que nos afrontaremos juntos.

Dijo con la sonrisa más grande del mundo al separarnos, haciéndome extrañar sus labios inmediatamente.

Juntos, por muchos años más hasta que la vida decida.

—¡Vamos con la siguiente toma! Brandon y Sam entrando a la iglesia tomados de las manos. —gritó la directora y entrelazamos nuestros dedos. Un sentimiento indescriptible invadiendo todos mis sentidos.

—¿Estás lista? —Preguntó.

—Siempre.

—¡Acción!

FIN

EPÍLOGO

BRANDON

Y luego de tirarlas, la leyenda de las tres monedas en la fuente se hizo realidad y la princesa y el príncipe vivieron felices por siempre. ¡El fin! A dormir. —Besé su frente y él se cruzó de brazos.

—Papi no, ¡cuéntamelo otra vez! —Matthew bostezó, estirando sus brazos y haciendo puchero. —¡No tengo sueño!

—Matt, ya es tarde y tienes escuela temprano. Mañana te cuento otro. —Suspiré y lo arropé bien apretado en la cama.

—Pero mi amiga Jill dice que su mami y su papi le cuentan los dos un cuento. ¡No me voy a dormir hasta que mami venga!

Mi hijo de cuatro años señoras y señores, igual de terco que su madre. —Mami está descansando, ahora, —me puse de pie y él se sentó. —Tienes que dormir.

—*Nooo*, ¡mami está ahí parada! —me volteé rápidamente y apreté el puente de mi nariz. Sam está apoyada al marco de la puerta mirándome divertida.

Una noche, solo quiero ganar una noche la batalla para lograr dormir a este niño.

—Matt, no tienes que darle tanto trabajo a tu padre. —Sam se sentó a un lado de la cama y él abrazó su prominente panza plantándole un beso a su hermanita. —Pero está bien, vamos a contarte un cuento juntos. —Sonrió y despeinó la cabellera castaña de Matthew.

—Creo que lo complacemos mucho. —Dije y me senté al otro lado.

—Papi te lo prometo que cuando hermanita esté aquí me voy a dormir solito, después de todo ya soy grande. —Dijo con voz de orgullo y levantó sus brazos con fuerza haciéndonos reír.

—Sí, ya eres grande y los niños grandes van a dormir. —Lo acosté volviéndolo a cubrir con su manta de estampado de planetas y se acurrucó.

—¿Qué cuento te gustaría bebé? Los míos son mejores que los de tu padre. —Bufé y negué con la cabeza.

Una noche, solo quiero ganar una noche.

—¡Claro que no! Solo porque tu libro llegó a ser bestseller no significa que mis cuentos sean malos. —Exclamé.

—Bueno en eso tienes razón, pero tienes que aceptarlo, soy mejor cuenta cuentos que tú, nunca fallan en hacerlo dormir. —Pronunció sus labios molestando y me reí. La amo tanto.

—Porque tiene mamitis aguda, —negué con la cabeza y ella sonrió. —tú lo tienes malcriado.

—¿Qué te puedo decir? soy algo especial.

En eso sí tiene razón. Entrelacé su mano con la mía llevándola hacia mis labios. —¿Hola? Mi cuento por favor, —dijo Matthew, interrumpiendo el dulce momento entre su madre y yo.

—Ya no quiero escuchar de nuevo el del príncipe que pidió tres deseos en la fuente y se casó con la princesa. Tiraron sus monedas en vez de ahorrarlas. ¡Quiero uno nuevo!

—Matthew, literalmente me acabas de pedir que te lo contara de nuevo. —suspiré y Sam me vio enarcando una ceja. Todo un mini hombre de negocios nuestro hijo, ha pasado demasiado tiempo con su abuelo.

—Okay… bueno, te voy a contar la historia de cuando tu padre y yo montamos camellos en Egipto. —Dijo Sam y yo asentí. Vaya que ese fue un gran viaje. En la segunda temporada de Elecciones visitamos África. Ver el las pirámides de Giza en persona fue asombroso.

—¡Ya he visto las fotos! Ya tengo sueño, pueden irse. Enciendan mis estrellas por favor. —Dijo mi hijo, cerrando los ojos y acomodándose mejor en su almohada. Qué atrevido. Sam me miró con la boca abierta a punto de reír y yo levanté mis hombros derrotado. *Una noche…*

Ayudé a Sam a levantarse de la pequeña cama y caminé hacia el interruptor de la lámpara nocturna de Matt.

Esta proyecta planetas y estrellas en el techo y le encantan.

Ahorita está en la fase de que quiere ser astronauta/músico. Según dice, va a ser el primer niño en cantar en el espacio.

—No puedo creer lo sabiondo que salió *tu* hijo, —cerré la puerta de su habitación y caminamos hacia la caliente sala. Tenemos la chimenea encendida, porque a pesar de que está iniciando el otoño hace mucho frío.

—¿Ahora es *mi* hijo? —cuestionó Sam, sentándose en el sofá.

—Claro. Desde que nació ha sido el niño de los ojos de mamá. —negué con la cabeza y me senté a su lado colocando sus piernas sobre las mías.

—Mi vida, eso me suena a que estás celoso.

—Sí, mi única esperanza ahora es que esta hermosa bebé que viene pronto sea mi consentida.

Coloqué mi mano sobre su barriga y ella se rio entre dientes.

—Es una posibilidad… sin embargo, recuerda que aún tenemos que escoger un nombre para ella.

—¡Es demasiado difícil! Ponerle nombre a un humano es tremenda responsabilidad, de a milagro Matthew nos salió bien, —reí y tiré mi cabeza hacia atrás en el almohadón.

—Por lo menos no escogemos nombres estrambóticos como las celebridades. —Se burló y tomó el control remoto.

—Querida, nosotros somos celebridades…

—Sí, pero de las cuerdas.

Bufé. —Mira, —señaló hacia la pantalla de la tele. —¿Puedes creer que seguimos en las tendencias de shows en la app de MovieTV-worlds? Increíble

Sonrió y coloqué mi mano sobre su rodilla.

—Sí lo puedo creer, la cuarta temporada fue todo un éxito. Sirvió que fuéramos uno de los pocos medios permitidos para grabar el concierto reencuentro de los Jaded Boys. —reí y ella asintió.

—De igual forma, me encanta que en esta temporada *al fin* pudimos ir a Panamá ¡Quiero regresar! Mamá quedó encantada, que bueno que la invitamos.

—Regresaremos. Nos podemos ir de vacaciones al pueblo de donde es su familia los cinco cuando ya la bebé esté un poco más grande.

—Me parece bien, además quiero pasar más tiempo con Matthew. Dejarlo el año pasado con tu padre para irnos a grabar fue muy duro. No me había separado de él nunca. En cambio, tú si cuando te fuiste para tu segunda gira.

—Ni me lo recuerdes, los extrañé demasiado.

—¡*Yo* te extrañé demasiado! Él era un bebé y obvio no se acuerda. — apretó un botón en el control remoto y *Friends* empezó a reproducirse. Nunca se cansa.

—Pero me fueron a visitar varias veces.

—¡Igual! ¡Nos hiciste mucha falta! —lloriqueó.

—Tranquila, ya no habrá más giras por un tiempo, —me incliné hacia ella y besé su frente. —Es momento de escribir un nuevo álbum y también tengo varios clientes que quieren canciones.

Mi celular sonó y lo tomé de la mesita de centro.

—Es Kevin. Escribió para avisar que ya llegaron a Londres.

Sam sonrió y le respondí de vuelta el mensaje dándole nuestras felicitaciones a ambos. Todos nuestros amigos y familia están bien y eso es lo que más nos importa. Dejé el celular en la mesa y Sam se acurrucó en mi pecho.

—¿Y ahora qué quieres hacer? —preguntó, bostezando. —Tu hija tiene hambre.

—Por favor, no más pepinillos con mermelada de fresa.

Me quejé poniendo una cara de asco. Les juro, Sam ha tenido los antojos más raros del universo en este embarazo.

—No, tengo ganas de algo rico.

—¿Ah sí? —me acerqué a ella besándola con fuerza y como reflejo colocó sus brazos abrazando mi cuello.

—Bueno esto es rico, —sonrió entre besos y bajé por su cuello colocando mi mano en su vientre.

—Mejor que cualquiera de tus antojos. —Se rió y continué besándola.

—¡Ay! —Sam se separó de golpe de mí y se tocó el estómago causando que mi corazón se detuviera. —A tu hija no le gustó que la molestaras.

Suspiré aliviado y puse una mano sobre mi corazón.

—¡Me mataste del susto! Por un segundo pensé que ya era hora.

—Claro que no, todavía falta. –Se rió divertida.

—Bueno, ya que se me fue toda la inspiración, iré a preparar algo de cenar. —Me levanté y ella tomó mi mano, deteniéndome.

—Pero cocina algo rico como para cuatro personas. Tengo demasiada hambre y quiero comer algo que me levante el ánimo. Me siento drenada.

Le sonreí tiernamente y asentí.

—¿Quieres pancakes con miel de abeja y jugo de naranja?

Me agaché a su lado y ella asintió, abrazándome con fuerzas.

—Te amo tanto. ¿Alguna vez te lo he dicho? —susurró en mi cuello.

—Yo también te amo, pero ya perdí la cuenta. Si quieres desde mañana empiezo a contar.

—Empieza ya, —dijo soltándose y me levanté sin soltar su mano.
—Te amo. ¡Te amo! —gritó con todas sus fuerzas. —¡Te amo!

Y justo como en el cuento que recién le conté a nuestro hijo basado en hechos reales. Fueron tres monedas, tres te amos y tres sueños cumplidos.

—Tres… —susurré, mirándola a los ojos.

AGRADECIMIENTOS

No sé ni por dónde empezar.

Desde que tengo memoria siempre he amado escribir y supe que escribiría un libro joven. Esta historia significa mucho para mí. Se me ocurrió un día en 2016 mientras estaba trabajando en las oficinas de una librería y desde entonces no ha salido de mi mente.

Finalmente, el año pasado (2019) gracias al impulso de mis amigos decidí hacerlo de una vez por todas y escribir esta hermosa historia. Jamás pensé que la terminaría tan rápido y no puedo creer que ya todo el mundo la puede leer. Gracias mamá y papá por alimentar mi imaginación desde chiquita comprándome todos los libros que quise y dejándome ver mucha televisión.

Ustedes fueron los precursores de mis sueños y he aquí el resultado, gracias por siempre darme tantas oportunidades para hacer lo que siempre he querido. Y también por heredarme un gusto musical excelente. A mi hermana Sofía, ahora de grandes nos hemos unido más que antes y compartimos casi todos nuestros gustos, (aunque somos como el ying y yang) algunos más que otros.

Además, fuiste de las primeras personas en leer este libro y en emocionarse conmigo. A mi hermanito Jaime Juan, no tenías la menor idea de que estaba escribiendo un libro hasta que lo anuncié.

Pero igual, gracias por siempre darme datos curiosos de geografía. Me sirvieron muchísimo.

A mis dos abuelas: las amo con locura. Gracias por darme los mejores veranos de mi vida. Algo que no creo que sepan es que los nombres de los personajes se me ocurrieron mientras las visité en Chitré (mi lugar favorito del mundo) durante ese mes que pasé con ambas hace cuatro años. A mi Rosie de la vida real, Stephanie.

Hemos vivido TANTAS cosas juntas que necesito otro libro para resumirlas todas.

Siempre has creído en mí desde el principio y yo en ti.

Me gusta pensar que nuestra amistad se forjó de sueños locos los cuales nos volvieron amigas desde un principio. Ambas juntas siempre hemos y seguiremos luchando por todo lo que queremos alcanzar.

A mis demás amigos más cercanos: Gaby, Patricia, Lorena, Isabel, Aida, Danois, Virginie y Alejandra. Gracias por guardar este secreto desde el principio, por darme motivación cuando no la tenía, por inspirar muchas de las situaciones de este libro y por hacerme dar cuenta de que la vida puede ser siempre una fiesta mientras estemos juntos.

También debo agradecerle al resto de mi familia y amigos.

Soy extremadamente afortunada al tener personas tan lindas en mi vida. No puedo pedir nada más bonito que su cariño, gracias por llenarme de amor en toda ocasión. Y ya, por último, pero no menos importante, gracias a ti que estás leyendo esto.

Gracias por darle una oportunidad a las palabras de esta simple soñadora, no tienes idea de lo que todo esto significa para mí.

Gracias por leer la historia de Sam y Brandon.

Gracias por hacerme feliz.

SOBRE LA AUTORA

MAYRA DE GRACIA es una escritora y periodista panameña.

Ha sido actriz, directora y asistente de producciones audiovisuales.

Desde muy joven desarrolló un amor por los libros, y se convirtieron en su pasión cuando era adolescente. A Mayra le encanta escribir comedias románticas y leer romances históricos. Vive en Panamá con su familia, ve demasiados programas de televisión y ama mucho la música. Una vez saltó a un río congelado porque quería.

JUST BUSINESS es su novela debut como autora.

WWW.MAYRADEGRACIA.COM

OTROS LIBROS DE MAYRA:

PLAYLIST

I Won't say (I'm in love) – Susan Egan, Cheryl Freeman,
LaChanze, Lillias White, Vaneese Thomas
Love is Strange – Mickey & Sylvia
Happier – Ed Sheeran
What'll I Do? – Frank Sinatra
Ob-La-Di, Ob-La-Da – The Beatles
All You Need Is Love – The Beatles
Ballroom Blitz – Sweet
Can't Take My Eyes off You – Frankie Valli
Everybody Talks – Neon Trees
Paradise City – Guns N' Roses
Rock You Like a Hurricane – Scorpions
Kashmir – Led Zeppelin
Jump – Van Halen
Baba O'Riley – The Who
The Air That I Breathe – The Hollies
Riptide – Vance Joy
You Get What You Give – New Radicals
Deep – Julia Michaels
Under Pressure – Queen, David Bowie
La vie en rose – Louis Armstrong
Gypsy – Fleetwood Mac
No Way Out – Jefferson Starship
Have Yourself a Merry Little Christmas – Michael Bublé
I Feel Fine – The Beatles
Too Good At Goodbyes – Sam Smith
Desperado – Eagles
A Head Full of Dreams – Coldplay